L'étreinte d'un vétérinaire

*

Une surprise à Byron Bay

*

Le point faible du Dr Edwards

SUSAN CARLISLE

L'étreinte d'un vétérinaire

Traduction française de
ADELINE MAGNE

BLANCHE

HARLEQUIN

Collection : Blanche

Titre original :
AN IRISH VET IN KENTUCKY

HARPERCOLLINS FRANCE
83-85, boulevard Vincent-Auriol, 75646 PARIS CEDEX 13
Service Clients — https://www.harlequin.fr/contenu/contactez-nous
ISBN 978-2-2805-1943-4 — ISSN 0223-5056

Édité par HarperCollins France.
Composition et mise en pages Nord Compo.
Imprimé en juillet 2025 par CPI Black Print (Barcelone)
en utilisant 100% d'électricité renouvelable.
Dépôt légal : août 2025.

MIXTE
Papier
FSC FSC® C159065

Pour limiter l'empreinte environnementale de ses livres, HarperCollins France s'engage à n'utiliser que du papier fabriqué à partir de bois provenant de forêts gérées durablement et de manière responsable.

1

Quand Conor O'Brian entra dans la pénombre de l'écurie, il vit d'abord un postérieur féminin coincé dans un jean poussiéreux, qui se balançait en rythme. Pris de court, il contempla cette vision sans pouvoir en détacher le regard. Cela faisait longtemps qu'il n'avait pas admiré ainsi le derrière ferme et épanoui d'une femme. Il s'éclaircit la gorge, autant pour se rappeler à l'ordre que pour signaler sa présence.

— Excusez-moi... Je cherche le propriétaire.

La femme se redressa et planta une fourche dans une pile de foin puis, d'un geste rapide et habile, elle en balança le contenu par-dessus la paroi d'un box. Un nuage de poussière flotta dans le rayon de lumière qui se déversait par les portes.

— Bonjour, lança-t-il d'une voix plus forte.

L'inconnue fit volte-face si vite que sa queue-de-cheval châtain fouetta son visage. Intimidé par la fourche, Conor recula et leva les mains en signe d'apaisement. Mine de rien, cette amazone était presque aussi grande que lui. Grande et mince : sa frêle silhouette était noyée sous une grosse chemise à carreaux. Mais ce qui le frappa le plus, c'était l'éclat de ses yeux, d'un vert qui lui rappelait les prairies de son Irlande natale.

— Eh oh, du calme... Je cherche juste le propriétaire de l'écurie.

— Comment ?

Elle appuya le manche de la fourche contre un mur, puis retira des écouteurs de ses oreilles.

— Je peux vous aider ?

— Oui, je cherche le propriétaire.

La jeune femme planta fièrement les mains sur ses hanches.

— Vous l'avez devant vous.

Conor la dévisagea, désarçonné. Cette fille ressemblait davantage à une palefrenière qu'à une vétérinaire.

— Je suis Conor O'Brian. Normalement, on vous a prévenue de mon arrivée.

Elle fronça les sourcils, les yeux plissés.

— Je suis désolée, mais votre nom ne me dit rien du tout.

Alors ça, c'était la meilleure ! Il n'avait tout de même pas fait ce voyage pour, en fin de compte, ne pas avoir de point de chute ? Et encore, s'il ne s'agissait que de lui... Mais Liquid Gold, alors ? Qu'allait-il faire de lui ? Ils auraient dû rester en Irlande. D'ailleurs, si cela n'avait tenu qu'à lui, il ne serait pas parti du tout. Seulement, son frère, sa sœur, William Guinness... Tout le monde avait insisté. Alors, il avait cédé.

— Pourtant, Gold est censé séjourner deux semaines dans votre écurie avant de partir à Churchill Downs.

Le visage de la femme s'éclaira et elle se détendit.

— Ah, oui, Liquid Gold... Le pur-sang irlandais. Désolée, je l'attendais pour après-demain. Votre accent aurait dû me mettre la puce à l'oreille.

Bon, elle était au courant pour le cheval. C'était déjà cela.

Elle fit un pas vers lui, la main tendue.

— Je suis Christina Mobbs. Bienvenue à Seven Miles.

Christina... Il aimait bien ce prénom. Mais il n'allait pas l'appeler par son petit nom alors qu'ils venaient tout juste de se rencontrer.

— Merci. Pardon d'être un peu pressant, docteur Mobbs, mais je souhaiterais vraiment installer Gold dans sa stalle. Le voyage a été long : d'abord le vol, puis trois jours de quarantaine à Indianapolis, puis encore trois heures de route pour venir jusqu'ici. Il aurait besoin de repos.

— Bien sûr. Son box est prêt. Venez.

Elle passa devant lui pour sortir de l'écurie. Conor lui emboîta le pas et promena un coup d'œil autour de lui. Le peu qu'il avait vu du Kentucky lui faisait penser à l'Irlande : ces prairies verdoyantes, ces collines moutonnantes... Au moins, ici, il ne serait pas dépaysé. Même s'il aurait préféré rester chez lui, tranquille.

Alors qu'elle approchait du pick-up blanc, Christina leva une main comme pour le toucher et elle la garda en l'air tandis qu'elle longeait la remorque.

— Avant de le décharger, je vais devoir vérifier quelques papiers. Vous avez un certificat sanitaire, son permis d'importation, ses analyses sanguines ?

— Oui. Tenez.

Il lui tendit les documents et elle les examina en faisant glisser son index sur les pages.

— Tout cela m'a l'air parfait. Vous avez même pensé aux licences de formation et de compétition.

Elle lui rendit la liasse et se dirigea vers la remorque, dans laquelle on entendait l'animal trépigner. Conor ouvrit la portière en grand, puis il abaissa la rampe de déchargement. Il flatta le cou du pur-sang tout en lui parlant doucement.

— Du calme, mon gars. On va rester ici quelque temps pour se reposer et se préparer pour le grand jour. Tu as un box bien propre qui t'attend. Un box rien que pour toi, veinard.

Il détacha alors la corde du harnais.

— Allez, viens. On sort.

Il lui fit descendre la rampe métallique. À côté du chauffeur du pick-up, le Dr Mobbs contemplait l'étalon d'un œil appréciateur.

— Voilà ce que j'appelle un beau cheval.

— N'est-ce pas ? Et rapide, avec ça. Je me suis occupé de lui depuis sa naissance.

— J'aimerais l'examiner avant que vous ne l'ameniez au box.

— Pourquoi ?

Le Dr Mobbs le regarda droit dans les yeux.

— Parce que je suis chez moi et que je vous le demande. S'il a le moindre problème de santé, je tiens à le savoir. Je suis vétérinaire et je sais ce que je fais. Je veux m'assurer que Gold ne porte aucune maladie qu'il pourrait transmettre à ses congénères.

Piqué au vif, Conor la fusilla d'un regard noir.

— Je vous certifie que Gold est en parfaite santé.

— Peu importe. Sans cet examen, il ne peut pas rester à Seven Miles. Désolée, mais c'est comme ça.

Elle se dirigea vers le cheval et lui redressa la tête d'une main sous le museau.

— C'est vrai que tu es une belle bête.

Elle examina les yeux et les dents de Gold sans se soucier du regard insistant de Conor. Puis elle fit courir une main délicate mais ferme le long des épaules et de l'échine du cheval avant de lui palper les jambes. Contre toute attente, Gold se laissait faire. D'ordinaire, il était plutôt timide. De là à dire que Christina… enfin, le Dr Mobbs avait la touche magique… Ses caresses avaient-elles le même effet sur d'autres spécimens du genre masculin ? Non, mais n'importe quoi… Qu'est-ce qu'il lui prenait d'avoir des idées pareilles ?

— C'est lui le mieux classé au derby irlandais, c'est ça ?

— En effet. C'est pour cela qu'il a été sélectionné à celui du Kentucky.

Elle lui jeta un coup d'œil par-dessous le cou du pur-sang.

— Vous savez qu'aucun cheval étranger n'a encore gagné le derby ?

Conor haussa les épaules.

— Il faut un début à tout.

Le Dr Mobbs le gratifia d'un sourire lumineux. Un sourire à vous couper le souffle.

Elle devait admettre que cette bête était une pure beauté. L'homme qui s'en occupait n'était pas mal non plus, malgré cet air de tristesse qui voilait ses yeux bleus. Alors qu'elle s'écartait, son examen terminé, il s'approcha du pur-sang.

— Allez, c'est mon tour.

Il prit sa place et répéta les mêmes gestes de ses mains aux longs doigts agiles. Sous ses palpations, les muscles du pur-sang tressautaient et vibraient telles les cordes d'un instrument sensible. Il ne bougeait pas, manifestement habitué au contact de cet homme. Pour le tranquilliser, l'Irlandais lui parlait tout doucement, de sa voix profonde de baryton. Christina adorait son accent. Il était à la fois rocailleux et mélodieux, chaleureux comme un bon feu de cheminée par une nuit de neige. Il en avait de la chance, ce cheval. Elle aurait bien aimé qu'un beau mec lui murmure des paroles réconfortantes à l'oreille.

Christina se secoua mentalement et reporta son attention sur le cheval. L'Irlandais inspectait les jambes avec une minutie toute particulière. Il passa plus de temps sur cette partie du corps que sur toutes les autres afin de parvenir à un bilan complet. Christina le regardait faire avec une sorte de fascination. Elle ne manquait jamais de s'émerveiller du fait que le poids d'un animal aussi massif repose entièrement sur des supports aussi fragiles. Un pur-sang au galop, c'était la majesté à l'état pur.

Une fois de plus, son attention se porta sur l'étranger. Il avait de beaux cheveux sombres, épais et bouclés. Agenouillé près du cheval, l'homme lui faisait penser à un pur-sang par la fluidité de ses gestes. Il redressa soudain la tête et croisa son regard.

— Il a bien supporté le voyage.

— On dirait, oui.

Elle était parvenue à lui répondre sans bégayer, ouf ! Le chauffeur du pick-up se rappela alors à eux.

— Si vous n'avez plus besoin de moi, je m'en vais.

L'Irlandais prit son sac sur le siège arrière du véhicule et serra la main de l'homme. L'instant d'après, la remorque disparaissait au bout de l'allée gravillonnée.

— Allez, Gold, on t'installe dans ton box.

Elle se dirigea vers l'écurie et Conor la suivit en menant l'étalon par le licou. Une demi-heure plus tard, l'animal avait pris ses nouveaux quartiers.

— Un tel périple, ce n'est jamais une partie de plaisir pour un cheval, dit Conor.

— C'est vrai, et ceux qui ont le niveau pour participer au derby sont des mécaniques particulièrement délicates.

— En effet. C'est bien pour cela que Gold arrive deux semaines avant les épreuves : pour lui permettre de récupérer du voyage et de s'acclimater. À lui seul, le degré d'hygrométrie dans le Kentucky n'a rien à voir avec celui qu'on trouve en Irlande.

— Oui, je veux bien le croire.

Conor s'étira en bâillant.

— Moi, par contre, je suis épuisé. Vous pouvez m'indiquer où se trouve ma chambre ? La journée a été longue et le décalage horaire n'arrange rien.

Christina inclina la tête de côté, perplexe. Qu'est-ce qu'il racontait ? Elle donnait pension à des chevaux, pas à des hommes. Et encore moins à des inconnus. Lors de ses échanges avec l'équipe vétérinaire de Churchill Downs, personne n'avait jamais sous-entendu rien de tel. À moins qu'ils n'aient omis ce petit « détail »...

— Euh... Vous pensiez dormir ici ?

— Eh bien, oui. À proximité de Gold. Mais c'était entendu, non ?

L'Irlandais promena un regard autour de lui.

— Sauf erreur de ma part, il n'y a pas d'hôtel dans le coin. Je ne vois pas où je pourrais loger si ce n'est chez vous.

— Mais... Enfin, ce n'est pas ce qu'on m'avait expliqué. Je suis navrée, mais c'est non. Je vis seule et je ne vous connais pas.

— Je vous payerai le double du prix d'une chambre d'hôtel. Le triple, même.

— Vous voulez vraiment loger sur place, vous.

— Je suis responsable de Gold et je prends mon rôle au sérieux. Je tiens à rester près de lui.

Bel exemple de sollicitude... Il lui plaisait, ce mec. Un homme qui s'inquiétait autant pour un cheval devait le faire a fortiori pour les gens, non ? En quatre années de vie de couple, Nelson n'avait jamais eu ce genre d'égards pour elle. Pire : pour se protéger, il l'avait donnée en pâture aux loups sans le moindre scrupule. Et c'était avec un type pareil qu'elle avait envisagé de se marier et d'avoir des enfants... Il avait fait coup double en détruisant ses rêves professionnels et personnels.

Enfin, c'était du passé. Son projet de ferme équestre prenait bonne tournure, au point qu'elle était sollicitée par le Dr Dillard lui-même, le vétérinaire en chef de Churchill Downs. Ce n'était pas le moment d'envoyer un mauvais signal au Dr Dillard et de lui donner l'impression qu'elle n'avait pas l'esprit d'équipe. Et puis, on ne savait jamais : une victoire de Gold au derby serait une publicité bienvenue. Surtout, elle avait besoin d'argent. Depuis la trahison de Nelson, elle suait sang et eau pour se remettre à flot. Son programme de rééducation équine comportait notamment des séances d'exercices aquatiques en bassin chauffé. Tous ces investissements lui avaient permis de se redresser financièrement, mais ils ne seraient pas amortis avant plusieurs années, si tout se passait comme prévu.

— Bon, c'est d'accord. Mais seulement pour le double de la somme. Le triple, ce serait du vol.

Alors qu'ils sortaient de l'écurie, Conor cessa de marcher et regarda autour de lui. Les mains sur les hanches, Christina plissa les yeux pour se protéger du soleil printanier. Voyait-il toutes ces petites choses qu'elle aimait tant ici ? La longue allée bordée d'arbres centenaires, l'herbe d'un vert d'émeraude, les clôtures de bois peintes en blanc... Elle adorait la campagne autour de Versailles, dans le Kentucky. Pour elle, c'était le plus bel endroit sur terre.

— C'est joli par ici, remarqua-t-il. Plus que je ne l'imaginais.

La tristesse de sa voix ne passa pas inaperçue de Christina.

— Votre pays vous manque déjà, on dirait.

— Un peu, oui. Je n'avais pas envie de faire ce voyage.

— Vous n'allez pas rester longtemps : juste trois semaines. Ça va vite passer, surtout avec le derby.

— J'y compte bien.

Le visage d'O'Brian demeurait un masque qui ne laissait transparaître aucune des émotions perceptibles dans sa voix. Pour une raison qu'elle ignorait, elle eut de la peine pour lui. Mais son boulot, c'était de prendre soin de Gold, pas de l'humain qui l'accompagnait. De toute façon, elle ne le verrait sans doute pas beaucoup ces quinze prochains jours. Son travail la tenait occupée du matin très tôt au soir très tard.

Alors, certes, elle ne s'était pas attendue à devoir le loger. Mais ce désagrément serait largement compensé par les profits. Qu'avait-elle à craindre ?

— Désolé, mais je suis sur les rotules. Pouvez-vous me montrer ma chambre ?

Tirée de ses pensées, le Dr Mobbs se remit à marcher sans lui répondre. Conor lui emboîta le pas. Elle commençait à lui taper sur les nerfs, celle-là. Il ouvrit la bouche pour dire qu'il pouvait aussi bien dormir dans l'écurie, mais il se ravisa.

— Je vous assure que je ne suis pas un tueur en série. Vous ne risquez rien avec moi, juré. Je suis trop fatigué pour faire du mal à qui que ce soit, de toute façon.

— Je n'ai jamais pensé que...

— Écoutez. Je n'ai pas de voiture, je ne connais personne aux États-Unis. Je suis en terre inconnue ici.

Elle leva les yeux au ciel.

— Je n'ai pas peur de vous. Bon, vous pouvez loger dans la petite pièce derrière la cuisine. Mais je vous préviens, elle me sert de débarras.

— Pas de problème. Au point où j'en suis, je m'en fiche.

Une lueur indécise trembla dans les yeux de Christina. Bon sang, que lui était-il arrivé pour qu'elle se méfie autant des hommes ?

— Je vous certifie que je suis un brave gars. Je ne vous dérangerai pas.

— C'est bon, suivez-moi.

Elle se dirigea vers une vaste maison de briques construite de plain-pied. Un pick-up noir était garé près de la porte arrière. Conor grimpa deux marches et entra derrière elle dans une cuisine vert pâle. Une vaisselle attendait dans l'évier et une pile d'enveloppes était posée sur une table en bois usée par les ans. Les plans de travail, verts également, étaient encombrés d'appareils ménagers. D'une certaine manière, cette décoration rétro correspondait bien à l'impression qu'il se faisait de Christina. Mais cet effet désuet n'avait sûrement rien de voulu. En fait, c'était comme si mettre sa cuisine au goût du jour ne figurait pas parmi ses priorités.

Derrière la cuisine, un petit couloir donnait accès à plusieurs pièces. Christina poussa une porte.

— Voilà votre chambre. Enfin, mieux vaudrait parler de grand placard.

Conor entra à sa suite. Elle s'activait à empiler des boîtes contre le mur de manière à libérer de l'espace pour accéder au lit.

— Désolée pour le désordre.

Outre un petit couchage, la pièce était meublée d'un bureau avec une chaise. La seule concession à la modernité était une télévision à écran plat, sur un support. L'espace était si petit qu'il percevait le parfum de Christina : une odeur douce de foin et de lavande.

— J'aurais voulu vous offrir mieux, désolée. Je ne savais pas que je devrais loger un homme en plus d'un cheval.

Pour quelqu'un qui n'avait pas envie de l'accueillir, elle s'excusait beaucoup. Conor laissa tomber son sac de cuir.

— ça ira très bien, merci beaucoup. De toute façon, je suis trop fatigué pour faire le difficile.

— Le lit est fait. Je vous apporte des serviettes.

Alors qu'elle passait devant lui, elle l'effleura. Conor sentit son corps se tendre. C'était une réaction étrange, mais familière. Cela faisait longtemps qu'il n'avait pas éprouvé quoi que ce soit pour une femme. C'était la fatigue, sans doute… Il fallait qu'elle s'en aille. Qu'elle le laisse un peu seul.

— Merci, c'est gentil, balbutia-t-il.

Les bras chargés de serviettes de toilette, Christina approcha de la petite chambre en ralentissant le pas, l'oreille tendue.

— Conor ?

N'obtenant pas de réponse, elle entra tout doucement et le vit étalé sur le lit minuscule, le visage écrasé contre l'oreiller. Un léger ronflement s'échappait de ses lèvres entrouvertes. Mine de rien, cela faisait plus d'un an qu'un homme n'avait pas dormi chez elle. Et jusqu'à aujourd'hui, elle s'était faite à l'idée qu'il en serait ainsi indéfiniment. Nelson avait sapé sa confiance dans ses semblables, et notamment les hommes. Mais Conor n'allait rester que deux semaines, alors que risquait-elle ? En revanche, l'argent méritait le dérangement.

Elle posa les serviettes sur le bureau et prit au bout du lit une couverture qu'elle étala sur lui avant de sortir. Elle avait encore du travail : nourrir les chevaux et préparer l'écurie pour la nuit. Il n'empêche qu'elle était intriguée par ce bel Irlandais aux yeux tristes.

L'aube pointait à peine quand Christina se rendit à l'écurie. Son invité dormait encore. « Faites comme chez vous », griffonna-t-elle à la va-vite sur un papier avant de partir.

Une bouffée d'amertume monta en elle. Tout cela, c'était la faute de Nelson. Elle n'en serait pas réduite à devoir loger un inconnu s'il ne lui avait pas flanqué un coup de poignard dans le dos. À cause de lui, elle devait batailler pour restaurer sa réputation, son projet professionnel, son compte en banque. Elle avait même été à deux doigts de perdre son accréditation. Sans un bout de papier qui prouvait qu'elle n'avait pas trafiqué de médicaments, elle aurait été contrainte de faire une croix sur un métier qu'elle adorait. Si elle devait reconnaître quelque chose à Nelson, c'était d'avoir été discret sur ses agissements. Elle ne s'était rendu compte de rien.

Mais on ne l'y reprendrait plus. Jamais plus elle ne se mettrait à la merci d'un homme. Par bonheur, elle avait réussi à sauver son activité professionnelle, autrement elle serait devenue folle. Enfin, à quoi bon ruminer ces idées noires ? Il fallait qu'elle s'active. Les chevaux attendaient leur ration.

Comme chaque matin, elle donna aux bêtes leur premier repas, puis elle les pansa et nettoya les box. Son travail terminé, elle adressa quelques paroles à Gold en sortant de l'écurie. Elle laisserait à Conor le soin de s'occuper de lui. Elle ne pouvait pas prendre le moindre risque avec un aussi bel animal.

Alors qu'elle entrait par l'arrière de la maison, une délicieuse odeur de café lui chatouilla les narines. Elle abandonna ses bottes près de la porte et, pieds nus, se dirigea vers la cuisine sans penser à autre chose qu'à sa tasse du matin. Elle se figea à la vue de Conor devant la cuisinière, une cuillère à la main. Il avait les cheveux mouillés : apparemment, il avait trouvé le chemin de la salle de bains. Ses pieds nus dépassaient de son jean et une vieille chemise en denim lui couvrait le dos. Aussi sexy soit-il, elle ne voyait pas d'un bon œil qu'il prenne ses marques aussi vite chez elle.

Il lui jeta un coup d'œil par-dessus son épaule.

— Je vous ai prise au mot et je fais comme chez moi. Vous m'excuserez, mais je n'ai rien avalé depuis hier matin. Je cuisine pour deux.

Elle s'approcha pour voir ce qui grillait dans la poêle.

— Vous avez trouvé de quoi préparer un repas ?

— J'ai eu du mal, mais j'aime le challenge.

Christina éprouva un élan de honte.

— Désolée, je ne suis pas un as des fourneaux. J'essayerai de faire les courses aujourd'hui. Demain au plus tard.

— Si vous me dites où trouver un supermarché, je peux m'en

occuper quand j'aurai récupéré ma voiture de location. C'est la moindre des choses. D'autant plus que vous ne m'attendiez pas.

Qui était ce type qui débarquait chez elle et qui la déchargeait des courses et des repas ? Elle n'avait jamais rencontré quelqu'un de pareil.

— Le petit déjeuner sera prêt dans une dizaine de minutes. En attendant, vous devriez vous regarder dans une glace.

Christina se sentit aussitôt bouillir. Bon sang, on aurait dit sa mère. OK, ses cheveux ne ressemblaient à rien. Et alors ?

— J'ai travaillé à l'écurie, et de toute façon, je suis chez moi. Vous m'excuserez si je ne ressemble pas à un mannequin de magazine.

Conor leva les mains en signe d'apaisement.

— Je n'ai pas dit ça pour vous blesser. Vous avez une tache, c'est tout.

Elle se dirigea vers la salle de bains à grands pas furieux et se regarda dans le miroir. En effet, une grande trace noire lui barrait la joue gauche. Si Conor n'avait pas eu la gentillesse de le lui faire remarquer, elle aurait effectué ses visites de la journée en ayant l'air d'un clown. Elle lui devait des excuses.

Lorsqu'elle revint à la cuisine, Conor posait un mug de café sur la table.

— C'est beaucoup mieux comme ça, dit-il en souriant.

— Désolée d'avoir été aussi agressive. Et merci de m'avoir prévenue. Sans vous, j'aurais sans doute passé la journée comme ça.

— Pas de problème.

Il affichait un air dégagé, comme si l'affaire était classée. Christina promena les yeux autour d'elle.

— En parlant de propreté, vous avez fait place nette dans la cuisine en un rien de temps.

— J'espère que vous ne m'en voudrez pas. Je n'ai pas toujours été soucieux du ménage. C'est ma femme qui m'a appris.

Christina accusa le coup. Il était marié, bien sûr. Il était craquant, il aimait les animaux, il savait cuisiner, il était serviable. Un mec pareil ne pouvait pas être célibataire.

— Vous devez lui manquer.

Un voile de tristesse assombrit le regard de Conor.

— C'est plutôt l'inverse, en fait. Elle est morte il y a trois ans.

— Oh ! je suis navrée !

— C'était quelqu'un de bien. Elle est partie beaucoup trop tôt. Pas un jour ne passe sans que je pense à elle.

Pas une minute, même, à en croire sa voix douloureuse. Christina ne pouvait s'empêcher d'envier cette femme. Ce devait être quelque chose d'être liée à un homme par des liens si forts qu'il continuait à vous aimer par-delà la mort. Que n'aurait-elle donné pour inspirer un tel attachement ? Nelson lui avait fait croire qu'il l'aimait, mais ces belles déclarations n'avaient été que cela : des mots creux. En définitive, leur relation avait été à sens unique. Elle aurait rêvé d'avoir une connexion inaltérable avec quelqu'un, mais il n'y avait aucune chance que cela lui arrive. À présent, elle n'avait plus assez confiance en sa capacité de jugement pour faire de la place à un homme dans sa vie.

2

Conor n'en revenait pas d'avoir parlé de Louisa. Et à une parfaite inconnue, qui plus est. D'ordinaire, il ne s'exprimait jamais à ce sujet, même s'il ne cessait de penser à sa femme. Pas un jour ne passait sans qu'il se demande ce qu'il aurait pu faire pour l'empêcher de commettre l'irréparable… Il lui restait fidèle par-delà la mort.

Pour rien au monde il n'aurait voulu ressembler à son père : un homme à femmes qui ne cachait même pas ses infidélités. Conor n'oublierait jamais la façon dont sa mère s'était étiolée, détruite par ces humiliations répétées. Au fil du temps, elle était devenue l'ombre d'elle-même. Conor était tout jeune à l'époque, mais déjà, il s'était juré de rester loyal envers celle qui partagerait sa vie.

Bizarrement, cela avait été libérateur de parler de Louisa. C'était peut-être ce que ses proches avaient espéré pour lui depuis des mois : qu'il s'émancipe enfin de son passé. Sans doute avaient-ils vu mieux que lui ce dont il avait besoin. Et pourtant, il avait mauvaise conscience. Christina était son hôte. Il n'aurait pas dû être aussi sensible à sa féminité, à son sourire, à sa façon de bouger. Mais c'était plus fort que lui. À présent, par exemple, il ne pouvait s'empêcher de la regarder aller et venir dans la cuisine. Mine de rien, la solitude lui pesait. Cela avait du bon, de vivre avec quelqu'un, de ne pas être toujours seul avec soi-même. D'ailleurs, à la réflexion, c'était sans doute pour cela qu'il s'était senti à l'aise pour parler de Louisa. Christina ne l'attirait pas.

C'était juste qu'il avait besoin d'ouvrir son cœur à quelqu'un. Il n'avait rien à craindre.

Les paroles de Christina le tirèrent de ses pensées.

— Je vais sortir les chevaux au paddock pour qu'ils se défoulent un peu. Ensuite, j'ai des visites prévues pour l'après-midi.

— ça vous embête de me déposer à l'agence de location de voitures ? J'ai cru comprendre qu'elle n'est pas loin.

— Pas de problème.

Son petit déjeuner terminé, elle se leva de table.

— Ne vous inquiétez pas de la vaisselle. Je m'en occuperai plus tard.

— Je peux la faire.

— Comme vous voulez, dit-elle en haussant les épaules.

— J'irai rendre visite à Gold tout à l'heure.

Christina déposa ses couverts dans l'évier.

— Merci pour le petit déjeuner.

— Je vous en prie.

Mais elle était partie comme si, accaparée par son emploi du temps, elle ne pensait déjà plus à lui. En tout cas, il se sentait tenu pour quantité négligeable et il n'aimait pas du tout cela. Il finit son repas et rangea la cuisine du mieux qu'il pouvait sans empiéter sur l'espace personnel de Christina, puis il enfila ses bottes et se dirigea vers l'écurie.

Dehors, il inspira à fond l'air frais du matin et promena un regard autour de lui. Si jamais il devait vivre ailleurs qu'en Irlande, c'était ici qu'il se verrait le mieux, songea-t-il en reprenant sa marche. Gold serait sûrement content de le revoir. Son entraîneur devait les rejoindre dans deux semaines, lorsque Gold serait transféré à l'hippodrome de Churchill Downs. Responsable de plusieurs chevaux, il ne pouvait s'absenter trop longtemps, et de toute façon, Gold devrait rester au repos une quinzaine de jours.

Alors qu'il pénétrait dans l'écurie, Christina conduisait un cheval dans son box.

— Belle bête.

Elle tapota l'animal sur le cou et referma la porte de l'enclos.

— N'est-ce pas ? Elle s'appelle Honey.

En effet, la jument avait une belle robe couleur miel.

— Elle m'a été confiée à cause d'un tendon déchiré.

— C'est difficile à réparer.

À vrai dire, Conor était étonné qu'elle se donne la peine d'une prise en charge aussi chère et longue, pour un résultat plus qu'aléatoire.

— Je sais, mais des interventions comme celle-ci sont la raison d'être de cette ferme. Enfin, c'est l'objectif.

Conor se dirigea vers Gold, dont le museau dépassait de la barrière.

— Je croyais que vous hébergiez des chevaux, sans plus.

— Non. À terme, j'aimerais ouvrir un refuge pour chevaux de course. J'ai accepté de loger Gold pour rendre service au vétérinaire de Churchill Downs.

— Je comprends.

Alors qu'elle faisait sortir un autre cheval, Conor entra dans le box de Gold pour le nourrir, puis il l'emmena au paddock. Christina s'y trouvait déjà, occupée à faire marcher un cheval à la longe. Il demeura un instant immobile à la regarder. Avec des gestes souples et élégants, elle accompagnait la marche de l'animal qui faisait le tour du manège. Elle tourna soudain la tête vers Conor. Pourvu qu'elle ne l'ait pas surpris en train de l'observer...

Il attacha Gold à l'un des bras du marcheur automatique, puis il démarra le mécanisme. Alors que le pur-sang marchait, entraîné par le tourniquet, Conor retourna dans son box pour le nettoyer. Christina entra dans l'écurie et enroula le licou autour d'un montant de barrière avant de panser Honey. À nouveau, Conor ne put s'empêcher de l'observer avec une sorte de fascination. Elle passait la brosse avec de longs mouvements amples qui faisaient ployer le dos de l'animal. Conor aurait bien aimé être à la place de ce cheval.

Qu'est-ce qu'il lui prenait d'imaginer des choses pareilles ? Cela faisait des années qu'il ne s'était pas laissé aller à des pensées comme celle-ci. Pourquoi maintenant ? Pourquoi avec cette femme ? Conor expédia le nettoyage du box pour revenir auprès de Gold, puis il s'attarda dans le paddock. Lorsqu'il ramena le pur-sang à l'écurie, Christina n'était plus dans les parages, Dieu merci. Il nettoya Gold tranquillement, mais des images de Christina avec Honey ne cessaient de surgir dans son esprit. C'était bien la première fois qu'il était jaloux d'un cheval.

En fin de matinée, Christina confectionna rapidement des sandwichs au jambon qu'ils mangèrent chacun de leur côté, elle devant son ordinateur et lui à table, devant une revue équestre. Elle fit pivoter sa chaise vers lui.

— Je pars dans une vingtaine de minutes. Vous voulez toujours que je vous dépose à l'agence de location ?

Il referma le magazine.

— Je me prépare. Je vous retrouve près de la voiture.

Une demi-heure plus tard, elle s'arrêta devant l'agence.

— Vous saurez retrouver le chemin ? demanda-t-elle alors qu'il descendait du véhicule.

— Oui, j'ai fait attention. De toute façon, j'ai un GPS.

Elle hocha la tête, un mince sourire aux lèvres.

— Ils ne fonctionnent pas toujours bien par ici.

— Je m'en souviendrai. Merci pour le trajet.

À son retour, Christina n'était pas rentrée. Conor passa le reste de la journée à s'installer dans la petite pièce qui lui servait de chambre. Alors qu'il empilait des boîtes et libérait de la place sur le bureau, il se demanda si Christina lui en voudrait de prendre ses aises chez elle. Elle était si différente de Louisa. Différente, mais intéressante, dans son genre. En tout cas, cela faisait longtemps qu'une femme n'avait pas piqué sa curiosité, et il ne savait pas trop comment réagir à ces sentiments.

Le lendemain, en fin de journée, Christina se gara à sa place habituelle, à l'arrière de la maison, à côté du pick-up rouge que Conor avait ramené de l'agence de location. Ils ne s'étaient pas vus de la journée. Ce matin, il était déjà parti lorsqu'elle était rentrée de son travail à l'écurie, et elle avait passé tout l'après-midi à des visites médicales. Christina n'avait pas la moindre idée de la façon dont il employait son temps, mais après tout, ceci ne la regardait pas.

Lorsqu'elle descendit de voiture, elle remarqua que les portes de l'écurie étaient grandes ouvertes. Elle était pourtant sûre de les avoir fermées avant de partir. Cela dit, Conor avait la clé. Lorsqu'elle entra dans le bâtiment, l'un des chevaux était sorti de son box. Conor l'avait attaché à un montant de la barrière et il s'était accroupi pour examiner l'une de ses pattes. Il faisait courir la main le long du membre et s'attardait sur l'articulation du genou. L'inquiétude de Christina se transforma en colère. Qu'est-ce qu'il fabriquait ? Ce cheval lui avait été confié à elle et à personne d'autre. Conor n'avait pas le droit de le toucher ou de le sortir de son box, d'autant plus que ces bêtes pouvaient être capricieuses et risquaient de s'enfuir.

Alors qu'elle se dirigeait vers lui, il redressa la tête.

— Bonjour.

— Vous pouvez me dire ce que vous faites, au juste ?

— Il est blessé. Je l'ai sorti de son box parce que la lumière est meilleure ici.

— Vous auriez pu attendre mon retour. Ce cheval est sous ma responsabilité. Les propriétaires n'aiment pas que n'importe qui s'amuse à tripoter leurs bêtes.

Conor se redressa de toute sa hauteur, les épaules raides.

— Si j'étais propriétaire, je serais content de recevoir de l'aide, d'où qu'elle vienne.

— Ne le prenez pas mal, mais les personnes qui font appel à moi préfèrent confier leur cheval à un vétérinaire, pas à un palefrenier ou à un entraîneur. Désolée.

Conor la regarda droit dans les yeux comme s'il avait affaire à une faible d'esprit.

— Souvent, les palefreniers ou les entraîneurs font de meilleurs soignants que les vétérinaires. Ceci étant dit, je suis vétérinaire.

— Je, euh… Désolée. Je n'ai pas dit cela pour vous blesser.

— Et ce que vous pensez des palefreniers ou des entraîneurs ?

— Pareil. Simplement, encore une fois, je suis responsable de ces chevaux et je ne peux pas prendre le risque qu'il leur arrive quoi que ce soit. Et, oui, bon… J'ai du mal à partager.

— On peut dire ça, oui.

Conor reporta son attention sur la patte du cheval.

— Mais ça peut être un défaut comme une qualité, ajouta-t-il, conciliant. Pour en revenir à ce cheval, sa blessure a besoin d'être débridée, nettoyée et pansée.

— Laissez-moi voir ça.

Christina posa un genou à terre et examina la plaie.

— Elle est assez profonde. Il faudrait des points de suture.

— Non, je ne pense pas. Vous passez trop vite à un remède qui n'est pas naturel. À mon avis, un bon nettoyage à l'antiseptique et un pansement feront tout aussi bien l'affaire. Il vaut mieux laisser agir la nature.

— ça, c'est à moi d'en juger. Encore une fois, je suis responsable de ce cheval, pas vous.

— Oui, mais j'ai quelques connaissances en la matière.

— Et pas moi ? C'est ce que vous sous-entendez ?

— Pas du tout. Je dis simplement que votre traitement est surdimensionné.

Le calme avec lequel il s'exprimait exacerba l'énervement de Christina au lieu de l'apaiser.

— C'est votre avis, pas le mien. Sur ce, je vous remercierais de vous écarter pour me laisser travailler.

Il lui jeta un regard froid.

— Que puis-je faire pour vous aider ?

— J'aurais besoin d'eau chaude. Vous trouverez le nécessaire à la cuisine.

— Vous vous débarrassez de moi ?

— Mais non... Faites comme s'il s'agissait d'un accouchement.

Elle vit son visage s'assombrir avant qu'il ne se détourne brusquement pour sortir. Bizarre... Pourquoi avait-il pris la mouche ? Mais elle n'avait pas le temps de se soucier de ses états d'âme.

Christina entra dans le local où elle stockait tout son matériel médical et les équipements de sellerie. Après avoir réuni dans un carton des flacons de sérum physiologique, des pansements et un tube de crème antiseptique, elle se dirigea vers le coffret dans lequel elle stockait, sous clé, ses médicaments injectables. Ce coffret, elle y veillait comme à la prunelle de ses yeux. Elle en dressait l'inventaire tous les jours et s'assurait qu'il était rangé par ordre alphabétique. À ce propos, que faisait une boîte en S parmi les W ? Elle avait dû échapper à sa vigilance.

Avant le coup bas de Nelson, ce genre de détail n'aurait jamais retenu son attention, mais à présent, elle voyait des problèmes partout. Conor était-il entré ici ? Comment aurait-il pu ? Il n'avait pas la clé. Avec un haussement d'épaules, elle prit une ampoule d'antibiotique et une seringue sous plastique, puis elle referma la boîte et le local avec un soin paranoïaque. Un récipient à la main, elle retourna auprès du cheval.

Celui-ci tapa du pied alors qu'elle posait le carton pour attraper un tabouret.

— Du calme, Wind. Ce sera vite terminé, tu vas voir.

Elle ouvrit le kit de suture et enfila une paire de ciseaux.

— Je vais découper la peau. Si tu ne bouges pas, j'en aurai vite fini.

Elle n'interrompit pas son travail quand Conor arriva avec une cuvette. L'étalon se décala vers la droite, mais Christina lui tenait le pied fermement. D'un geste vif, Conor posa la cuvette par terre avant de se placer devant le cheval pour lui tenir la tête, puis il lui parla tout doucement, de sa voix mélodieuse. Christina adorait son accent, il avait quelque chose d'apaisant. Elle aurait aimé qu'il lui murmure ainsi à l'oreille. Rien qu'à y penser, elle en avait des frissons. D'où lui venaient ces idées bizarres ? Bah, cela n'arriverait jamais, de toute façon. Quel mal y avait-il à rêver un peu ?

Des rêves... Elle en avait eu, mais ils s'étaient fracassés contre la réalité. Fut un temps, elle avait sérieusement envisagé de passer sa vie avec Nelson. Ils avaient eu des projets de mariage, de travail... Et puis, elle avait découvert le pot aux roses. Au moins, elle avait eu la présence d'esprit d'inscrire la maison et la ferme à son nom. Non, elle était bien mieux toute seule.

Une fois les peaux mortes découpées, elle approcha la cuvette et trempa un chiffon dans l'eau tiède pour nettoyer la zone autour de la blessure. Tandis qu'elle travaillait, Conor continuait de parler au cheval afin de le distraire. Christina lui flatta le poitrail, puis elle ouvrit un flacon de sérum.

— ça risque de piquer un peu, mais tiens bon, Wind.

Conor se positionna pour affermir sa prise.

— Allez, mon grand, on y va.

Elle fit couler le sérum sur la blessure. Une fois le flacon vidé, elle examina la plaie avec soin pour s'assurer qu'il ne restait aucun débris ou corps étranger. Il ne fallait pas permettre à une infection de s'installer.

— Vous avez besoin d'une deuxième paire d'yeux ?

— Pourquoi pas ? J'en profiterai pour me dégourdir un peu les jambes.

Conor lui tendit la main pour l'aider à se lever. Après une courte hésitation, elle s'en saisit et un frisson électrique lui courut le long du bras. Elle lâcha prise comme si elle s'était brûlée. Conor lui donna la longe avant de prendre place sur le tabouret, puis il souleva le pied du cheval pour observer la blessure. Le regard de Christina s'égara sur les cheveux de Conor. Ses doigts la démangeaient de les toucher, mais elle se contrôla. Il reposa le pied et déboucha le tube de crème antiseptique.

— Beau travail, docteur. La préparation de la plaie est excellente.

Elle ne put s'empêcher de savourer le compliment.

— Je termine, si vous êtes d'accord.

— Je persiste à penser qu'il a besoin de sutures.

Conor leva les yeux vers elle et soutint son regard.

— Faites-moi confiance.

Lui faire confiance ? C'était justement la chose dont elle était le plus avare. Nelson était passé par là.

— Je devrais me fier à vous juste comme ça ? Parce que vous me le demandez ?

— Oui.

Elle émit un soupir. Elle n'aurait jamais dû accepter qu'il fourre son nez dans ses affaires.

— Les propriétaires de ces chevaux ne connaissent que moi. En cas de problème, c'est mon nom, mon entreprise qui en subiront les conséquences.

— Je vous assure que tout ira bien, déjà parce que cette façon de faire est moins pénible pour le cheval. Faites l'essai vingt-quatre heures, après quoi vous verrez bien.

— Bon... Mais si je ne vois pas d'amélioration demain matin, je lui fais ces sutures.

Conor ne répondit pas. Il enfila des gants en plastique et appliqua sur l'index une noix de crème qu'il étala sur la jambe de Wind. Le cheval eut un geste de recul, mais Christina resserra le licol.

— Tout doux, mon grand. C'est presque fini.

Conor banda la patte avec des gestes précis issus d'une longue pratique. C'était un vrai pro, rapide et efficace.

— Voilà, ça devrait faire l'affaire.

Il se leva et s'étira, les bras au-dessus de la tête. Malgré sa meilleure volonté, Christina ne put s'empêcher de le regarder. Leurs yeux se croisèrent et elle rougit. Pourquoi l'intéressait-il ? Et pourquoi était-elle gênée d'avoir été surprise à l'admirer ? Troublée, elle se détourna.

— Je vais lui donner une piqûre d'antibiotiques avant de

le reconduire dans son box. Ensuite, je rangerai tout ça. Merci pour votre aide.

— ça ne m'embête pas de faire le ménage. Occupez-vous de Wind.

Il tapota le cheval sur l'encolure.

— Tu es un bon patient, mon grand.

Elle caressa le museau du cheval avant de prendre l'ampoule d'antibiotique.

— Vous lui donnez quoi ?

— Du triméthoprime associé à de la sulfadoxine.

Conor eut un hochement de tête approbateur. Bon... Au moins, ils étaient d'accord sur un point, songea-t-elle en insérant l'aiguille dans la croupe du cheval.

— Avant qu'il ne retourne dans son box, je vais essayer de voir comment il a pu se faire ça.

Elle revint de la sellerie avec un marteau et une lampe torche, puis elle inspecta le box.

— J'ai trouvé...

Elle effleura du doigt un morceau métallique qui dépassait du fond du râtelier.

— Wind, comment tu t'es débrouillé pour t'accrocher à ce truc, mystère. Mais je ne vois pas où tu aurais pu te blesser, si ce n'est là.

Conor la rejoignit dans le box.

— Montrez-moi.

Elle pointa le doigt et il secoua la tête.

— Ces bêtes m'étonneront toujours.

Christina tapa sur la pointe métallique à grands coups de marteau, sans parvenir à l'aplatir. Conor tendit la main.

— Je peux ?

— Oui, allez-y.

Alors qu'il travaillait, elle se surprit à observer le jeu des muscles de son dos et de ses bras. À nouveau, elle l'admirait. Il fallait vraiment qu'elle arrête. Conor était son invité et un collègue.

— Comme ça, ça vous va ?

— Euh… Oui, oui, très bien. Je vais chercher Wind.

Elle sortit du box et accueillit avec soulagement la brise fraîche qui traversait l'allée centrale. Ce soir, il allait pleuvoir.

— Allez, viens, mon beau, dit-elle en saisissant le licou du cheval. Je vais t'installer pour la nuit.

À son retour, Conor avait rangé le matériel médical et rassemblé les déchets dans un petit sac par terre, à côté du tabouret. Mine de rien, c'était agréable de pouvoir compter sur un homme efficace.

— En quoi puis-je vous être utile ?

— ça ira, merci. Il faut juste que je range l'antibiotique dans le réfrigérateur.

Lorsqu'elle revint du local technique, elle prit une chaise pliante qu'elle installa devant le box de Wind.

— Qu'est-ce que vous faites ?

— Je reste un peu pour réagir en cas d'inflammation.

— Mais vous ne pouvez pas lui ôter son pansement avant demain matin. Autrement, vous allez gêner la guérison.

Elle le foudroya d'un regard noir.

— Je sais tout ça, merci.

Il baissa la tête d'un air penaud.

— Oui, bien sûr… Désolé. J'emporte la cuvette et les déchets.

Une vingtaine de minutes plus tard, il était de retour avec un panier. Surprise, Christina cala sur ses genoux le livre de poche qu'elle gardait toujours dans l'écurie pour ce genre d'occasions.

— Je viens vous tenir compagnie. Et j'apporte quelque chose à manger, ajouta-t-il en posant le panier près du tabouret. Vous n'auriez pas une autre chaise quelque part ?

— Si, dans le local derrière la porte.

Conor s'installa à côté d'elle et sortit un thermos du panier.

— Du thé bien chaud. Et des sandwichs au jambon et au fromage.

Il lui en tendit un.

— Vous voulez du thé ?

— Oui. Merci beaucoup, Conor. C'est très gentil.

Le sourire qu'il lui lança libéra une nuée de papillons dans son ventre.

— Je vous en prie.

— Qu'est-ce qui vous a décidé à devenir vétérinaire ? demanda Conor au bout de quelques minutes de silence. Une vétérinaire spécialiste des grands animaux, qui plus est. En Irlande, les femmes ne sont pas nombreuses à exercer cette activité.

— Par ici, c'est cinquante-cinquante. Quant à mes raisons pour choisir ce métier, j'imagine que ce sont les mêmes que les vôtres. J'adore les animaux, surtout les chevaux. Mais c'est normal, dans une région comme celle-ci.

— Vous avez grandi dans une ferme ?

— Non, en ville, avec un petit chien pour seule compagnie. Mais déjà, ma passion, c'était les chevaux, au grand dam de ma mère.

— Ah bon ? Pourquoi ?

Christina frotta le talon de sa botte sur le sol poussiéreux.

— Disons qu'elle aurait préféré que je reste sagement à la maison à jouer à la poupée. Je ne répondais pas à ses attentes. Maintenant non plus, d'ailleurs.

Elle posa sa tasse par terre.

— Et vous ? Vous avez grandi dans une ferme ?

— Oui. Par contre, je ne savais pas à quel métier me destiner avant d'effectuer des petits boulots d'été dans une clinique vétérinaire. Il s'agissait surtout de nettoyer des cages, mais c'est comme ça que ma vocation est née.

Et puis, ces expériences professionnelles lui avaient permis d'échapper à une situation familiale compliquée.

— Pourquoi avez-vous fait ce voyage ? C'est bien la première fois que je vois un vétérinaire accompagner un cheval. Pour moi, c'est plutôt le travail d'un palefrenier.

— Le propriétaire de Gold a insisté. Il tenait à ce qu'il parte avec une personne de confiance. Le travail est assez physique, mais ça n'est pas pour me déplaire. Au contraire, ça me fait penser à mes débuts. Par contre, je ne m'attendais pas à ne pas avoir de point de chute à mon arrivée. Merci encore d'avoir accepté de m'héberger.

— Je vous en prie. Si ça vous fait plaisir, vous pouvez nettoyer autant de box que vous le souhaitez.

Conor éclata de rire.

— Merci de me rappeler les bases du métier de vétérinaire.

Au cours des trois heures qui suivirent, Christina se leva une dizaine de fois pour voir si le pansement suintait ou si la patte de Wind présentait une chaleur anormale causée par une infection. Conor lui proposa à deux reprises d'examiner le cheval à sa place, mais elle refusa.

Peu à peu, ils s'étaient tus et Christina s'était assoupie, la tête renversée contre le dossier de la chaise. Elle allait se réveiller avec un torticolis si elle passait la nuit dans cette position inconfortable. Conor l'observa un instant. Elle était vraiment jolie. Pas à la manière d'une déesse ou d'une star de cinéma, mais d'une beauté toute simple, naturelle. Ce qui lui plaisait le plus en elle, c'était sa passion pour les animaux. Sans oublier sa conception très particulière de l'ordre et du ménage et sa détermination pour réaliser ses objectifs.

Cela faisait une éternité qu'il n'avait pas partagé un moment tout simple avec quelqu'un sans penser à Louisa. Normalement, elle lui revenait sans cesse à l'esprit, mais là, c'était lui qui évoquait volontairement son souvenir. Cette idée lui causait autant de soulagement que d'inconfort. Conor aurait voulu la garder en lui aussi longtemps que possible, même s'il était grand temps de la laisser partir. Son père avait eu moins de scrupules, songea-t-il avec un long soupir. Il secoua doucement l'épaule de Christina.

— Vous devriez vous mettre au lit. Vous allez finir par tomber de votre chaise.

— Je dois rester ici, balbutia-t-elle. Surveiller Wind.

— Je comprends, mais je pense qu'on peut rentrer prendre quelques heures de sommeil. Wind ira bien jusqu'à demain matin.

— Mais...

— Écoutez, si cela peut vous rassurer, je passe le voir dans deux heures. Vous avez besoin de vous reposer.

Alors qu'il l'aidait à se mettre debout, elle chancela et il passa un bras sous ses épaules.

— Vous dormez debout.

— C'est mon travail...

— Je n'en doute pas, mais je suis là et je peux vous aider. Allons, venez. Laissez-moi vous mettre au lit.

— Au lit...

Conor sentit sa gorge se nouer. Cette culpabilité, il n'en voulait pas. Il ne pouvait pas désirer Christina. Surtout, il ne voulait pas souffrir d'aimer une fois de plus.

Christina se détourna un instant pour regarder Wind.

— Vous me le promettez ?

— Vous avez ma parole. Allez, venez.

Un bras autour de ses épaules, il la conduisit jusqu'à la maison, puis il ouvrit la porte au fond du couloir : celle de la chambre de Christina. Elle couina lorsqu'il alluma.

— Éteignez. La lumière m'éblouit.

Il obtempéra avant de la lâcher.

— Dormez bien, Christina. Reposez-vous.

Elle marmonna une réponse inintelligible et referma la porte derrière elle. Conor alla se coucher avec un sourire jusqu'aux oreilles. Il n'avait jeté qu'un bref coup d'œil à la chambre, mais il avait eu le temps de voir des vêtements éparpillés par terre, des revues professionnelles amoncelées près du lit. Lit dont la couverture était rejetée comme si Christina s'était levée à la va-vite le matin précédent. C'était sans doute une excellente vétérinaire, mais le ménage n'était pas son fort.

Conor ôta ses bottes et régla son réveil pour qu'il se déclenche dans deux heures, puis il se mit au lit. Il avait une promesse à tenir… La première depuis longtemps.

La sonnerie le tira du sommeil bien trop tôt. Péniblement, il enfila ses bottes et se rendit à l'écurie avant d'en revenir un quart d'heure plus tard. Lorsque le réveil se déclencha à nouveau, deux heures plus tard, l'aube commençait à poindre. Lorsqu'il arriva dans l'écurie, Christina examinait la blessure de Wind. Conor s'accroupit à côté d'elle.

— Alors, vous en pensez quoi ?

— Il va mieux.

— Je m'abstiendrai donc de vous dire « je vous l'avais bien dit ».

Elle se tourna vers lui avec un doux sourire.

— Merci, c'est gentil. En effet, ça m'aurait énervée. Mais vous aviez raison. On n'a pas souvent recours aux vieilles méthodes, par ici. Nous sommes trop pressés, trop impatients. Merci de m'avoir rappelé que parfois, il suffit de laisser du temps au temps.

— Ce n'est rien, dit-il en se levant.

Christina banda à nouveau la blessure de Wind.

— Je tâcherai de m'en souvenir pour mon programme de rééducation équine.

— Vous avez l'intention de vous concentrer sur quels problèmes de santé équine ?

— Tous ceux qui concernent les jambes. Ça me fend le cœur qu'on abatte des chevaux qui pourraient être sauvés. Même s'ils ne peuvent plus courir, ils valent encore quelque chose. Comme ce bonhomme, ajouta-t-elle en se levant. Il mérite qu'on lui consacre du temps et des efforts.

Alors qu'elle tapotait le cou de Wind, elle frôla la main de Conor. Ils se figèrent, puis Christina eut un geste de recul.

— Je ne supporterais pas de devoir perdre un animal aussi majestueux.

— Vous ne pourrez pas tous les sauver, remarqua-t-il d'une voix douce.

— Peut-être, mais ce n'est pas une raison pour ne pas essayer.

Elle s'empara d'un seau d'alimentation et remplit la mangeoire, puis elle nettoya le box. Conor secoua la tête, un sourire aux lèvres. Christina était peut-être fâchée avec le ménage, mais pour ce qui était du soin qu'elle apportait aux chevaux ou à l'organisation de l'écurie, elle était irréprochable.

— Allez, venez. Je vais nous préparer un bon petit déjeuner.

Ils sortirent du box et prirent le chemin de la maison.

— Vous faisiez déjà la cuisine quand vous étiez marié ?

— Non. Je m'y suis mis quand elle n'a plus été là. Mais j'y ai pris goût.

— Vous n'êtes pas obligé de me préparer tous mes repas, vous savez.

— Oui, mais vous avez accepté de m'héberger au pied levé. En plus, il faut bien que je me nourrisse, donc autant le faire pour deux.

— Je dois avouer que vos petits plats sont bien meilleurs qu'un bol de céréales froides, mais à ce rythme, je vais devenir énorme.

— Quelques kilos supplémentaires vous iront très bien.

Leurs regards se croisèrent.

— Merci, c'est gentil.

3

Christina fut réveillée par le soleil qui se déversait par la fenêtre de sa chambre. Elle se redressa d'un bond. Bon sang, jamais elle ne se réveillait si tard ! Les chevaux devaient mourir de faim. Après deux soirs à se coucher à pas d'heure, il ne fallait pas s'étonner si la fatigue la rattrapait.

Elle rejeta la couverture et sauta hors du lit avant d'enfiler son jean de la veille qu'elle boutonna tout en marchant. Elle s'habillerait mieux plus tard. Pour l'heure, sa priorité, c'était les chevaux. Elle s'engouffra dans le couloir et heurta quelque chose de dur. Un torse d'homme. Des mains solides lui saisirent les bras pour l'empêcher de tomber à la renverse.

— Ouf...

Elle s'agrippa à la taille de Conor pour s'équilibrer.

— Eh là... Où allez-vous si vite ?

Son souffle tiède sur son oreille la fit frissonner.

— Les corvées du matin... Je suis en retard, dit-elle en se dégageant.

— Pas du tout. Je me suis occupé des chevaux après avoir rendu visite à Gold et Wind.

— Comment va-t-il ?

— Beaucoup mieux. J'ai examiné sa jambe, son pansement est refait. Tout va bien.

On ne pouvait pas en dire autant d'elle. Christina recula pour mettre de la distance entre eux... Et s'en mordit les doigts. De là où elle se trouvait, elle avait une vue privilégiée sur son torse nu et athlétique. Il devait sortir tout juste de la douche. En tout cas, elle aurait mieux fait de rester près de lui. Sa gorge se serra.

— Merci pour votre aide, mais je vais quand même voir comment il va.

— Les soins du matin sont faits, mais j'imagine que vous tenez à vous en assurer par vous-même.

Il s'écarta pour lui laisser le passage sans avoir l'air de s'offusquer du peu de confiance qu'elle lui accordait. Son regard tomba sur sa poitrine et il s'éclaircit la gorge.

— Je vais préparer le petit déjeuner.

Elle enfila sa veste et s'aperçut alors qu'en plus de son jean, elle n'avait sur elle qu'un mince T-shirt transparent. Ses seins étaient encore au garde-à-vous, les pointes dressées. Génial... Enfin, ce qui était fait était fait. Elle serait plus attentive à l'avenir.

Tout paraissait normal dans l'écurie. Chaque cheval avait été nourri et pansé, les box étaient propres. De retour à la maison, elle trouva Conor attablé dans la cuisine, une tasse de café entre les mains. À sa droite, une chaise l'attendait, ainsi qu'un mug fumant et un bol de flocons d'avoine agrémentés de fruits. Décidément, il la gâtait. Ses petites attentions allaient lui manquer lorsqu'il serait parti.

— Je devrais d'abord prendre une douche.

— Vos flocons d'avoine vont refroidir.

— C'est que... Je ne suis pas habillée convenablement.

Il baissa les yeux vers sa poitrine.

— Vous êtes très bien comme ça.

— Quand même, je préfère me changer. Je n'aurai qu'à réchauffer mon café et mes flocons d'avoine.

Il la dévisagea avec ce mince sourire qu'elle trouvait tellement sexy.

— Comme vous voulez.

Christina fut parcourue d'un frisson. Devait-elle se soucier de tous ces sous-entendus qui planaient entre eux ? Certes, Conor s'était toujours comporté comme un gentleman, mais pouvait-elle s'y fier ? Après tout, avec Nelson, elle s'était trompée dans les grandes largeurs. Cela dit, jusqu'à présent, Conor avait été parfait, aussi bien avec elle qu'avec les chevaux.

Après une douche rapide, elle passa son repas au micro-ondes. Conor sirotait son café tout en lisant un magazine professionnel arrivé la veille par la poste.

— Quel est votre programme pour la journée ?

— J'ai des patients à visiter, répondit-elle alors que le four bipait.

— ça vous embête si je vous accompagne ? ça m'intéresse de voir comment le métier se pratique par ici.

Comment pouvait-elle lui dire non ? Pourtant, passer la journée avec lui… Elle s'installa à table sans rien dire.

— Gold se porte bien. Cette mission de baby-sitting est moins intense que prévu.

— Oui, vous pouvez venir avec moi si vous voulez. Mais vous allez vous ennuyer. Ce n'est pas de la grande médecine vétérinaire, vous savez.

— Je suis sûr que j'apprendrai quelque chose. Je suis prêt quand vous l'êtes.

— Je dois charger la voiture. Comptez une vingtaine de minutes.

— Très bien. Je vais chercher mon sac et ma veste.

Christina se hâta de terminer son petit déjeuner, puis elle se rendit à l'écurie pour rassembler le matériel de la journée. Un instant plus tard, Conor la trouva dans le local technique, occupée à inspecter le contenu de la boîte de médicaments.

— Il y a un problème ?

— Je fais juste l'inventaire des médicaments, comme tous les jours.

— Tous les jours ?

— Oui. Je surveille tous mes stocks quotidiennement.

Elle referma la boîte à clé.

— Pourquoi tant de vigilance ? demanda-t-il en sortant du local avec elle.

— Je ne peux prendre aucun risque. J'ai travaillé trop dur pour restaurer ma réputation.

Les sourcils de Conor formèrent une barre sous son front.

— Que voulez-vous dire par là ?

— Je vous raconterai dans la voiture. Il faut que je me dépêche si je ne veux pas terminer ma journée à pas d'heure. Le vol de médicaments est un gros souci, ajouta-t-elle alors qu'ils se dirigeaient vers le véhicule. Les contrevenants sont très habiles.

— Nous avons le même problème en Irlande. Elle est loin, l'époque où l'on pouvait laisser traîner les produits sur une étagère sans surveillance.

Arrivée à la voiture, Christina chargea son matériel dans un compartiment de stockage et ferma à clé la boîte de médicaments et d'aiguilles à intraveineuse.

— Je peux vous aider ?

— Non, ça ira. Je passe voir les chevaux juste une dernière fois et on s'en va.

— Je comprends pourquoi le Dr Dillard nous a conseillé d'héberger Gold chez vous. Vous prenez votre travail au sérieux.

Christina croisa son regard.

— Bien sûr. Pas vous ?

Si, Conor prenait ses engagements au sérieux. Au détriment de son bonheur, même, parfois. Trois ans après la mort de Louisa, il n'avait toujours pas renié ses vœux de mariage. Contrairement à son père, il était fidèle à ses promesses. Mais Louisa aurait-elle souhaité ou espéré une telle loyauté ? N'était-ce pas elle qui avait décidé de partir ? Quel mal y avait-il à s'intéresser à une autre femme ? Il en avait assez de la solitude. À présent qu'il vivait chez Christina, il s'en rendait compte.

L'esprit lourd de pensées, Conor s'installa à la place du passager. Pourquoi avait-il demandé à venir avec elle ? L'avait-il fait parce qu'il s'ennuyait ? Par simple curiosité professionnelle ? Parce qu'il désirait passer du temps avec elle ? Cette dernière possibilité lui donnait des frissons.

— On risque de revenir tard, précisa-t-elle en s'asseyant au volant. Vous êtes sûr de vouloir m'accompagner ?

— Oui. Le premier patient se trouve loin ?

— En général, je commence par le rendez-vous le plus éloigné et j'enchaîne les autres visites de manière à revenir à mon point de départ. J'opère sur un rayon d'une centaine de kilomètres.

— Vos journées sont longues.

Elle lui jeta un coup d'œil.

— Vous souhaitez changer d'avis ?

— Vous essayez de vous débarrasser de moi ?

— Pas du tout, dit-elle en démarrant. Je dis ça pour vous.

Christina n'était pas assez détendue pour qu'il aborde à nouveau le sujet des médicaments. Il se contenta donc de contempler le paysage en lui jetant de temps à autre des regards discrets. Mais elle semblait préférer se taire.

Avant le milieu de l'après-midi, ils s'étaient arrêtés dans trois fermes. À chaque fois, elle l'avait impressionné par son efficacité et par son empathie pour les chevaux. Une empathie en totale contradiction avec la froideur qu'elle lui témoignait. Depuis le matin, elle ne lui avait pour ainsi dire pas adressé la parole en dehors du strict nécessaire. Le métier de vétérinaire était solitaire, certes, mais là, elle exagérait. C'était ridicule, à la fin.

— Vous êtes en colère contre moi ? J'ai fait quelque chose qu'il ne fallait pas ?

Elle inclina la tête d'un air étonné.

— Qu'est-ce qui vous fait croire ça ?

Il pivota sur son siège pour lui faire face.

— Vous ne m'avez pas adressé plus de dix mots depuis trois heures.

— Désolée, je réfléchis à quelque chose.

— Parfois, ça aide de parler.

— Je ne pense pas que ça m'avancera à grand-chose.

Elle ralentit pour tourner à gauche, vers une petite route bordée d'arbres.

— Essayez donc. On ne sait jamais.

Il étudia son profil. Sa mâchoire était moins crispée : c'était déjà cela.

— J'ai failli perdre mon accréditation.

Il se redressa, tout ouïe. Elle lui jeta un coup d'œil.

— Vous ne dites rien ?

— Non, j'attendais que vous me donniez des détails.

Un sourire fragile trembla sur les lèvres de Christina.

— J'ai été stupide… Trop confiante, en fait. J'aurais dû mieux tenir l'inventaire de mes médicaments puisqu'ils étaient à mon nom. Ça m'aurait aidée à me rendre compte que mon petit ami se servait dans la pharmacie. Il était technicien vétérinaire et il revendait les produits à Dieu sait qui. Les autorités ont fini par le prendre la main dans le sac et l'affaire a éclaté. J'ai été à deux doigts d'être rayée de la liste des professionnels accrédités. Tout cela remonte à plus d'un an, mais ma réputation peine encore à s'en remettre.

— C'est pour cela que vous comptez vos médicaments tous les jours. Vous vous sentez responsable de ses fautes.

— Plus ou moins, oui.

Sa honte était perceptible dans sa voix.

— Je suis navré, Christina. Ça a dû être dur d'être ainsi trahie par une personne en qui vous aviez toute confiance.

— Oui.

Elle s'arrêta sur une petite aire de stationnement près d'un champ où des chevaux agitaient paisiblement la queue sous le chaud soleil printanier.

— Je commençais à chercher des fonds pour financer l'ouverture de ma pension de convalescence. Les banques m'ont toutes envoyée balader. Nelson, c'était mon ex, n'avait pas seulement détruit mon activité, il avait mis un coup d'arrêt à mes rêves. C'est pour cela que j'ai accepté d'héberger Gold : pour nouer de bonnes relations avec le Dr Dillard. J'aimerais intégrer l'équipe vétérinaire du derby. C'est une mission prestigieuse qui me permettrait de redorer mon CV. Et puis, ce serait aussi l'occasion de nouer des contacts avec des personnes intéressées par ma ferme, à des fins thérapeutiques ou récréatives.

Elle prit deux barres protéinées dans le vide-poche de la portière.

— Tenez, c'est l'heure de la pause.

— Que voulez-vous dire par « des fins récréatives » ?

Elle le regarda avec un sourire, le premier de la journée.

— Eh bien, un endroit où les chevaux peuvent se détendre entre deux compétitions.

— Un peu comme ce voyage pour moi, en quelque sorte.

— Comment ça ?

Conor mâcha sa barre lentement pour gagner du temps avant de répondre. Pourquoi avait-il dit cela ? Cela dit, Christina venait de raconter son histoire, alors il pouvait bien lui dire la sienne, du moins en partie. Mais pas tout. La perte du bébé était encore trop douloureuse.

— Vous connaissez déjà l'essentiel. Mes proches m'ont incité à partir pour me faire changer d'air. Ils pensent que je n'arrive pas à faire le deuil de ma femme.

— Et vous ?

— Je ne sais pas.

Elle le dévisagea un instant.

— Je parie que si.

Conor émit un long soupir.

— Ils pensent que je me replie trop sur moi-même. Ils voudraient que j'aille au pub, aux fêtes de famille… C'est vrai que je passe l'essentiel de mon temps à la maison ou avec mes patients. Enfin, *mon* patient : Gold. À force, j'ai perdu tous les autres. Et même, j'aurais jeté l'éponge si William Guinness n'avait pas insisté pour que je m'occupe de Gold. Pour vous dire, j'ai croisé plus de monde depuis que je suis chez vous qu'en un an chez moi.

— Comme quoi, ils ont bien fait de vous pousser à partir.

— Apparemment, oui, dit-il avec un sourire amer.

Le téléphone de Christina sonna et elle actionna le dispositif mains libres.

— Docteur Mobbs, j'écoute...

— Allô, je suis le docteur Dillard de Churchill Downs. Vous pouvez passer me voir cet après-midi à la clinique ?

Les yeux de Christina s'agrandirent. Le moment tant attendu était peut-être arrivé.

— Oui, bien sûr. Dans trente minutes, ça vous va ?

— Parfait. À tout à l'heure.

Elle raccrocha et se tourna vers Conor.

— Nous allons faire un détour par Churchill Downs, si vous n'y voyez pas d'inconvénient.

— Pas du tout. Vous savez de quoi il veut vous parler ?

— J'espère qu'il veut faire appel à moi pour le derby.

— Pourquoi est-ce si important pour vous ?

— Déjà parce que c'est un honneur. Ensuite parce que ce serait la preuve que j'ai le niveau pour faire partie des meilleurs.

Elle démarra la voiture.

— Vous en doutez ?

— Moi, non. Mais d'autres, oui.

Manifestement, elle ne souhaitait pas s'attarder sur le sujet.

— Le derby est le plus grand événement sportif dans le Kentucky. C'est l'équivalent des courses d'Ascot en Angleterre. Il rassemble des centaines de milliers de spectateurs et des millions le suivent à la télévision.

— Je ne savais pas. Mais c'est vrai que l'enjeu est énorme.

— Vous êtes déjà venu à Churchill Downs ?

— Oui, pour trouver une écurie pour Gold, voir dans quel environnement il va séjourner. Il fallait aussi que j'organise l'examen médical qu'il devra passer avant de pouvoir être logé là-bas. Je me suis renseigné pour avoir le détail des tests requis.

— Vous avez eu de quoi vous occuper, on dirait. Et moi qui pensais que vous passiez vos journées à préparer mes repas.

— Cela ne prend pas des heures, répondit-il avec un grand sourire.

— Tant mieux. Autrement, j'aurais mauvaise conscience.

Ils empruntèrent une large autoroute en direction de Louisville. Peu de temps après, ils entrèrent dans l'enceinte de Churchill Downs et Christina navigua sans hésitation dans les petites rues et allées qui menaient à la zone des écuries.

— Vous êtes déjà venue, on dirait.

— Oui, souvent.

Elle se gara devant un grand bâtiment.

— ça vous embête si je viens avec vous ?

— Non, pas du tout.

Sans prendre la peine de l'attendre, Christina se dirigea vers le Centre de médecine équine de Churchill Downs. Il la rattrapa et entra dans le bâtiment à sa suite.

— Je tiens à voir les locaux de mes propres yeux.

— OK. Dans ce cas, je vous retrouve dans quelques instants, dit-elle par-dessus son épaule.

Christina s'adressa alors à une employée à l'accueil.

— Je suis Christina Mobbs, j'ai rendez-vous avec le Dr Dillard.

— Un instant s'il vous plaît. Il est en consultation.

Christina s'assit dans l'espace d'attente et Conor prit place à côté d'elle. Le regard dans le vide, elle serrait et desserrait ses mains nerveusement.

— Eh, vous n'avez aucune raison d'être aussi inquiète, assura-t-il d'une voix douce. Tout va bien se passer, vous verrez.

Elle plissa les yeux d'un air dubitatif.

— D'après ce que j'ai vu de votre travail, vous êtes largement compétente. Vous avez un excellent contact avec les chevaux et vos soins sont irréprochables. Ne laissez personne prétendre le contraire, ajouta-t-il en posant sa main sur les siennes.

Elle lui lança un sourire timide.

— Merci pour vos encouragements. Je n'ai pas l'habitude.

Un bonhomme au torse puissant apparut alors et Christina se leva précipitamment.

— Docteur Dillard, quel plaisir de vous revoir.

— Pareillement, dit celui-ci avant de jeter un regard vers Conor.

— Vous connaissez le docteur O'Brian, je crois.

— Tout à fait. Comment allez-vous ?

Les deux hommes échangèrent une poignée de main.

— Docteur O'Brian, n'hésitez pas à faire un tour des lieux pendant que je m'entretiens avec le Dr Mobbs. Christina, si vous voulez bien me suivre...

Conor lui adressa un sourire rassurant avant qu'elle ne suive le Dr Dillard.

Les encouragements de Conor étaient les bienvenus. Christina n'en avait jamais reçu beaucoup dans sa vie, et encore moins ces dernières années. Ce n'était pas auprès de Nelson qu'elle en aurait trouvé. Il ne l'avait jamais aidée avec les chevaux, il avait toujours traîné des pieds lorsqu'elle parlait de mariage, d'enfants. Au fond, elle avait été la seule à croire en leur couple. Pourquoi avait-elle attendu qu'il la détruise pour le voir tel qu'il était vraiment ? C'était incompréhensible.

Quant à sa mère, elle l'avait toujours dénigrée, et depuis cette histoire avec Nelson, elle ne cessait de lui reprocher d'avoir traîné leur nom dans la boue. Son père ne l'avait jamais défendue : il ne se serait jamais aventuré à contredire sa femme. Dire que c'était un étranger de l'autre bout du monde qui lui redonnait foi en elle...

— Mon bureau ressemble plus à un grand placard, mais je ne peux pas prétendre à plus, dit le Dr Dillard en s'effaçant pour la laisser entrer.

— Ce n'est pas grave.

— Le Dr O'Brian a l'air tout à fait sympathique. Merci d'avoir accepté d'héberger Gold.

— Je vous en prie. Gold s'est bien acclimaté et le Dr O'Brian est une compagnie agréable. Il m'aide beaucoup à la ferme.

— Parfait... Quand je lui ai parlé l'autre jour, il m'a dit qu'il se plaisait bien chez vous.

Le Dr Dillard s'éclaircit la gorge.

— Si je vous ai fait venir, c'est pour discuter d'une opportunité. Seriez-vous d'accord pour faire partie de l'équipe en poste lors de la semaine du derby ?

Le cœur de Christina s'emballa.

— J'en serais ravie.

— Vous aurez différentes missions en amont des jours d'épreuves. Lors de la semaine proprement dite, vous serez affectée près de la piste.

— Vous pouvez compter sur moi.

En bordure de piste, elle serait au plus près de l'événement, contrairement à certains collègues qui ne quittaient pas la zone des écuries et ne voyaient quasiment rien des épreuves.

— Vous serez capable de mener de front cette mission et votre travail à la ferme ?

— Je me débrouillerai.

— Vous devrez arriver avant l'aube et rester jusqu'à la nuit tombée.

— Je me débrouillerai, répéta-t-elle avec fermeté.

— Vous serez plus de quarante vétérinaires lors des oaks et du derby. Nos responsabilités sont énormes.

— ça ne me fait pas peur. Au contraire, j'ai hâte.

— Parfait. À propos, avec ma femme, nous organisons un barbecue samedi prochain pour l'ensemble des vétérinaires du derby. Vous devriez recevoir votre invitation par la poste cette semaine. D'ailleurs, le Dr O'Brian serait aussi le bienvenu.

Christina n'était pas sûre de vouloir être vue au bras de Conor à une fête chez le Dr Dillard, mais avait-elle le choix ?

— Je lui en parlerai.

— Très bien. Dans ce cas, je vous vois samedi prochain, chez moi, puis le lundi matin suivant, à l'hippodrome, pour une réunion d'orientation.

— Merci, dit-elle en lui rendant son sourire.

Christina quitta le bureau d'un pas léger, impatiente d'annoncer la nouvelle à Connor. Elle le trouva occupé à discuter avec l'employée de l'accueil. Lorsqu'il vit Christina, il la rejoignit et sortit avec elle sans rien dire. Elle s'arrêta de marcher lorsqu'elle fut hors de la vue de la clinique. Conor lui fit face d'un air impatient.

— Alors ? Vous allez travailler pour le derby ?

— Oui !

Elle se jeta à son cou et il la serra fort. Pendant un instant, elle s'imprégna de sa force, de sa chaleur. Puis, se ressaisissant, elle s'écarta, les mains sur les épaules de Conor, qui laissa tomber ses bras. Elle baissa les yeux, rougissante.

— Pardon… Je ne sais pas ce qui m'a pris. J'étais tellement contente d'en parler à quelqu'un…

— Pas de souci. C'est la plus jolie chose qui me soit arrivée depuis longtemps.

Elle leva les yeux. Conor la contemplait avec une intensité troublante.

— Le Dr Dillard m'a invitée à un barbecue samedi prochain, chez lui. Il m'a demandé si vous pouviez venir avec moi.

Conor se détourna, le regard fuyant.

— J'y réfléchirai.

Pourquoi ces réticences ? C'était l'idée de sortir avec elle ou de sortir tout court ? Après tout, c'était sans importance… Sauf qu'elle ne pouvait s'empêcher de se poser la question. Une minute plus tôt, il semblait tellement content pour elle… Et là, il évitait de la regarder. C'était à n'y rien comprendre.

— On rentre ou vous devez vous arrêter encore quelque part ?

— Je vais faire un crochet par la clinique du personnel. Ma cousine est médecin, il lui arrive de leur donner un coup de main. ça fait un bout de temps que je ne l'ai pas vue.

Tout en parlant, Christina se dirigeait vers un petit bâtiment blanc à l'extrémité d'une allée gravillonnée.

— Impressionnant, comme endroit. Vous m'aviez dit que c'était grand, mais à ce point, je ne pensais pas.

Il faisait comme si rien ne s'était passé. C'était sans doute la meilleure des choses à faire.

— J'adore venir ici. Les parents de ma cousine m'y emmenaient de temps en temps quand j'étais petite. Pas le jour du derby, mais certains week-ends, juste pour voir les chevaux courir. J'ai toujours été émerveillée par la beauté et la majesté des pur-sang.

— Vous et moi, nous avons un point commun : nous aimons les beaux chevaux. Les voir courir à l'entraînement du matin, c'est magique.

— C'est l'une des nombreuses raisons pour lesquelles je n'arrive pas à les abandonner quand ils vieillissent. J'essaye de leur donner une nouvelle vie après l'hippodrome. Tout le monde mérite une seconde chance.

— Votre projet est admirable.

Christina s'arrêta de marcher.

— Merci pour votre soutien. Vous n'imaginez pas à quel point c'est important pour moi.

— Il n'y a pas de quoi. Vous méritez qu'on vous complimente. Vous êtes une vétérinaire excellente, soucieuse de vos patients. Votre seul point faible, c'est la cuisine. Et le ménage, bien sûr.

Elle éclata de rire.

— C'est vrai, ce ne sont pas mes points forts, au grand chagrin de ma mère. Elle me préférerait à la maison avec une ribambelle d'enfants. Mais je ne me vois pas en femme au foyer. En revanche, j'aimerais devenir mère un jour.

Le regard de Conor s'assombrit brièvement.

— Vos parents vivent près de chez vous ?

— Non, en Floride depuis qu'ils sont à la retraite. Mais ma mère est restée en contact avec ses anciennes amies. Elle est mieux au courant que moi de tous les potins.

Elle s'arrêta devant la clinique du personnel : un bâtiment avec une porte centrale flanquée de deux fenêtres.

— Callee travaille ici.

Elle ouvrit la porte et s'adressa à un homme derrière un bureau.

— Bonjour. Callee est ici ?

Un cri perçant lui répondit à l'autre bout du couloir, et Callee se précipita vers elle, les bras grands ouverts. Les deux cousines échangèrent une étreinte chaleureuse.

— Qu'est-ce qui me vaut cette bonne surprise ?

— Je viens de voir le Dr Dillard.

— Et alors ? demanda Callee avec un air d'attente.

Christina redressa les épaules et sourit.

— Prépare-toi à me voir lors de la semaine du derby.

— Félicitations ! Même si je m'y attendais. Si tu veux mon avis, tu t'inquiètes plus que les autres de ce qui est arrivé.

— Va raconter ça au comité d'accréditation. Ils n'avaient pas l'air de prendre les choses à la légère l'année dernière.

Callee agita une main dédaigneuse.

— ça, c'était avant. Depuis, de l'eau a coulé sous les ponts.

Le regard de Callee se porta derrière Christina, vers Conor, négligemment appuyé contre le mur.

— Puis-je vous aider ?

— Il est avec moi. Callee, je te présente Conor O'Brian. Il est vétérinaire et irlandais. Il loue une chambre chez moi pour rester près d'un cheval qui réside à la pension.

Callee observa Conor un instant, les sourcils levés.

— Bonjour.

— Comment allez-vous ?

Conor s'approcha, mais s'arrêta derrière Christina.

— Vous résidez à la ferme…

La phrase tenait plus de l'affirmation que de la question.

— Oui, le temps que Gold récupère de son voyage et s'habitue à son nouvel environnement.

Pourquoi Christina éprouvait-elle le besoin de justifier la

présence de Conor chez elle ? Sans doute parce qu'elle tenait les hommes à distance depuis plus d'un an. Quoi qu'il en soit, mieux valait changer de sujet.

— Bref, comment vas-tu ?

— Très bien, même si les préparatifs du derby ne sont pas de tout repos.

— Et pourtant, tu ne diriges plus la clinique.

— Oui, mais ça ne m'empêche pas de leur filer un coup de main en cas de besoin. Tu as de la chance d'être tombée sur moi aujourd'hui. Normalement, je ne suis pas là.

Christina se tourna vers Conor.

— Langston, le mari de Callee, travaille sur un programme de prévention des traumatismes crâniens.

— Je n'arrive pas à croire qu'on se voie si peu alors qu'on vit juste à côté, toi et moi, ajouta Callee.

— C'est vrai, il va falloir y remédier. J'ai entendu dire que Langston et toi avez mis au point des innovations intéressantes en matière de sécurité des jockeys.

— Oui, les ébauches sont prometteuses. Le problème, c'est qu'on passe notre temps à travailler, mais on adore ce qu'on fait.

— Et votre lune de miel ?

— On y pense, répondit Callee avec un sourire béat.

Le cœur de Christina se pinça douloureusement. Elle aurait aimé avoir dans sa vie quelqu'un qui sourirait ainsi rien qu'en pensant à elle... Elle regarda Conor, qui l'attendait patiemment. Non, inutile de se faire des idées.

— J'espère que vous appréciez votre séjour aux États-Unis, dit Callee à Conor.

— Oui, beaucoup.

— ça doit vous changer de l'Irlande.

— C'est vrai, mais la vie ici a aussi ses charmes.

Il jeta un coup d'œil à Christina. Les yeux brillants, Callee observa sa cousine un instant.

— Oui, je comprends, acquiesça-t-elle.

Christina se sentit rougir. Callee avait rencontré son mari il y avait tout juste un an et elle s'imaginait que tout le monde devait trouver l'amour.

Un homme arriva précipitamment en tenant une de ses mains dans la paume de l'autre.

— Bon, je vous laisse, dit Callee.

Alors qu'elle se hâtait vers le blessé, elle se tourna une dernière fois vers Christina.

— N'oublie pas de passer me dire bonjour pendant le derby.

— Oui, bien sûr.

Ils sortirent tous les deux et se dirigèrent vers la voiture.

— Vous avez grandi ensemble, Callee et vous ?

— Plus ou moins, oui. On se voyait souvent. Fut un temps, elle voulait devenir véto, mais elle a changé d'avis. Maintenant, elle mène avec son mari des recherches sur les traumatismes crâniens dans le domaine du sport.

— Vaste sujet. Ce genre de blessures est loin d'être rare, malheureusement.

— Leurs travaux sont vraiment innovants. Je suis fière d'eux.

Conor ouvrit la portière du passager.

— Je suis sûr que votre cousine et son mari sont fiers de la façon dont vous menez votre vie, Christina. Votre projet pour les chevaux est tout aussi admirable.

Comment cet homme parvenait-il, par quelques mots tout simples, à regonfler son estime de soi en berne depuis si longtemps ?

4

« Tout le monde mérite une seconde chance... »

Depuis deux jours, cette petite phrase tournait dans la tête de Conor. Elle aurait pu s'appliquer à lui, non ? Son frère et sa sœur lui reprochaient à juste titre de ne pas avancer dans sa vie. Pendant trop longtemps, il s'en était senti incapable. À vrai dire, il n'en avait même pas éprouvé le besoin. Pourtant, depuis qu'il était arrivé chez Christina, cet état d'esprit commençait tout doucement à changer.

Paradoxalement, cette femme qui lui faisait un tel bien au moral souffrait d'un mal-être évident. Conor aurait aimé savoir pourquoi... Peut-être aurait-il pu l'aider. L'aider ? Quelle drôle d'idée. Ils se connaissaient à peine, et de toute façon, dans deux semaines, il serait parti. Il n'avait aucune raison de s'impliquer dans la vie de Christina, de près ou de loin.

Absorbé par ces pensées, il se rendit dans le paddock. Christina lavait un cheval et ne l'avait pas vu arriver.

— Je me disais bien que je vous trouverais ici, lança-t-il en la rejoignant.

Elle se tourna dans un sursaut et, par mégarde, aspergea Conor. Horrifiée, elle baissa aussitôt le tuyau d'arrosage, trop tard : il était trempé de la taille aux genoux. Christina retira un écouteur d'une oreille.

— Je suis navrée ! Je ne vous ai pas entendu.

— Avouez, vous l'avez fait exprès, dit-il avec un sourire pincé.

Il n'en fallut pas plus pour qu'elle éclate d'un fou rire qui la plia en deux. Conor tendit le bras vers le tuyau, mais elle l'immobilisa avec son pied. Il fronça les sourcils. C'était à ce jeu-là qu'elle jouait ? Très bien ! Elle allait voir ce qu'elle allait voir. Il plongea vers elle et la pressa contre lui. Prise de court, elle réagit avec un temps de retard et gigota pour se dégager.

— Arrêtez, vous allez me mouiller.

Mais Conor ne l'écoutait pas. Au contact de ce corps de femme qui se tortillait contre le sien, sa virilité s'était réveillée, tirée d'un long sommeil. C'était une sensation électrisante. Inquiétante, aussi. Pourtant, Conor ne desserra pas son étreinte.

— Tant pis pour vous.

— Je ne l'ai pas fait exprès !

— Mais vous vous êtes moquée de moi, hein ?

Elle se figea et soutint son regard, puis cligna lentement es paupières.

— C'est vrai. Ça, je l'ai fait.

Le rire repartit de plus belle.

— Désolée, mais vous auriez dû voir votre tête...

Bon sang, se rendait-elle compte de l'effet qu'elle exerçait sur lui ? Il n'avait pas désiré ainsi une femme depuis des années. Ce désir, cela faisait des jours qu'il le réprimait, mais il resurgissait avec plus de force dès lors qu'il se trouvait en présence de Christina. Mettre cette attirance à l'épreuve, ce serait peut-être le meilleur moyen de s'en débarrasser. Mais elle ? Le laisserait-elle l'embrasser ? Et si elle lui disait non ? Après tout, elle aussi était en butte à des démons. Elle risquait de l'envoyer sur les roses... Ou pas. Mais pour en avoir le cœur net, il fallait qu'il essaye. Autrement, il regretterait toujours d'avoir manqué d'audace. Après tout, ce n'était qu'un baiser.

Il pencha la tête et effleura ses lèvres avec les siennes. Comme il ne voulait pas qu'elle se sente prisonnière de son étreinte, il lui lâcha les bras et ses mains se posèrent sur les hanches de Christina. Elle devait avoir envie de ce baiser autant que lui. Loin de se dérober, elle fit remonter ses paumes sur le torse de Conor, jusqu'à ses épaules, en une caresse qui lui procura un frisson électrique. Non seulement Christina ne le repoussait pas, mais elle l'embrassait intensément, avec une passion au moins égale à la sienne. Et dire qu'il avait cru ne pas avoir besoin d'une femme... Avec Christina, il avait à nouveau la sensation d'être vivant. Le moindre de ses nerfs vibrait à son contact.

Elle noua les bras autour de son cou et se pressa davantage contre lui. Lentement, il fit glisser la langue entre ses lèvres et elle l'accueillit en elle avec un soupir qui décupla son plaisir. Il savoura l'instant, puis plongea en elle avec avidité. Ses mains lui caressèrent les hanches et saisirent ses fesses pour la plaquer contre lui. Il prendrait tout ce qu'elle était prête à lui offrir. Son être entier palpitait d'une énergie qu'il n'avait pas ressentie depuis une éternité. Une énergie dont il avait oublié jusqu'à l'existence.

Un hennissement les fit sursauter et ils s'écartèrent brusquement l'un de l'autre. Christina le dévisageait avec stupéfaction, mais lui aussi se sentait abasourdi. Il ne pouvait pas laisser les choses en l'état. Il fallait qu'il dise quelque chose, qu'il la rassure sur le fait qu'elle pouvait avoir confiance en lui.

— Je suis désolé. C'était complètement déplacé de ma part. Je n'aurais pas dû me comporter ainsi. Veuillez m'excuser.

Christina le dévisagea avec une incrédulité mêlée de déception. Une lueur blessée traversa ses yeux avant qu'il ne tourne les talons pour s'en aller, étouffé par la culpabilité.

Christina le regarda s'éloigner, trop stupéfaite pour réagir. Qu'est-ce qu'il leur avait pris ? À lui... À elle... Rien ne l'avait préparée à une chose pareille. Enfin, si. N'éprouvait-elle pas un petit quelque chose pour lui ? Ce serait mentir que d'affirmer qu'elle n'avait jamais remarqué ses larges épaules, ses beaux yeux bleus, sa gentillesse. Sans parler de son accent qui faisait dégringoler des frissons le long de son dos et suscitait en elle des pensées inavouables.

Mais quand même, de là à ce qu'il l'embrasse… Apparemment, il n'avait rien prémédité. Pire, il avait l'air horriblement gêné, voire carrément dégoûté de l'avoir embrassée, d'avoir fait le premier pas. En tout cas, elle n'avait pas du tout apprécié sa réaction. Une fois de plus, elle se faisait rejeter. Et cela, alors qu'elle ne lui avait rien demandé. Il avait profité d'elle, voilà. Exactement comme Nelson. La déception et la solitude avaient ouvert en elle une faille et Conor s'y était insinué d'autant plus facilement qu'elle l'avait laissé faire, ravie de susciter de l'intérêt chez un homme tel que lui. Que cela lui serve de leçon, songea-t-elle en reprenant le tuyau. Après avoir passé le jet sur le dos du cheval, elle le savonna vigoureusement.

Ils avaient sans doute eu tort de s'embrasser, mais ce baiser avait été parfait. Au début, il avait eu la douceur d'une plume, puis Conor l'avait écrasée contre lui comme pour ne jamais la lâcher. L'espace d'un instant, il lui avait donné l'impression d'être désirée, et même nécessaire. On aurait dit qu'il avait deviné ce dont elle avait besoin et qu'il était d'accord pour le lui offrir. Et puis, brusquement, il l'avait laissée en plan, perdue et plus seule que jamais. À tel point qu'elle se demandait si elle n'avait pas imaginé ce qu'elle avait ressenti.

Quelques minutes plus tard, elle entendit un grondement de moteur et des crissements de pneus sur le gravier de l'allée. Conor était parti. Le soir venu, il n'était toujours pas rentré. Christina s'occupa de Gold en même temps que des autres chevaux avant d'aller se coucher. Quand Conor revint enfin, elle avait éteint la lumière dans sa chambre, mais ne parvenait pas à trouver le sommeil. Il marchait à pas assourdis dans le couloir, comme s'il avait ôté ses bottes en entrant. Elle l'entendit qui s'arrêtait devant sa chambre et elle retint son souffle. Allait-il frapper à sa porte ?

Au bout d'un long, très long moment, elle entendit le jet de la douche. Elle écrasa son visage contre l'oreiller avec un gémissement.

Le lendemain, avant le petit déjeuner, Conor se mit en quête de Christina. Sans surprise, elle se trouvait dans l'écurie, occupée à brosser la patte d'un cheval. Elle ne se retourna pas à son approche, mais ses épaules crispées laissaient deviner qu'elle était consciente de sa présence. Il prit une profonde inspiration.

— Christina ?

— Oui ?

— On peut se parler pour apaiser la situation ?

— On n'a rien à se dire, répondit-elle sans même le regarder.

— Vous savez bien que si.

Elle leva les yeux vers lui.

— C'était juste un baiser. Inutile d'en faire toute une histoire.

Conor aurait voulu la prendre par les épaules et la secouer. Bien sûr que c'était plus qu'un simple baiser. Il n'oublierait jamais ses lèvres si douces et il rêvait de recommencer. Il s'éclaircit la gorge.

— Je n'aurais pas dû partir comme ça. Je n'ai pas voulu vous faire de la peine.

— Ne vous inquiétez pas, je comprends.

Mais il voyait bien qu'il l'avait blessée : elle évitait de le regarder.

— Écoutez, j'ai dit des choses que je n'aurais pas dû. C'est juste que... j'ai promis de rester fidèle à ma femme.

Christina le considéra bouche bée, comme s'il avait eu deux têtes.

— Elle n'est pas morte ?

— Si, mais peu importe. Je lui ai promis fidélité.

Elle le dévisagea avec un air de compassion.

— Conor, elle aurait voulu que vous viviez votre vie. Un baiser ne va pas salir sa mémoire ni diminuer l'amour que vous avez pour elle.

Peut-être, mais il avait fait le serment de ne jamais être un homme tel que son père. Et puis, cette promesse, c'était aussi un prétexte pour protéger son cœur. Il ne voulait plus souffrir comme il avait souffert. Même pour une femme aussi merveilleuse que Christina.

Elle détacha le cheval et le mena dans le pré.

— Allez, passe une bonne journée, dit-elle en lui donnant une tape sur le flanc.

Avec un regard d'envie, Conor regarda l'animal s'élancer dans l'enclos. Il aurait aimé se sentir comme cela, libre et sans contrainte, rien qu'un moment...

— Vous vous occupez d'eux comme s'ils étaient vos bébés.

— Tant qu'ils sont ici, ce sont mes bébés.

Elle le regarda comme si ses paroles valaient aussi pour lui. Conor sentit une boule monter dans sa gorge.

— Merci de vous être occupée de Gold, hier soir.

— Pas de problème.

— Les soins que j'apporte à Gold ont leur importance, je sais, mais je tenais à vous remercier de m'avoir rappelé les réalités du métier de vétérinaire. À force de pouponner un cheval, j'avais oublié ce que c'est de se salir les mains. Depuis, je me sens revivre.

— C'est vrai ? Si cela vous aide à revivre, vous pouvez nettoyer autant de box que vous le souhaitez.

Conor eut un petit rire amusé.

— Donnez-moi le temps de m'occuper de Gold et de lui faire faire une petite marche, ensuite je serai à votre service. Nous sommes amis, Christina ?

— Oui, tout va bien.

Elle semblait sincère, mais comment en être sûr ? Seul le temps le lui dirait.

Conor passa l'heure qui suivit à s'occuper de Gold. Parfois, il apercevait Christina alors qu'elle vaquait à ses occupations. Les écouteurs dans les oreilles, elle balançait les hanches au rythme de sa musique et chantait aux chevaux. Conor ne pouvait s'empêcher de sourire en la regardant. Dire qu'il lui avait fallu venir jusqu'ici pour trouver un peu de gaieté...

Lorsqu'il se mit à pleuvoir, il rentra Gold dans son box et aida Christina à faire le ménage dans l'écurie. Parfois, elle lui faisait vaguement penser à quelque chose qui lui manquait, mais quoi ? En tout cas, il appréciait sa compagnie. Mine de rien, cela faisait longtemps qu'il n'avait pas trouvé plaisir à côtoyer quelqu'un. Le moment était peut-être venu d'avancer dans sa vie. Sa famille, ses proches, tout le monde lui disait qu'il était temps pour lui de tourner la page et de s'accorder une seconde chance. Même Christina. Alors, pourquoi ne pas sauter le pas dès maintenant ?

Il s'éclaircit la gorge. Bon sang, cela faisait des années qu'il n'avait pas lancé ce genre d'invitation. Et puis, après son indélicatesse de la veille, il n'était pas sûr qu'elle soit dans de bonnes dispositions à son égard.

— Christina...

— Oui ?

— Je me demandais si vous seriez d'accord pour qu'on sorte ce soir au restaurant ?

Elle marqua un silence avant de répondre.

— Je, euh... Ce n'est pas une bonne idée.

Et voilà : elle l'envoyait sur les roses. Mais il ne pouvait pas lui en vouloir. C'était lui qui avait franchi la ligne jaune.

— Allons, Christina, ce serait juste pour dîner. Rien d'autre.

— Désolée, mais c'est non.

Elle se remit à étaler du foin dans les box.

— S'il vous plaît... Je vous invite en toute amitié, pour vous remercier de m'héberger. Et puis, ça m'éviterait de faire la cuisine ce soir.

À ces mots, elle se retourna.

— Pardon, je n'y avais même pas pensé.

— Ce n'est pas grave.

— Si. J'aurais dû me rendre compte du temps que vous passez à ces corvées. Bien sûr que vous avez besoin d'un peu de répit. Dans ce cas, je veux bien aller au restaurant avec vous.

Conor sentit ses épaules se libérer d'une tension dont il n'avait pas eu conscience jusqu'alors. Ce soir, il ferait de son mieux pour réparer son écart de la veille.

En fin de journée, Conor l'attendait dans la cuisine en s'efforçant de ne pas tourner en rond comme un lion en cage. Cela faisait une éternité qu'il n'était pas sorti avec une femme, même si Christina n'était qu'une amie. Ce rendez-vous n'avait rien de galant, mais c'était tout comme.

Elle arriva enfin, vêtue d'une robe sans manches à motif fleuri et dont le col en V révélait un soupçon de décolleté. Le tissu épousait le galbe de sa jolie poitrine et flottait autour de ses jambes, des jambes bien faites, galbées et musclées : en un mot, parfaites. Une fois n'est pas coutume, elle avait dénoué ses cheveux auburn, qui tombaient librement sur ses épaules. La bouche soudain sèche, Conor respira profondément. Elle était aussi jolie qu'une pouliche dans un pré. Les joues roses, elle passait les mains sur sa robe avec nervosité.

— C'est trop ? demanda-t-elle.

— Pas du tout. Simplement, vous vous êtes faite toute belle comme pour une soirée en amoureux.

Le rouge monta au visage de Christina.

— Je n'ai pas souvent l'occasion de porter des robes, donc je me suis dit pourquoi pas ? Ma mère serait fière de moi.

— Vous êtes ravissante.

— Merci.

— Après vous, dit-il en lui ouvrant la porte.

Alors qu'ils se dirigeaient vers les voitures, Conor ne put s'empêcher d'admirer le doux balancement de ses hanches. *Arrête*, se morigéna-t-il. Christina n'était qu'une amie. *Une amie...*

— Je prends le volant.

— Vous êtes vraiment de la vieille école.

— Il faut croire que oui, acquiesça-t-il en lui tenant la portière ouverte.

— C'est gentil de votre part, mais vous n'étiez pas obligé.

— Vous travaillez dur tous les jours non-stop. Vous méritez qu'on vous chouchoute un peu.

Il attendit qu'elle soit installée pour refermer et s'asseoir à la place du conducteur.

— Vous sentez bon.

— ça change du crottin de cheval ?

— Les odeurs d'écurie ne me gênent pas, mais je préfère celle-là.

Christina joignit les mains sur ses genoux.

— Vous allez passer toute la soirée à m'embarrasser ?

— Pourquoi pas, si vous continuez à rougir.

— Je n'arrive jamais à cacher mes émotions. C'est vraiment gênant.

— Ah bon ? Je préfère savoir ce que vous ressentez.

— Conor, ce n'est qu'une sortie entre amis.

— C'est vrai. Deux amis qui passent un bon moment autour d'un repas.

— Où allons-nous ?

— L'autre jour, j'ai traversé Versailles sans avoir le temps de m'y arrêter. On pourrait aller là-bas, si vous n'avez pas d'objection.

Elle eut une brève hésitation avant de répondre :

— Non, ça me va.

Il lui jeta un rapide coup d'œil.

— Si vous préférez un autre endroit, vous n'avez qu'à le dire.

Les mains à nouveau jointes sur ses genoux, elle fit non de la tête.

— Va pour Versailles.

Une vingtaine de minutes plus tard, ils se promenaient tous les deux dans la rue principale de Versailles. Un crépuscule pastel tombait sur la jolie bourgade. Ils venaient de passer le bâtiment de briques du palais de justice et déambulaient devant des devantures surannées entretenues avec soin, le long d'un trottoir ponctué de lampadaires auxquels étaient accrochés des pots de fleurs rose vif. Les manches retroussées, Conor savourait la tiédeur du soir ; Christina, cependant, avait déjà enfilé un pull. Il demeurait tout près d'elle, mais résista à l'envie de poser la main sur son dos.

— Pourquoi marchez-vous si vite ?

— Si on ne se dépêche pas, toutes les tables risquent d'être prises et il nous faudra attendre.

— J'aime bien flâner avec vous.

— Comment ça ?

— Eh bien, ça s'appelle lever le pied et prendre plaisir à la vie. C'est difficile pour vous, je sais.

Lui-même avait dû apprendre à prendre du recul. La perte d'un être cher l'avait amené à réfléchir sur la valeur des choses et à apprécier le moment présent. Dans une semaine et demie, il devrait dire au revoir à Christina. Cette pensée lui donna un coup au cœur et il chancela. Depuis quand était-il devenu si important pour lui de profiter de la présence de Christina ? Et Louisa, alors ? L'avait-il oubliée ? Mais non, et Christina avait raison : Louisa aurait voulu qu'il soit heureux. Par ailleurs, il ne leur restait plus beaucoup de temps pour explorer cette alchimie qui les unissait. À supposer que Christina en ait envie, d'ailleurs. La semaine du derby serait chargée et il aurait de la chance s'il arrivait à la croiser.

— Qu'est-ce qui vous fait croire que vous me connaissez aussi bien ? répliqua-t-elle d'un ton irrité.

— Je vous observe depuis une semaine et j'en ai appris pas mal sur vous.

Elle ouvrit grand les yeux, et Conor lui prit le coude pour l'écarter du chemin d'un groupe de piétons.

— Sur ce, où voulez-vous aller ?

— Il y a un bon resto un peu plus bas, à l'angle de la rue, indiqua-t-elle en pointant le doigt dans cette direction.

— Très bien, je vous suis.

Quelques minutes plus tard, ils s'arrêtèrent devant un bâtiment rustique. De part et d'autre d'une grande porte en bois sombre, deux fenêtres étaient surmontées du mot « Pur-sang » et d'un dessin qui représentait un cheval au galop. Conor lui tint la porte ouverte, mais Christina hésita à le suivre.

— On devrait peut-être aller ailleurs.

Pourquoi ? Elle n'avait pas envie d'être vue avec lui ? Avait-elle reconnu une personne qu'elle n'avait pas envie de croiser ? Mais Christina se ressaisit et prit une profonde inspiration avant d'entrer. La femme derrière le comptoir lui adressa un sourire.

— Tiens ! Salut, Christina.

— Salut, Jean, répliqua-t-elle avec une gaieté quelque peu forcée. Tu aurais une table libre ?

— Bien sûr. Assieds-toi où tu veux.

— Merci.

Sans attendre Conor, Christina se dirigea vers l'extrémité de la salle, loin de la porte et de la circulation, et elle se glissa dans un box conçu pour ressembler à une stalle d'écurie. On aurait dit qu'elle essayait de se cacher, mais de qui ?

Conor s'installa en face d'elle, sur un siège garni d'un coussin rouge, et passa la main sur l'une des planches de bois poli utilisées pour fabriquer le box.

— Elles ont l'air d'avoir bien servi, dis donc.

— Oui. Elles viennent d'une ancienne écurie près de Seven Miles.

— C'est vrai ? J'aime bien ce style un peu désuet. Ça me rappelle le pays.

Une jeune fille employée au service leur tendit des menus plastifiés. Dans ce recoin discret, Christina semblait enfin se détendre. Au cours du repas, plusieurs personnes échangèrent avec elle des paroles amicales alors qu'elles se rendaient à leur table ou qu'elles la quittaient. À leur approche, Christina se recroquevillait sur sa chaise avant d'être agréablement surprise par leur gentillesse. Quel était son problème, au juste ?

— Vous êtes connue dans le coin, on dirait.

— Oui, j'ai grandi à Versailles, avec tous les inconvénients qui vont avec.

C'est-à-dire ? Elle en avait trop dit ou pas assez.

— Les petites villes ont aussi leurs avantages.

Elle croisa les bras sur la table et le regarda droit dans les yeux.

— Vous avez toujours vécu au même endroit ?

— Oui.

— Alors, vous devez savoir ce que ça fait quand votre vie n'a plus rien de secret pour personne.

Conor hocha la tête. Il voyait où elle voulait en venir. Dans son petit coin d'Irlande, tout le monde connaissait son histoire. Tout le monde savait que sa femme ne l'avait pas aimé suffisamment pour rester en vie. Ou encore que son père avait trompé sa mère. Et pourtant, c'était là-bas qu'il se sentait chez lui.

— J'ai passé l'essentiel de ma vie dans le même village. Je n'en suis parti que pour mes études.

Tout à coup, il eut besoin de changer de sujet.

— Ce genre d'endroit me fait penser à un pub irlandais, en moins bruyant.

Christina promena un regard sur la salle.

— ça va s'animer en fin de soirée. Je n'ai jamais été dans un pub.

— Jamais ? Chez nous, le pub, c'est l'épicentre de la communauté : l'endroit où tout le monde se retrouve. Vous avez songé à visiter l'Irlande ?

— Non, mais j'ai toujours eu envie de voyager. Bien sûr, avec la ferme et les chevaux, c'est difficile. Un jour, peut-être...

Conor fit tourner distraitement son verre entre ses doigts.

— Oui, vous ne devez pas avoir beaucoup de répit. Si l'occasion se présente, tenez-moi au courant. Je vous servirai de guide.

— ça m'étonnerait qu'il en soit question dans un futur proche, dit-elle d'un ton mélancolique. J'essaye de démarrer une entreprise.

— Pourquoi vous mettez-vous ce projet sur le dos ? Une pratique vétérinaire classique, ça ne suffirait pas ?

Christina relâcha son souffle lentement et se renversa contre le dossier de son siège.

— En fait, ça m'est plus ou moins tombé dessus. L'idée vient de mon ex, et quand il m'a quittée, je n'ai pas eu le cœur de tout abandonner.

— Vous avez besoin d'avoir une vie en dehors du travail... De sortir un peu d'ici.

Il promena les yeux autour de lui. Christina se renversa sur son siège et le cloua d'un regard acéré.

— Vous pouvez parler. Vous êtes venu aux États-Unis contraint et forcé par vos proches.

— Oui, bon... Un point partout, la balle au centre.

Elle eut un grand sourire.

— Parlez-moi de l'Irlande.

— Vous aimeriez, je crois. C'est un pays très vert, couvert de collines, un peu comme le Kentucky, mais il y fait plus froid. Là-bas, les clôtures sont en pierre alors qu'elles sont en bois ici, mais nous aussi, on aime nos chevaux. Et les gens sont sympas.

— Vous aimez ce pays autant que j'aime le mien.

— Oui, c'est vrai.

Mais étrangement, l'Irlande lui manquait déjà moins qu'à son arrivée.

Les lampadaires étaient allumés lorsqu'ils sortirent du restaurant. Christina avait passé un bon moment, meilleur qu'attendu, en tout cas. Si elle avait pu changer une chose, c'était son appréhension avant d'entrer au Pur-sang. À une certaine époque, c'était dans ce restaurant que Nelson et elle retrouvaient leurs amis. Ces mêmes amis qui s'étaient volatilisés dès qu'elle avait eu des ennuis. Mais ce soir, elle se sentait forte. Ce soir, elle était en compagnie d'un bel homme qui n'hésiterait pas à la soutenir en cas de besoin. Quoique, comment pouvait-elle en être aussi sûre ? Certes, Conor avait l'air d'être quelqu'un de bien, mais son jugement n'avait pas toujours été infaillible.

— Plusieurs personnes m'ont parlé d'un petit hippodrome pas très loin de Versailles. Apparemment, il y a des courses ce soir. Ça vous plairait d'y aller ?

Risquer de s'exposer à des gestes ou des paroles hostiles ? En présence de Conor, par-dessus le marché ? Tentée de secouer la tête avec véhémence, Christina se contrôla.

— Je ne sais pas... Il se fait tard et il faut préparer les chevaux pour la nuit.

— Je vous aiderai. J'aimerais voir comment se déroulent les courses par ici.

Christina émit un bref soupir.

— C'est bon... On y va.

Ils reprirent place dans la voiture et Conor sortit de la ville.

— Quel est le chemin ?

— Tournez à gauche. L'hippodrome se trouve juste à quelques kilomètres en dehors de la ville. Il est indiqué par un grand panneau, de toute façon.

Une dizaine de minutes plus tard, ils s'étaient garés et terminaient le chemin à pied.

— Ces chevaux n'ont pas le niveau pour participer au derby, mais les gens du coin aiment quand même les regarder courir, expliquait Christina. Ici, on voit vraiment les bêtes. Et puis, c'est un bon terrain d'entraînement pour les jockeys.

À l'entrée de l'hippodrome, une femme était assise derrière une table pliante garnie d'une boîte en métal. Christina se figea en la reconnaissant. Mais Emily lui souriait comme si elle était vraiment contente de la revoir.

— Salut, Christina. ça fait un bail, dis donc.

— N'est-ce pas ? ça me fait plaisir de revenir.

Conor lui tendit son billet et ils se dirigèrent vers les tribunes.

— Vous êtes connue ici aussi, on dirait.

— Oui. Avant, je travaillais ici les week-ends.

Ils s'installèrent en haut des gradins métalliques, à deux rangées du sommet.

— C'est ici qu'on voit le mieux. J'adore les courses et j'aime beaucoup cette petite piste. Parfois, je me dis qu'on profite mieux du spectacle ici que lors d'événements plus cotés. Ici, le public vient pour les chevaux, pas pour se montrer.

— Parlez-moi des courses. J'ai cru comprendre qu'elles sont différentes des nôtres.

— Il y en a plusieurs ce soir. Elles se déroulent sur deux kilomètres. Seuls les chevaux de trois ans courent sur terre battue. Ceux qu'on va voir ressemblent beaucoup aux pur-sang du derby du Kentucky.

— Il vous arrive de parier ?

— Non, presque jamais. Ma pratique professionnelle me l'interdit, donc j'ai pris l'habitude de ne pas le faire.

Elle avait déjà eu maille à partir avec les autorités. Inutile de leur donner des raisons de trouver à redire à sa conduite. Soudain, elle entendit qu'on l'appelait depuis l'escalier des gradins.

— Lucy, salut ! ça fait plaisir de te revoir.

— Également. Qu'est-ce que tu deviens ?

— J'ai beaucoup de boulot. Et toi ?

— Pareil. Je suis navrée de ce qui t'est arrivé, tu sais. J'aurais voulu pouvoir te le dire plus tôt. Je regrette de ne pas avoir été plus présente à tes côtés.

— Merci, c'est gentil.

— Bon, il faut que j'y retourne. J'espère que tu reviendras plus souvent.

Alors que Lucy s'éloignait, Christina se tourna vers Conor.

— Désolée, j'aurais dû vous présenter. Lucy dirige cet hippodrome.

Lucy avait également été sa meilleure amie, mais les mensonges de Nelson avaient jeté un froid entre elles. Christina n'avait pourtant pas envie de s'attarder sur ces mauvais souvenirs. Jusqu'à présent, elle passait une très bonne soirée en compagnie d'un homme merveilleux. Il aurait été dommage de gâcher le peu de temps qu'il leur restait à passer ensemble. De toute façon, l'attention de Conor était concentrée sur la piste.

— Le champ de courses près de chez moi ressemble à celui-ci.

Christina suivit son regard. Ici, il n'y avait pas d'écurie, juste des remorques équines attachées à de gros pick-up dans un espace de stationnement situé un peu plus loin. La piste, en gazon, était équipée de stalles de départ qui avaient connu des jours meilleurs.

— C'est vrai ? Comment ça ? D'après ce que j'ai cru comprendre, vos courses sont un mélange de steeple-chases et de parcours plats.

— Certaines, oui.

Conor se pencha en avant, les coudes sur les genoux, pour mieux observer le champ de courses.

— J'ai déjà vu des courses d'obstacles à la télé. Ce doit être intéressant de suivre des épreuves mêlant des sauts et du galop.

— C'est vrai.

Conor scrutait avec intensité l'activité sur l'hippodrome. Manifestement, c'était un homme qui s'intéressait aux détails.

— ça doit pimenter la course d'un zeste de danger.

— Oui, ça augmente aussi le challenge, répondit-il sans la regarder.

— Je comprends. Ce doit être quelque chose à voir.

— Chez nous, il n'y a pas de grandes zones réservées aux spectateurs comme à Churchill Downs. Quand les chevaux s'apprêtent à courir, les gens montent sur les gradins pour les regarder, et quand la course est finie, tout le monde descend pour commander une bière ou pour parier.

— Intéressant. Ici, le public ne quitte pas les tribunes. Le jour du derby, vous serez surpris par le nombre de spectateurs. Sans oublier le cérémonial, les traditions…

Cette fois-ci, il la regarda en souriant.

— J'ai hâte d'y être. Et de voir Gold gagner.

— Ce serait génial, non ? Vous aimerez aussi les oaks, vendredi. C'est une course réservée aux pouliches de trois ans. Elle est presque aussi populaire et elle se déroule sur toute la journée.

— Mais vous ne serez pas libre, rappela-t-il d'un air déçu.

Une voix résonna soudain dans les haut-parleurs.

— Les chevaux sont dans les stalles… Et ils sont partis !

Le public se leva. Déjà, le peloton attaquait le premier virage. Christina se haussa sur la pointe des pieds, chancela et saisit le bras de Conor pour ne pas tomber. Il lui prit la taille lorsqu'elle grimpa sur le siège pour mieux profiter du spectacle.

— Désolée, je n'y vois rien, dit-elle sans le regarder. C'est dommage qu'il n'y ait pas de grand écran comme à Churchill Downs. Je n'arrive pas à suivre ce qui se passe au fond.

Même au loin, on entendait le tonnerre des sabots. Alors que le peloton émergeait du deuxième tournant à l'arrière de la piste, Christina tendit le cou et Conor resserra son étreinte pour qu'elle ne perde pas l'équilibre. Autour d'eux, le public braillait de plus belle à mesure que le martèlement du galop approchait. Les chevaux sortirent du dernier virage, devant les gradins. Incapable de se contrôler, Christina se mit à sautiller sur place.

— Ils entament la dernière ligne droite, cria le commentateur.

Les chevaux franchirent l'arrivée dans une explosion de cris et d'applaudissements. Christina piaffait de joie et jeta les bras autour du cou de Conor. Il lui enlaça la taille et la tint serrée contre lui avec un grand sourire. Une lueur étonnée pétillait dans son regard. Christina prit alors conscience de la situation et elle s'écarta, descendit du banc et mit de l'ordre dans sa tenue.

— Je me laisse vite emporter, désolée... Vous voilà prévenu.

— Pas de problème. J'aurai peut-être des bleus demain matin, mais ça en vaudra la peine.

Qu'allait-il finir par penser ? Après ce baiser, elle ne trouvait rien de mieux que de se jeter dans ses bras. Elle devait vraiment mettre des distances avec lui.

— Pardon, dit-elle en lui tapotant le bras. Je ne voulais pas vous faire mal.

— Non, au contraire, ça me fait plaisir. J'aime bien vous voir heureuse.

Au cours de l'épreuve suivante, Christina s'efforça de se contrôler, sans y parvenir mieux. Visiblement amusé, Conor lui tendit la main pour l'aider à monter sur le siège, puis il lui tint la taille pour l'empêcher de basculer de son perchoir. Manifestement, ce ne serait pas ce soir qu'elle parviendrait à garder ses distances avec lui.

Alors que la dernière course s'achevait, un cheval heurta son voisin, une bousculade s'ensuivit et deux bêtes tombèrent. Christina retint son souffle. Les accidents de ce genre étaient rares, mais en général, ils ne se terminaient pas bien. Tandis que le reste du peloton se dirigeait vers la ligne d'arrivée, les jockeys renversés se relevèrent et s'éloignèrent rapidement des deux chevaux, qui agitaient leurs pattes pour tenter de se mettre debout. Plusieurs employés de l'hippodrome se précipitèrent sur la piste. L'un d'eux saisit les rênes de l'étalon le plus actif et les secoua pour l'encourager à se lever. L'animal se remit sur ses pattes en un mouvement fluide.

Mais l'autre, toujours à terre, ne bougeait plus. Moins de dix secondes plus tard, une grande bâche bleue fut déployée sur la piste pour le dissimuler au public.

5

Conor détestait lorsqu'on installait ce genre d'écran. En général, c'était de très mauvais augure pour le cheval. Ce genre d'accident faisait partie du sport, malheureusement. Mais c'était une partie qu'il détestait.

Christina se faufila derrière lui pour descendre les gradins.

— Eh ! Vous allez où comme ça ?

Elle pointa le doigt vers le champ de courses. Ce fut alors qu'il vit Lucy, qui adressait de grands gestes à Christina. Conor lui emboîta le pas sans hésiter et se fraya un chemin entre les spectateurs qui encombraient les marches.

— J'ai besoin de toi, disait Lucy à Christina lorsqu'il les rejoignit.

Lucy tourna les talons sans attendre la réponse et Christina la suivit à grands pas. Conor fermait la marche.

— Le véto de garde vient tout juste de partir pour une urgence et son remplaçant n'est pas encore arrivé, ajouta Lucy par-dessus son épaule. C'est une chance incroyable que tu sois là ce soir.

Sur le champ de courses, elle les fit passer par un portail et ils franchirent la pelouse à grandes enjambées jusqu'à l'écran, qu'ils contournèrent. Christina s'agenouilla près du cheval dont les grands yeux sombres étaient exorbités par la peur. Elle lui tapota le cou.

— Du calme, mon grand. On est là pour t'aider. Du calme.

Conor se laissa tomber à côté d'elle et palpa les membres arrière de l'animal tandis qu'elle examinait les antérieurs.

— Je ne trouve pas de fracture, déclara-t-elle.

— Non, moi non plus.

Christina flatta à nouveau le cou du cheval, puis elle fit glisser la main le long de son épaule et de son dos.

— Je ne sens rien de cassé. Essayons de le relever.

— Attendez, je me place de l'autre côté pour le pousser.

Christina saisit les rênes et se leva. Deux grooms s'approchèrent de Conor.

— Nous sommes prêts.

— OK. On y va en douceur.

Sans cesser de parler à l'étalon, elle tira légèrement sur les rênes tandis que les trois hommes poussaient l'animal. Soudain, celui-ci battit des pattes, roula sur le sol et se redressa. Conor recula de manière à mieux observer ses mouvements.

— Vous voyez quelque chose, Conor ?

— Non. Tout a l'air normal.

— On va le laisser tranquille un moment, le temps qu'il se remette de ses émotions.

Christina caressa le museau de l'étalon, déjà beaucoup plus calme.

— Bon, on va faire quelques pas.

Joignant le geste à la parole, elle le fit marcher en rond, sous le regard attentif de Conor, à l'affût de tout mouvement anormal.

— J'ai trouvé, dit-il soudain. C'est la patte de devant droite.

Christina stoppa le cheval et tendit les rênes à un groom.

— Faites-le marcher lentement.

L'employé obtempéra et elle se posta près de Conor.

— Oui, je vois. On va lui bander la patte, après quoi il faudra lui faire passer une radio.

Un homme d'un certain âge arriva en courant et s'arrêta net à la vue de Christina.

— Toi ? Qu'est-ce que tu fiches ici ?

Christina se figea, comme pétrifiée. Conor dévisagea le nouveau venu avec étonnement. Qui était ce type ? Et pourquoi s'adressait-il à elle avec une agressivité à la limite de la grossièreté ?

— Lucy m'a demandé de l'aider.

— On ne veut pas de toi ici. Tu nous as causé assez d'ennuis.

— Je comprends ta réaction, mais j'ai été lavée de tout soupçon.

Lavée de quels soupçons ? De quoi parlait-elle ? Conor s'approcha d'elle, mais d'un coup d'œil, elle lui intima de s'arrêter.

— Je m'en vais, mais avant cela, il faut que tu saches que le cheval a un problème à la patte avant droite : une légère boiterie à peine visible. Il lui faudrait une radio.

— Je connais mon métier, merci.

Sur ces mots, l'homme lui tourna le dos. Christina se mit à trembler. Conor aurait voulu la serrer dans ses bras pour la réconforter.

— Christina, je crois qu'on n'a plus besoin de nous ici.

Comme elle demeurait les yeux fixés sur le cheval sans rien dire, Conor lui prit la main et l'entraîna à l'écart. Ils n'échangèrent pas un mot durant le trajet jusqu'à la voiture. Lorsqu'ils furent installés, Conor se tourna vers elle.

— Vous voulez bien m'expliquer ce qui vient de se passer ?

— Non, pas vraiment.

Il la regarda un instant, puis il hocha la tête et démarra le moteur. Il savait d'expérience qu'il était impossible de forcer quelqu'un à parler. Après tout, son frère et sa sœur n'y étaient pas arrivés avec lui. Il manœuvra donc la voiture pour sortir du parking sans insister davantage.

— Vous ne voulez pas savoir ?

Elle avait dit cela comme si elle était déçue. Conor lui jeta un coup d'œil.

— Vous me raconterez quand vous serez prête.

— Vous méritez une explication, dit-elle en soupirant. Mais ce n'est pas joli joli.

— Ce n'est pas grave. J'en ai entendu d'autres.

— Il y a dix-huit mois, les personnes qui m'ont parlé ce soir ne m'adressaient plus la parole.

— Ah bon ? Pourquoi ?

— Parce qu'ils pensaient tous que je volais des médicaments pour les revendre. J'ai failli perdre mon accréditation, rappelez-vous. Dieu merci, j'avais les papiers qui prouvaient que j'avais agi selon les règles, autrement j'aurais eu la Commission des courses sur le dos. Dr Victor, le vétérinaire que vous venez de voir, faisait partie du comité directeur. Je l'ai vraiment échappé belle.

— Et donc, comment c'est arrivé ?

— Tout est la faute de mon ex. Il avait accès à la pharmacie et il s'est servi. Soi-disant, il m'aimait, mais il n'a pas hésité à m'accuser quand les autorités ont posé des questions.

Conor se sentait bouillir… Il aurait voulu flanquer son poing dans quelque chose… L'ex de Christina, par exemple.

— Comment utilisait-il ces médicaments ? Il les revendait ou il les gardait pour son usage personnel ?

— Les deux. Pour ne rien arranger, il pariait sur les courses, ce qui est absolument interdit dans la profession. L'argent de ses trafics lui permettait de rembourser ses dettes de jeu. Et dire que j'étais amoureuse de lui. Je pensais qu'on allait se marier, avoir des enfants…

Conor eut une grimace aux mots « mariage » et « enfants ». Lui aussi en avait rêvé, à une certaine époque. Mais cela, c'était avant.

— Je comprends pourquoi vous mettez un tel point d'honneur à participer au derby. C'est une façon pour vous de restaurer votre réputation.

— Exactement. C'est important à titre personnel, mais aussi pour mon travail avec les chevaux. J'ai besoin qu'on me fasse confiance. Le monde hippique est tout petit et il est difficile de s'y faire une place. Le pire dans cette histoire, c'est que je ne me suis jamais doutée de rien. J'ai été assez bête pour lui faire confiance. Du coup, je n'accorde plus aucun crédit à ma capacité de jugement.

— Il y a de quoi. Je suis sincèrement navré pour tout ce qui vous est arrivé.

— Je commence à remonter la pente. Et même s'il a fallu que je me force pour remettre les pieds sur cet hippodrome, ça m'a fait du bien de constater que je n'étais plus *persona non grata*. Enfin presque plus. Bref, petit à petit, je me refais un nom.

— Je ne vous connais pas depuis longtemps, Christina, mais vous faites du bon boulot. Ces choses-là demandent du temps. Je sais de quoi je parle.

Il prit la main de Christina et la serra dans la sienne.

— Si je ne vous avais pas rencontrée, j'aurais raté quelque chose.

Christina savourait les paroles de Conor comme une boisson bien chaude un jour de pluie. Il lui donnait envie de le croire. C'était quelqu'un de bien. Il caressait doucement le dos de sa main avec son pouce.

— Restez fidèle à vous-même. Vous n'avez rien à vous reprocher. Vous ne pouvez pas endosser les torts des autres.

— Facile à dire… J'aurais dû m'apercevoir que quelque chose ne tournait pas rond. Inconsciemment, je le savais peut-être, mais je refusais de me rendre à l'évidence.

— Personne n'est parfait ni omniscient.

Sans doute, mais sa mère n'était pas de cet avis. Du plus loin qu'elle se souvienne, Christina n'avait jamais été à la hauteur de ses attentes, et ses problèmes avec Nelson n'avaient rien arrangé. Et voilà qu'un étranger débarqué dans sa vie venait lui raconter qu'elle était très bien telle qu'elle était…

— Merci pour ces marques de confiance. Vous n'imaginez pas à quel point c'est important pour moi.

— Je comprends mieux pourquoi vous comptez vos médicaments tous les jours.

— Oui, je ne peux prendre aucun risque.

— La vigilance n'est pas un défaut, mais lorsqu'elle vire à l'obsession, c'est malsain. Vous devriez tourner la page.

— Comme si je ne le savais pas déjà, répliqua-t-elle sèchement.

Elle se reprocha aussitôt sa véhémence, mais Conor eut un sourire.

— Oh ! je n'en doute pas une seconde. Simplement, vous avez besoin qu'on vous le rappelle.

Ils terminèrent le trajet en silence, chacun plongé dans ses pensées. Quand Conor se gara, à peine le moteur coupé, Christina bondit hors de la voiture.

— Je dois faire le tour de l'écurie avant de me coucher.

— Eh, une minute ! cria-t-il derrière elle. Vous ne seriez pas en train de me fuir ?

Elle se tourna vers lui, les yeux tremblants de larmes.

— Je ne sais pas. C'est sans doute moi-même que je fuis.

Il s'approcha d'elle et prit sa joue dans une main.

— Vous n'avez aucune raison d'avoir peur de moi. Je suis votre ami, Christina. Vous pouvez me faire confiance.

Elle devinait qu'il était sincère. Et il la touchait avec une telle tendresse qu'elle aurait voulu pencher la tête pour mieux savourer sa caresse. Mais Conor serait bientôt parti. Elle ne pouvait lui ouvrir son cœur.

— Je sais. Allez, il faut qu'on s'occupe des chevaux.

Avec un soupir, il laissa ses doigts glisser sur la joue de Christina.

— Oui... Les chevaux.

Comme il avait plu pendant leur absence, ils enfilèrent des bottes en caoutchouc avant de se rendre dans l'écurie. Conor alla voir Gold, puis il attendit dehors qu'elle termine sa ronde. Christina éteignit les lumières et ferma les portes à la lueur d'une veilleuse extérieure.

— Vous vous faites du tort, vous savez. Je ne devrais pas avoir à vous dire que vous êtes quelqu'un de formidable.

— Merci, c'est gentil. Merci aussi d'avoir été à mes côtés ce soir, dans tous les sens du terme. À un moment, j'ai même cru que vous alliez brandir une épée et un bouclier.

Son sourire s'évanouit et elle soupira.

— Je devrais peut-être quitter cet endroit, tout laisser derrière moi et recommencer à zéro ailleurs.

— Faites-moi confiance, ça ne marche pas comme ça. J'ai quitté mon pays, mais je le porte toujours en moi.

— Votre femme vous manque, n'est-ce pas ?

— Tous les jours.

Christina aurait tellement voulu être aimée ainsi, sans réserve... Se savoir soutenue, quoi qu'il arrive... Bref, être appréciée pour ce qu'elle était, point.

— Avec le temps, le chagrin s'estompe, mais il ne me quitte jamais. Cela dit, le fait de venir ici m'a été bénéfique. J'en suis le premier étonné, d'ailleurs.

— Tant mieux. Simplement, je ne veux plus accorder ma confiance à tort et à travers. C'est trop risqué.

Elle s'arrêta de parler et le regarda. Ce soir, lorsqu'elle s'était retrouvée dans une situation embarrassante, il n'avait pas hésité à s'afficher à ses côtés, tel un chevalier servant. Surtout, il l'avait écoutée. Vraiment écoutée. Rien que pour cela, elle aurait pu l'embrasser.

— Merci d'être aussi gentil.

Elle posa les mains sur ses épaules et effleura ses lèvres des siennes, puis elle recula d'un pas. Conor la considéra un bref instant avant de l'attirer à lui. Leurs bouches se trouvèrent et Christina se laissa aller contre lui. Il approfondit son baiser et fit glisser les mains le long de son dos en une caresse qui fit ondoyer ses muscles. Lorsqu'il s'écarta, le front posé contre le sien, il murmura le nom de Christina avec déférence. Elle adorait sa façon de prononcer son prénom, avec son accent typiquement irlandais.

— Oui ? dit-elle dans un souffle.

— Après ce qui s'est passé hier, je n'ai pas le droit de le dire, mais j'ai envie de vous. Je n'ai rien ressenti de tel depuis longtemps.

— Embrasse-moi.

Conor ne se le fit pas demander deux fois. Il la serra contre lui et sa bouche s'abattit sur la sienne. Les bras noués autour de son cou, elle s'abandonna entre ses bras.

— Je ne sais pas ce que tu m'as fait, murmura-t-il contre sa tempe. Ça fait des mois, des années que je vis dans un brouillard, et tout à coup, tu arrives dans ma vie et voilà le soleil.

Ses lèvres glissèrent jusqu'à son oreille et il en mordilla le lobe. Un gémissement de plaisir roula dans la gorge de Christina et attisa son désir. Elle pencha la tête pour lui offrir son cou et ronronna lorsqu'il traça une ligne de baisers jusqu'à son épaule. Les mains à plat sur le torse de Conor, elle les fit lentement remonter jusqu'à ses épaules comme pour mémoriser son corps. Il prit à nouveau sa bouche et resserra son étreinte. Plaquée contre lui, elle plongea les doigts dans ses cheveux et lui rendit ses baisers avec enthousiasme. Bon sang... S'il avait su qu'elle embrassait ainsi, il aurait tenté sa chance plus tôt. Entre ses bras, il se sentait vibrer comme un cheval au départ d'une course. À ce rythme, elle allait le rendre fou. Mais ne risquait-il pas de profiter de sa vulnérabilité ? Non... Tout en elle l'incitait à aller plus loin et il était incapable de résister. Christina avait un charme spécial, qui n'appartenait qu'à elle. Cette toute petite femme en jean et bottes de travail avait déchaîné en lui un désir qu'elle seule était en mesure de satisfaire. Il embrassa à nouveau ses lèvres pleines.

Une goutte de pluie s'écrasa sur son front, mais il n'y fit pas attention, trop occupé à savourer l'instant présent. Bientôt, une averse se mit à tomber et il s'écarta.

— Viens, on rentre. On va finir trempés.

— ça ne te rappelle pas quelque chose ? demanda-t-elle avec un sourire mutin.

— Si, et tu vas me payer ça, tu vas voir.

— Toi et tes promesses...

Elle entra dans la cuisine faiblement éclairée par une lumière dans le couloir et se dirigea vers le plan de travail. Conor prit une profonde inspiration.

— Christina… À propos de promesses…

Elle lui jeta un coup d'œil par-dessus son épaule.

— Ne t'en fais pas, je n'attends rien de toi. Je sais bien que tu ne peux rien me promettre.

Conor relâcha son souffle, mais la douleur qui oppressait sa poitrine n'avait pas disparu.

— Je ne veux pas te faire souffrir. Tu sais que je dois repartir en Irlande après le derby.

— Oui.

C'était tout ce que lui inspirait l'alchimie qui les unissait ? Mais au fond, tant mieux. Conor avait envie d'elle, mais il était incapable de lui offrir ce qu'elle méritait, et cela, pour maintes raisons, la principale étant qu'ils vivaient à des milliers de kilomètres l'un de l'autre.

— Je te sers un café ? Un thé ?

Dehors, l'averse s'était transformée en déluge. Un éclair déchira soudain la pénombre et Christina sursauta. Il fit un pas vers elle.

— Ce n'est pas grave, dit-elle. Les orages me font toujours cet effet. Pourtant, j'adore la pluie. Bon, je retourne à l'écurie. Je dois rassurer les chevaux.

— Laisse-moi m'en occuper. Il faut que je voie Gold, de toute façon. Il s'affole facilement.

— Ce n'est pas nécessaire, objecta-t-elle en se dirigeant vers la porte.

— Si. Laisse-moi te rendre service.

Devant l'insistance de son regard, elle s'arrêta.

— Bon, d'accord. Merci.

— C'est moi qui te remercie. Cela faisait longtemps que je n'avais pas passé une aussi bonne soirée.

— Pareil pour moi.

— Bonne nuit, Christina.

— Oui… Bonne nuit, répondit-elle en un murmure à peine audible.

Les épaules courbées, Conor s'enfonça à grands pas dans la

pluie. Lorsqu'il entra dans l'écurie, il fut accueilli par des hennissements inquiets. Il fit le tour des box puis, une fois assuré que tout allait bien, il retourna à la maison et éteignit la lumière du porche. Dans le noir complet, il ôta ses bottes et se dirigea en chaussettes vers la salle de bains.

— Ils vont bien ?

Christina se tenait sur le seuil de sa chambre, baignée par le halo de la lampe de chevet. Elle n'avait sur elle qu'une mince chemise de nuit dont la faible lumière accentuait la transparence. Cette poitrine qui lui avait été suggérée quelques jours plus tôt était à présent visible au travers du fin tissu. Conor sentit sa gorge se serrer, son pouls accéléra. Pourquoi n'était-elle pas restée dans sa chambre ? Il était partagé entre le plaisir de constater qu'elle l'avait attendu et la crainte de ne pas pouvoir brider son désir. Il plongea les mains dans ses poches.

— Je ne voulais pas te déranger.

Elle croisa son regard et le soutint. Autour d'eux, l'air sembla s'épaissir. La pluie qui tambourinait sur le toit était moins sonore que les battements du cœur de Conor. Il se trouvait au seuil d'un moment charnière de la vie. L'un de ces moments susceptibles de basculer du mauvais côté à cause d'un geste ou d'une parole maladroite. Il préféra donc attendre.

— Euh… Au sujet de tout à l'heure, je…

Embarrassée, elle se passa la main dans les cheveux et sa chemise flotta autour d'elle, révélant sa jolie silhouette.

— Tu… quoi ? Dis-moi, Christina. Qu'est-ce que tu veux ?

— Toi.

À ce monosyllabe, le cœur de Conor s'emballa.

— Je suis là. Tu n'as qu'à tendre la main vers moi.

Elle lui prit le bras et l'entraîna dans sa chambre. Près du lit, elle se tourna vers lui.

— Fais-moi l'amour, Conor.

— Tu es sûre de ce que tu veux ? Tu n'auras pas de regrets ?

— Non. J'en suis sûre.

— Je ne peux rien t'offrir : ni promesse, ni lendemain. N'attends rien d'autre que cet instant.

Elle regarda le lit en hochant la tête. Lorsqu'il prit son visage en coupe, elle le dévisagea avec de grands yeux incertains.

— On va y aller tout doucement, prévint-il.

Il l'effleura d'un baiser léger comme une plume et elle posa les mains sur ses épaules. De la pointe de la langue, il taquina et caressa sa bouche jusqu'à ce qu'elle crispe les doigts sur ses épaules avec des gémissements étouffés incroyablement érotiques. Elle entrouvrit les lèvres pour l'accueillir, avec hésitation tout d'abord, avant de le rejoindre dans la danse. Jamais il n'avait eu autant envie d'elle, mais il avait aussi à cœur de lui donner du plaisir. Christina méritait de sentir dans sa chair à quel point elle était spéciale.

Elle fit glisser les mains sur son torse et empoigna sa chemise alors que leurs langues se mêlaient. Il promena les doigts le long de son cou, jusqu'à la zone sensible derrière son oreille, puis faufila les mains sous la nuisette et caressa la rondeur de ses seins avec les pouces. Saisie d'un frisson, elle se pressa contre lui. Délaissant sa bouche, ses lèvres se promenèrent le long de sa joue et de son cou, puis il souleva un sein pour en aspirer la pointe au travers du mince tissu. Un frémissement la parcourut lorsqu'il lui toucha les cuisses. Ses mains remontèrent jusqu'à ses hanches et elle se figea dans une immobilité que seuls troublaient les mouvements saccadés de sa respiration. Il dévoila sa poitrine avec une impatience teintée de révérence, comme s'il s'agissait d'une œuvre d'art inestimable, puis il se pencha vers un sein dont il titilla la pointe érigée. Un gémissement sourd échappa à Christina et elle enfonça les doigts dans ses cheveux. Passant à l'autre sein, il lui prodigua les mêmes soins. Christina tremblait comme une feuille lorsque l'une de ses mains trouva le bord de sa culotte et en caressa le contour. Il abandonna alors ses seins pour tracer une ligne de baisers sur son ventre.

— Conor, c'est mon tour.

Elle le fit se redresser et il obtempéra sans interrompre ses caresses. Sa bouche unie à la sienne, elle déboutonna sa chemise et la repoussa sur ses épaules. Il s'écarta pour faire tomber le vêtement au sol, mais avant qu'il ne la reprenne dans ses bras, elle posa les mains sur son torse afin de le maintenir à distance. Ses doigts s'attardèrent sur sa peau et il sentit des picotements brûlants à l'endroit où elle le touchait. Il tendit le bras vers elle, mais elle le repoussa.

— Je n'ai pas fini de t'admirer. Depuis que je t'ai vu torse nu dans le couloir, l'autre matin, je suis obsédée par l'envie de te toucher.

— Mais ça remonte à plusieurs jours.

— Hmm.

Elle appuya ses lèvres juste au-dessus de son cœur.

— Tu as bien caché ton jeu.

— Je ne voulais pas avoir l'air d'abuser d'un invité, dit-elle en souriant.

Il la reprit dans ses bras et, cette fois-ci, elle le laissa faire.

— Tu peux abuser de moi autant que tu veux.

Christina eut un petit rire cristallin.

— J'adore ce bruit.

Elle le regarda d'un air perplexe.

— Quel bruit ?

— Celui de ton rire quand tu es heureuse.

Elle noua les bras autour de son cou.

— N'est-ce pas ? ça change et ça fait du bien.

— Tu devrais être comme ça tout le temps, ajouta-t-il contre ses lèvres. Mais assez parlé.

Ses mains trouvèrent le bord de sa nuisette et il la lui passa par-dessus la tête avant de la laisser tomber par terre. Il prit ensuite ses seins en coupe et les embrassa tour à tour puis il l'allongea sur le lit avant de la rejoindre. Elle l'attira à elle, tout contre sa peau si douce. Ce devait être cela, le paradis. Il caressa le ventre de Christina et, lentement, sa main descendit jusqu'à sa culotte rose. Elle eut un soupir étranglé lorsqu'il glissa un doigt sous l'élastique.

— Enlève-moi ça, dit-il avant de l'embrasser au creux du cou.

Elle fit descendre le sous-vêtement le long de ses jambes en se tortillant avant de le jeter en l'air d'une secousse du pied. Conor n'avait jamais rien vu de plus sexy. Mais alors, Christina l'attira à elle pour un baiser brûlant tout en promenant les mains sur son dos. Il caressa l'intérieur de sa cuisse et, de la paume, effleura le duvet soyeux de son entrejambe, avant d'enfoncer un doigt en elle. Elle était tiède et humide, prête pour lui. Gémissante, Christina arqua les hanches à sa rencontre. Il continua ses mouvements de va-et-vient jusqu'à ce qu'elle se cambre, tendue par la volupté. Un sentiment de satisfaction envahit Conor lorsque, secouée d'un tremblement, elle s'affaissa sur le lit. Il tenait à lui offrir le plus de plaisir possible. Avec tendresse, Conor sema des baisers sur ses lèvres, ses joues, ses yeux. Elle lui passa la main sur le front pour repousser ses cheveux, puis elle le regarda droit dans les yeux.

— Il est grand temps que tu enlèves ton pantalon. Je te veux. Tout entier.

6

Alanguie sur le lit, Christina savourait les vagues de plaisir qui s'abattaient sur elle. C'était absolument incroyable. Elle n'avait jamais rien vécu d'aussi intense. En tout cas, jamais avec Nelson. Et ils n'avaient même pas encore eu de rapport à proprement parler. Mais justement, allait-elle le décevoir ? Envahie par le doute, elle le regarda se lever pour se dévêtir.

— Tu préfères te mettre sous les couvertures ? demanda-t-elle.

— Comme tu veux.

— Si j'avais su, j'aurais refait le lit...

— Je m'en fiche complètement.

Il posa son portefeuille sur la table de chevet et baissa la fermeture Éclair de son jean.

— Tu as un préservatif ?

— Oui, dit-il avec un sourire.

— Tu es toujours aussi prévoyant ?

— Du moins, j'essaye de l'être.

Son regard se planta dans le sien.

— Je n'ai pas fait l'amour depuis longtemps.

— Moi non plus.

Mais pour un homme comme lui, l'attente valait largement la peine. Quand son boxer rejoignit les autres vêtements éparpillés par terre, elle eut une exclamation étouffée devant tant de beauté masculine. Il fit un pas vers elle.

— Tu trembles.

— C'est la nervosité.

Il repoussa doucement quelques mèches qui lui barraient la joue et prit son visage en coupe.

— Pourquoi es-tu nerveuse ? Tu es belle et désirable.

Un genou sur le matelas, il la dévorait des yeux. Elle se détourna, gênée.

— Je ne veux pas te décevoir.

— Qu'est-ce qui te fait croire une chose pareille ?

— Je n'ai pas été avec un homme depuis longtemps. Je ne serai peut-être pas très bonne.

— Pas bonne, toi ? ça m'étonnerait.

— Plus d'une personne m'a reproché de ne pas être à la hauteur. À force, j'ai perdu confiance en moi.

— Tu parles de sexe ?

— De tout. Ma mère m'a toujours trouvée nulle. Mon ex s'est servi dans mon stock de médicaments et je ne me suis aperçue de rien. Alors, qui sait ? Avec toi aussi, je serai peut-être décevante.

— Écoute, on va y aller doucement. On part à l'aventure ensemble, toi et moi. Sauf si tu préfères que je m'en aille, bien sûr.

— Oh ! non ! S'il te plaît, reste.

— Je ne vais nulle part.

Il lui caressa le dos avec douceur, comme il l'aurait fait avec un animal effarouché.

— Je ne vois pas comment tu pourrais me décevoir, au lit ou ailleurs.

Christina ouvrit la bouche pour répondre, mais il la fit taire par un baiser. Elle remonta les mains le long de son torse et sur ses larges épaules tandis que, d'une main, Conor taquinait et pétrissait le globe d'un sein. Une pulsation brûlante battait au creux de ses jambes et elle se pressa contre son érection en ondulant des hanches. Il interrompit leur baiser.

— Si tu continues comme ça, on aura terminé avant d'avoir commencé.

— Je croyais qu'on avait commencé depuis un petit moment déjà...

Conor roula sur le côté pour prendre le portefeuille et en sortit un petit étui qu'il déchira d'un geste vif avant d'enfiler un préservatif. Puis il la reprit dans ses bras avec des baisers d'une telle douceur qu'elle en aurait voulu toujours plus. Elle ouvrit les jambes et ferma les yeux lorsqu'il la pénétra. Une fois en elle, il s'immobilisa. Elle hasarda un coup d'œil. Le visage crispé par la concentration, Conor semblait s'imprégner de chaque seconde de cet instant. Enfin, il se retira avant de revenir en elle avec des va-et-vient puissants. Les doigts serrant les draps, Christina se mit à trembler tandis qu'une chaleur montait en elle, de plus en plus intense, avant d'exploser. Un sursaut violent la souleva et elle se laissa doucement emporter par le plaisir. Plongée dans un état second qui ressemblait à un rêve éveillé, elle émergea doucement dans la réalité.

Conor accéléra ses mouvements et elle noua les jambes autour de sa taille pour approfondir leur étreinte. Il poussa un gémissement sourd et s'enfonça en elle avec une énergie décuplée. Christina l'accompagna dans cette danse primitive jusqu'à ce que, dans un ultime coup de reins, Conor se fige avec un cri rauque. Il s'affaissa sur elle, sans force, et la recouvrit de son corps tiède et massif. Lorsqu'il lui rendit la respiration difficile, elle se tortilla et Conor roula sur le dos. Blottis dans les bras l'un de l'autre, ils reprenaient peu à peu leur souffle.

Conor écoutait la pluie, lové contre le corps doux et tiède de Christina. C'était peu dire qu'il n'était pas déçu. Christina était une amante de rêve. Comment pouvait-elle penser qu'elle n'était pas bonne au lit ? C'était tout le contraire. Il n'avait pas ressenti une telle alchimie avec une femme depuis une éternité et, mine de rien, cela lui avait manqué. Mais Christina n'était pas n'importe quelle femme. Elle était la générosité incarnée. Auprès d'elle, il sentait son cœur renaître à la vie.

Christina eut un profond soupir et il la pressa contre lui avec tendresse.

— Je t'ennuie ?

Elle glissa une main sur la taille de Conor.

— Non, pas du tout. Je me demandais juste si je pouvais te poser une question.

— Bien sûr, n'importe laquelle… Sauf pour savoir si tu étais à la hauteur. Je n'ai pas besoin de te dire que tu as été géniale.

— Merci, c'est gentil. Mais ce n'est pas ça, ma question. Tu veux bien me parler de ta femme ? Me dire ce qu'il lui est arrivé ?

Conor se crispa. Parler de Louisa ? Jamais il n'évoquait le sujet. La blessure était encore trop vive.

— Tu y tiens vraiment ?

— Oui. Elle devait être exceptionnelle pour que tu gardes son deuil des années après.

Sauf qu'il ne s'agissait pas seulement de Louisa. Mais lui parler du bébé ? Impossible. Même son frère et sa sœur n'étaient pas au courant. Il ne voulait pas révéler à Christina ce qu'il avait fait à son enfant. De toute façon, il n'était pas certain d'avoir la force d'évoquer le sujet. Il redoutait d'être réduit au silence par la douleur, comme lorsque le médecin lui avait dit : « Je suis navré pour le bébé. » Mais il pouvait au moins lui expliquer les grandes lignes. Il s'éclaircit la gorge et rassembla son courage. Christina méritait sa confiance. Elle l'avait gagnée.

— Nous habitions dans une petite maison dans notre village natal. Nous avions une famille, des amis, une vie sociale active, ma clinique marchait bien… Mais une chose manquait à notre bonheur. Louisa disait toujours qu'elle était faite pour avoir des enfants. Qu'elle avait des hanches idéales pour accoucher.

Christina se redressa sur un coude pour le regarder.

— Tu as des enfants ?

Conor faillit quitter le lit, mais il se contraignit à rester auprès d'elle.

— Non. Ce n'est pourtant pas faute d'avoir essayé. Malheureusement, nous n'avons jamais eu cette chance, même avec une aide médicale. Au fil du temps, Louisa s'est enfermée dans la tristesse. Elle avait toujours été fragile et nos problèmes l'ont affectée d'autant plus. Peu à peu, elle est devenue l'ombre d'elle-même. Notre mariage battait de l'aile.

— Désolée, je n'aurais pas dû te poser la question. Mais je comprends son désir d'enfant.

Parce qu'elle-même l'éprouvait ? En tout cas, Christina ferait une mère formidable lorsqu'elle trouverait l'homme qu'il lui faudrait.

— Un jour, lors d'une dispute, je lui ai dit qu'on ne pouvait plus continuer à vivre ainsi. À cause de moi, des horreurs que je lui ai racontées, elle est partie en voiture et elle a foncé dans un mur.

— Mon Dieu, Conor... Je suis tellement navrée.

Elle noua les bras autour de sa taille et le serra fort.

— Ce n'était pas ta faute.

Non, c'était faux. Il avait toujours su que Louisa était quelqu'un de fragile, mais il l'avait poussée à bout. Facteur aggravant, elle avait été enceinte de leur bébé. Certes, elle ne l'avait pas su lorsqu'elle s'était tuée, mais comment pouvait-il prétendre qu'il n'avait rien à se reprocher ? Au contraire, il était impardonnable. Il avait une responsabilité directe dans ce qu'il s'était passé, par le seul fait qu'il lui avait dit « Je vais te quitter ». Et pourtant, il n'aurait jamais fait une chose pareille. Ne lui avait-il pas juré fidélité, pour le meilleur et pour le pire ?

Contre toute attente, ces confessions avaient allégé sa conscience. Par sa tendresse, sa capacité d'écoute, Christina lui apportait des raisons d'espérer que son avenir pouvait être différent. Que ses blessures finiraient par guérir un jour.

Conor se réveilla aux côtés de Christina. Il regarda la lumière blafarde de l'aube qui s'insinuait tout doucement dans la chambre. L'horloge interne de Christina allait bientôt se déclencher. Elle allait se lever pour s'occuper des chevaux et il passerait au second plan. Il aurait voulu continuer à la garder contre lui.

Il sentit l'instant où elle se réveilla. Christina le gratifia d'un doux sourire, puis ses yeux s'arrondirent et elle s'écarta.

— Oh là là, il fait déjà jour. Il faut que je me lève, les chevaux doivent s'impatienter.

— Ils peuvent bien m'accorder deux minutes.

— Deux minutes pour quoi ?

— Eh bien, pour parler... Je ne sais pas...

— Il n'y a rien à dire. Nous sommes adultes, toi et moi. On a passé un bon moment, mais on va en rester là. J'en garderai un excellent souvenir et toi aussi, j'espère. Mais tu sais comme moi que ça ne peut pas recommencer.

Cette attitude détachée lui rappela la fois où un cheval lui avait décoché un coup de pied dans les côtes. Il avait éprouvé la même douleur vive et lancinante. Christina le mettait à distance. Mais au fond, il en aurait fait autant avec elle. Elle l'avait devancé, voilà tout. Cette fin s'inscrivait dans la logique des choses. Enfin, peut-être... Il se redressa et, de la paume, effleura son sein nu, mais elle l'écarta.

— Arrête. Les chevaux attendent et j'ai une journée chargée devant moi.

— Christina, je n'ai jamais voulu profiter de toi.

— C'est ce que tu dis. Parfois, on ne voit pas les choses, ou alors on ne veut pas les voir. Résultat, on se laisse coincer. Je sais de quoi je parle et je ne veux pas répéter les mêmes erreurs. C'est trop dur de remonter la pente par la suite.

Elle se leva et se mit en quête de ses vêtements. Sa chambre était vraiment dans une pagaille indescriptible. Mais cela faisait partie de son charme.

— On dirait que tu parles d'expérience.

Pensait-elle à cet idiot qui avait brisé son cœur et sa réputation ? Mais Conor n'était pas de ce genre... Non ?

— On s'était mis d'accord pour ne rien attendre l'un de l'autre. Entre nous, pas de promesses, rappelle-toi.

Il détestait la voir ainsi, cynique et désinvolte. Il comprenait cependant ce qui la mettait dans cet état.

— Qu'est-ce qui t'embête, Conor ? Je ne te demande rien, pourtant.

Les paroles échappèrent à Conor avant qu'il ne puisse les retenir.

— Le problème est que mon père était un coureur de jupons qui n'a cessé de tromper ma mère. Je me suis juré de ne jamais faire vivre ça à ceux que j'aime.

Elle le considéra avec perplexité.

— Tu as l'intention de retrouver une autre femme ce soir ?

— Non. Je parlais de Louisa. Je tiens à lui rester fidèle.

Le visage de Christina s'adoucit.

— Conor, tu étais un bon mari et je ne doute pas de ta loyauté envers elle. Mais ta femme n'aurait pas voulu que tu passes le reste de ta vie dans la solitude. On ferait bien de prendre un peu de recul, toi et moi.

— Je n'ai pas dit que...

Elle le fit taire d'une main levée.

— Ce n'est pas grave, Conor. Je suis une grande fille, va. J'ai déçu des gens et j'ai été déçue. Simplement, j'évite de baisser la garde. S'agissant de ce truc entre nous...

Elle pointa le doigt vers lui, puis vers elle.

— C'est pareil. Inutile d'y voir plus qu'un moment de folie.

— Un long moment, alors : on a passé la nuit ensemble. Et s'il y a eu des moments de folie, ils étaient sensationnels, avoue.

À quoi bon poursuivre cette discussion ? Après tout, elle lui offrait la possibilité d'en rester là sans passer pour un crétin qui la plaquait au bout d'une seule nuit. C'était ce qu'il avait voulu, non ?

— Bref, tu ne m'as pas déçu. C'est même tout le contraire.

Elle se détourna en rougissant.

— Tu comprends bien où je veux en venir. J'ai passé un bon moment, mais c'était hier. Aujourd'hui est un autre jour.

Il se leva à son tour et fit un pas vers elle.

— Tu ne crois pas que ça pourrait continuer ici, maintenant ? Au grand jour ?

Christina écarquilla les yeux, la bouche en *o*.

— Je pensais que tu voulais la même chose que moi. On s'était mis d'accord, non ?

— Si, mais ce n'est pas une raison pour dénigrer ce qu'on a vécu ensemble.

— Je ne dénigre rien du tout.

Elle se déplaçait dans la pièce avec raideur et ramassait des vêtements pour les laisser à nouveau tomber par terre. Conor enfila son pantalon.

— Désolé, mais c'est l'impression que tu me donnes.

— C'est involontaire, alors.

— Tant mieux, tu me rassures. Je garderai un excellent souvenir de cette nuit. Et toi aussi, j'espère.

— Tu peux en être sûr, Conor. Elle était tout ce dont une femme peut rêver. Merci.

Ses mots lui mirent du baume au cœur, mais sa voix avait la froideur d'une expérience de laboratoire. Elle était totalement dénuée de sentiment. Le problème était sans doute là : la veille, ils avaient eu une overdose d'émotion. Conor n'avait pas été préparé à cette alchimie qui les avait poussés l'un vers l'autre. Était-ce pareil pour elle ? Il avait besoin de temps pour analyser ce qu'il s'était passé et pour l'accepter. Elle aussi, sans doute.

— Conor...

— Il faut que j'organise le départ de Gold aujourd'hui. Il est temps qu'il s'entraîne sur le champ de courses du derby.

La dernière chose qu'il voulait, c'était l'entendre lui dire qu'elle avait passé un moment merveilleux, mais que cela ne se reproduirait plus. Christina baissa les paupières, puis les releva lentement.

— Oui, je comprends.

— Pourrais-tu t'occuper de Gold pendant que je prépare le petit déjeuner ? Ton café sera prêt à ton retour.

Une demi-heure plus tard, Christina n'était toujours pas revenue de l'écurie et le petit déjeuner refroidissait. Manifestement, elle l'évitait. Il pouvait se vanter d'avoir commis une belle bêtise. Il avait agi sous le coup de l'émotion, et à son âge, c'était impardonnable. Oui, mais ses baisers, son corps pressé contre le sien...

Stop !

Conor ne se reconnaissait pas dans ce qu'il avait fait. Il s'était toujours targué d'être quelqu'un de pratique, fiable, attentionné, mais après deux semaines avec Christina, voilà qu'il jetait aux orties sa capacité de réflexion pour céder aux émotions. Une fois n'était pas coutume, le désir de vivre dans l'instant présent l'avait emporté.

Attablé face à Christina, Conor sirotait en silence sa deuxième tasse de café comme si ce matin était un matin comme les autres. On aurait dit qu'il ne pensait déjà plus à cette nuit mémorable. Pour un peu, elle en aurait gémi. Mais qu'avait-elle espéré en l'invitant dans son lit ? Elle avait pourtant su à quoi s'attendre avant de faire l'amour avec lui. Ils étaient adultes et ne s'étaient rien promis. Juste une nuit, sans plus. Alors, pourquoi se plaisait-elle à penser qu'il pouvait y avoir plus entre eux ? Dans une semaine, il serait reparti en Irlande. Et puis, même à supposer qu'il reste, comment pouvait-elle croire qu'elle était assez bien pour un homme comme lui ? D'autant plus qu'il n'avait toujours pas fait le deuil de sa femme. Bref, son avenir ne lui paraissait plus aussi radieux.

— Christina, arrête, aboya-t-il soudain.

Sa voix la fit sursauter et elle le regarda par-dessus son mug.

— Quoi ?

— Arrête de réfléchir. J'aimerais qu'on reste amis.

— Mais nous sommes amis.

— Je l'espère, répondit-il d'un ton adouci.

Il émit un soupir.

— Je pars à Churchill Downs aujourd'hui. Gold y sera transféré demain et je dois m'assurer que tout est prêt. Tu as besoin que je te rapporte quelque chose ?

Le cœur de Christina se serra. Elle avait pourtant toujours su que ce moment arriverait. Ce qu'elle n'avait pas prévu, en revanche, c'était qu'elle en aurait autant de peine. Mais c'était sans doute un mal pour un bien. Comme Conor n'avait pas l'intention de rester ici, autant s'habituer à son absence dès à présent.

— ça ira, merci. De toute façon, je dois y être lundi prochain pour ma journée d'intégration.

Avec un peu de chance, elle n'aurait alors plus le vague à l'âme au sujet de Conor. Elle devait absolument faire bonne impression devant ses futurs collègues. Se pointer avec une mine de trois pieds de long n'était pas la meilleure manière d'y parvenir.

— M. Guinness m'a réservé une chambre dans un hôtel près du champ de courses. Par contre, j'ai toujours l'intention de me rendre à ce barbecue, samedi soir. Comme tu connais le chemin, ça t'embêterait de m'y conduire ?

— Non, pas du tout.

Christina plongea le regard dans sa tasse de café comme pour y trouver des réponses à la souffrance qui lui déchirait le cœur.

— Merci. Dès que possible, je te transmets ma nouvelle adresse.

Christina avait beau ne pas être prise au dépourvu par son départ, son caractère irrévocable lui nouait la gorge. Mais après tout, ils ne s'étaient rien promis, non ? C'était pour le mieux ainsi. Ces pensées à l'esprit, elle se leva, laissant son petit déjeuner à moitié terminé.

— OK, c'est dit. Sur ce, tu m'excuseras, mais j'ai du travail.

Voilà ! Sa préoccupation numéro un, ce devait être cela : le boulot. Elle devait cesser de se morfondre au sujet de Conor. Certes, elle frémissait encore au souvenir de ses baisers, de ses caresses, mais elle aurait meilleur compte à les enfermer pour toujours dans un recoin de son cœur. Bientôt, le quotidien reprendrait le dessus et elle finirait par l'oublier.

Elle vida son assiette dans la poubelle et la déposa dans l'évier.

— Merci pour le petit déjeuner. À tout à l'heure.

Une demi-heure plus tard, le bruit de la voiture de Conor s'éloignait dans l'allée. Les épaules de Christina s'affaissèrent. Pourquoi se sentait-elle à la fois soulagée et esseulée ? Et comment cet homme avait-il pris une telle emprise sur son cœur en si peu de temps ?

Alors qu'il faisait route vers Louisville, Conor ne songeait pas vraiment à ce qu'il avait à y faire. C'était Christina qui occupait surtout ses pensées. Puisqu'elle le mettait à distance, il se conformerait à sa volonté. Le problème, c'était qu'elle lui avait coupé l'herbe sous le pied en plaçant les frontières de leur relation sans lui demander son avis.

Jusqu'à récemment, Conor affirmait qu'il ne voudrait jamais d'une autre femme. Et puis, il avait rencontré Christina, et elle avait réussi l'impossible : elle lui avait donné envie d'aimer à nouveau. Alors, même s'il ne pouvait pas lui offrir la famille dont elle rêvait, ils pouvaient quand même trouver un compromis, non ? Elle le méritait bien.

Lorsqu'il arriva à Churchill Downs, l'activité qui régnait au champ de courses avait monté d'un cran par rapport à sa précédente visite. Dans quelques jours, il ferait partie de tout cela. Il regrettait déjà le calme de la vie à Seven Miles. Et Christina, surtout.

Demain, Gold serait installé dans ses nouveaux quartiers et les choses sérieuses pourraient vraiment commencer. Le surlendemain, son entraîneur serait là avec les palefreniers et les agents d'écurie. En tant que superviseur, Conor devait veiller à ce que le transfert de Gold se déroule dans les meilleures conditions possibles. Aujourd'hui, il devait s'enregistrer à la clinique, puis il inspecterait le box de Gold.

Conor venait de terminer les formalités administratives quand le Dr Dillard apparut au bout d'un couloir.

— Ah, bonjour, docteur O'Brian. Je me demandais quand vous arriveriez. Il est grand temps d'installer Gold dans son écurie, n'est-ce pas ?

— C'est prévu pour demain. D'après le règlement, les chevaux doivent arriver au moins treize heures avant le début de la course. Nous sommes larges.

— C'est vrai. Dites-moi, votre séjour chez le Dr Mobb s'est bien passé ?

— Très bien. Gold est en grande forme. Il était au calme là-bas.

— Parfait, parfait... Je me demandais si je pouvais faire à nouveau appel à elle, le cas échéant.

— Je vous confirme que sa pension équine est excellente.

Les compliments de Conor n'étaient pas forcés. Il aimait beaucoup la ferme de Christina. S'il vivait un jour aux États-Unis, ce serait dans un endroit comme celui-ci.

— Et vous, êtes-vous satisfait de ces deux semaines chez elle ? Vous auriez préféré loger plus près de Louisville, si je ne m'abuse ?

Essayait-il de lui tirer les vers du nez, voire de lui faire dire du mal de Christina ? Auquel cas, il en serait pour ses frais. Conor était plus que satisfait. Il avait fini par se sentir chez lui à Seven Miles.

— Oui, tout s'est très bien passé. Christina a eu la gentillesse de me louer une chambre pour me permettre de rester à proximité de Gold.

— Excellent. En toute franchise, je suis un peu surpris qu'elle ait accepté. Christina traverse une mauvaise passe depuis deux ans. Si j'ai pu l'aider, tant mieux. Je connais son oncle, c'est un bon collègue.

— Je sais qu'elle vous est reconnaissante. C'est une excellente vétérinaire. Elle vous donnera toute satisfaction lors du derby.

— Je n'en doute pas. Que puis-je faire pour vous aider ?

— Tout va bien. Je me suis enregistré et je comptais inspecter le box.

— Je vais faire en sorte qu'on vous y amène en voiture de golf. Par contre, vous devrez revenir par vos propres moyens.

— Ce n'est pas grave. Merci beaucoup.

Les deux hommes échangèrent une poignée de main.

— À samedi prochain, dit encore le Dr Dillard avant de s'en aller.

Conor attendit devant la clinique, et au bout de quelques minutes, la voiturette arriva. Dès qu'il fut installé, le véhicule démarra et se mit à brinquebaler entre les écuries, sur une route de gravier, le long d'un terrain herbeux où les chevaux étaient lavés et pansés. Puis le conducteur donna un coup de frein sec devant un bâtiment blanc dont le porche était décoré de pots de fleurs rouges. Gold serait hébergé dans le deuxième box à partir de la droite. Conor entra dans le local pour en examiner les murs, le portail et la mangeoire, à l'affût de tout objet auquel Gold aurait pu se blesser. Tout semblait conforme et d'une propreté impeccable. À l'extérieur se trouvaient une parcelle d'herbe et un espace de pansage. Gold serait très bien ici.

Satisfait, Conor se rendit à pied jusqu'à sa voiture. Une voiturette de golf s'arrêta brusquement à sa hauteur en soulevant un nuage de graviers. Il reconnut au volant Callee, la cousine de Christina.

— Vous n'êtes pas l'homme qui accompagnait Christina l'autre jour ?

— Si. Je suis Conor O'Brian. Elle m'a hébergé ces deux dernières semaines.

— Elle n'est pas là ?

— Non. Je prépare le transfert d'un cheval dont je suis responsable.

— Ah, bon...

La femme eut l'air déçu.

— Je vous emmène quelque part ?

— Pourquoi pas ? Je suis garé un peu loin.

Elle tapota la place vide à côté d'elle.

— Allez, venez.

Conor obtempéra et elle démarra en trombe, si vite qu'il dut s'accrocher à l'habitacle.

— Comment se passe votre séjour aux États-Unis ? Chez Christina ?

Elle lui jeta un coup d'œil.

— Très bien. Le Kentucky me fait penser à l'Irlande. Toute cette herbe verte, ces collines, ces chevaux...

— J'avoue avoir été un peu étonnée d'apprendre qu'elle avait accepté de vous loger.

Conor l'observa un instant. Essayait-elle de lui faire dire quelque chose en particulier ?

— Disons que l'idée ne vient pas d'elle. Elle n'avait pas vraiment le choix.

— Elle s'est refermée sur elle-même ces dernières années. Elle se méfie de tout le monde. Surtout des hommes.

— À juste titre, d'après ce que j'ai compris. Ce type était un abruti de première.

Callee le regarda brièvement.

— Elle vous a parlé de lui ?

— Oui, elle m'a raconté ce qu'il s'était passé.

— Vous avez la cote auprès d'elle, on dirait. Pour autant que je sache, en dehors d'une poignée d'amis proches, elle n'a jamais rien dit à personne. L'autre jour, à la façon dont elle vous regardait, je voyais bien que vous lui plaisiez vraiment beaucoup.

Callee prit un virage à droite si sec qu'il faillit être éjecté du véhicule.

— Disons qu'on est devenus amis pendant ces deux semaines.

— ça fait des années qu'elle vit repliée sur elle-même, sans voir personne. Vous devez être quelqu'un de spécial.

Conor ne répondit rien. Il n'avait aucun moyen de savoir si ce qu'elle disait était vrai.

— Je suis contente qu'elle fasse partie de l'équipe vétérinaire. Elle en avait vraiment envie.

— Oui, c'est très important pour elle.

— À juste titre. Elle en a vu des vertes et des pas mûres ces dernières années. Les gens n'ont pas toujours été sympas avec elle. Tout cela à cause d'un idiot dont elle se croyait amoureuse...

— C'est ma voiture là-bas, dit-il en la désignant du doigt. La rouge.

Callee s'arrêta devant le pick-up et il mit pied à terre.

— C'était un plaisir de vous rencontrer à nouveau. Je suis sûre qu'on se recroisera la semaine prochaine. D'ici là, dites à Christina que j'ai hâte de la revoir.

— Sans problème. Merci de m'avoir déposé.

Décidément, cette visite au champ de courses avait été fructueuse, à tous les points de vue. En tout cas, elle lui avait donné matière à réflexion à propos de Christina. S'il avait pensé la rejeter à l'arrière-plan de sa vie, il s'était trompé.

7

Christina se réveilla à la première sonnerie du téléphone et elle décrocha à la seconde. Elle était rarement dérangée en pleine nuit, mais lorsque cela arrivait, c'était toujours pour une urgence. Dans ces cas-là, Christina ne cherchait jamais à savoir si son déplacement était justifié ou pas. Les propriétaires de chevaux connaissaient leurs bêtes et savaient évaluer les problèmes. Souvent, ils essayaient de se débrouiller tout seuls, donc lorsqu'ils se décidaient à la contacter, c'était parce qu'ils étaient vraiment aux abois.

Christina enfilait ses bottes dans la cuisine lorsque Conor apparut, vêtu en tout et pour tout d'un short de sport. Il se passa une main dans les cheveux, ce qui les fit rebiquer. Le visage chiffonné par le sommeil, c'était fou comme il était sexy. Elle détourna les yeux et repoussa ces pensées. Ce n'était pas le moment. Ni maintenant, ni jamais.

— Que se passe-t-il ? demanda-t-il d'une voix endormie.

— On m'a appelée pour une urgence. Je ne voulais pas te réveiller, désolée.

— Tu vas partir en pleine nuit comme ça, toute seule ?

— Ce ne serait pas la première fois, loin de là.

— Je t'accompagne.

Un léger frisson de chaleur fit palpiter le cœur de Christina, mais elle s'efforça de ne pas s'y attarder.

— Ce n'est pas la peine.

— Si. Je m'habille en vitesse.

Il retourna dans sa chambre sans lui laisser le temps de répondre. Fidèle à sa parole, il la rejoignit alors qu'elle s'apprêtait à monter en voiture.

— Franchement, Conor, tu n'es pas obligé, dit-elle en s'installant au volant.

— Bien sûr que si.

Christina démarra et la voiture s'enfonça dans la nuit.

— Où va-t-on ? demanda-t-il au bout d'un long silence.

— À la ferme d'Owen. Il a une jument malade. Elle n'a pas touché à sa nourriture et quand il est allé la voir avant de se coucher, il l'a trouvée allongée par terre.

Christina appuya sur l'accélérateur.

— Tu n'en sais pas plus ?

Elle lui jeta un coup d'œil. Même dans la pénombre de l'habitacle, elle distinguait sa mâchoire taillée à la serpe.

— Je connais suffisamment mes clients pour savoir que s'ils m'appellent, c'est parce qu'ils ont vraiment besoin de moi.

— Le raisonnement se tient. Elle est loin, cette ferme ?

— Non, nous sommes presque arrivés.

Christina tourna vers la gauche et s'engagea dans une allée gravillonnée. Lorsqu'elle se gara devant l'écurie, M. Owen les attendait, éclairé par le faisceau d'une lampe extérieure. Il se hâta à leur rencontre tandis qu'elle sortait sa trousse médicale. Conor la rejoignit, sa sacoche à la main, et M. Owen les conduisit jusqu'à l'écurie.

— Comment va-t-elle ?

— Comme je vous l'ai dit au téléphone, en faisant le tour de l'écurie avant de me coucher, j'ai trouvé Joy allongée sur le flanc, dans sa stalle. Elle agitait les pattes comme un beau diable. Alors, je vous ai appelée.

— Vous avez changé sa nourriture ?

— Non, mais pendant toute la journée d'hier, elle a boudé sa ration et elle a tourné en rond dans son box. Je pensais la surveiller encore un peu, et voilà le résultat. Si j'avais su, je vous aurais contactée plus tôt.

Le pauvre homme avait l'air tellement bouleversé qu'elle lui toucha le bras.

— Nous sommes là pour vous aider. Je vous présente le Dr O'Brian. Ensemble, nous allons régler ça.

Elle n'en doutait pas. Jusqu'à présent, elle n'y avait jamais vraiment songé, mais ils formaient une bonne équipe tous les deux. Chacun mettait en valeur les compétences et l'expérience de l'autre.

M. Owen les mena vers une stalle au bout de l'écurie. La jument ne s'était pas relevée. Elle soufflait bruyamment et donnait des coups de patte dans le vide.

— Monsieur Owen, je vais vous demander de lui tenir la tête et de lui parler doucement.

Lorsque la jument fut un peu calmée, Christina s'agenouilla près d'elle pour lui palper l'abdomen : il était dur et distendu. À côté d'elle, Conor procéda au même examen.

— Tu veux bien mesurer les principales constantes pendant que je l'ausculte ?

— Bien sûr, dit-il en se levant pour prendre sa sacoche.

Dieu merci, la jument était étalée au milieu du box, de sorte qu'ils n'étaient pas gênés pour travailler malgré l'exiguïté du lieu. Christina sortit son stéthoscope et posa la cloche sur divers points du ventre. C'était bien ce qu'elle craignait : une occlusion. Elle baissa son stéthoscope et passa une main le long du flanc de l'animal.

— Monsieur Owen, l'aggravation est apparue dans quel laps de temps ?

— J'ai vu Joy vers 20 heures et je suis revenu à minuit, juste avant de vous appeler.

— Les autres chevaux n'ont pas de problème ?

L'homme secoua négativement la tête.

— Non, pas que je sache.

Elle croisa le regard de Conor. Pensait-il à la même chose qu'elle ? Comme s'il avait lu dans ses pensées, il opina du chef. Christina prit une profonde inspiration.

— Monsieur Owen, je suspecte un volvulus du côlon, autrement dit, une occlusion par torsion. Il faut intervenir tout de suite pour éviter une perforation intestinale. Joy n'aurait aucune chance d'en réchapper.

— Je comprends. Quand allez-vous l'opérer ?

— Dès que nous serons prêts.

M. Owen haussa les sourcils.

— Vous allez le faire ici ?

— Oui. On n'a pas le temps de l'emmener dans une clinique. Je vais vous demander un grand drap, mais je ne pourrai pas vous le rendre. Après l'opération, il devra partir à la poubelle. Il me faudrait aussi un grand seau d'eau chaude et du savon. Le plus tôt serait le mieux.

M. Owen tapota le cou du cheval.

— J'y vais.

— Je retourne à la voiture pour y chercher le matériel, indiqua Conor. Tu t'en sors bien, Christina.

— Merci. Je n'ai pas mené une opération aussi délicate depuis un bout de temps.

— Je serai avec toi.

En attendant le retour de Conor, Christina repoussa de sa botte la paille étalée par terre devant la jument, puis elle prépara un sédatif. Conor ne tarda pas à revenir.

— Vérifie que j'ai bien tout apporté. Je surveille le cheval.

Christina inspecta le contenu du panier.

— C'est tout bon. Tu veux bien passer en revue avec moi le déroulement de l'intervention ? Tout d'abord, on va nettoyer le site de l'incision avec du savon et de l'eau chaude.

— L'incision devra être longue. Dans ce genre d'opération, il faut toujours prévoir large parce qu'il faut observer toute la zone de manière à bien localiser le problème.

À défaut d'autre chose, cette discussion avait le mérite d'apaiser les nerfs de Christina...

— Avant tout, je vais lui administrer un bolus d'antibiotiques.

Conor lui tendit le nécessaire et elle remplit une seringue.

— Tu peux vérifier, s'il te plaît ? Je n'ai pas envie qu'on me pose des questions par la suite.

Il examina la pipette.

— ça m'a l'air correct.

Alors qu'elle piquait l'aiguille dans la hanche du cheval, M. Owen revint dans l'écurie.

— Tenez, voilà deux draps et le seau d'eau chaude.

Il posa le récipient par terre et lui tendit les draps. Christina en réserva un sur la cloison du box et étala l'autre devant l'animal en le lui glissant sous le ventre. Juste à côté, Conor préparait le matériel.

— Monsieur Owen, vous pourriez lui tenir la tête ?

L'homme s'agenouilla près de la jument. Christina regarda Conor d'un air perplexe lorsque celui-ci s'en alla. Peu après, il était de retour avec un tabouret qu'il posa à côté de M. Owen. Une fois de plus, il l'étonnait par sa gentillesse.

L'anesthésie ne tarda pas à faire effet. Christina se tourna alors vers Conor.

— Tu pourrais préparer le site d'incision ?

Il enfila des gants de latex et lava la zone, puis il ouvrit un kit chirurgical. Après avoir rasé le site à opérer, il le badigeonna avec une solution antiseptique. Ceci fait, il se plaça de côté pour lui laisser le champ libre. Il lui tendit le scalpel et elle pratiqua l'incision.

— Comme ça, ça va ?

— Encore cinq centimètres. Il faut qu'on soit sûrs de tout voir.

Une fois l'abdomen ouvert, Christina déplaça une poignée d'intestins pour localiser l'obstruction.

— Tu vois quelque chose ?

— Là, répondit Conor. En bas à gauche.

Elle repoussa les viscères pour mieux voir. Conor ne s'était pas trompé. La torsion se trouvait bien là.

— OK. Allons-y, annonça-t-elle.

Christina posa un clamp sur chaque extrémité du segment à retirer, puis elle procéda à la résection proprement dite.

— Beau travail, docteur Mobbs.

Il lui tendit une aiguille et du fil, puis il apposa les extrémités sectionnées de manière qu'elle les suture, ce qu'elle fit avec des gestes précis et rapides.

— Je ne te connaissais pas ces talents de brodeuse.

Christina sourit. Une fois le côlon recousu, ils replacèrent soigneusement les intestins dans la cavité abdominale.

— Il ne reste plus qu'à refermer la plaie, dit Conor. Si tu veux bien, je rapproche les bords et tu les recouds.

Ils travaillèrent dans un silence concentré jusqu'à ce que l'incision soit totalement suturée.

— Pendant que je range, tu pourrais mesurer ses constantes ? proposa Christina.

— Pas de problème.

Conor se nettoya dans le seau, puis il examina le cheval, qui commençait à se réveiller. Conor posa une main sur l'épaule de M. Owen.

— Alors, comment vous sentez-vous ?

— Beaucoup mieux… En tout cas, chapeau. Vous voir à l'œuvre, tous les deux, c'est un sacré spectacle.

— Un bon spectacle, j'espère, dit Conor en souriant.

— Sans aucun doute.

Christina devait en convenir : ils formaient une bonne équipe, tous les deux. D'ailleurs, il n'y avait pas qu'au travail qu'ils s'entendaient bien…

— Merci. Maintenant, il faut remettre Joy sur ses pattes et l'aider à faire quelques pas. Un peu d'exercice lui permettra d'éliminer l'anesthésie et de réactiver son organisme. Monsieur Owen, vous tirez sur sa longe pendant que je la pousse avec Conor.

L'homme se leva du tabouret avec raideur tandis qu'ils se positionnaient tous les deux derrière la jument. Au bout de plusieurs minutes d'efforts et d'encouragements, celle-ci se dressa sur ses pattes en chancelant.

— Parfait. Maintenant, monsieur Owen, faites-lui faire un tour du box, histoire qu'elle se dégourdisse un peu les jambes.

Conor et elle sortirent à reculons, sans quitter des yeux l'homme et le cheval. Ce dernier tituba, mais ses pas prirent vite de l'assurance.

— Beau travail, docteur, murmura-t-il à l'oreille de Christina.

— De même, cher collègue. Tu sais qu'on va devoir encore rester quelques heures pour surveiller Joy ?

— Oui.

— ça m'embête de ne pas pouvoir te libérer, mais je risque d'avoir besoin de la voiture.

— Même si j'avais le choix, je ne partirais pas.

— ça ne m'étonne pas de toi, dit-elle en souriant.

Conor s'adossa contre la cloison du box.

— Par contre, M. Owen devrait se coucher. Il dort debout, le pauvre.

— Tu as raison.

Elle retourna dans la stalle et prit la longe de la main de M. Owen.

— Il faut vous reposer. Je reste ici avec Conor, de toute façon. Demain, vous devrez être en forme pour vous occuper de Joy.

— Merci, dit-il avec un sourire fatigué. Je vous prends au mot.

Alors que Christina faisait marcher le cheval, Conor accompagna M. Owen jusque chez lui. Il revint avec une couverture et deux chaises pliantes.

— Allez, c'est mon tour. Va t'asseoir.

Il effleura sa main en prenant la longe et le cœur de Christina tressaillit. C'était fou comme, en deux semaines à peine, cet homme s'était fait une place dans sa vie. Bientôt, il devrait partir et elle en souffrait déjà. En dépit de toute raison, il allait lui manquer.

Conor contemplait Christina avec un large sourire. Elle avait empilé des ballots de paille devant le box et étalé une couverture sur ce matelas improvisé. Puis elle s'était endormie. Mine de rien, c'était la seconde fois en deux semaines qu'ils passaient la nuit dans une écurie. Le plus drôle, c'était qu'il n'aurait voulu être nulle part ailleurs. Sauf dans le lit de Christina, bien sûr.

Conor se sentait honoré qu'elle ait accepté de le laisser veiller sur Joy. Au début de leur rencontre, elle ne lui faisait confiance pour rien, mais depuis, petit à petit, elle avait changé d'attitude. Et c'était gratifiant. Entre-temps, des sentiments avaient surgi, leur relation s'était compliquée. Mais ils n'étaient pas faits l'un pour l'autre. Christina désirait une famille et ce n'était pas lui qui pourrait la lui offrir. Ils étaient trop différents, vivaient dans des parties du monde différentes. Il n'avait pas envie de retenter sa chance en amour, pas envie de prendre ce risque. Leurs vies étaient cabossées. Et pourtant, il ne pouvait la regarder sans être ému. Dans l'abandon du sommeil, elle avait l'air d'un ange. Son masque de dureté avait glissé et sa vulnérabilité apparaissait à nu.

Il s'assit sur une chaise pliante et s'adossa contre la cloison d'une stalle. De là où il se trouvait, il avait la jument sous les yeux. Il faudrait attendre un bout de temps avant qu'elle retrouve du poil de la bête, la pauvre. Par sécurité, Conor programma sa montre pour qu'elle sonne au bout d'une heure. Il se chargerait de faire faire quelques pas à Joy. Christina avait besoin de se reposer un peu.

Lorsque la lumière pâle de l'aube s'infiltra sous la porte, il secoua légèrement Christina pour la réveiller. Elle s'étira langoureusement, tel un chat.

— Tu n'aurais pas dû me laisser dormir aussi longtemps.

— Je ne voulais pas te déranger.

— Et Joy ? Comment va-t-elle ?

— Très bien. Je l'ai fait marcher toutes les heures. D'ailleurs, c'est le moment.

— Je m'en occupe.

Elle prit la longe et, tandis que la jument faisait le tour de son box, Conor l'observa attentivement pour voir si elle manifestait de la douleur ou une boiterie.

— Je m'en serais sortie sans toi, mais je suis contente de ne pas avoir eu à le faire.

— Merci. C'est agréable de voir que je sers à quelque chose. ça faisait longtemps.

Après avoir attaché Joy, Christina replia la couverture et la posa sur le dossier de la chaise pliante.

— C'est bizarre que M. Owen ne soit pas déjà là.

Elle se dirigeait vers la sortie quand celui-ci apparut sur le seuil de l'écurie.

— Bonjour. Comment va Joy ?

Il jeta un coup d'œil inquiet vers le box.

— Très bien. Nous nous apprêtions justement à partir. N'hésitez pas à m'appeler en cas de besoin. De toute façon, je repasse demain. La semaine prochaine, je serai à Louisville pour le derby, mais si vous avez un problème, passez-moi un coup de fil et je m'arrangerai pour vous trouver de l'aide.

— Ce n'est pas rien de travailler pour le derby. Apparemment, seule une poignée d'élus sont sélectionnés.

— Elle a été choisie parce qu'elle fait partie des meilleurs, renchérit Conor avec fierté.

Christina se tourna vers lui et sourit, les yeux brillants.

— Ma femme et moi sommes des inconditionnels du derby, dit M. Owen. On ne rate jamais un jour de course.

— Dans ma famille, c'est pareil. C'est un honneur de faire partie de l'équipe.

— Un honneur mérité. Vous avez été injustement attaquée il y a deux ans.

Christina baissa les yeux.

— Merci. Je suis heureuse de cette opportunité, mais ça va être sportif de travailler dix ou douze heures par jour. Peu de gens se rendent compte de tout ce qu'il se passe dans les coulisses.

— Ils ne regretteront pas de vous avoir recrutée. Tenez, ajouta-t-il en levant un sac. Ma femme vous a préparé un petit déjeuner : des sandwichs aux œufs et un thermos de café. Vous n'aurez qu'à rapporter le thermos demain. Elle vous aurait invités, mais vous devez avoir envie de rentrer.

— Remerciez-la bien de notre part, dit Christina en prenant le sac. Nous allons jeter un dernier coup d'œil à Joy avant de nous en aller.

L'examen effectué, ils donnèrent des instructions de soins à M. Owen et regagnèrent la voiture.

— Merci pour ton aide, dit-elle à Conor.

— Il n'y a pas de quoi. Tu t'en es très bien sortie. Tu étais même carrément bluffante.

— Arrête, tu vas me faire rougir.

Conor la dévisagea.

— Tu n'aimes pas les compliments ?

— Au contraire. Ma mère ne m'en a jamais donné beaucoup, alors quand j'en reçois, je les apprécie encore plus.

Elle termina de ranger le matériel et poussa un long bâillement.

— Tu es fatiguée. Laisse-moi conduire.

Pendant le trajet du retour, Christina se renversa sur le siège et ferma les yeux. Bientôt, elle dodelina de la tête. Conor lui prit un bras et, doucement, la fit se pencher jusqu'à ce que sa tête repose sur ses genoux. Un soupir lui échappa alors qu'elle s'installait plus commodément. Mais bientôt, ils arrivèrent. Il l'aurait pourtant bien gardée comme cela, tout contre lui pendant des heures.

Christina se réveilla au contact d'un corps tiède et dur sous sa joue. Elle s'était endormie sur Conor… À sa décharge, elle était vannée. Les journées à rallonge ne lui faisaient pas peur, mais elle n'avait pas l'habitude de rester debout la nuit. Il fallait pourtant qu'elle se repose un peu avant la semaine du derby. Avec le travail à la ferme, autant dire que c'était mission impossible.

Le véhicule à peine garé, elle se dépêcha de mettre pied à terre.

— Il faut que je m'occupe des chevaux. Tu peux prendre ta douche, si tu veux.

— Non, je t'aide. De toute façon, il faut aussi que je voie Gold. Nous sommes épuisés aussi bien l'un que l'autre. À deux, on mettra moitié moins de temps.

Trop fatiguée pour ergoter, Christina n'insista pas. Ils se dépêchèrent de nourrir les chevaux et de nettoyer les box.

— Gold doit partir cet après-midi, indiqua-t-il alors qu'ils sortaient de l'écurie. Les Downs croulent sous les arrivées de chevaux, donc je n'ai pas pu décrocher un rendez-vous plus tôt.

Christina se sentit soudain triste. Gold allait lui manquer. Et Conor aussi. Sur le perron, elle se retourna vers lui.

— Encore merci pour ton aide et pour ta gentillesse. Tu as passé une nuit blanche pour me permettre de me reposer.

— Je t'en prie. ça m'a fait plaisir.

Elle eut un sourire crispé. Elle aurait tellement voulu l'embrasser…

— Quand même, merci. Tu es un mec bien, Conor. Et un excellent vétérinaire.

— Je ne suis pas sûr que j'aurais apprécié les adjectifs dans le sens inverse.

— Tu es un mec excellent et un bon vétérinaire.

Elle effleura ses lèvres des siennes.

— C'est tout ? Je suis sûr que tu peux faire mieux que ça, dit-il en lui prenant la taille. D'ailleurs, je vais te le prouver.

Il s'empara de sa bouche avec voracité avant de la serrer contre lui. Son baiser s'intensifia et leurs langues se mêlèrent dans un embrasement de désir. Voilà ce qui lui avait manqué… Ce qu'elle avait tant voulu, malgré tous les mensonges qu'elle s'était racontés. Elle allait profiter à fond du peu de temps qu'il leur restait à passer ensemble, et peu importait si elle devait en souffrir par la suite. Elle noua les bras autour de son cou et se pressa tout contre lui. Conor était un mec bien, elle pouvait lui faire confiance.

Mais il s'écarta trop tôt.

— Désolé, c'était plus fort que moi.

— Je ne le regrette pas.

Il l'embrassa à nouveau.

— Tu sais qu'en prenant une douche ensemble, on aurait un peu plus de temps pour dormir.

— Ou pour faire autre chose, dit-elle en riant.

— Allez, viens. J'ai besoin de te toucher.

Dans la cuisine, ils se débarrassèrent de leurs bottes comme s'ils l'avaient fait tous les jours depuis des années. Une fois pieds nus, ils échangèrent un sourire. Elle lui prit la main et le mena jusqu'à la salle de bains, puis elle entreprit de lui déboutonner sa chemise avec lenteur. Le vêtement glissa sur ses épaules et tomba par terre.

— J'ignore si c'est la meilleure manière de gagner du temps, mais une chose est sûre : si je laisse passer ces occasions de t'avoir dans mes bras, je le regretterai toute ma vie.

Christina lui déboucla sa ceinture et savoura le frisson qui le parcourut lorsqu'elle effleura sa peau nue du bout des doigts. Lentement, elle tira sur la fermeture Éclair de son jean, qu'elle fit glisser sur ses hanches et le long de ses jambes. Lorsqu'il s'en débarrassa, elle tendit les mains vers son boxer, mais il arrêta son geste.

— C'est mon tour de te déshabiller.

Avec douceur, il lui passa le T-shirt par-dessus la tête. Il embrassa un sein, puis l'autre, tandis que ses doigts habiles dégrafaient son soutien-gorge. Son jean ne tarda pas à rejoindre les vêtements éparpillés par terre.

— Ma chérie, je ne tiendrai jamais jusqu'au lit.

Seigneur, elle adorait son accent rocailleux, surtout murmuré ainsi, tout contre son oreille…

— Je ne vais pas me plaindre.

8

Dans un état de demi-sommeil, Christina étendit un bras de l'autre côté du lit. Sa main toucha un corps tiède et dur et elle sourit. Conor était là, auprès d'elle. Immobile, elle savoura un instant sa présence et la chaleur du soleil qui se déversait par la fenêtre. Elle aurait aimé se réveiller ainsi tous les jours. Lorsqu'elle se tourna légèrement pour voir s'il dormait encore, des yeux bleus croisèrent les siens.

— Bonjour, toi. Ou devrais-je dire bon après-midi ?

— Il n'est pas encore midi, mais presque. Tu es réveillé depuis longtemps ?

— J'attendais que tu émerges.

Un frisson la parcourut lorsqu'il effleura sa poitrine.

— C'est vrai ?

— Hmm…

La main de Conor glissa sur la courbe de sa hanche et elle roula sur le côté pour s'approcher de lui. Leurs lèvres s'unirent et elle s'assit sur lui à califourchon.

— Ce n'est pas aujourd'hui qu'on vient chercher Gold, dis ?

— Oui, mais pas tout de suite. On a encore le temps.

— Il faut que j'aille travailler.

Alors qu'elle esquissait le geste de se lever, il la retint.

— Plus tard. Prenons un peu de temps pour nous deux.

Tant qu'il nous en reste. Il ne l'avait pas dit, mais c'était tout comme.

— À ce propos, j'ai réservé une chambre dans un hôtel à Louisville, près du champ de courses. Tu pourrais passer la semaine avec moi là-bas, puisque tu y seras pour le travail. ça t'éviterait des allers-retours fatigants.

— Mais les chevaux ? Il faut bien que je m'occupe.

— Tu n'aurais personne pour te remplacer ?

Christina inclina la tête pour réfléchir.

— Quelques jours, peut-être, mais pas toute la semaine.

— Au moins, essaye de trouver quelqu'un pour dimanche matin. Comme ça, tu resterais avec moi après le barbecue.

— Oui, je pense que c'est faisable.

— S'il te plaît...

Il prit un air exagérément implorant et elle sourit.

— Je vais voir ce que je peux faire pour ce soir et pour samedi.

Christina songeait déjà à des amis qu'elle pouvait contacter.

Quand un pick-up avec remorque arriva aux alentours de 14 heures, tout était prêt pour le transfert de Gold. Conor avait rangé le matériel dans sa voiture et, avec l'aide de Christina, il avait examiné le pur-sang soigneusement. Il avait également passé en revue ses vaccinations et ses analyses sanguines. Pour être admis dans les écuries de Churchill Downs, Gold devrait satisfaire aux protocoles extrêmement stricts de la Commission des courses hippiques du Kentucky. Le moindre problème de santé, la moindre lacune dans le suivi médical seraient rédhibitoires. Quand Gold serait admis dans le saint des saints, Conor n'aurait qu'un accès limité à son écurie, et toujours accompagné d'un agent de sécurité.

Une fois le cheval dans la remorque, Christina accompagna Conor jusqu'à sa voiture.

— Je te retrouve samedi soir pour te conduire chez le Dr Dillard.

— Non, c'est moi qui t'y emmène. Attends-moi dans le hall à 18 heures.

— Mais je connais le chemin…

— S'il te plaît, Christina, ne discute pas.

Conor effleura ses lèvres d'un baiser rapide. Déjà, le pick-up à remorque s'éloignait dans l'allée.

— Il faut que j'y aille. On se voit samedi soir. D'ici là, je t'appelle si j'en ai l'occasion.

Sur ces mots, il s'installa au volant et descendit la vitre.

— Tu vas me manquer !

Elle lui fit au revoir de la main en souriant. Alors que la voiture disparaissait au loin, une chape de tristesse s'abattit sur ses épaules. Et ce n'était qu'un avant-goût de ce qu'elle ressentirait lorsqu'il repartirait en Irlande, à la fin de la semaine. Alors, il serait vraiment parti.

Samedi soir

Conor faisait les cent pas dans le hall de l'hôtel. Depuis cinq minutes, il l'attendait. Cela ne lui ressemblait pas d'arriver en retard. Avait-elle décidé de ne pas venir ? Non, elle avait travaillé trop dur pour décrocher cette opportunité. Il consulta son téléphone, mais elle ne lui avait pas envoyé de texto. Elle devait être morte de peur à l'idée de côtoyer des collègues qui l'avaient mise sur la sellette quelques années plus tôt. Elle avait tort de se focaliser ainsi sur son passé. Elle avait été déclarée non coupable et la confiance du Dr Dillard était sa meilleure carte de visite.

Soudain, il la vit franchir les portes coulissantes et son cœur bondit. Vêtue d'une robe vert sombre toute simple, elle était jolie comme un cœur. De minces pendants tremblaient à ses oreilles et lui donnaient envie de mordiller sa nuque. Il n'avait jamais pensé éprouver à nouveau de tels sentiments pour une femme, a fortiori pour une femme qui n'avait pas envie qu'il tombe amoureux d'elle. La violence de ce désir avait quelque chose d'embarrassant, surtout après tant d'années de vide sentimental. Le pire, c'était qu'il ne savait pas quelle attitude adopter. Plus ils passaient de temps ensemble, plus il aurait de mal à lui dire adieu, mais il n'arrivait pas à s'éloigner d'elle. Il venait de passer deux nuits sans elle et jamais la solitude ne l'avait rendu aussi malheureux.

Lorsqu'elle le vit, Christina s'arrêta de marcher et un sourire jaillit sur ses lèvres. Elle le parcourut d'un œil appréciateur, puis elle le rejoignit et s'arrêta tout près.

— Tu es très beau, dit-elle en glissant une main sous le revers de son costume.

Tout à coup, il eut envie de décommander cette fête et de passer la soirée avec elle, dans sa chambre.

— Merci. Tu es ravissante, Christina.

— J'adore cette façon que tu as de prononcer mon nom. Avec ton accent sexy, tu lui donnes quelque chose de spécial.

Elle déposa un bref baiser sur ses lèvres. Il tendit les bras vers elle, mais elle s'écarta avant qu'il ne puisse l'étreindre, manifestement plus soucieuse que lui du lieu où ils se trouvaient.

— Nous ferions mieux de partir maintenant pour ne pas être en retard. J'ai perdu du temps à choisir ma robe.

— À cause de moi ou des gens qu'on va voir tout à l'heure ?

— Les deux. En tout cas, je suis contente que tu m'accompagnes.

— C'est vrai ? Quand le Dr Dillard a émis l'idée, tu n'avais pas l'air emballée, rappela-t-il avec un large sourire.

— Oui, bon… Depuis, j'ai changé d'avis sur toi.

Il l'attira à lui et l'embrassa sur la tempe.

— Tant mieux. Et pour ce soir, tu n'as aucune raison de te faire du souci. Tu es la personne la plus merveilleuse que je connaisse, à tous les points de vue.

— Tu racontes toujours de jolies choses aux filles avec qui tu sors ?

— Seulement à toi. Et puis, ça fait des années que je n'ai aucune vie sociale, rappelle-toi.

— Eh bien, c'est un honneur d'être avec toi ce soir.

Comme elle ponctuait cette phrase d'un baiser sur la joue, il lui donna un léger coup de coude et pointa les portes du doigt.

— On ne va pas passer la soirée à s'admirer mutuellement.

— Ce n'est pourtant pas désagréable.

— On continuera plus tard. Allez, viens, on y va.

Dehors, Conor agita une main en l'air et une voiture s'arrêta devant eux. Le regard de Christina passa alternativement de Conor au véhicule.

— Qu'est-ce que ça veut dire ?

— J'ai engagé un chauffeur pour la soirée.

— Tu n'aurais pas dû te mettre en frais, voyons. Ce n'était pas nécessaire.

— ça, c'est mon problème, dit-il en lui ouvrant la portière. Je voulais être assis à côté de toi pendant le trajet.

Ils s'installèrent sur le siège arrière et Christina donna l'adresse au chauffeur. Alors que la voiture redémarrait, Conor lui prit la main.

— Tu m'as manqué. Quoi de neuf à la ferme ?

— Rien de spécial. Je me suis déplacée pour deux consultations.

— Tu as trouvé quelqu'un pour t'occuper des chevaux ?

— Oui. J'ai passé quelques coups de fil et j'ai trouvé une personne de confiance : un ami qui m'a déjà dépannée une fois. Il est prêt à le refaire trois fois cette semaine, peut-être même quatre.

Conor posa son front contre le sien tandis que, du pouce, il lui caressait le dos de la main.

— Donc, tu restes avec moi ce soir ?

— Si tu le veux, répondit-elle avec un sourire timide.

Il passa un bras autour de ses hanches.

— N'en doute jamais.

Le chauffeur s'arrêta dans une allée incurvée qui bordait une grande maison de briques rouges à un étage. Sur la longueur de la façade, des colonnes blanches supportaient un large porche. Toutes les fenêtres étaient illuminées. Conor sortit et tendit la main à Christina, qui s'en saisit. Il la pressa légèrement avant de la lâcher, puis il referma la portière et lui offrit son bras. Christina le prit, ou plutôt s'y accrocha. Devant son angoisse, il se félicita d'être là, à ses côtés, prêt à la soutenir, à la défendre.

Ils entrèrent dans un hall élégant dont les portes-fenêtres donnaient sur un grand terrain éclairé par les lumières de la maison et par des lanternes de papier blanc suspendues aux branches de vieux arbres. Quatre longs buffets débordaient de victuailles et des tables rondes attendaient, prêtes à accueillir les convives. Le fumet d'un bœuf rôti à la broche lui mit l'eau à la bouche.

— Waouh, c'est magnifique.

— Oui, mais c'est l'odeur de la viande qui retient mon attention.

— Toi et la nourriture, dit-elle en souriant.

— Dis donc, tu ne t'en es jamais plainte.

— Non, si ce n'est que j'ai pris quelques kilos depuis que je te connais.

— Ils te vont très bien, je t'assure.

— Ah, vous voilà, Christina. Comment allez-vous ?

Le Dr Dillard approchait à grands pas, un large sourire aux lèvres.

— Bonsoir, docteur O'Brian. Ravi de vous revoir.

— Je vous en prie, appelez-moi Conor. Merci de nous avoir invités.

— Tout le plaisir est pour moi. J'ai entendu dire que le transfert de Gold s'est bien passé.

— En effet. Il est arrivé dans les temps, à quelques heures près, répondit-il en prenant la main de Christina.

Ce geste ne passa pas inaperçu du Dr Dillard, qui sourit.

— Nos règles sont strictes, mais elles existent toujours pour une bonne raison.

— C'est vrai. Nous avons les nôtres en Irlande.

Le Dr Dillard se tourna alors vers une dame qui agitait le bras à son adresse.

— Désolé, ma femme m'appelle. Faites comme chez vous, servez-vous à boire.

Ils le prirent au mot et, un verre à la main, ils se postèrent sous un arbre.

— Tu reconnais des têtes ?

— Quelques-unes, c'est tout. Les gens qui travaillent au derby sont originaires des quatre coins de l'État.

Le Dr Dillard demanda le silence et délivra un bref discours pour accueillir les convives. Christina paraissait déjà plus détendue. Des files se formèrent devant les buffets et tous deux prirent place pour se servir, puis ils s'assirent à une table vide. Alors qu'ils entamaient leur repas, deux couples s'attablèrent à côté d'eux. Chacun donna son nom et une conversation s'engagea. Peu après, deux hommes remplirent les dernières places vacantes et tout le monde se présenta à nouveau. Quand Christina déclina son identité, l'un des hommes la regarda d'un air bizarre.

— Vous ne seriez pas cette vétérinaire qui s'est fait pincer pour trafic de médicaments, il y a quelques années ? Et on vous a autorisée à travailler à Churchill Downs ? Pour le derby, qui plus est ? Étonnant...

Christina se figea dans une posture raide. Elle posa sa fourchette sans bruit, d'une main qui ne tremblait pas.

— Oui, c'est moi. Mais j'ai été reconnue non coupable.

L'homme flanqua un coup de coude à son compagnon.

— Tu connais cette histoire, hein ? Pas vrai ?

En guise de réponse, l'autre se contenta d'un vague grognement.

— Quand même, c'est bizarre qu'on ait fait appel à vous.

— Je vous assure que mon profil a été examiné avec soin. J'ai été déclarée apte.

Conor en avait entendu assez.

— Je crois que vous devez des excuses au Dr Mobbs.

L'autre s'esclaffa et avala une lampée d'alcool.

— Des excuses pour quoi ? Pour dire la vérité ?

— Non, dit Conor en se levant. Parce que vous êtes grossier.

Christina posa une main sur son bras.

— Arrête, ça n'en vaut pas la peine.

— Non, d'autant plus que je dis la vérité, insista lourdement l'homme.

Christina promena un regard sur la tablée.

— Si vous voulez bien m'excuser... J'ai été ravie de faire votre connaissance.

Puis elle s'en alla, la tête bien droite. Conor devinait pourtant l'effort de volonté qu'il lui fallait pour conserver son sang-froid et ne pas se laisser déborder par les émotions. Il fusilla l'homme du regard.

— Je viens d'un autre pays, mais je sais reconnaître un imbécile qui a trop bu. Et je persiste à dire que vous lui devez des excuses.

Conor se leva de table à son tour et s'empressa de retrouver Christina. Elle avait fait le tour de la maison et se dirigeait vers une grande écurie située à l'arrière, dans un champ clôturé. Lorsqu'il la rejoignit, il cala son pas sur le sien sans dire quoi que ce soit. Pourtant, il aurait tellement voulu la prendre dans ses bras pour la réconforter... Ils marchèrent ainsi en silence quelques instants. Ils approchaient de l'écurie lorsqu'elle parla enfin :

— Je ne parviendrai jamais à faire oublier cette histoire.

— Faire oublier quoi ? Tu n'as rien à te reprocher.

— Va le faire comprendre à certains. Je dois me justifier à tout bout de champ. Je n'ai rien fait, bon sang, mais c'est à moi qu'on fait porter le chapeau. Qu'est-ce que je dois faire ? C'est ici que je vis et je ne veux pas partir.

— Ce n'est pas juste, je suis d'accord. Mais parfois, la vie n'est pas juste.

Elle lui jeta un regard tourmenté.

— Pardon. Tu es mieux placé que moi pour le savoir.

— Ce n'est pas grave. Ce soir, il est question de toi, pas de moi. Je suis fier de toi. Tu as su rester digne et garder ton sang-froid. En plus, tu ne m'as pas laissé commencer une bagarre. D'ailleurs, je ne suis pas certain que j'aurais eu le dessus.

Christina sourit faiblement.

— Ton soutien me va droit au cœur.

— Ce n'est pas dur de défendre quelqu'un de formidable comme toi.

Les portes de l'écurie étaient ouvertes et Christina entra sans hésitation. Conor la suivit. Ils étaient l'un et l'autre trop élégants pour un endroit pareil, mais elle s'en fichait complètement. Au milieu des chevaux, elle était dans son élément. C'était toujours auprès d'eux qu'elle se rendait quand elle avait besoin de réfléchir ou de se ressourcer.

Deux bêtes pointaient la tête hors de leur box. Alors qu'elle flattait le museau de l'une, le gémissement d'un animal en souffrance leur parvint du fond du bâtiment.

Ils se hâtèrent vers le fond de l'écurie et trouvèrent une jument allongée sur le flanc. Christina se mit aussitôt à genoux pour lui palper le ventre.

— Elle est en train de mettre bas et le poulain est en siège. Il faut agir tout de suite, sinon elle va y passer.

Mais Conor ne dit rien. Surprise, elle lui jeta un coup d'œil. Il était blême, le regard hanté.

— Conor ? Il me faut de l'aide, là.

— Je vais chercher le Dr Dillard.

— Pas le temps. J'ai besoin de tes muscles pour faire en sorte que ce poulain vienne au monde en toute sécurité.

— Je... euh...

— Conor ! Va dans la sellerie et rapporte tout ce qui te semblera nécessaire.

Conor cligna les paupières comme s'il revenait à la réalité et il s'éloigna à grands pas. Une oreille sur le gros ventre de la jument, Christina écouta les battements de son cœur du mieux qu'elle put sans stéthoscope. Conor ne tarda pas à revenir chargé de fournitures, parmi lesquelles des couvertures et un seau. Son teint avait repris une couleur normale, mais ses lèvres étaient pincées en une ligne étroite.

— J'ai repéré un robinet près des portes. Je vais chercher de l'eau, annonça-t-il en s'éloignant à grands pas.

À son retour, il posa le récipient dans un coin du box. Tandis que Christina se lavait les mains, il demeurait cloué sur place, les yeux fixés sur la jument.

— Il faudrait essayer de retourner le poulain.

— Les pattes arrière sont déjà sorties, dit Conor d'une voix monocorde.

— Quand même, il faut tenter le coup. Allez, secoue-toi, bon sang !

Il fallait absolument qu'il se ressaisisse. Sans lui, elle ne pouvait pas s'en sortir.

— Tu l'as déjà fait ?

Il hocha la tête.

— Oui, deux fois.

— C'est deux fois de plus que moi. Allez, j'y vais.

Elle étala une couverture derrière la jument avant de se mettre à genoux pour effectuer une manipulation obstétricale, sans résultat flagrant. Et pendant ce temps, la jument gémissait.

— Je n'ai pas le bras assez long pour atteindre sa tête.

Elle leva les yeux vers Conor et leurs regards se croisèrent. Sortant de son hébétude, il se redressa d'un air déterminé, ôta sa veste et la posa sur la cloison du box, puis il retroussa ses manches aussi haut que possible.

— Laisse-moi essayer.

Il l'aida à se relever et s'allongea sur le ventre.

— Surveille ses contractions et dis-moi quand la prochaine arrive pour que je me retire à temps.

Soulagée de le voir coopératif, elle appliqua une main sur le ventre de la jument.

— Je vais faire de mon mieux pour te prévenir suffisamment tôt.

— Super. Le timing est essentiel.

— En voilà justement une, dit-elle quelques secondes plus tard.

Conor ôta son bras. Quand la contraction s'apaisa, il chercha à nouveau la tête du poulain.

— Si je trouvais son museau... Au moins, il est vivant : je sens battre son cœur.

— Contraction...

Conor retira à nouveau son bras.

— Je crois qu'on peut le faire sortir. À la prochaine contraction, tire sur les postérieurs pendant que je m'occupe de la tête.

Il se remit en position et ils attendirent, le cœur battant.

— Tu es prête ? On y va à mon signal. Il faut que tu tires sans brusquerie, mais aussi vite que possible.

— Compris. Une contraction arrive.

— OK, maintenant !

Christina tira sur les pattes tandis que Conor manipulait le poulain, le visage contracté par l'effort. Les fesses étaient à présent visibles.

— Tire doucement. La tête est bien placée.

Christina obtempéra, et moins d'une minute plus tard, le poulain glissa hors du corps de sa mère. Christina et Conor respiraient bruyamment, mais ils n'eurent pas le temps de reprendre leur souffle. Le nouveau-né ne respirait pas. Vite, Christina lui massa le museau à l'aide d'un linge propre et élimina le mucus qui encombrait ses narines et sa bouche. Dans le même temps, Conor lui frictionna vigoureusement le dos et les flancs avec une serviette sèche pour le stimuler.

— ça ne va pas... Il faut le ventiler.

Christina souffla de l'air dans les naseaux du poulain. Au bout de deux insufflations, l'animal éternua. Elle se tourna alors vers Conor et vit sur son visage un soulagement sans mélange, bien plus intense que la situation ne le justifiait.

— Je vais chercher le Dr Dillard.

Il se nettoya dans le seau et sortit du box. Christina s'assit contre la cloison pour récupérer son souffle et le regarda s'éloigner. Qu'est-ce qu'il lui avait pris ? Jusqu'à présent, chaque fois qu'ils avaient travaillé ensemble, il avait toujours été coopératif et volontaire. Là, il avait pratiquement fallu le secouer pour le faire réagir.

La jument se mit debout péniblement et le poulain la rejoignit en titubant. Lorsque la mère renifla son petit et le lécha, Christina sentit une boule d'émotion monter dans sa gorge. C'était tellement merveilleux d'être témoin de l'arrivée d'une nouvelle vie. Connaîtrait-elle ce bonheur un jour à titre personnel ? L'image de Conor surgit alors dans son esprit, mais elle n'eut pas le loisir de s'y attarder. Le Dr Dillard venait de faire irruption dans l'écurie.

— O'Brian m'a tout expliqué. Normalement, cette jument aurait dû mettre bas dans une semaine.

Vidée de ses forces, Christina était incapable du moindre geste. Il lui tendit la main pour l'aider à se lever.

— Le petit est né par le siège, c'est ça ? Dieu merci, vous étiez sur place tous les deux. J'adore cette bête et j'ai placé de grands espoirs dans ce poulain.

Tandis qu'il parlait, d'autres personnes étaient entrées dans l'écurie. Christina scruta l'attroupement qui s'était formé derrière le Dr Dillard. Conor n'en faisait pas partie.

— ça n'a pas été de tout repos, mais tout est bien qui finit bien.

Elle se dirigea vers le seau.

— On m'a rapporté l'incident qui vous est arrivé pendant le repas, dit encore le Dr Dillard. Je tiens à vous présenter mes excuses, Christina. Cette personne a fait l'objet d'un rappel à l'ordre. C'est moi qui ai monté cette équipe et je m'attends à ce que tout le monde travaille ensemble en bonne intelligence. Des propos comme ceux de ce soir sont inadmissibles, d'autant plus que vous venez d'apporter la preuve de vos compétences.

— Merci. Et merci aussi d'avoir pensé à moi pour votre équipe.

Christina sortit du bâtiment et l'attroupement se fendit pour lui laisser le passage. À la maison, elle se débarbouilla dans les toilettes, puis elle se mit en quête de Conor et le trouva sous le porche. Appuyé contre une colonne, il regardait la nuit. Qu'est-ce qui le mettait dans un état pareil ?

Jamais Conor n'avait eu autant honte. Il avait été à deux doigts de planter Christina au beau milieu d'une intervention délicate. Lorsqu'il avait vu cette jument dans les affres de l'accouchement, il avait été incapable de songer à autre chose qu'au bébé qu'il avait perdu.

— Conor ? Tout va bien ?

L'inquiétude dans la voix de Christina lui donnait encore plus mauvaise conscience.

— Oui, oui. Tu es prête pour partir ? Sinon, j'appelle un taxi pour moi et le chauffeur te ramène.

Elle s'approcha de lui et prit doucement son bras.

— Je ne vais nulle part sans toi. De toute façon, je n'ai pas envie de rester. Regarde dans quel état je suis.

Ils regagnèrent en silence le pick-up. Sa main dans celle de Conor, Christina posa la tête sur son épaule tandis que le chauffeur s'engageait dans la circulation. De retour à l'hôtel, Conor se tourna vers elle d'un air incertain.

— Tu veux toujours passer la soirée avec moi ? Je comprendrai si tu as changé d'avis.

— Non, je n'ai pas changé d'avis. Et toi ?

— Jamais. Désolé si je t'ai fait croire le contraire.

Lorsqu'il referma derrière eux la porte de la chambre, Christina poussa un long soupir.

— J'ai besoin de prendre un bain.

Conor se dirigea vers le bar et sortit une bouteille.

— Je suis navré de ne pas avoir été à la hauteur.

— Quand ça ? Au contraire, tu m'as défendue et tu m'as aidée pour une naissance difficile. Tu n'as aucune raison de t'excuser.

— Ce n'est pas l'impression que j'ai.

Elle lui toucha le bras.

— Conor, parle-moi. Dis-moi à quoi tu pensais tout à l'heure, dans l'écurie. Tu avais l'air bouleversé. Pendant quelques minutes, j'ai cru que tu ne pourrais pas m'aider.

— J'ai bien failli.

— Mais pourquoi ? Tu connais parfaitement ton métier, donc le problème ne vient pas de là.

Conor émit un profond soupir.

— ça me fait trop mal d'assister à une naissance.

Elle le considéra avec perplexité.

— Ah bon ? J'aurais cru que tu adorais les bébés, au contraire.

— Ma femme était enceinte lorsqu'elle s'est tuée.

Christina eut un sursaut et des larmes jaillirent à ses yeux.

— Mon Dieu, Conor...

Elle enroula les bras autour de sa taille et le serra fort. Il lui rendit son étreinte. Ils demeurèrent ainsi un long moment, chacun puisant de la force chez l'autre. Lentement, la douleur de Conor s'apaisait.

— Ce poulain a fait resurgir tout ça. Il m'a rappelé tout ce que j'ai perdu.

— Tu ne m'as jamais rien dit...

Il lui prit la joue dans sa paume.

— Je vais beaucoup mieux depuis que je t'ai rencontrée. Tu m'as fait sortir des ténèbres. Grâce à toi, j'ai repris mon travail, je côtoie des gens... Bref, je revis.

— J'ai fait ça, moi ? dit-elle avec un doux sourire.

— Oh ! oui.

Il l'embrassa et l'entraîna vers la salle de bains.

— Et j'ai bien l'intention de te prouver ma reconnaissance.

9

Le lundi suivant, alors que le soleil pointait tout juste, Christina se tenait déjà en bordure du champ de courses, face à la ligne d'arrivée. La séance d'échauffement avait commencé et elle attendait le passage du groupe suivant. Elle sentit soudain à ses côtés une présence qu'elle aurait reconnue les yeux fermés : celle de Conor. Il allait lui manquer, une fois parti. Elle n'avait pas envie d'y songer, mais les jours filaient à une vitesse folle. Très vite, trop tôt, il serait de retour en Irlande, loin d'elle.

— Tu es bien matinale, murmura-t-il, la tête contre la sienne.

En effet, Christina s'était levée sans bruit pour ne pas le déranger. Elle aurait adoré s'attarder au lit avec lui, mais elle tenait à donner bonne impression à ses collègues. Elle ne pouvait pas se permettre d'arriver en retard, a fortiori le premier jour.

— Je tenais à être à l'heure au travail.

— Je comprends, mais j'aurais aimé me réveiller à tes côtés.

— Cette semaine, ce sera difficile.

— Je sais, dit-il avec un soupir. Bref, quel est ton programme pour aujourd'hui ? Je ne suis pas autorisé à voir Gold sans être accompagné, et il doit rester dans sa stalle le temps de s'accoutumer à son nouvel environnement. Autrement dit, je serai seul une bonne partie de la journée. Tu aurais le temps de me faire visiter l'hippodrome ? Je ne suis même pas monté dans les tribunes.

— Il faudra prévoir ça avant vendredi ou samedi prochain, alors. Pendant le derby, ce ne sera plus possible.

Elle fut interrompue par un bruit de galop dans le lointain.

— Ah, les voilà...

Le vacarme s'intensifiait de seconde en seconde. Bientôt, le peloton apparut et passa en trombe devant eux. L'instant d'après, il attaquait le deuxième tournant, avant la ligne d'arrivée.

— Et Gold ? Il court quand ?

— Il ne devrait pas tarder à arriver.

Christina attendit, le cœur battant. Au bout de quelques minutes, un martèlement de sabots et des halètements se firent entendre. Deux chevaux émergèrent du virage. Christina attrapa le bras de Connor.

— Gold est magnifique !

— Je ne vais pas dire le contraire.

Ils le suivirent des yeux sans rien dire tandis qu'il disparaissait au loin.

— Bon, il faut que j'aille à la réunion des vétos.

Alors qu'elle se détournait pour s'en aller, Conor lui toucha le coude et elle se figea.

— ça te dirait de déjeuner avec moi et de me faire faire une visite ?

— Je t'envoie un texto dès que je connais mon emploi du temps.

— J'espère vraiment qu'on pourra se voir.

— Moi aussi.

Christina fit deux pas avant de s'arrêter à nouveau. Un homme se dirigeait vers elle : c'était le rustre qui l'avait agressée verbalement lors du barbecue, chez le Dr Dillard. Conor aussi l'avait reconnu. Tel un garde du corps, il se plaça devant elle, mais Christina le contourna pour faire face au nouveau venu. Celui-ci s'éclaircit la gorge.

— Je tenais à vous présenter mes excuses pour l'autre soir. Je me suis comporté comme un imbécile. L'alcool m'a fait dire des choses que j'ai regrettées par la suite. Je suis désolé.

— Merci. J'espère que nous arriverons à travailler ensemble sans problème.

— J'y compte bien.

— Moi aussi, dit-elle, les lèvres pincées en un mince sourire.

Pouvait-elle se fier à cet acte de contrition ? Il avait l'air sincère…

— Toutes mes félicitations pour la naissance de ce poulain, ajouta-t-il. C'était impressionnant.

— Merci.

— Bon, à plus tard, alors.

Il jeta un bref regard à Conor, qui n'avait pas bougé d'un iota, avant de prendre congé d'un brusque hochement de tête. Christina se tourna alors vers Conor.

— C'était gentil de sa part, non ?

— Il aurait été encore plus gentil de se taire l'autre soir, répliqua-t-il en desserrant ses poings.

— Oublions cette histoire, veux-tu ?

Conor passa le reste de sa matinée à la clinique équine pour répondre à des questions concernant Gold, puis il assista à l'évaluation du cheval par l'un des vétérinaires de la piste. Après quoi il fut encouragé à quitter la zone des écuries, et il se retrouva désœuvré. Le lendemain, il devait récupérer William Guinness à l'aéroport et déjeuner avec lui avant de le conduire à Churchill Downs et de participer à une réunion avec l'équipe, le soir venu. Mis à part cela, le reste de sa semaine allait se résumer à attendre et à essayer d'apercevoir Christina. Parce qu'il était associé à un pur-sang qui participait au derby, Conor n'était pas autorisé à pratiquer des soins, même à titre bénévole. Question de sécurité, apparemment. Autrement dit, il aurait le temps de se tourner les pouces. Bien sûr, il s'entretiendrait tous les jours avec l'entraîneur de Gold et avec les grooms. Il devrait aussi rester disponible lors des entraînements, surtout l'échauffement du matin et les exercices dans le paddock, mais en dehors de cela, il devrait se tenir en retrait. Il avait proposé son aide au Dr Dillard, qui l'avait poliment éconduit. Le docteur gardait son offre à l'esprit, mais clairement, il ne ferait pas appel à lui à moins d'y être contraint et forcé.

Le problème fondamental de Conor, toutefois, c'était qu'il n'était plus libre de voir Christina. La simple idée d'être séparé d'elle le faisait souffrir. Pourquoi l'avait-il laissée prendre autant de place dans son cœur ? Après Louisa, personne n'avait réussi à s'insinuer dans son existence. Il n'avait jamais eu l'intention de reprendre une vie sentimentale. Et puis, il avait rencontré Christina.

Son téléphone bipa et il eut un coup au cœur en consultant ses textos. Christina ! Elle avait terminé sa journée et l'attendait pour déjeuner devant la clinique équine. Lorsqu'il la rejoignit, le visage de Christina s'illumina et il se surprit à sourire comme un imbécile. Et cela alors qu'ils étaient restés séparés quelques heures seulement. En l'espace de deux semaines, cette femme l'avait transformé en ado amoureux.

— Ta matinée s'est bien passée, on dirait.

— Très bien, même. Je sens que je vais me plaire ici.

— Super, dit-il en lui pressant la main. Donc, où m'emmènes-tu déjeuner ?

— Callee m'a parlé d'un restaurant pas loin des écuries. Apparemment, leurs burgers sont très bons.

— Parfait. Allons-y.

Entre des rangées d'écuries, ils suivirent un chemin de gravier qui débouchait sur une route. Le restaurant se trouvait en face, dans un modeste bâtiment de plain-pied.

— Cet endroit devrait te plaire. Il y fait sombre et toute la déco est en bois. Un peu comme dans un pub, j'imagine.

À l'intérieur, il lui fallut plusieurs secondes pour s'accoutumer à l'obscurité. La salle était garnie de tables et de chaises en bois qui avaient connu des jours meilleurs. Comme Christina s'installait sur une banquette au fond de la pièce, il lui signifia, d'un geste, de se décaler pour lui laisser une place.

— J'aimerais m'asseoir à côté de toi.

— Essayons de ne pas nous faire remarquer, tu ne penses pas ?

— Crois-tu vraiment que les gens font attention à nous ? Et quand bien même, je me fiche qu'on sache que tu me plais.

Il s'assit auprès d'elle et lui prit la main pour la poser sur ses genoux. Un homme d'un certain âge, la taille ceinte d'un tablier, s'approcha pour prendre leur commande, et ils se décidèrent pour des hamburgers avec des frites.

— Raconte-moi comment ça s'est passé.

— Vraiment très bien. Demain et après-demain, je participerai aux prises de sang quotidiennes, ensuite je surveillerai les exercices au paddock. Après, on verra.

— Pour résumer, tu seras un peu partout, dit-il alors qu'on leur amenait leurs boissons.

— En quelque sorte, oui.

— Les journées risquent d'être longues.

— Oui, mais ça ne me dérange pas. Le plus dur, ce sera de ne plus te voir. Enfin, si Gold remporte le derby, notre travail aura porté ses fruits.

Leurs burgers ne tardèrent pas à arriver.

— Tu as ton après-midi ?

— Oui, et je peux même te servir de guide.

Alors qu'elle essuyait avec sa serviette un peu de sauce qui avait coulé sur son menton, Conor se prit à imaginer qu'il la léchait à cet endroit.

— J'aimerais que tu passes la nuit avec moi.

— Moi aussi, mais je dois retourner à la ferme à cause des chevaux.

— Tu vas me manquer.

— Toi aussi. Si tu as fini ton repas, on commence cette visite de Churchill Downs ?

— Allons-y.

Elle sortit son portable pour taper un texto.

— Voilà. Quelqu'un va venir nous chercher pour nous amener aux tribunes. À pied, c'est un peu loin.

Ils attendirent dehors et, quelques minutes plus tard, une voiture s'arrêta devant eux.

— Je te présente Carlos, il fait partie du personnel. Il est d'accord pour nous emmener.

Ils s'installèrent sur le siège arrière et Carlos prit le chemin qu'ils avaient parcouru à l'aller, puis il tourna à gauche pour s'engager dans un tunnel. Conor promena un regard stupéfait autour de lui.

— Alors ça... Pour un peu, on dirait un passage secret.

— Presque. Peu de gens connaissent ce raccourci.

Ils émergèrent de l'autre côté du champ de courses et Carlos freina devant le portail des tribunes. Conor mit pied à terre et aida Christina à descendre.

— Merci, Carlos, dit-elle par-dessus son épaule. On se débrouillera pour le retour.

L'homme hocha la tête et redémarra. Christina s'arrêta devant l'entrée.

— Je t'ai déjà parlé des tours jumelles au toit pointu. Elles ont servi de modèle pour le logo de Churchill Downs. Allez, viens.

Ils grimpèrent quelques rangées et contemplèrent le champ de courses.

— Comme tu le sais certainement, ici, les courses se déroulent sur sable et sur terre battue, mais il existe aussi un parcours sur herbe. Si je ne m'abuse, vous utilisez surtout du gazon en Irlande. En tout cas, quel que soit le type de surface, s'il pleut le jour du derby, c'est une catastrophe.

— Je veux bien le croire. Et oui, nous avons entraîné Gold sur terre battue dans l'optique du derby.

— Les pistes sont entretenues scrupuleusement pour qu'elles soient aussi sûres que possible, autant pour les chevaux que pour les jockeys. Les stalles de départ, là-bas, servent pour un certain nombre de courses.

Elle pointa le doigt vers la droite.

— Mais d'autres courses commencent près du premier virage, là-bas. Enfin, je ne t'apprends rien.

— Non, mais ce n'est pas grave. J'aime t'entendre parler. Ton enthousiasme est communicatif.

D'un geste ample du bras, elle désigna la zone du public.

— Le grand jour, les tribunes seront remplies à craquer de spectateurs venus pour assister à ces fameuses deux minutes les plus rapides du sport. Il y aura du monde aussi sur les pelouses en bordure de piste et au centre du champ de courses. Mais en bas, les gens cherchent moins à voir les chevaux qu'à faire la fête.

Conor hocha la tête d'un air impressionné.

— Viens, j'ai autre chose à te montrer. Le Dr Dillard s'est arrangé pour qu'on puisse accéder au balcon. De là-haut, on aura une vue sur toute la piste.

L'ascenseur les mena au cinquième étage, dans un espace ouvert garni de tables. Christina poussa des portes de verre qui donnaient accès à un balcon et elle s'appuya sur le garde-fou.

— Alors ? C'est magnifique, non ?

— Oui, presque autant que toi.

— Flatteur, va ! Tu devrais plutôt t'intéresser à l'hippodrome.

— C'est toi qui m'intéresses, dit-il en lui enserrant la taille.

Il la lâcha avant qu'elle ne le repousse et il se tourna vers la piste.

— Mais oui, c'est un bel endroit. J'ai encore du mal à réaliser à quel point c'est gigantesque.

— Tu veux faire un tour au musée ?

— Il y a aussi un musée ?

— Oui. Il retrace l'histoire de Churchill Downs, avec notamment un film et des photos des vainqueurs au fil des années.

— Alors, allons-y.

De retour dans l'ascenseur, à peine les portes refermées, il la prit dans ses bras pour l'embrasser avec tant de fièvre qu'elle s'accrocha à ses épaules pour ne pas défaillir.

— Je profite de chaque moment de solitude avec toi.

La cabine s'immobilisa et s'ouvrit, mais Christina continuait de le fixer d'un air hébété.

— Tu ne devais pas m'emmener au musée ? dit-il avec un grand sourire.

— Hein ?

Elle cligna les paupières et il se mit à rire, flatté dans son amour-propre de mâle. Ils sortirent des tribunes et se dirigèrent vers un portail latéral qui donnait accès au musée. Après avoir montré leurs badges à l'accueil, ils passèrent par ce qui ressemblait à une stalle de départ et pénétrèrent dans la zone d'exposition proprement dite. Main dans la main, ils firent le tour de la collection permanente, parmi laquelle figuraient des photos, des trophées, des tenues de jockeys.

— Rappelle-moi ce qu'est la Triple Couronne ?

— C'est quand un cheval gagne le derby du Kentucky, le Belmont et le Preakness la même année. Seuls quelques-uns y parviennent, et ceux-là sont ensuite utilisés comme étalons.

— Pas mal, comme boulot.

— C'est le rêve de tout homme, je suppose : avoir une descendance importante.

Aussitôt, Conor se rembrunit et le sourire de Christina disparut.

— Excuse-moi. J'ai dit ça sans réfléchir.

— Ce n'est pas grave.

— Tu n'as pas envie d'avoir des enfants ? demanda-t-elle d'une voix douce.

— Pas vraiment, non. Ce serait trop dur d'en perdre un autre.

— Mais il y a toutes les chances que ça n'arrive pas...

Il secoua la tête d'un air buté.

— Je ne veux pas prendre le risque.

— ça le mériterait, pourtant. Bon, n'en parlons plus et allons voir ce film, dit-elle en lui prenant le bras. C'est une projection panoramique sur l'histoire du derby. Ça devrait te plaire.

En sortant du musée, ils s'arrêtèrent devant une boutique de souvenirs.

— Là, regarde, dit-il. Il y a tout un étalage de chapeaux.

— Oui, c'est un accessoire indispensable. Toutes les femmes en portent un le jour des oaks et du derby, et certains sont vraiment extravagants. C'est une tradition.

— J'adorerais te voir avec un chapeau.

— Pour m'occuper des chevaux ? J'aurais l'air idiote. Non, cette semaine, ce sera blue-jean et bottes.

Alors qu'ils retournaient vers le champ de courses, Christina adressa un signe à une voiturette de golf pour qu'elle s'arrête.

— Vous allez de l'autre côté ?

— Oui, répondit la conductrice.

— ça vous embête de nous déposer là-bas ?

— Non, pas du tout. Montez.

Quelques minutes plus tard, la femme les laissait devant la clinique équine et ils se dirigèrent vers la voiture de Christina.

— Très intéressante, cette visite.

— Tant mieux.

Christina hésita une seconde avant d'ajouter :

— Bon… Il est temps que je rentre.

— C'est bête que tu ne puisses pas rester. J'aurais voulu t'accompagner, mais je dois être à l'aéroport tôt demain matin.

— Je comprends, ne t'inquiète pas.

Alors qu'elle ouvrait la portière, il se pencha vers elle.

— Je meurs d'envie de t'embrasser, mais ce n'est ni le lieu, ni le moment.

— Je sais. Moi aussi, j'en ai envie.

Elle lui repoussa les cheveux d'une caresse légère.

— Je vais devoir me contenter d'un petit baiser, alors.

— Et je l'accepterai avec plaisir.

Leurs lèvres s'effleurèrent un bref instant.

— Tu me manques déjà. On se voit demain ?

— Je vais faire en sorte que oui, assura-t-elle avec un dernier baiser.

— Sois prudente sur la route.

— Bien sûr. À demain.

Christina démarra et gagna la sortie avant de s'arrêter pour lui adresser un signe par la vitre. Elle savait qu'il la regarderait partir.

Les jours suivants se déroulèrent à un rythme soutenu. Entre les tests sanguins et les examens qui s'enchaînaient, sans oublier le suivi quotidien du registre des médicaments, Christina ne savait plus où donner de la tête. Cependant, en acceptant d'intégrer l'équipe, elle n'ignorait pas dans quoi elle s'engageait. Et puis, elle aimait cela, travailler sur la brèche. Même si, chaque soir, elle rentrait chez elle complètement lessivée.

Elle n'avait pas revu Conor depuis deux jours. L'activité plus que soutenue lui permettait de ne pas trop y penser, mais lors de ses pauses déjeuner, elle ne pouvait s'empêcher de le chercher du regard dans la salle du restaurant. À chaque fois, elle était déçue de ne pas le voir. Elle aurait dû se douter que tout finirait ainsi. Lui aussi avait des responsabilités, après tout. À l'approche du derby, la préparation de Gold devait l'accaparer. Mais comprendre la situation, cela ne voulait pas dire l'accepter.

Il fallait qu'elle se fasse une raison. C'était sans doute pour le mieux. Bientôt, Conor serait parti pour de bon. Le problème, c'était qu'elle s'était trop habituée à lui, de jour comme de nuit. Surtout la nuit. Sans Conor, la maison lui semblait désespérément vide. Quelques semaines plus tôt, la solitude ne l'aurait pas dérangée. À présent, elle la trouvait déprimante.

Comme ce soir, par exemple. Dieu merci, il lui restait le travail. Après s'être occupée des chevaux, elle alla se doucher, trop fatiguée pour se préparer à manger. Une fois débarrassée de la poussière et de la crasse d'une journée passée dans les écuries, elle se coucha et ne tarda pas à sombrer dans le sommeil. Le bourdonnement de son portable la fit sursauter. Conor venait de lui envoyer un texto.

Viens à la porte de derrière.

Perplexe, elle se leva et traversa la maison pieds nus. Elle alluma la lumière extérieure, repoussa les rideaux et vit Conor sur le perron.

— Mais qu'est-ce que tu fais ici ?

Pour toute réponse, Conor la souleva dans ses bras et prit sa bouche dans un baiser profond et impatient qu'elle lui rendit sans réserve. Les bras noués autour de son cou et les jambes autour de sa taille, elle se laissa porter jusqu'à l'îlot central puis, assise sur le plan de travail, elle l'accueillit entre ses cuisses et lui offrit son cou.

— Tu m'as manqué !

— À moi aussi, tu m'as manqué, murmura-t-elle. Mais quand même, qu'est-ce qui te prend de débarquer en pleine nuit ? Tu penses qu'il te suffit de sonner chez une femme pour obtenir d'elle ce que tu veux ? C'est un peu présomptueux, non ?

Il la dévisagea avec attention.

— Tu préfères que je parte ?

— Surtout pas ! J'ai envie de toi.

— Prouve-le, alors, répondit-il avec un grand sourire.

Christina l'embrassa avec toute la ferveur dont elle était capable.

— Bon, je commence à te croire, commenta-t-il en souriant.

Il la reprit dans ses bras et la porta jusqu'à la chambre.

— Je n'arrive pas à croire qu'on a passé deux jours à quelques centaines de mètres l'un de l'autre sans se voir, dit-il entre deux baisers. Je peux rester ?

— Oui, si tu vérifies que la porte de derrière est bien fermée. Je ne tiens pas à ce qu'un autre homme arrive à l'improviste.

— Moi non plus. Je n'aime pas partager.

Il la déposa sur le lit.

— Je reviens tout de suite.

Elle s'allongea avec un soupir.

— Je t'attends.

Réveillée avant l'aube, Christina s'étira dans le lit. Conor l'attira à lui avec un grognement ensommeillé.

— C'est déjà l'heure ?

— Eh oui. J'adore mon travail, mais la seule chose que je déteste, c'est d'avoir à me lever dès potron-minet tous les jours pour m'occuper des chevaux.

Il l'embrassa sur la joue avant de rouler sur le côté.

— Reste couchée. Ce matin, c'est moi qui m'en charge. Essaye de dormir un peu, pour une fois.

— Tu ferais vraiment ça ? Tu es trop gentil.

— Je ne te le fais pas dire. Garde ma place au chaud.

Elle sentit un filet d'air froid lorsqu'il souleva la couverture pour se lever.

— Je te revaudrai ça.

— J'y compte bien.

Mais déjà, elle s'était retournée sur le ventre, la tête enfoncée dans l'oreiller. Il posa un baiser sur son épaule nue avant de s'éloigner. Un instant plus tard, lorsqu'il se glissa à nouveau dans le lit, ils firent l'amour avec une lenteur et une tendresse poignantes, à des années-lumière de la passion impatiente de la veille.

— Chaque fois, c'est plus dur de te voir partir, protesta-t-il lorsqu'elle se leva.

C'était réciproque. En deux semaines, elle était tombée éperdument amoureuse. Par chance, les jours prochains s'annonçaient chargés et elle n'aurait pas le loisir de songer à sa vie prochaine sans Conor. D'ailleurs, elle ne lui avait pas encore dit qu'ils ne pourraient pas passer le week-end ensemble. Autant le faire maintenant.

— Conor... Je ne pourrai pas rester avec toi cette fin de semaine.

— Pourquoi ?

— La personne qui m'aide avec les chevaux a eu un empêchement et je n'ai pas le temps de passer des coups de fil pour lui trouver un remplaçant.

La déception se peignit sur le visage de Conor.

— Donc, tu n'as pas de plan B.

— Non. Pas dans l'immédiat, du moins.

Il s'assit sur le rebord du lit d'un air abattu.

— Je déteste te savoir sur les routes alors que tu pourrais être plus près de ton lieu de travail. Et avec moi.

— Nos journées sont longues et ça ne va pas s'arranger. On ne se verrait pas beaucoup de toute façon.

— Oui, sans doute...

Les yeux baissés, il évitait de la regarder. Christina sentit un poids sur sa poitrine.

— Demain, je suis occupée toute la journée, et après-demain, il y aura les oaks. Et samedi, ce sera le derby.

Elle omit de rappeler qu'il repartirait la semaine suivante.

— ça me fend le cœur de te dire ça, mais je pense qu'il vaut mieux qu'on ne se voie pas les prochains jours. Gold a séjourné chez moi et on se connaît, tous les deux. Je ne tiens pas à ce qu'on doute de mon intégrité, tu comprends.

10

— Comment ça, ton intégrité ?

Conor la dévisageait comme si elle avait perdu la tête.

— Tu plaisantes, n'est-ce pas ?

— Non. Je dois être irréprochable.

Il se leva et enfila son pantalon d'un geste sec.

— De quoi as-tu peur, au juste ?

— J'ai peur qu'on m'accuse de tricher sur un cheval ou une course. Qu'on mette en doute mon honnêteté, mes actions. Je ne peux pas me permettre de prendre le moindre risque.

Il lui fit face, campé sur ses jambes dans une posture défensive.

— Tout le monde s'en fiche. Et si le problème vient de moi, de toute façon, je m'en vais bientôt.

— Arrête… Tu as entendu ce type, l'autre soir.

— Cet idiot ?

— Il disait tout haut ce que tout le monde pense tout bas.

— Si je comprends bien, tu vas passer toute ta vie à t'inquiéter pour ça ?

— Par la force des choses, oui. C'est l'occasion ou jamais de prouver de quoi je suis capable. Je ne vais pas la gâcher.

— Prouver à qui ?

— À mes collègues.

— Christina, tu es une excellente vétérinaire et tu n'as rien à te reprocher. Pourquoi te sens-tu obligée de le répéter sans cesse ?

— Parce que je n'ai pas été à la hauteur, répliqua-t-elle en s'habillant.

— Hein ? Comment ça ?

— Le milieu hippique est un petit univers où tout le monde se connaît, au moins par réputation. J'ai porté atteinte à leur image.

Conor la considéra un instant, bouche bée.

— Tu n'as rien fait de tel. Le coupable, c'est Nelson, pas toi. Laisse tomber cette histoire une bonne fois pour toutes et va de l'avant, bon sang. Je le répète, tu n'as rien à te reprocher. Tu es quelqu'un de bien, Christina. Ton projet de pension équestre est admirable. Ta mère n'est peut-être pas de cet avis, mais moi, je te trouve formidable. Tu es même la femme la plus incroyable que je connaisse.

— C'est gentil, mais cela n'enlève rien au fait que mon nom a été terni. On m'a accordé une deuxième chance, mais je dois faire attention.

Elle se dirigea vers la salle de bains et il lui emboîta le pas.

— Tu sais quoi ? Ton problème, au fond, ce n'est pas cette histoire de médicaments. C'est ton amour-propre que tu veux réparer.

— ça n'arrange pas mon amour-propre de savoir que tu peux retourner en Irlande aussi facilement. Tu agis comme si tu tenais à moi, mais au fond, je n'en suis pas plus sûre que ça.

Il la dévisagea avec perplexité.

— Que veux-tu dire, au juste ?

— Eh bien, ça ne te brise pas le cœur de partir. Du moins, c'est l'impression que tu me donnes. Et tout ça pour quoi ? Qu'est-ce qui te retient en Irlande ? Ta pratique ? Elle est partie à vau-l'eau. Ta famille ? Tu pourrais vivre loin d'eux. C'est banal, à notre époque. Par contre, tu pourrais rester ici et m'aider à faire tourner la ferme.

Il entra derrière elle dans la salle de bains.

— Christina, tu m'en demandes trop. La dernière fois que j'ai pris ce genre d'engagement, j'ai tout donné. Je ne supporterais pas de tout perdre à nouveau, tu comprends ?

— Qu'est-ce qui te fait croire que tu me perdrais ? Louisa

s'est tuée par désespoir. La mort de ton enfant était un accident. Moi, je ne m'en vais nulle part et je t'offre une chance de tout recommencer. Une nouvelle vie. Ici, avec moi.

— Ma vie est en Irlande. Désolé.

— Tu pourrais la construire n'importe où. Même ici avec moi.

Il la fusilla d'un regard noir. Pourquoi n'arrivait-elle pas à le comprendre ?

— Non, Christina. Désolé, mais je ne peux pas t'apporter ce que tu désires : un mari, des enfants. Une fois m'a suffi.

— C'est toi qui le dis. En fait, tu as peur. Au fond, c'est peut-être une bonne chose qu'on ne se voie pas les prochains jours. Autant nous dire au revoir maintenant.

Sur ces mots, elle lui tourna le dos et actionna la douche. Conor demeura un instant planté sur le seuil de la pièce, immobile. Il aurait voulu lui crier que non, il n'avait pas peur. Simplement, ce n'était pas avec lui qu'elle pourrait réaliser ses rêves de famille. Mais il n'avait plus rien à faire ici. Même si cela le tuait de la quitter.

Le vendredi suivant était le jour des oaks, une course réservée aux pouliches. Il faisait encore nuit quand Christina arriva à l'hippodrome, mais la journée avait déjà bien démarré. La première épreuve aurait lieu dans deux heures. D'ici là, il fallait préparer les tests antidopage auxquels les chevaux seraient soumis une demi-heure avant de concourir. Ceci fait, elle emprunta une voiture de golf avec trois autres vétérinaires jusqu'au point d'intervention qui leur avait été assigné, au premier virage de la piste. Ainsi placés, ils seraient prêts à agir en quelques secondes en cas d'accident. De son poste d'observation, Christina voyait les gradins se remplir. Le public de Churchill Downs était un spectacle à lui tout seul. Les femmes, surtout, rivalisaient d'élégance, avec des chapeaux à large bord extravagants. Pour une fois, Christina regretta de ne pas porter une tenue plus féminine que ses éternels jean, T-shirt et bottes.

De même qu'elle aurait aimé partager ces moments avec Conor. Tout au long de la journée, elle le chercha des yeux sans parvenir à le repérer. Mais là où elle se trouvait, les chances de le voir étaient pratiquement réduites à zéro. L'espace à proximité de la piste était sous surveillance et il fallait montrer patte blanche pour y accéder. Le mieux était de se résoudre à l'idée qu'elle ne reverrait plus jamais Conor. Facile à dire... Son cœur se serrait chaque fois qu'elle pensait à lui. Mais qu'espérait-elle, puisqu'il allait bientôt repartir en Irlande ? Au moins, il lui avait épargné de longs adieux mélodramatiques. Là, elle aurait vraiment craqué.

Le soir venu, elle quitta Churchill Downs le cœur alourdi par la déception. Elle avait passé la journée entourée de milliers de personnes, mais jamais elle ne s'était sentie aussi seule. Son téléphone sonna et elle décrocha en espérant qu'il s'agissait de Conor.

— Allô ?

— Christina, c'est moi. Je venais aux nouvelles.

Sa mère... Il ne manquait plus qu'elle.

— Ah. Bonjour, Maman. Je vais bien. J'ai beaucoup de boulot en ce moment, avec le derby.

— Tu as été prise pour ce poste ?

Elle semblait complètement stupéfaite. Christina sentit ses nerfs se crisper.

— Eh bien, oui.

— Même après ce qu'il s'est passé ?

— Oui, Maman. Je te rappelle que je n'ai rien fait de mal.

— Non, mais tu aurais dû te méfier.

— On a déjà parlé de tout ça, Maman. Je n'ai pas envie de recommencer ce soir. La journée a été longue.

— Qu'est-ce que tu portes à Churchill Downs ? Quelque chose de joli, j'espère.

— Sérieusement, tu me vois soigner un cheval blessé en robe et talons hauts ?

— Quand même, ma chérie, c'est Churchill Downs... Les femmes viennent toutes bien habillées.

— Sauf celles qui travaillent sur le terrain, comme moi.

— Toi et tes chevaux... Je ne te comprendrai jamais. Tu n'aurais pas pu choisir un métier un peu plus propre ?

Christina soupira. C'était reparti... Elles n'avanceraient jamais, toutes les deux.

— Ce métier, je l'adore et je le fais bien. Écoute, si tu m'appelles pour me critiquer, tu peux aussi bien t'en abstenir. Sur ce, tu m'excuseras, mais je suis fatiguée. Je préfère qu'on en reste là, s'il te plaît.

Il y eut un long silence sur la ligne.

— Ma chérie, tu exagères.

— Maman, je te laisse. Pense à ce que je t'ai dit avant de m'appeler.

Christina raccrocha avec un sourire. Une fois n'était pas coutume, elle avait tenu tête à sa mère. Mine de rien, c'était grâce à Conor. Il lui avait donné la force nécessaire pour se défendre. Ce qui l'attristait, c'était qu'il ne le saurait jamais.

Malgré tous ses efforts, Conor avait du mal à éprouver le moindre enthousiasme pour le derby. Les heures seraient longues avant que Gold ne soit appelé à courir. En attendant, Conor avait du temps pour lui. Trop même. Il aurait dû se focaliser sur le cheval dont il était responsable, mais ses pensées ne cessaient de revenir à Christina. Et c'était ridicule. Ils avaient rompu, tous les deux. C'était bien ce qu'il avait choisi, non ?

Pourtant, c'était plus fort que lui. Il aurait voulu la voir, l'apercevoir au moins. Jamais il n'aurait imaginé qu'elle lui manquerait à ce point. Et elle ? Était-elle aussi malheureuse que lui ? Depuis qu'il l'avait quittée, il n'avait pour ainsi dire pas dormi : quatre jours sans fermer l'œil... Même l'entraîneur de Gold et l'un des palefreniers lui avaient dit qu'il avait une mine de déterré. Pour ne rien arranger, les journées commençaient tôt et, le soir, M. Guinness le sollicitait pour des événements mondains. Pourtant, c'était auprès de Christina qu'il aurait voulu être. Avec elle, à s'occuper de chevaux. Il aurait même aidé à la naissance d'un poulain si cela lui avait permis d'être avec elle. Chaque matin, il se postait en bord de piste avec l'espoir qu'elle serait là pour voir courir les chevaux. En vain. Il aurait tant aimé voir ses yeux briller au bruit du martèlement des sabots. Elle était si belle dans ces moments-là...

Plongé dans ses pensées, il fit à peine attention à M. Guinness lorsque celui-ci le rejoignit.

— Tu viens ici tous les matins. Au début, je me disais que c'était pour assister à l'entraînement, mais en fait, on dirait que c'est la dernière chose qui t'intéresse. Tu regardes tout, sauf les chevaux. Tu cherches quelqu'un ?

Conor se sentit rougir. Faisait-il autant peine à voir ?

— C'est cette femme qui a hébergé Gold ? insista M. Guinness.

— Oui.

— Que se passe-t-il entre vous deux, si ce n'est pas indiscret ?

— En ce moment, rien du tout. Elle m'a demandé de ne pas la contacter pendant les courses pour qu'on ne la soupçonne pas de conflit d'intérêts.

M. Guinness hocha la tête.

— C'est compréhensible. Mais pourquoi tires-tu cette tête ? Une fois les épreuves passées, va la retrouver.

— Si c'était aussi simple...

— Explique-toi.

Mais Conor se réfugia dans un silence buté.

— Écoute, Conor, tu travailles pour moi depuis des années et je te considère comme un ami. À la mort de Louisa, on t'a tous vu dépérir. Tu n'étais plus qu'une coquille vide. Alors, quand ton frère et ta sœur m'ont demandé de t'envoyer ici avec Gold, j'ai dit oui. Pourtant, je n'ai pas l'habitude de me mêler de la vie des autres. On craignait tous que tu ne redeviennes jamais comme avant. On voulait te permettre de prendre du recul et d'échapper à tes souvenirs.

— Je ne savais pas que vous étiez de mèche…

— Tu n'aurais rien su si tu n'avais pas eu l'air aussi heureux la semaine dernière et aussi malheureux à présent.

— Mais vous n'étiez pas là la semaine dernière…

— J'ai compris que tu allais mieux rien qu'en te parlant au téléphone. Ta voix avait changé du tout au tout.

— J'allais si mal que ça ?

M. Guinness hocha la tête.

— Si je vis avec elle, je devrai abandonner tout ce que j'ai en Irlande.

— Et alors ? Les avions, ça sert à quoi, d'après toi ? Même Gold a fait le déplacement sans problème, ajouta-t-il avec un franc sourire. Quels sont tes sentiments pour cette femme, si tu me permets cette question ?

— Je l'aime, j'en ai peur.

— Ce n'est pas une mauvaise chose, Conor.

Celui-ci réfléchit un instant à ces paroles.

— Non, vous avez raison. D'ailleurs, je ne m'étais pas senti aussi bien depuis longtemps.

M. Guinness lui flanqua une tape affectueuse sur l'épaule.

— Tu vois ? Je te conseille de faire le point sur ta vie et de voir comment concrétiser tes projets. Et pour ta gouverne, tu fais grise mine en ce moment, mais tu étais mille fois pire ces derniers mois. Sur ce, si tu le veux bien, il faut conduire Gold à la stalle de départ. Qui sait ? Ce sera peut-être l'occasion d'apercevoir Christina.

M. Guinness avait raison. Plus rien ne le retenait en Irlande. Son activité avait périclité et ses clients l'avaient quitté un à un sans qu'il fasse quoi que ce soit pour les garder. En revanche, il avait la possibilité de repartir à zéro ici, avec Christina. Ensemble, ils pouvaient construire quelque chose. À supposer, toutefois, qu'elle veuille encore de lui. Il aimait le Kentucky. Il aimait le style de vie que Christina lui proposait. Alors, qu'est-ce qui l'empêchait de rester, si ce n'était la peur ? La peur d'aimer, la peur de perdre à nouveau un être cher. Seulement, s'il ne tentait pas le coup, il la perdrait pour de bon. Or, il en avait assez de cette solitude. Christina lui avait donné un aperçu de ce que serait la vie avec elle et il était prêt à dompter ses démons pour saisir sa part de bonheur.

Christina valait bien cet effort.

En bordure du champ de courses, Christina observait les traditionnelles marches pendant lesquelles chaque cheval était mené de l'écurie à la stalle de départ par son propriétaire et par l'équipe d'entraînement. Lorsque ce fut le tour de Gold, elle s'efforça de ne pas faire attention au groupe qui l'accompagnait, mais c'était plus fort qu'elle. Elle aperçut Conor bien avant qu'il n'arrive à sa hauteur et son cœur s'emballa aussitôt. Serait-il heureux de la revoir, lui aussi ? Était-il encore en colère contre elle ? Partirait-il sans lui dire adieu ? Elle se sentait malade à cette idée.

Quand le groupe s'approcha enfin, le regard de Conor croisa le sien et le soutint sans ciller. Ses yeux étaient graves, mais elle crut y lire également de l'espoir. Quoi qu'il en soit, pendant ces quelques secondes, il n'y eut plus qu'elle et lui. Tout le reste s'était évanoui. Conor lui adressa un sourire qu'elle lui rendit, timidement. Il n'esquissa pas le moindre geste qui aurait trahi la moindre familiarité entre eux, et elle lui en fut reconnaissante. Elle aurait pourtant rêvé d'enjamber la barrière pour courir vers lui et l'embrasser à pleins bras.

— Bonne chance, souffla-t-elle.

Le sourire de Conor s'agrandit légèrement. Le cœur battant, elle le regarda s'éloigner. Puis le commentateur présenta chaque cheval avant leur entrée dans la stalle de départ.

— Ils sont sur le départ... Et ils sont partis !

Les pur-sang s'élancèrent sur la piste. Christina repéra Gold dans le peloton du milieu et elle ne put s'empêcher de l'encourager discrètement. Alors que les coureurs accéléraient, le public se leva dans une grande clameur. De là où elle se tenait, Christina ne pouvait même pas voir sur écran la progression de la course. Elle en était réduite à écouter le commentateur. Déjà, les chevaux attaquaient le virage du fond de l'hippodrome. Quelques secondes plus tard, la voix dans les haut-parleurs annonça qu'ils sortaient de la courbe avant la dernière ligne droite. Christina entendit que Gold se trouvait à la quatrième place et qu'il tentait une échappée. Au début de la dernière ligne droite, il était en troisième position. Les cris résonnèrent de plus belle dans les tribunes. Gold franchit la ligne en second et Christina ne put s'empêcher de sauter sur place, folle de joie. Elle était fière de Gold, fière de Conor et de toute l'équipe. Son seul regret était de ne pas pouvoir le féliciter de vive voix.

Il restait encore une course avant la fin des épreuves. Conor essayerait-il de la revoir ce soir ? Selon toute probabilité, il devait célébrer la performance de Gold avec les autres. Les quarante minutes suivantes lui parurent interminables. Lorsque la journée s'acheva enfin, Christina était épuisée et ne demandait qu'à rentrer chez elle. Elle retourna lentement à la voiture avec le vague espoir que Conor l'attendrait là. Mais non. Allons, les chevaux avaient besoin d'elle. Ils étaient bien les seuls à l'attendre dans cette maison vide.

Tant pis pour elle. Elle avait été naïve d'espérer une autre fin. Ils étaient trop différents, tous les deux : lui, l'Irlandais, et elle, l'Américaine. Elle voulait un mari, des enfants. Lui ne souhaitait qu'une aventure sans lendemain. Elle voulait vivre ici, lui avait sa vie en Irlande. Il était resté loyal envers son épouse décédée. Bref, ils n'étaient pas faits l'un pour l'autre. Il fallait qu'elle se fasse à cette idée.

11

Le lendemain matin, Christina se traîna hors du lit pour s'occuper des chevaux avant de se recoucher. Elle était épuisée physiquement, mais surtout mentalement. Tout ce qu'elle souhaitait, c'était passer quelques jours sous les couvertures et dormir. Mais elle avait une ferme à faire tourner, des animaux à nourrir... Conor aurait pu l'aider, lui... Mais il n'était plus là. Elle avait espéré de toutes ses forces qu'il l'appellerait une dernière fois, mais le téléphone était resté désespérément muet.

Il faudrait qu'elle apprenne à vivre sans lui. Seule. D'habitude, elle se réfugiait dans l'écurie dès qu'elle avait du vague à l'âme, mais à présent, cet endroit était indissociable du souvenir de Conor. Des larmes lui piquèrent les yeux et elle battit des paupières pour les chasser. Elle avait assez pleuré comme cela. Après une bonne journée de repos, elle irait déjà beaucoup mieux. Peu à peu, tout redeviendrait comme avant. À force de répéter ce mensonge assez souvent, elle en ferait peut-être une vérité.

Elle roula sur le côté et enfouit la tête dans l'oreiller. Il avait gardé l'odeur de Conor. Surtout, ne pas pleurer. Aujourd'hui, elle allait essayer de dormir et demain, elle reprendrait sa routine comme avant. Au bout d'un certain temps, le souvenir de ces trois dernières semaines finirait par s'estomper. Alors, elle arriverait à supporter son absence.

L'après-midi était bien entamé lorsqu'elle se leva enfin. À la manière d'un automate, elle s'habilla et se rendit à l'écurie. Les box n'étaient pas sales, mais elle avait besoin d'une occupation pour la distraire de sa peine. Les écouteurs à fond, elle se mit à chanter à tue-tête. Les chevaux lui jetèrent un regard perplexe avant de retourner à leurs mangeoires.

Une ombre la fit sursauter et elle se retourna vivement.

Conor...

Il était là, dans la lumière qui se déversait par les portes ouvertes. Elle entendit son sang marteler ses oreilles et ses mains moites se mirent à trembler.

— Ah, tu es là.

— Où veux-tu que je sois ? répliqua-t-elle d'un ton sec. Je suis chez moi.

Les jambes faibles, elle planta sa fourche dans le sol pour se stabiliser.

— Je te croyais parti. Ou, du moins, occupé à préparer le retour de Gold.

— Non. On reste, en définitive.

— Comment ça ?

Un léger sourire releva les coins de la bouche de Conor.

— On ne part pas.

Elle redressa les épaules d'un air de défiance.

— J'avais bien compris, merci.

C'était cette Christina que Conor aimait le plus : le rouge aux joues et les yeux flamboyants. Déterminée.

— ça t'embête de mettre cette fourche à l'écart ? Je me sentirais plus tranquille. Il faut qu'on se parle. J'ai deux ou trois choses à te dire.

Elle posa l'outil contre un mur du box.

— Vas-y, je t'écoute.

Conor avait espéré qu'elle lui tomberait dans les bras, mais

Christina n'était pas de ce genre-là. Pour elle, il allait devoir mettre son âme à nu.

— Gold va servir d'étalon et je dois superviser le programme de reproduction. J'ai soumis l'idée à M. Guinness et il est d'accord. D'ailleurs, il souhaiterait savoir si tu peux héberger Gold.

Christina ouvrit grand la bouche et les yeux.

— Non, c'est vrai ? Tu resterais ici ? Dans l'écurie ?

— Je pensais loger dans un endroit plus confortable, répondit-il en riant.

— Je… euh…

Il ne l'avait jamais vue aussi éperdue. Enfin, elle le regarda.

— Tu comptais habiter où ?

— Avec toi. Mais pas dans ce placard à balais à côté de la cuisine.

Un sourire effleura les lèvres de Christina.

— C'est vraiment ce que tu veux ? Vivre ici ?

— Ici ou ailleurs, du moment que je suis avec toi.

— Tu es prêt à quitter ta famille, tes amis ?

— Oui, si c'est le prix à payer pour être avec toi. De toute façon, je ne me sentais plus vraiment chez moi en Irlande. Mon frère et ma sœur sont là-bas, mais on pourra leur rendre visite quand bon nous semblera. À ce propos, je suis sûr que vous vous entendrez bien.

— Conor, tu ne vas pas renoncer à tout pour moi…

— Je n'ai rien à perdre et tout à gagner. Ici, je peux vraiment faire ce que je souhaite : m'occuper de chevaux, t'aider à développer ton entreprise et passer le reste de mes jours auprès de la femme que j'aime.

Christina recula d'un pas et secoua la tête.

— Je ne suis pas digne d'une telle décision. Je…

Il la fit taire en prenant sa joue dans une main.

— Tu en es plus que digne, au contraire. Mais toi, est-ce que tu veux de moi ?

Le regard de Christina demeurait rivé dans le sien.

— Bien sûr que je veux de toi. Depuis le début.

— Ce n'est pas le souvenir que j'ai. Quand on s'est rencontrés, tu ne sautais pas de joie à l'idée de me loger chez toi.

— Je n'étais pas encore prête.

— Et maintenant ?

— Oui. Parce que je t'aime.

Il fit un pas vers elle. Les yeux fermés, il inspira à fond son parfum : une odeur de foin et de shampooing avec des notes fleuries.

— Moi aussi, je t'aime. Longtemps, j'ai cru que je ne dirais plus ces mots à une femme. Heureusement, tu as réparé ce qu'il y avait de cassé en moi et tu m'as aidé à me remettre debout. Merci.

Ses lèvres trouvèrent les siennes et elle s'accrocha à lui comme si sa vie en dépendait. Enfin ils s'écartèrent, le souffle court.

— Il va nous falloir un garçon de ferme. Une personne de confiance pour s'occuper des chevaux et nous permettre de dormir, de sortir au restaurant ou de partir en Irlande sans inquiétude.

— Excellente idée. Au fait, ma mère m'a téléphoné l'autre jour pour me critiquer, comme d'habitude. Mais là, je lui ai dit que ce n'était pas la peine de m'appeler si elle n'avait rien de mieux à faire.

— Je suis fier de toi, ma chérie. Elle ne sera pas contente que tu sois tombée amoureuse d'un Irlandais.

— Ce n'est pas grave. Elle finira bien par s'y faire.

— Quoi qu'elle dise, souviens-toi que je te trouve parfaite comme tu es. Tellement, même, que je veux t'épouser.

— M'épouser ?

La voix de Christina avait grimpé d'une octave et il redouta qu'elle lui dise non.

— Eh bien, oui. Je t'aime. Pourquoi ne pas nous marier ?

— Parce que, encore récemment, tu ne voulais plus te marier.

— C'était avant que je sache ce que c'est de te perdre. Je ne veux plus te quitter.

Christina détourna les yeux.

— Tu sais que j'ai envie d'avoir des enfants...

— Je sais, et je ne peux pas imaginer une meilleure mère. Avec toi, j'ai l'impression que rien n'est impossible.

Christina jeta les bras autour de son cou et pressa son visage contre son torse.

— On aura des enfants magnifiques, tu verras. J'espère qu'ils auront ton accent.

— Si tu me fais une place dans ton lit douillet, je te murmurerai tous les mots doux que tu voudras avec mon accent.

— Tu me le promets ?

— Aussi longtemps que je vivrai, ma chérie. Et je suis fidèle à mes promesses.

Épilogue

Dix-huit mois plus tard

Christina traversait la cour pour se rendre à l'écurie, quand Conor accourut vers elle, leur fils dans ses bras. Christina ne put s'empêcher de sourire en les voyant. Ces deux-là, alors… Jamie n'avait que trois mois, mais sa préférence allait déjà nettement vers son papa. Christina ne s'en formalisait toutefois pas. Conor était un père et un mari formidable. Il avait été l'homme le plus heureux du monde lorsqu'elle lui avait annoncé sa grossesse. Il en avait même pleuré. Certes, il lui avait fallu travailler sur ses peurs, mais depuis la naissance de Jamie, les joies de la paternité avaient pris le dessus et il était bien décidé à savourer chaque minute de son bonheur.

— Eh bien, qu'est-ce qui t'arrive ?

— Le poulain de Gold est en train de naître, balbutia Conor. Buzz est avec lui.

Buzz était un garçon de ferme qu'ils avaient embauché afin d'avoir deux matins libres par semaine. Le jeune homme avait vite pris des responsabilités au point d'être capable de les remplacer à la ferme, ce qui leur avait permis de partir en Irlande. Ils envisageaient d'ailleurs de refaire le voyage à Noël pour présenter Jamie à la famille.

— J'allais te chercher pour que tu ne rates pas l'événement, ajouta Conor.

— Merci, c'est gentil.

Ils se dirigèrent à grands pas vers le box. À l'intérieur, Buzz parlait doucement à la jument, qui s'agitait et tapait du pied. Conor embrassa Jamie sur le front avant de le tendre à Christina.

— Je vais voir comment elle se porte.

Le bébé calé sur un bras, Christina retint son mari d'une main.

— Et moi, alors ?

Conor lui donna un baiser langoureux qui la laissa chancelante.

— Lorsque le poulain sera né, on fêtera ça tous les deux pendant la sieste de Jamie, murmura-t-il à son oreille.

Elle lui tapa l'avant-bras avec un petit rire.

— Vas-y. Si tu as besoin d'aide, je reste ici avec Jamie.

Tandis qu'il entrait dans le box, Christina s'assit sur une chaise à bascule, cadeau du frère de Conor lorsqu'il avait appris qu'elle adorait passer du temps dans l'écurie. Ainsi installée, elle pouvait rester près des chevaux tout en allaitant Jamie. Conor ne tarda pas à revenir auprès d'elle.

— Alors ?

— Alors, on s'est peut-être un peu emballés. Il va falloir prendre patience. Si tu veux rentrer avec Jamie, je viendrai te chercher.

— ça ira. On est bien, ici.

Tellement bien que Jamie s'était endormi dans ses bras. Conor s'assit à côté d'elle, sur une botte de foin. Il avait placé beaucoup d'espoir dans ce poulain. Avec un géniteur comme Gold, ils auraient peut-être une graine de champion.

— Tu sais qu'en venant ici, je n'aurais jamais imaginé trouver un tel bonheur, dit-il en faisant glisser un doigt sur la joue de Christina. Je t'aime.

— Moi aussi, je t'aime.

— Conor, tu ferais bien de venir, appela Buzz depuis le box.

Celui-ci bondit sur ses jambes.

— Apparemment, je me suis trompé. C'est l'heure.

Christina s'approcha pour ne rien rater de ce moment magique. De petites jambes étaient déjà sorties, puis ce furent la tête et le reste du corps.

— C'est un mâle !

Conor était ravi. La mère se leva pour renifler et lécher sa progéniture, puis Conor le brossa avec de la paille. Après s'être nettoyé, il rejoignit Christina et glissa un bras autour de sa taille. Ensemble, ils contemplèrent les premiers pas du poulain sur ses jambes frêles.

— C'est toujours un émerveillement d'assister à l'arrivée d'une nouvelle vie, dit-elle avec un soupir.

Christina changea Jamie de position sur son bras.

— Laisse-moi le porter, dit Conor en prenant l'enfant. Merci pour tous ces moments. Tu sais que je ne les prends pas à la légère.

— Moi non plus.

Un bras autour de lui, elle regarda la jument qui léchait son petit. Conor lui pressa la taille.

— La vie est belle.

Elle appuya la joue sur son épaule.

— Avec toi, toujours.

Vous avez aimé ce roman ? Retrouvez en numérique
les séduisants vétérinaires du derby :
1. *La course du désir*
2. *L'étreinte d'un vétérinaire*

EMILY FORBES

Une surprise à Byron Bay

Traduction française de
MARIE-JOSE LAMORLETTE

BLANCHE

HARLEQUIN

Titre original :
PREGNANCY SURPRISE IN BYRON BAY

1

Molly Prescott vérifia l'heure en sortant des vagues de Clarkes Beach et ramassa sa serviette. Elle jura à mi-voix. Elle devrait se hâter si elle voulait arriver à la réunion à temps.

De qui se moquait-elle ? Elle allait définitivement être en retard, se dit-elle en se séchant le visage et les bras. La directrice des services médicaux, Paula, avait organisé un rapide petit déjeuner de travail pour présenter tout le monde au nouveau médecin remplaçant qui arrivait de Sydney. Il devait exercer pendant quelques semaines à la clinique de Byron Bay. Mais il y aurait assez de personnel à lui présenter avant l'arrivée de Molly. Elle n'était là que depuis six mois, peut-être que personne ne remarquerait son retard. À moins que ses collègues ne s'y soient attendus.

Elle avait du mal à arriver à l'heure. Elle essayait toujours d'enfourner trop de choses dans sa journée et le temps la fuyait constamment. C'était une lutte perpétuelle. Elle n'avait pas encore gagné la bataille, mais elle espérait qu'un jour elle développerait miraculeusement le gène de l'organisation.

La ponctualité comme la résilience et l'indépendance étaient les choses qu'elle comptait améliorer lors de son séjour à Byron Bay. Ici, dans la petite ville côtière située au nord de la Nouvelle-Galles du Sud, elle n'avait qu'un court trajet à faire pour aller travailler – contrairement aux cinquante-cinq minutes de transport qu'elle avait à Sydney, à l'aller et au retour. Mais au lieu d'en profiter pour progresser, elle avait casé une autre activité dans le temps qui lui restait, sa nage quotidienne.

Elle sécha rapidement ses cheveux blonds, enfila un T-shirt par-dessus son maillot de bain et courut à petites foulées le long de la plage. Elle devait encore passer à l'appartement qu'elle louait avec Gemma, une de ses collègues, pour se doucher, puis elle aurait un quart d'heure de marche depuis la route du Phare jusqu'au centre-ville. Elle aurait aimé faire un détour par le Top Shop pour prendre un petit déjeuner, mais les dix minutes nécessaires lui manquaient.

Elle aurait vraiment dû écourter sa baignade, ce jour-là, mais c'était sa façon préférée de commencer la journée ; elle en avait besoin pour sa santé mentale et c'était une partie importante de son processus pour se trouver. Nager lui donnait le temps de réfléchir à ce qu'elle voulait de la vie. Après avoir gâché des années auprès de son ex-petit ami, quitter finalement Daniel était censé être un tournant dans son existence. Son plan avait été de venir s'installer à Byron Bay afin d'avoir du temps et de l'espace pour travailler sur elle-même. Elle ne voulait plus s'inquiéter de faire plaisir aux autres. Elle ne voulait plus rechercher l'attention. De son père. De son ex. De n'importe qui.

Elle secoua la tête. Elle ne voulait pas être obsédée par des pensées au sujet de Daniel. Elle laissait son passé derrière elle, et se dégageait d'une relation nocive. Pour aller de l'avant, se rappela-t-elle en consultant de nouveau sa montre et en espérant qu'on lui pardonnerait son retard. Ses consultations ne commençaient qu'à 10 heures, le mercredi, alors personne ne devrait s'attendre à ce qu'elle soit là à 7 h 45.

Ses cheveux qui lui arrivaient à l'épaule étaient encore humides lorsqu'elle arriva à la clinique. Elle savait que l'humidité de l'air d'été allait les faire rebiquer, mais elle n'aurait certainement pas eu le temps de les sécher. Elle se faufila dans la salle du personnel quelques minutes avant 8 heures, très contente de son effort. Elle fut soulagée d'entendre Tom Reynolds, le docteur chevronné dont le départ rendait un remplacement nécessaire, encore en train de faire le tour de la pièce pour présenter le personnel au nouveau remplaçant.

Molly sentit une odeur de café et elle alla à la machine pour en prendre une tasse, ainsi qu'un muffin, remerciant silencieusement Paula de ces attentions. Elle ajoutait du lait à son café et mordait dans son muffin lorsqu'elle entendit Tom dire :

— Et la dernière mais pas la moindre, le Dr Prescott.

La salle était pleine et beaucoup de gens se tenaient debout. Molly entendait Tom, mais du haut de son mètre soixante, elle ne pouvait voir l'avant de la pièce. Elle s'efforça rapidement d'avaler le muffin et d'afficher une expression nonchalante et décontractée – comme si elle était là depuis un moment.

— Molly, voici le Dr Williams.

Tout ce qu'elle put entrevoir fut le haut d'une tête d'homme, mais il aurait pu s'agir aussi d'une grande femme. Elle attendit que ses collègues s'écartent, surprise par le visage familier qu'elle découvrit alors.

— Theo ?

Elle ne l'avait pas vu depuis quatre ans, mais il était le même. Grand, mesurant près d'un mètre quatre-vingt-dix, les épaules larges alors qu'il était plutôt mince. Ses épais cheveux noirs, coupés court sur les côtés, étaient balayés sur son front au-dessus d'une paire d'yeux sombres qui s'élargirent un peu – seule indication qu'il était aussi étonné qu'elle.

— Bonjour, Molly. Cela fait un moment.

Il hocha légèrement la tête, mais n'afficha qu'un demi-sourire. Il ne paraissait pas aussi enchanté que ça de la voir et elle ne pouvait l'en blâmer. Quatre ans avaient passé, mais soudain il lui semblait qu'ils s'étaient vus la veille. Et ce n'était pas plaisant.

Elle se sentit envahie par la chaleur intense de l'embarras et sut qu'elle rougissait. Ses joues devaient être rose vif. Elle essaya d'imposer à ses traits le même détachement que celui qu'il affichait, s'efforçant de paraître heureusement surprise, mais elle aurait voulu que le sol s'ouvre sous elle et l'engloutisse.

Elle baissa les yeux sur son café tandis que Tom continuait à parler. Elle laissa ses collègues occuper l'espace et la protéger de la vue, ses joues reprenant une couleur normale.

— Pendant que je vous ai tous ici, disait le médecin sénior, j'ai eu un appel des organisateurs du Monôme des Bacheliers. Ils ont besoin de quelques volontaires de plus pour le week-end, alors si certains d'entre vous pouvaient leur donner quelques heures, ils en seraient ravis. Tout personnel médical est qualifié, naturellement, mais pour ce qui est du personnel administratif, il suffira d'avoir un certificat de premiers secours. Paula vous donnera les contacts.

L'esprit de Molly se mit à dériver tandis que Tom mentionnait le flot d'adolescents qui allaient déferler sur Byron Bay durant dix jours, afin de fêter la fin de leur scolarité. Elle jeta le reste de son muffin à la poubelle, son appétit la quittant tandis que les souvenirs affluaient.

Elle n'avait pas vu Theo depuis la cérémonie de remise de leurs diplômes, à l'université, et elle ne lui avait pas parlé depuis la fête à laquelle ils avaient participé tous les deux pour célébrer la fin de leurs derniers examens. Les derniers mots qu'ils avaient échangés avaient suivi le baiser qu'elle lui avait donné impulsivement.

Mortifiée par sa conduite et éprouvant encore la brûlure du rejet, elle l'avait évité à la remise des diplômes et avait tâché de faire comme si rien n'était arrivé. Son soulagement avait été immense lorsqu'il avait paru réticent lui aussi à la rechercher.

Mais le sentiment d'embarras revenait maintenant, alors qu'elle se rappelait sa stupidité. Elle savait qu'elle s'était mal conduite. Ivre et trop émotive, elle avait agi sur un coup de tête. Theo l'avait traitée avec gentillesse et compassion, et elle lui avait rendu son amabilité en supposant qu'il accueillerait bien ce baiser sorti de nulle part – alors qu'elle était dans une relation. Mais une relation compliquée.

Il lui avait rendu son baiser – elle n'avait pas bu au point de l'oublier –, mais quand il lui avait demandé si elle reprendrait Daniel bien qu'il l'ait trompée, elle n'avait pas répondu. Elle avait su qu'elle le ferait. Elle le faisait tout le temps. Et Theo l'avait su aussi. Il s'était redressé et éloigné.

Elle n'avait pas envie de se retrouver à ses vingt-cinq ans. Elle n'avait pas toujours fait de bons choix quatre ans plus tôt, mais elle avait mûri ; la vie vous forçait à grandir. Elle se reconstruisait et elle ne souhaitait pas vraiment voir quotidiennement quelqu'un qui avait connu l'ancienne Molly, qui savait quelles erreurs elle avait faites par le passé. Quelqu'un qui, d'après elle, l'avait jugée et vu ses manques.

Quatre ans après, elle avait toujours honte de sa conduite. Du baiser. Elle avait agi avec légèreté, puis elle s'était rendu compte qu'elle ne voulait pas être la fille qui trompait son petit ami. Elle ne voulait pas être un cliché. Daniel l'avait trompée, souvent, mais elle n'avait pas voulu répondre du tac au tac. Elle avait souhaité être la plus mûre des deux, et embrasser Theo avait été une erreur. Elle n'aurait pas dû le mettre dans cette position.

Elle sentit qu'on l'observait. Levant les yeux, elle vit Gemma qui lui adressait un grand sourire depuis l'autre côté de la salle. Son amie haussa les sourcils, lança un regard dans la direction de Theo et articula « Waouh ! »

Molly lui jeta un coup d'œil furieux tandis qu'elle venait vers elle. Tom mettait fin à la réunion et le reste du personnel commençait à se disperser.

Molly s'était demandé si elle devait ou non approcher Theo. Si elle le faisait, comme devrait-elle se comporter ? Que devrait-elle dire ? Quatre ans, cela faisait longtemps. En particulier si l'on considérait ce qui s'était passé entre eux. Aussi, l'arrivée de Gemma signifiait au moins qu'elle n'avait pas à prendre cette décision dans l'immédiat. Elle parlerait à sa collègue. Cela lui donnerait le temps de se ressaisir et de voir comment gérer ce tour inattendu des événements.

— Oh. Mon. Dieu. Parlez-moi d'hommes grands, beaux et torrides, lança Gemma en la rejoignant.

Molly regarda autour d'elle en espérant que Theo n'avait pas pu entendre, et fut soulagée de voir qu'il avait quitté la salle. Elle n'avait vraiment aucune envie d'avoir cette conversation avec Gemma en cet endroit, mais apparemment c'était ce qui l'attendait.

— Où le cachais-tu ? demanda Gemma.

— Theo ?

Molly feignit une indifférence qu'elle était loin de ressentir.

— Je ne le cachais nulle part. Je ne l'ai pas vu depuis des années.

Son amie l'observait avec attention.

— Ce n'est pas un squelette dans ton placard ?

Molly secoua la tête et se détourna pour rassembler ce qui restait du petit déjeuner. Ramasser les assiettes de muffins et de fruits pour les mettre au frigo lui donnait une excuse pour éviter le regard de Gemma, tandis qu'elle s'efforçait de ne pas se remettre à rougir.

— Alors tu ne sais pas s'il est célibataire ?

Molly éprouva un pincement de jalousie. Theo était son domaine réservé. Mais c'était ridicule. *Elle* était ridicule. Gemma avait tout à fait le droit de fantasmer sur lui.

— Je n'en ai aucune idée, mais je pensais que tu arrêtais de sortir pendant un certain temps ? répondit-elle en rangeant les tasses à café vides dans le lave-vaisselle.

Gemma avait récemment fréquenté un pilote de ligne, puis il s'était avéré qu'il avait une femme dans plusieurs villes, aussi était-elle de nouveau célibataire.

— Il suffit d'un homme pour me faire changer d'avis. Mais dis-moi s'il est intouchable.

— Pourquoi serait-il intouchable pour toi ?

— Pour plusieurs raisons. Si tu le trouvais à ton goût, pour commencer. Après tout, tu l'as vu la première. Ou s'il est l'un de tes ex. Je ne vais pas sur ce terrain-là.

— Je te l'ai dit, il n'est pas un ex. Il n'y a pas d'histoire entre nous.

Molly savait qu'elle modulait légèrement la vérité, mais elle n'allait pas partager tous les détails embarrassants.

— Nous avons fait nos études ensemble, c'est tout.

— Tu ne l'as jamais mentionné.

— Pourquoi l'aurais-je fait ?

— Parce qu'il est sublime et qu'il travaille pour les Cliniques de la Côte pacifique.

— Je l'ignorais jusqu'à ce matin.

Molly savait qu'il existait plusieurs cliniques associées dans l'État de la Nouvelle-Galles du Sud, et que le remplaçant venait de l'une d'elles, mais elle ne s'était pas donné la peine de consulter les listes du personnel pour voir à qui elle aurait affaire. Elle n'avait eu aucune raison de le faire.

— Tu vas devoir faire vite, dit-elle à Gemma en s'efforçant de paraître légère, il n'est ici que pour six semaines.

Cela semblait très court, mais elle craignait que cela ne lui paraisse une éternité.

Gemma secoua la tête.

— Non. Avec son apparence, je parie qu'il n'est pas disponible, et je ne vais pas de nouveau me brûler les ailes.

Molly n'essaya pas de persuader son amie du contraire. En outre, elle pouvait avoir raison, Theo était peut-être déjà pris.

Elle essuya le comptoir, se sécha les mains, puis Gemma et elle partirent pour leur cabinet respectif. Mais tandis qu'elle préparait ses consultations, son esprit ne cessait de dériver.

Theo et elle avaient fait leurs études de médecine ensemble, mais ils n'avaient pas été des amis proches. Ils évoluaient dans des cercles différents. Theo passait beaucoup de son temps à la bibliothèque, elle fréquentait surtout le bar de l'université avec Daniel, quand ils étaient de nouveau ensemble.

Lorsque ces cercles s'étaient recoupés, elle avait eu l'impression que Theo jugeait ses choix. Elle se souvenait qu'il avait une façon d'observer tranquillement les gens et d'en tirer ses conclusions. Une fois, en un instant, il avait résumé avec exactitude sa relation avec

Daniel, ce qui l'avait frustrée. Elle n'avait pas eu envie d'entendre son opinion. Elle voulait être vue comme quelqu'un de fort et de confiant, pas de faible ou d'effrayé, et elle avait refusé d'admettre qu'il avait raison.

Il y avait tant de choses dans son passé auxquelles elle préférait ne pas penser. Le présent était là pour prendre de meilleures décisions. Elle employait son temps à Byron Bay à tenter de mieux se connaître. Elle avait grandi entre deux sœurs, en ayant toujours le sentiment que son père aurait préféré des fils. Elle essayait constamment de prouver que les filles pouvaient faire aussi bien que les garçons, tout en essayant d'être la fille parfaite. Puis la parfaite petite amie. Elle avait été avide d'attention, d'affection.

Elle se rendait compte maintenant que cela avait été un facteur important dans sa relation avec Daniel. Son père avait ignoré sa mère, comme il avait ignoré ses filles, et elle avait été flattée de l'intérêt que Daniel lui portait. Il était intelligent, beau et populaire, et elle désirait tellement qu'il fasse attention à elle qu'elle ignorait ses côtés négatifs – ses mensonges, son infidélité, son manque de gentillesse. Plus jeune, elle était simplement heureuse que quelqu'un la remarque. En outre, elle avait été conditionnée à croire que tout le monde trichait – son père le premier – et elle ne s'était pas demandé si l'attention de Daniel était positive ou négative. Elle s'en moquait. Mais plus maintenant. Elle savait à présent qu'elle n'avait pas besoin que quelqu'un marque son approbation, en abusant d'elle émotionnellement. Là, loin de sa famille et célibataire pour la première fois depuis des années, elle s'efforçait juste d'être la meilleure version d'elle-même. Quelle qu'elle soit.

Ici, à Byron Bay, elle n'était pas une sœur, une fille, une petite amie. Elle était juste Molly. Un médecin. Une amie.

Mais revoir Theo lui rappelait l'ancienne Molly, celle qu'elle essayait de laisser derrière elle. Elle ne voulait pas qu'on lui rappelle cette fille.

Il faudrait qu'elle évite Theo. Et comme il n'était que temporairement à Byron Bay, cela ne devrait pas être trop difficile.

Theo Chin Williams essayait de se concentrer tandis que Tom Reynolds lui faisait visiter la clinique. Il se donnait l'air d'écouter, mais il n'était pas sûr de retenir les informations qu'on lui donnait. Son esprit était trop occupé à revenir au temps passé. À Molly. Il avait été stupéfait de tomber sur elle à la clinique, ce jour-là. Il n'avait pas vu son profil sur le site web des Cliniques de la Côte pacifique, sinon il l'aurait remarqué. Elle devait être nouvelle dans l'établissement.

Quatre ans, c'était long, mais elle n'avait pas changé. Du moins, en apparence. Elle était exactement la même – petite et menue, blonde, rayonnante. Il avait toujours vu autour d'elle une aura de légèreté et de joie. À l'exception d'une occasion mémorable, elle s'était toujours présentée comme une personne heureuse. Elle était populaire, à l'université. Elle était drôle et les gens étaient attirés par elle. Lui-même l'avait été. Mais ils évoluaient dans des cercles distincts et Molly l'avait à peine remarqué. Sauf ce soir-là.

Il se remémora leur dernière rencontre. Leur seule rencontre intime durant les sept ans où ils s'étaient connus. Molly avait pleuré sur son épaule, s'était confiée à lui, l'avait embrassé et ils ne s'étaient pas reparlé depuis.

Il l'avait admirée de loin de nombreuses années avant ce soir fatidique. Il l'avait placée sur un piédestal et n'avait pas pu résister à l'envie de lui rendre son baiser lorsqu'elle l'avait brusquement embrassé, de façon inattendue. Mais il avait été convaincu qu'elle ne le choisirait jamais de préférence à Daniel, alors il s'en était allé, tout en souhaitant avoir le courage de rester.

À la fin de la réunion, il s'était demandé s'il devrait l'approcher, mais que lui dirait-il après quatre ans ? Ils n'étaient pas amis, ils étaient au mieux des connaissances. Et puis Tom l'avait entraîné hors de la salle et l'occasion avait été perdue pour lui.

Ce qui ramena son esprit à la situation actuelle. À la raison pour laquelle il était à Byron Bay – pour travailler. Il était là comme remplaçant pour les six semaines à venir, mais on lui avait aussi confié une autre tâche. La clinique de Byron Bay était le dernier ajout au portefeuille des Cliniques de la Côte pacifique, un groupe de centres médicaux qui appartenait à ses parents et était dirigé par sa mère. Celle-ci avait identifié quelques problèmes que Theo était chargé de régler. Entre soigner ses patients et examiner les comptes ainsi que le fonctionnement de la clinique, il avait largement de quoi faire. Il n'avait pas besoin d'ajouter Molly Prescott à sa liste. Sa mère était une perfectionniste qui n'attendait rien moins que cent pour cent d'efforts à tout moment. Il savait qu'elle attendrait qu'il rentre à Sydney avec des réponses et si possible des solutions aux questions qu'elle avait soulevées. Il fallait qu'il se concentre sans se laisser distraire.

Molly était une réminiscence du passé, qu'il n'avait pas besoin de revisiter. Se remémorer les choses n'était pas une priorité pour lui et il avait le sentiment que c'était la même chose pour elle. Il ne l'avait pas vue pendant quatre ans. Il pouvait se la sortir de l'esprit durant quelques heures de plus, au moins pendant qu'il travaillait. Il était plus âgé et plus sage, désormais, il n'avait plus le béguin pour elle. Tous deux étaient allés de l'avant.

Il pouvait ignorer le fait qu'elle était toujours étincelante et faisait vibrer l'air autour d'elle. Il pouvait ignorer le fait que son cœur avait accéléré quand leurs collègues s'étaient écartés et qu'il l'avait vue là, devant lui. Il pouvait ignorer le fait que ses mains étaient devenues moites et sa bouche sèche.

Il pouvait ignorer tout cela.

Molly passa en revue des résultats d'examens sur l'écran de son ordinateur, mais ne put trouver l'énergie de prendre son téléphone pour les communiquer à ses patients. Elle se montrait extrêmement improductive. Elle était troublée et elle détestait l'admettre, mais l'arrivée de Theo en était responsable. Elle pensait vraiment qu'elle avait fait des progrès depuis qu'elle s'était installée à Byron Bay. Elle prenait de l'assurance, n'avait plus à se demander ce que la vie avec Daniel lui réserverait. Elle était sur la voie de l'indépendance et elle ne voulait pas que la présence de Theo la fasse reculer. Elle était plus forte, maintenant, elle n'était plus la même fille et elle le lui montrerait. Ou alors elle se contenterait de l'éviter, le laissant voir les choses par lui-même.

Elle hocha la tête, encouragée par la solution qu'elle avait trouvée. Elle nota quelques patients à faire rappeler par les réceptionnistes et décida d'aller prendre un café avant le début de ses consultations. Cela mettrait son cerveau en mouvement. Dans le présent, plus dans le passé.

En se rendant à la cuisine, elle passa devant le bureau de Paula. La directrice avait une grande fenêtre intérieure qui donnait sur la réception. Molly regarda à travers et vit Theo penché sur le bureau de Paula, en grande conversation avec elle et montrant l'écran d'un ordinateur. De quoi donc pouvaient-ils parler ? Elle s'arrêta un instant, curieuse, puis se dit qu'elle ne voulait pas être surprise à les espionner. Cela ne la regardait pas et s'il s'était agi de quelqu'un d'autre que de Theo, elle ne se serait pas appesantie. Pourquoi capturait-il ainsi son intérêt ?

Ne voulant pas s'attarder sur cette question, elle continua son chemin ; mais au retour, elle ne put résister à la tentation de regarder de nouveau par la fenêtre. Theo était toujours là.

Alors qu'elle atteignait le bureau de réception, la porte d'entrée de la clinique s'ouvrit en coup de vent et une femme d'âge moyen en pleine détresse entra brusquement, tenant la porte pour son compagnon. L'homme était obèse, transpirait, et Molly put voir qu'il avait du mal à respirer.

La femme le campa sur une chaise et se rua vers le bureau, ignorant les autres patients qui attendaient.

— S'il vous plaît, nous avons besoin de voir un docteur. Mon mari ne va pas bien.

— Êtes-vous des patients de la clinique ? demanda la réceptionniste tandis que Molly se rendait dans la salle d'attente.

— Non. Nous sommes ici en vacances. Mon mari s'est plaint d'une indigestion, en exagérant à mon avis, mais ce matin il n'allait pas bien du tout.

La clinique n'était pas un établissement d'urgence, mais comme elle se trouvait en plein centre-ville, c'était là que venaient la plupart des gens. L'hôpital, lui, était à dix minutes en voiture.

Molly s'assit à côté de l'homme.

— Je me nomme Molly, je suis un des docteurs.

Il se tourna vers elle, mais elle vit qu'il avait du mal à la comprendre. Il frottait machinalement son sternum.

— Si vous veniez avec moi, que je vous examine ?

Elle s'inquiétait, car il montrait des symptômes d'une crise cardiaque. Elle voulait l'emmener dans son cabinet. Elle savait qu'elle aurait peu de chances de le rattraper s'il tombait.

L'homme se leva, chancelant sur ses jambes, et elle lui donna son bras pour le soutenir.

— Quel est votre nom ?

— Warwick, répondit-il, le souffle court.

Molly le conduisit dans une salle d'examen qui contenait un appareil à électrocardiogramme, pour le cas où il en aurait besoin. Elle le fit asseoir sur la table d'examen et l'aida à relever les pieds.

— Pouvez-vous me décrire ce que vous ressentez ?

— On dirait que quelqu'un comprime mes poumons.

— C'est douloureux ?

Il hocha la tête.

— C'est la première fois que vous avez cette douleur ?

— À ce point, oui.

Molly lui posa le questionnaire d'usage. S'il avait une maladie chronique, des allergies, des problèmes cardiaques, du diabète, de l'anxiété... et quels médicaments il prenait.

— Des cachets pour le cholestérol.

Elle lui prit sa tension qu'elle fut surprise de trouver normale, mais nota que son rythme cardiaque était rapide.

— J'aimerais examiner votre cœur de plus près. Avez-vous déjà eu un électrocardiogramme ?

Warwick secoua la tête.

— Je vais placer des électrodes sur votre poitrine, annonça Molly en se détournant. Pouvez-vous ouvrir votre chemise ?

— Je ne...

Le malade n'en dit pas plus. Elle pivota vivement vers lui. Il avait les yeux fermés et ne semblait plus respirer.

— Warwick ?

Elle lui secoua l'épaule, puis lui prit le pouls. Rien.

Elle abaissa le dossier de la table d'examen, le mettant à plat. Elle le soupçonnait de faire un arrêt cardiaque. Elle avait besoin d'aide.

Elle fonça hors de la pièce, attrapant le défibrillateur accroché au mur près du bureau de Paula, et cria à la réceptionniste :

— Appelez une ambulance ! Code bleu.

À travers la vitre, elle vit que Theo était toujours assis au bureau. Elle scruta le couloir, espérant que quelqu'un d'autre allait se montrer pour lui venir en aide, mais personne n'apparut.

C'était Theo qui devrait l'aider. Elle passa la tête dans le bureau. Elle n'avait pas le temps de se soucier du passé. Elle devait remettre à plus tard ses plans visant à l'éviter.

— Theo ! s'écria-t-elle. J'ai besoin de toi. Patient en arrêt cardiaque.

Elle attendit à peine qu'il lève la tête pour retourner en courant dans la salle d'examen.

2

Theo leva la tête quand il entendit Molly l'appeler. Elle avait déjà tourné les talons et s'éloignait dans le couloir. Lorsqu'il la suivit, il fut aussitôt enveloppé par un parfum d'orange et transporté au soir où elle l'avait embrassé. C'était le parfum de ses cheveux. Mais ce n'était pas le moment d'être distrait. Il se hâta derrière elle et la rattrapa alors qu'elle entrait dans une salle d'examen.

— Homme d'âge moyen, subit arrêt cardiaque, indiqua-t-elle. Pas d'antécédent connu.

Theo hocha la tête.

— Je vais commencer les compressions.

Ce n'était pas ainsi qu'il avait imaginé leur première conversation, mais il n'y avait pas de temps à perdre. Pas de temps pour le passé.

Molly évitait de croiser son regard, ce qui piqua sa curiosité. Quatre ans plus tôt, ils n'avaient pas été amis, mais ils n'avaient pas non plus été des ennemis, du moins le pensait-il. Mais un incident cardiaque était une situation stressante. Il ne pouvait s'attendre à ce qu'elle prenne le temps de le faire se sentir le bienvenu.

Il ouvrit la chemise du patient, découvrant sa poitrine et son ventre, tandis que Molly s'emparait du défibrillateur. Il plaça les mains sur son sternum et débuta les compressions.

Il compta à haute voix et s'efforça d'ignorer Molly qui bougeait autour de lui. Mais c'était difficile. Chacun de ses mouvements dégageait un parfum d'orange, et il sentait où elle était même sans la voir. Elle se glissa derrière lui et posa les mains sur ses hanches pour le maintenir en position sans perturber son rythme, mais son contact lui fit presque perdre le fil de son décompte.

— Quinze.

Le bras de Molly frôla le sien tandis qu'elle se penchait pour presser l'embout adhésif sur la poitrine de Warwick et il en fut troublé.

— Vingt.

Sa voix était rauque. Il s'éclaircit la gorge et se concentra. Ce n'était pas le moment de penser à Molly Prescott autrement que comme sa collègue. Il continua les compressions pendant qu'elle plaçait le deuxième embout sur le patient. Elle connecta les embouts à la machine automatisée, qui commença à donner ses instructions.

« Arrêtez la RCP, analysez le rythme. »

« Choc conseillé. »

Theo entendit le défibrillateur qui montait en puissance.

« Écartez-vous. »

Il leva les mains en l'air. Molly pressa le bouton rouge qui clignotait. Quand le choc fut délivré, le patient se souleva du lit. Ils attendirent, mais il n'y eut pas de changement. La machine poursuivit ses instructions :

« Continuez la RCP. »

Theo acquiesça et reprit les compressions.

— Je vais lui faire du bouche-à-bouche, dit Molly.

Elle prit le menton de Warwick dans sa main gauche et Theo vit qu'elle ne portait pas de bague. Tandis qu'il approchait de trente, elle se prépara à faire deux insufflations. Bien qu'ils n'aient jamais travaillé ensemble auparavant, leurs mouvements étaient bien coordonnés.

Molly se tenait en face de Theo et il regarda ses cheveux blonds lui tomber dans la figure tandis qu'elle se penchait sur le patient. Il dut s'empêcher de tendre la main pour faire passer ses mèches derrière son oreille. Ses doigts brûlaient de la toucher.

Ils poursuivirent leurs efforts, alternant les compressions et le défibrillateur.

« Vérifiez le pouls », ordonna la machine après un nouveau choc.

Molly prit le poignet de Warwick.

— J'ai quelque chose ! s'écria-t-elle.

Ses yeux bleus croisèrent ceux de Theo. Elle souriait largement, d'un sourire qui exprimait le soulagement et la satisfaction d'avoir réussi, et il ressentit un pincement au cœur. Il lui sourit en retour, d'un vrai sourire cette fois, pas l'esquisse hésitante qu'il lui avait décochée plus tôt dans la cuisine.

— Nous l'avons récupéré !

Le patient ouvrit les yeux, en pleine confusion.

— Hello, Warwick, dit Molly en souriant. Vous nous avez fait une belle peur.

Elle appela le bureau de réception, demandant à Crystal d'envoyer les ambulanciers dès qu'ils arriveraient.

— Nous allons vous transférer à l'hôpital où vous serez suivi, dit-elle encore.

Peu après, la porte s'ouvrit et les ambulanciers entrèrent, suivis par une femme qui devait être l'épouse de Warwick. Elle voulut s'approcher du malade, mais Molly adressa un petit signe de tête à Theo : il fallait qu'il la tienne à distance pendant qu'elle s'occupait du transfert. Il la conduisit à une chaise dans un coin, où elle se mit à le harceler de questions.

— Votre mari a fait un arrêt cardiaque, expliqua-t-il gentiment. Nous avons dû le réanimer. Il faut qu'il aille à l'hôpital pour d'autres examens. Il sera vu par un cardiologue et on vous donnera plus d'informations.

— Je peux aller avec lui ? demanda la femme.

— Bien sûr.

Molly et Theo restèrent en arrière tandis que les ambulanciers emmenaient Warwick sur une civière. Puis Theo alla à l'évier et emplit deux verres d'eau. Il en tendit un à Molly. Assise au bord du lit, elle poussa un soupir soulagé.

— Merci, dit-elle.

— Ça va ? demanda Theo.

Elle hocha la tête.

— Et toi ?

Il sourit.

— Oui. Mais je ne m'attendais pas à ça pour mon premier jour. Warwick est un de tes patients ?

— Non. Ce sont des touristes qui sont là pour les vacances.

Il fronça les sourcils.

— Mais il y a un hôpital, à Byron Bay. Pourquoi sont-ils venus ici ?

— Nous sommes au centre-ville. C'est plus pratique pour les gens.

— Mais vous n'êtes pas une clinique d'urgence.

— Je sais, mais c'est comme ça.

Theo se demanda si cela arrivait souvent et quel impact cela avait sur le fonctionnement de la clinique. Sur le personnel. Les généralistes n'étaient pas des urgentistes et la clinique n'était pas équipée comme un service d'urgences.

— Warwick a eu de la chance, releva-t-il.

— J'ai eu de la chance que tu sois là, aussi. Désolée de t'avoir mis si vite dans le bain. C'est la première véritable urgence que j'ai eue à régler depuis six mois que je suis là.

Six mois. La réponse à une question.

— Qu'est-ce qui t'a amenée à Byron Bay ?

Elle haussa les épaules.

— J'avais besoin de changer de décor.

Il avait envie de la questionner au sujet de Daniel. Il voulait savoir s'il était là aussi, si Molly était toujours avec lui, mais ce n'était pas facile à demander. Son annulaire nu n'était pas un indice. Beaucoup de médecins ne portaient pas de bagues pour des raisons pratiques.

Molly finit son verre d'eau, se leva et se mit à ranger la pièce.

— Ça t'ennuierait de remettre ceci en place pour moi ? demanda-t-elle en tendant le défibrillateur, et en évitant de nouveau de croiser le regard de Theo. On le range sur le mur près du bureau de Paula.

Il prit le kit et quitta la pièce, le cerveau empli de questions qu'il n'avait pas posées. Mais Molly l'avait renvoyé. Elle n'avait plus besoin de lui.

Le défibrillateur remis en place, il gagna le cabinet de consultation qui lui avait été alloué. Il fit couler de l'eau froide pour se rafraîchir les mains. Il contempla son reflet dans le miroir et se demanda si Molly avait vu les changements qu'il voyait en lui-même.

Il savait qu'il avait mûri au cours des quatre dernières années, mais est-ce que quelqu'un d'extérieur s'en rendrait compte ? Molly ? Et cela avait-il de l'importance ?

Il avait grandi pris entre deux cultures, regardant de l'extérieur les jeunes comme Molly et ses amis, des jeunes qui étaient à l'aise dans leur peau, qui savaient où était leur place. Lui ne s'était jamais senti complètement à l'aise. Il avait souvent eu le sentiment qu'il dérivait en solitaire entre son héritage asiatique et son éducation australienne. Ne se sentant bien nulle part.

Sa mère était taïwanaise. Elle était venue adolescente en Australie et avait rencontré son mari australien en fac de médecine. Mais même si ses parents venaient de contextes différents, leurs buts étaient identiques : ils aspiraient à réussir dans leur carrière et à élever des enfants qui réussiraient. Ce qui était ironique, c'était que ses grands-parents maternels avaient émigré de Taïwan pour s'occuper de sa sœur et de lui, pendant que leurs parents se consacraient à leur carrière et développaient leurs affaires sans élever leurs propres enfants.

Theo était bilingue. Il parlait le mandarin avec ses grands-parents et avait travaillé dur pour cultiver un bon accent australien afin de s'adapter à l'école. Mais il avait su qu'il y avait plus de différences entre ses camarades et lui qu'un simple accent. Officiellement, sa sœur et lui s'appelaient Chin Williams, mais Theo avait refusé d'utiliser le nom de Chin sur ses papiers, préférant un patronyme plus anglais. Même cela n'avait pas aidé. Il ne mangeait pas les mêmes repas, il ne faisait pas de sport, ses parents et ses grands-parents ne venaient pas aux cérémonies. Il avait renoncé à attendre de l'attention autrement que pour ses résultats. C'était ce qui l'avait motivé à bien travailler à l'école – c'était la seule occasion où il obtenait de la reconnaissance.

Après son diplôme, il avait travaillé quelque temps à l'étranger, ce qui lui avait beaucoup appris sur lui-même et le monde. Il était revenu en connaissant l'importance de ses capacités et celle des relations humaines. Et en s'installant dans sa carrière de médecin, il avait trouvé une identité qui avait commencé à lui correspondre. Peu importaient ses résultats scolaires, le fait qu'il n'ait pas fait de sport, ne soit pas allé à des soirées ou ne soit pas sorti avec des filles. Tout ce qui comptait, c'était d'aider ses patients. Et cela ne lui posait pas de problème.

Revoir Molly l'avait momentanément déstabilisé. Il ne se serait jamais attendu à la retrouver là. Il ne s'était pas douté qu'elle travaillait pour les Cliniques de la Côte pacifique. La société appartenait à ses parents, mais elle était gérée par sa mère, généraliste, pendant que son père se consacrait à sa carrière de chirurgien plastique. Ils avaient ajouté la clinique de Byron Bay à leur écurie dix-huit mois plus tôt, mais Theo ne lui avait jamais accordé beaucoup d'intérêt. Son temps était consumé par son travail à Sydney et les attentes de ses parents. Il devait toujours travailler plus dur et plus longtemps que les autres employés pour prouver sa valeur, ses compétences et mériter son titre d'héritier.

Il savait qu'on attendait de lui qu'il reprenne les cliniques, un jour, et il le souhaitait. Mais il savait aussi que cela ne lui serait pas offert sur un plateau. Il devrait travailler dur, pour ça. Ses parents pouvaient tout aussi bien désigner un autre successeur au lieu de lui confier les rênes. Mais cela ne les satisferait pas. L'échec n'était pas une option pour un Chin Williams.

Alors que les autres enfants faisaient du sport ou se distrayaient, Theo faisait des devoirs supplémentaires ou suivait des cours particuliers. Ses parents voulaient que sa sœur et lui excellent en tout. Qu'ils soient les meilleurs. Quand il était adolescent et que ses camarades allaient à des fêtes, il restait chez lui à réviser ses examens. Son seul hobby était de jouer de la guitare. Il l'avait apprise après des cours de piano et avait un temps nourri le fantasme de jouer dans un groupe, mais ce rêve avait été fauché par les exigences de ses études universitaires.

Ses parents et ses grands-parents maternels lui répétaient sans arrêt : « Tu n'arriveras à rien sans travailler dur », et il devait admettre qu'ils avaient raison. Il était bon dans son travail et travaillait dur pour s'établir, plus dur que les autres, non seulement pour répondre aux attentes de ses parents mais aussi pour prouver à tout le monde qu'il ne réussissait pas grâce à ses relations.

Les relations personnelles étaient une autre histoire. Il avait eu une relation sérieuse depuis la fin de ses études, mais sa petite amie avait voulu qu'il lui consacre plus de son temps qu'il ne pouvait lui en donner. Il n'avait que vingt-neuf ans. Il estimait qu'il avait encore de la marge pour des relations futures.

Évoquer des relations le refit penser à Molly. Il était curieux de savoir à quoi avait ressemblé sa vie les quatre dernières années. Mais la curiosité était dangereuse. Elle pouvait l'entraîner plus loin. En outre, cela importait-il ? Il serait parti dans six semaines et Molly resterait fermement ancrée dans son passé. Il fallait qu'il cesse de penser à elle et se rappelle pourquoi il était là.

Sa mère avait placé sa confiance en lui. Il avait deux tâches à accomplir à Byron Bay, faire son travail de docteur et évaluer la clinique. Les profits de l'établissement avaient diminué et il avait six semaines pour trouver pourquoi. Normalement, sa mère s'en serait occupée elle-même, mais elle en était empêchée par une série de conférences à l'étranger. Alors elle avait envoyé Theo à sa place, faisant d'une pierre deux coups. Il effectuerait le remplacement et lui fournirait des réponses. L'échec n'était pas une option.

Découvrir qu'il allait travailler avec Molly Prescott était une surprise, mais il ne la laisserait pas devenir une complication.

Même s'ils avaient bien travaillé ensemble ce jour-là, ils n'étaient pas amis. Ils ne l'avaient jamais été et il n'y avait pas de raison que ça change.

Oui, il avait eu un gros béguin pour Molly à l'université. Oui, il l'avait admirée de loin. Elle semblait toujours si sûre d'elle et de sa place dans le monde, et il avait été un peu envieux de sa confiance en elle, à l'époque. Elle était jolie, positive et populaire, mais un soir il avait découvert qu'elle était vulnérable comme n'importe qui d'autre.

Il ne se souvenait de l'avoir vue abaisser sa garde que cette fois-là, et cela l'avait marqué. Pas seulement à cause de sa vulnérabilité, mais à cause du reste.

Il savait que le baiser que Molly lui avait donné avait été spontané, il savait qu'il avait simplement été là quand elle avait eu besoin de réconfort, mais cela ne l'avait pas empêché de l'embrasser en retour. Et il ne pouvait prétendre que ce baiser n'avait pas été incroyable. Il avait été un instant fugace, et Theo avait imaginé qu'il pourrait être davantage que ce qu'il avait été. Mais ce n'était pas parce qu'il le souhaitait que c'était arrivé.

Elle avait choisi de l'embrasser ce soir-là, mais il savait qu'elle ne le choisirait pas pour rester avec elle. Elle avait été claire. Alors il s'en était allé.

Cela lui avait fait mal, sur le moment. Il avait toujours placé Molly sur un piédestal, voulant qu'elle le remarque, et pendant un bref instant elle l'avait fait.

Rien de tout cela ne comptait, maintenant. Le passé était le passé. Quatre ans plus tard, ils étaient des égaux. Des collègues. Ce que Molly pensait de lui ne devrait pas importer. En général, il ne se souciait pas de l'opinion des gens. Il avait l'habitude d'exister dans son propre monde. Il s'attendait à être jugé sur ses résultats, pas sur lui-même. Molly avait été l'exception : il avait désiré qu'elle le voie. Qu'elle voie Theo, l'homme. Pour une raison inexplicable, Molly Prescott avait eu une place à part.

Mais, bien qu'il souhaite qu'elle voie le nouveau Theo, le Theo sûr de lui, elle ne pouvait pas être de nouveau une exception. Il ne s'engagerait pas dans cette voie. Il n'allait pas réveiller le passé. Ils n'étaient pas amis. Ils étaient des collègues temporaires.

Il ferait son travail et serait parti dans six semaines, plaçant Molly Prescott derrière lui pour la deuxième fois. Il aurait quitté Byron Bay avant qu'elle n'ait eu le temps de se rendre compte qu'il était là.

Molly s'assit quand Theo quitta la salle d'examen. Elle se demanda s'il avait remarqué qu'elle l'avait presque poussé dehors, mais elle avait besoin d'un moment pour reprendre son souffle, seule. Elle oublia toute idée de rangement tandis qu'elle restait assise pour se ressaisir. Elle ferma les yeux et prit une grande inspiration. Ses mains tremblaient et elle serra les poings pour se contrôler. Elle savait que ce n'était pas seulement l'arrêt cardiaque de Warwick qui faisait circuler l'adrénaline dans tout son corps. C'était Theo.

Il avait suffi d'un regard, d'un sourire, d'un bref contact et elle avait été catapultée le soir de leur baiser. Tout ce qu'elle avait essayé d'ignorer, comment il l'avait écoutée, comment il l'avait tenue pendant qu'elle pleurait, comment il l'avait fait se sentir en lui accordant son attention, quel goût il avait eu quand elle l'avait embrassé, tout revenait en force. Il lui plaisait de prétendre qu'elle avait oublié, mais elle savait que ce n'était pas vrai. Et maintenant qu'il était là, elle savait qu'elle s'était dupée elle-même en pensant que tout cela appartenait au passé.

Molly regarda dans le vide et pensa à ce soir-là.

Elle avait bu quelques verres, comme tout le monde, mais elle avait surtout été épuisée et les nerfs à vif après leurs examens finaux. Et lorsqu'elle avait vu Daniel étreindre une autre fille, elle avait été furieuse. Elle s'était confrontée à lui, ils étaient allés dans le jardin et avaient eu une violente dispute. Il avait clamé son innocence, elle avait affirmé qu'il mentait, et il l'avait laissée seule pour retourner à la soirée.

Theo l'avait trouvée en train de sangloter et il s'était assis avec elle pendant qu'elle pleurait toutes les larmes de son corps. Elle n'avait pas été assez ivre pour ne pas se rappeler chaque petit détail de leur rencontre. Elle avait parlé, pleuré et il l'avait écoutée. Puis ils avaient discuté ensemble. Pendant des heures, lui semblait-il. Elle n'avait pas le souvenir que quelqu'un lui ait parlé aussi longtemps. Prenant ce qu'elle disait au sérieux. Elle était si habituée à être le boute-en-train de la fête, la fille amusante qui cachait son manque d'assurance derrière un sourire et un rire. Mais Theo s'était intéressé à ce qu'elle avait à dire. Et peu à peu elle avait commencé à se sentir mieux. Elle se souvenait de s'être appuyée à son épaule ; puis elle avait levé les yeux et il était là, l'observant de son regard sombre, et elle avait su qu'il la voyait vraiment. Alors elle l'avait embrassé.

Elle n'avait pas demandé, elle l'avait juste fait, et il lui avait rendu son baiser.

Elle se rappelait tout. Ce dont ils avaient parlé jusqu'au baiser. Surtout le baiser. Il avait été stupéfiant. Incroyable. Comme si Theo l'avait connue depuis toujours, comme s'il était une autre moitié d'elle-même. Ils avaient été si bien accordés, comme s'ils s'étaient déjà embrassés un millier de fois, à mille époques différentes. Il n'y avait rien eu d'embarrassant ou de gênant. Pas d'hésitation.

Elle n'avait jamais été embrassée comme cela.

Et puis il s'en était allé.

Et durant les mois qui avaient suivi, elle s'était demandé si elle aurait dû le retenir par la main. Si elle aurait dû faire un autre choix. Mais elle avait commis de nouveau la même erreur que toujours et avait pardonné à Daniel. Elle avait laissé partir Theo.

Elle avait toujours méticuleusement soigné son image de fille satisfaite de sa vie, malgré son manque d'assurance, et elle avait toujours fait attention à ne pas baisser sa garde. Theo l'avait vue dans un moment de faiblesse. Il en avait trop vu, trop entendu. Elle n'avait jamais dit à personne ce qui s'était passé et n'avait plus jamais parlé à Theo. Elle était allée de l'avant, avec Daniel, et avait fait comme si ce soir-là n'avait jamais existé.

Elle était une personne différente, maintenant. Elle était en train de trouver son indépendance et n'avait pas besoin de rappels du passé. Le baiser spontané qu'ils avaient partagé devrait rester consigné dans l'histoire. Et l'histoire ne devait pas se répéter. Il fallait se débarrasser de certaines choses. Plusieurs années avaient passé, sa relation avec Daniel avait traversé maints hauts et bas avant qu'elle mesure enfin à quel point le fait de laisser des choses derrière soi et de faire table rase des mauvaises erreurs avait de la valeur. C'était une leçon qu'elle ferait bien de se rappeler.

3

Après un début assez fracassant, le reste de la première journée de Theo se passa calmement. Il discuta de questions de facturation avec Paula, ce qui lui donna le sentiment d'avancer dans ce que sa mère lui avait demandé. Il reçut des patients de Tom, se coulant dans son rôle de remplaçant, avant d'aller manger quelque chose au pub.

Il s'assit au bar avec une bière avant de dîner. Il faudrait qu'il trouve le temps d'aller au supermarché le lendemain. Il ne pouvait pas manger dehors tous les soirs, et il n'avait pas envie de manger dehors en étant seul.

— Hé, Theo !

Il fut tiré de ses pensées par Matt, un des kinés de la clinique, qui le rejoignit. Matt se commanda une bière et demanda :

— Je peux t'en payer une autre ?

— D'accord, merci.

— J'ai entendu dire que tu avais eu une première journée agitée.

Theo rit.

— Oui. Heureusement, ça s'est bien terminé, mais j'espère que ce n'est pas toujours comme ça.

— En général c'est assez calme, à Byron. On y recherche l'équilibre travail-vie privée.

— L'équilibre travail-vie privée ? répéta Theo, amusé. Je ne suis pas sûr de savoir ce que c'est.

— Eh bien, espérons que tu auras le temps de le découvrir pendant ton séjour. Six semaines, c'est ça ?

Theo hocha la tête.

— Tu étais déjà venu à Byron Bay ? demanda Matt.

— Jamais. Je suis né et j'ai grandi à Sydney, mais je ne suis jamais venu ici.

— Tu as fait tes études de médecine à Sydney avec Molly ?

— Oui. Elle te l'a dit ?

Theo fut surpris. Il avait eu l'impression que Molly ne parlerait pas de leur histoire.

— Non, c'est Gemma.

Elle en avait bien parlé à quelqu'un.

— Je ne savais pas que Molly était à Byron Bay.

Il ne l'avait pas vue depuis leur remise de diplôme. Quand il avait été évident que Daniel et elle s'étaient rabibochés. Elle l'avait évité. Il l'avait laissée tranquille.

Il s'était senti à la fois déçu et irrité lorsqu'il les avait vus ensemble. Il avait deviné justement que Molly reprendrait Daniel après la soirée où elle avait tant pleuré, et il n'avait pas voulu être pris dans leur relation infernale. Il n'avait pas besoin de ça. Il avait beau être attiré par elle, et il pouvait admettre qu'il l'était, il ne voulait pas être un pion dans son jeu, et être rejeté lorsqu'elle retournerait auprès de Daniel.

Il repensa à son annulaire nu, dépourvu d'alliance ou de bague de fiançailles, et se demanda si elle était encore avec Daniel ou si elle était revenue à la raison au cours de ces quatre ans. Il espéra dans son intérêt que c'était le cas.

— J'ai réussi à la convaincre de venir ici quand elle a rompu avec Daniel, dit Matt.

Theo réprima un sourire. C'était une bonne nouvelle, mais il se demanda si c'était pour de bon, cette fois.

— Ils étaient encore ensemble ?

— Oui. Mais cela fait presque un an qu'ils ont rompu, là, alors j'espère qu'elle en a vraiment fini avec lui. Il n'est pas un de tes copains, n'est-ce pas ? ajouta Matt, inquiet. Il devait être à l'université avec vous.

Theo acquiesça.

— Il était dans notre promotion, mais nous n'étions pas copains.

Daniel et lui n'auraient pas pu être plus différents. Les parents de Theo avaient bâti une entreprise florissante, mais ils étaient partis de rien. Daniel était né avec une cuillère en argent dans la bouche. Arrogant, il dédaignait les gens moins fortunés que lui. Il avait un sens aigu de sa propre importance, parce qu'on lui avait toujours dit qu'il était spécial. Il n'était pas le type de personne que Theo appréciait.

Il se demanda, cependant, ce qui avait finalement amené Molly à y voir clair et à rompre avec lui. Où était-ce lui qui avait rompu ? À l'université, c'était toujours quelque chose que Daniel avait fait qui provoquait leurs ruptures. Mais Molly ne cessait de le reprendre.

Il n'allait pas poser ces questions à Matt. Ce n'était vraiment pas ses affaires. Molly n'était pas son amie ; elle était juste une partie de son passé. Et elle devait y rester.

Par bonheur, Matt changea de sujet.

— Tu es bon en culture générale ? Nous formons une équipe pour le quiz hebdomadaire du pub, si tu veux te joindre à nous. Il nous manque un joueur : Tom.

Theo hésita. Il ne savait pas très bien comment Molly réagirait s'il rejoignait le groupe. Il avait l'impression qu'elle n'était pas enchantée de le voir.

— Pas de pression, on ne joue pas pour de l'or ! insista Matt. Et pour tout te dire, on ne s'attend même pas à gagner. On commande des pizzas et on boit quelques verres, c'est tout.

Theo supposait que Molly serait là. Mais elle n'y serait peut-être pas. Il prit une décision.

— À partir du moment où je ne devrai pas répondre à des questions de sport...

— C'est mon domaine.

Un concours où l'on ne s'attendait pas à ce qu'il excelle ? Qu'il soit le meilleur ? Qu'il gagne ? C'était une nouveauté pour Theo et ça lui plaisait. Peut-être était-il temps d'embrasser cet équilibre travail-vie privée dont Matt parlait.

— D'accord, alors, ça paraît bien.

Il prit sa deuxième bière et suivit Matt jusqu'à une table au fond du pub. Ce n'était pas comme s'il avait mieux à faire.

Il fit le tour de la table, se présentant à des visages inconnus, et alors qu'il s'asseyait il vit arriver Molly et Gemma. Le regard qu'elle lui jeta en l'apercevant ne lui échappa pas. Puis elle regarda les sièges qui restaient. Il y avait une place libre sur le banc à côté de lui et une autre à l'autre bout de la table. Gemma prit cette dernière et Molly dut s'asseoir près de lui.

Sa hanche heurta la sienne lorsqu'elle s'installa et elle s'écarta aussitôt. Ne pouvait-elle supporter sa proximité ? Il se déplaça légèrement pour lui donner plus d'espace. Il ne voulait pas qu'elle se sente coincée. Elle paraissait un peu nerveuse, prête à se lever et à s'enfuir s'il disait ou faisait ce qu'il ne fallait pas. Elle lui sourit, mais ce n'était pas son grand sourire habituel. Il pouvait voir sa tension dans ses épaules, dans ses yeux.

Elle bavarda avec le partenaire de Matt, Levi, un instituteur, puis s'empara de la feuille de réponses. Theo la soupçonna de le faire pour éviter d'avoir à lui parler. Il était d'accord. Il n'avait pas besoin de son attention. Il n'avait plus vingt-cinq ans. Il était bien dans sa peau, maintenant, plus mûr, comme quelqu'un qui avait réussi. Il n'avait plus à être fasciné par Molly. Il n'avait pas besoin qu'elle le voie.

Molly savait qu'elle avait bousculé Theo en s'asseyant. Elle aurait préféré être assise ailleurs. Elle était toujours sur la défensive.

Travailler si étroitement avec lui avait réveillé ses souvenirs du baiser. Il avait été inattendu et étonnant. Ce qu'il lui avait fait éprouver l'avait surprise, à l'époque, mais elle l'avait attribué à l'alcool et à son état émotionnel. Cela n'expliquait pas pourquoi elle avait eu une réaction similaire ce jour-là quand Theo lui avait souri et que son bras avait frôlé le sien. Il déclenchait en elle des sentiments qui la décontenançaient. Des sentiments hors de contrôle. Et elle voulait garder le contrôle.

Elle craignait de le regarder. Craignait qu'il voie dans ses yeux ce qu'elle éprouvait. Ce n'était vraiment pas approprié et elle avait besoin de temps pour se ressaisir. Elle s'inquiétait qu'il sache ce qu'elle pensait si elle s'asseyait à côté de lui.

Alors lorsqu'elle fut forcée de le faire, elle décida d'être la secrétaire du groupe. Cela lui fournissait une excuse pour éviter son regard. Mais elle était consciente de chacun de ses mouvements, de chacune de ses respirations. Il tendit la main vers son verre, son bras frôla le sien et le stylo dérapa sur le papier tandis que sa peau la brûlait. Elle s'efforça de se concentrer sur les autres tandis que les questions commençaient.

Levi couvrait la politique et l'histoire australienne, Gemma était férue de géographie et Matt se chargeait des questions de sport. Molly était bonne en culture générale, d'habitude, mais elle avait du mal à se concentrer et les réponses lui échappaient, les plaçant dans le tiers inférieur pour les résultats.

Theo avait donné quelques réponses correctes dans les premiers rounds, mais tout changea quand on aborda la musique. Il savait tout. Ils obtinrent le maximum et rattrapèrent les deux équipes en tête. Il semblait si content de lui que Molly ne put l'ignorer davantage.

— Waouh, c'était impressionnant, dit-elle. Comment en sais-tu autant sur la musique ?

— La musique occupait une grande place dans ma famille. Ma mère pense qu'étudier un instrument aide à développer le cerveau, alors ma sœur et moi n'avons pas eu le choix. J'ai commencé par le piano, puis je me suis mis à la guitare, et j'ai toujours aimé écouter toutes sortes de musiques. Je voulais faire partie d'un groupe, mais comme ma sœur est violoniste dans un orchestre symphonique, j'ai dû suivre la voie de mes parents et étudier la médecine.

— Tu ne voulais pas être docteur ?

— Je voulais faire les deux. J'ai passé beaucoup de temps dans des concerts, à m'imprégner de l'atmosphère, et puis les études m'ont empêché de continuer. Mais c'est toujours ma façon de me détendre.

— Tu joues encore de la guitare ? demanda Molly, réalisant qu'elle ne savait rien sur lui.

Il hocha la tête.

Molly ne savait pas jouer d'un instrument. Elle n'avait jamais pu rester tranquille assez longtemps pour apprendre. Elle jouait au netball, beaucoup. C'était plus son rythme.

Theo avait des mains de musicien, de longs doigts déliés. Mais elle supposa que c'étaient de bonnes mains de docteur, aussi. Douces. Tendres. Elle leva les yeux vers son visage. Il avait une barbe naissante sur le menton et la mâchoire, et ses yeux étaient presque noirs dans la pénombre du pub.

— Molly, tu es prête pour le dernier round ?

La question de Matt interrompit ses pensées, elle sursauta et détacha son regard de Theo. Elle voulut prendre une feuille blanche pour noter les réponses, mais Theo en fit autant et ses doigts se posèrent sur les siens. Une vive chaleur monta dans son bras gauche et elle s'empressa de lâcher le papier. Elle mit la main sous la table, ouvrant et refermant son poing jusqu'à ce que le picotement disparaisse. Son cœur battait vite et elle sentait son front se plisser sous la concentration tandis qu'elle luttait pour transcrire les réponses de son équipe. Le genou de Theo heurta sa cuisse, la troublant encore plus, et à la fin du round elle se leva vivement, ayant besoin de mettre de la distance entre eux sous peine de commettre une autre erreur stupide.

Toutefois, il fut impossible à Molly d'éviter complètement Theo le lendemain matin. Alors qu'elle se précipitait dans la clinique, en retard comme d'habitude, elle le trouva qui l'attendait dans son cabinet. Il lui tendit un café et un sac en papier.

Elle prit le café et regarda dans le sac qui contenait un beignet.

— Qu'est-ce que ça signifie ? demanda-t-elle.

— C'est une excuse.

Elle fronça les sourcils.

— Une excuse ?

— J'ai l'impression que tu préférerais que je ne sois pas là.

— Là ?

— À Byron Bay. En train de travailler à la clinique. D'assister au quiz. N'importe où, en fait.

Les yeux sombres de Theo n'avaient aucun éclat tandis qu'il l'observait attentivement. Ils ne brillaient pas comme d'habitude et elle se sentit mal à l'aise. Lui avait-elle fait sentir qu'il n'était pas le bienvenu ? Ce n'avait pas été son intention.

— Pouvons-nous faire la paix ? demanda-t-il, prenant son silence pour une confirmation. J'ignore pourquoi tu ne veux pas de moi ici, mais j'espère que nous pouvons nous entendre comme collègues. Je promets de ne pas te mordre. Ni de t'embrasser de nouveau.

— Tu te souviens.

Bien sûr qu'il se souvenait. Mais elle ne savait pas très bien que penser du fait qu'il pose cette information entre eux. Elle était en partie mortifiée, en partie contente. Elle ne voulait pas être oubliable, mais elle aurait préféré que l'incident soit effacé de la mémoire. De sa mémoire à lui. Elle n'était plus la fille peu sûre d'elle qui cherchait l'attention et voulait être reconnue, et elle s'inquiétait que Theo la voie encore ainsi.

Elle avait décidé de dépasser les dégâts que Daniel avait faits, que ses parents avaient faits, mais elle craignait que sa vulnérabilité n'ait pas disparu complètement. Et que la rencontre entre son passé et le présent ne la déstabilise alors qu'elle cherchait à se réinventer.

— Ce baiser a été beaucoup de choses, mais certainement pas oubliable, dit Theo, et elle se sentit rougir. Je te promets que je ne suis pas ici pour faire des histoires. Je ne veux pas te rendre les choses difficiles.

Ses yeux sombres brillaient de nouveau. Son regard était gentil, il ne la défiait pas, et Molly sut qu'il ne cherchait pas une dispute. Il lui offrait une porte de sortie, en lui disant qu'il avait dépassé leur dernière rencontre afin qu'elle puisse aussi la laisser derrière elle.

— Je ne suis ici que pour quarante jours. Penses-tu pouvoir me supporter aussi longtemps ?

Elle hocha la tête d'une façon pas très convaincante. Il ne s'agissait pas de le supporter. Il s'agissait pour elle de garder son sang-froid. Elle savait qu'elle avait franchi une ligne le soir où elle l'avait embrassé, mais il avait été si bon d'avoir quelqu'un qui lui demande si elle allait bien et qui l'écoute. Elle ne s'était pas attendue à ce que ce baiser fasse vaciller son monde. Et le temps d'une folle minute, elle avait été tentée de prendre un risque et de voir ce qui se passerait si elle choisissait Theo. Mais elle s'était cachée si longtemps derrière un masque. Un masque derrière lequel Daniel n'avait pas cherché à voir. Celui de la fille la plus bruyante de la pièce, la plus drôle, la plus brillante. Elle avait été terrifiée à l'idée que si ce masque glissait, Theo puisse ne pas aimer ce qu'il cachait.

Et là, elle n'était toujours pas sûre de parvenir à être sa collègue sans en éprouver de l'embarras. Elle avait le sentiment que Theo pouvait lire ses pensées les plus intimes. Qu'il pouvait voir dans son cœur et dans son âme, et elle ne voulait pas qu'il sache ce qu'elle pensait maintenant. Elle ne voulait pas qu'il sache qu'elle ne l'avait jamais oublié, pas plus que ce baiser. Ces jours-là étaient révolus depuis longtemps.

Le vendredi soir, Theo était le dernier à la clinique. Il avait abordé avec sa mère les problèmes qu'il avait déjà identifiés, puis il était revenu à ses feuilles de calcul, mais les chiffres se brouillaient devant ses yeux.

Il ne cessait de penser à Molly et se demandait comment il se faisait qu'ils se retrouvent ensemble dans cette ville. Était-ce le destin, comme le diraient sa mère et ses grands-parents, ou simplement une coïncidence, comme le dirait son père ? Et dans l'un ou l'autre cas, est-ce que cela signifiait quelque chose ?

Son côté logique lui soufflait que non, toutefois il ne pouvait toujours pas se concentrer. Le travail pouvait attendre, décida-t-il en refermant son ordinateur.

Mais à présent, le week-end s'étendait devant lui. Il n'avait pas de plan. Il n'en avait jamais ; normalement, il travaillait.

Il se demanda ce que faisait Molly. Si elle avait des projets, elle ne l'avait pas inclus dedans – non pas qu'il s'y soit attendu – et il ne lui avait pas demandé ce qu'elle prévoyait.

Il devait admettre qu'il éprouvait toujours une forte attirance lorsqu'il était près d'elle. Elle l'ensorcelait toujours, cela n'avait pas changé. Mais il n'allait rien faire à ce sujet. Il n'était ici que pour un peu plus d'un mois et c'était presque comme s'ils étaient convenus de s'ignorer durant cette période. En dépit de leur trêve, ils s'étaient à peine adressé la parole durant les deux derniers jours.

Il éteignit les lumières et ferma à clé derrière lui. Il traversa la ville pour gagner la plage et son appartement. Byron Bay était bruyante et animée, et il se souvint que le Monôme des Bacheliers commençait ce week-end. Tom n'avait-il pas dit que les organisateurs du festival cherchaient des volontaires ? Il devrait peut-être se renseigner. Cela remplirait son temps.

Un équilibre travail-vie privée. C'était ce qu'il lui fallait. Il n'était pas sûr que passer son week-end comme bénévole dans la tente de premiers secours en faisait partie, mais il ne savait pas faire autrement.

Le temps libre était rare et il le passait généralement à la salle de sport – pas parce qu'il aimait ça, mais parce que cela lui faisait du bien. Et pour se détendre il avait sa musique.

Il ouvrit sa porte d'entrée, prit sa guitare dans la salle de séjour, attrapa une bière dans le frigo et sortit sur le ponton qui surplombait la plage. Il plaqua quelques accords en contemplant l'océan. Il laissa son esprit se vider tandis que les notes flottaient autour de lui, accompagnées par la lumière intermittente du phare sur sa droite et les étoiles au-dessus de sa tête.

Molly enfila un jean et le T-shirt vert qui serait son uniforme ce soir-là. Gemma et elle avaient fait leur promenade habituelle du samedi matin jusqu'au phare, puis elles s'étaient baignées, mais elles n'étaient pas restées sur la plage qui commençait à être envahie par les bacheliers du monôme. Molly avait passé l'après-midi à faire le ménage et les courses, et maintenant elle allait se rendre à la tente de premiers secours où elle serait volontaire pour la première nuit du festival.

Ayant été bénévole l'année précédente, elle pensait qu'elle était préparée à tout, mais elle ne s'attendait pas à voir Theo, également vêtu d'un T-shirt vert, entrer sous la tente devant elle.

— Theo ! Que fais-tu ici ?

— Je suis volontaire.

Elle fronça les sourcils. Le peu de contact qu'ils avaient eu dans la semaine lui avait fait penser qu'elle pourrait travailler sans problème avec lui, le traitant simplement comme un médecin avec qui elle avait fait ses études et comme un collègue, mais elle n'avait pas compté passer son samedi soir avec lui.

— Tom disait qu'ils manquaient de bénévoles et je n'avais rien de mieux à faire ce week-end.

Molly se sentit immédiatement fautive. Est-ce que personne de la clinique ne lui avait offert de visiter la région ? Où était passée l'hospitalité des petites villes ?

— Tu n'as pas voulu faire un tour en ville ou sur les plages ?

— Je préfère éviter les plages jusqu'après le festival. Je suis sorti en voiture dans l'hinterland, l'arrière-pays, mais il me restait la soirée à meubler.

Peut-être aurait-elle dû l'envoyer avec Matt. Elle aurait pu éviter la situation dans laquelle elle se trouvait maintenant, à savoir passer les prochaines heures avec lui, se dit-elle tandis qu'ils étaient accueillis par Steph, une coordinatrice.

Steph les présenta aux autres volontaires – Justin et Priya – avant de leur faire visiter la grande tente composée de plusieurs marquises qui délimitaient des espaces différents. À l'avant, il y avait un dispensaire où les secouristes pouvaient fournir de l'eau, de la crème pour les coups de soleil, des antalgiques et des glaces à l'eau aux participants. Des fauteuils poire avaient été installés dans un coin pour permettre aux adolescents de souffler, s'ils le voulaient, et au fond deux tentes plus petites avaient été garnies de lits pour traiter de petites blessures ou des indispositions.

— C'est fantastique de vous avoir tous les deux ce soir, déclara Steph tandis qu'ils revenaient à l'entrée. Nous sommes toujours heureux d'avoir des volontaires avec une expérience médicale. On n'aura pas toujours besoin de votre expertise, mais on peut avoir des blessures plus sérieuses, à l'occasion, et comme l'hôpital est loin, il n'est pas facile pour les jeunes de se rendre aux urgences. La tente de premiers secours permet de faire le tri.

— Comment faire si nous devons envoyer quelqu'un à l'hôpital ? demanda Theo.

— Nous pouvons appeler une ambulance ou, si ce n'est pas critique, quelqu'un de la brigade des Grenouilles rouges peut emmener les patients.

— La brigade de quoi ?

— Des Grenouilles rouges, un autre groupe de volontaires. Ils ne sont pas tous secouristes, mais ils sont là pour soutenir et accompagner les jeunes, leur donner des conseils et des informations. Pour beaucoup de ces ados, cette semaine va être la première qu'ils passent hors de chez eux, sans être surveillés par des adultes. Certains en font un peu trop et doivent être repris en main. Les Grenouilles rouges se comportent un peu comme un grand frère ou une grande sœur.

Steph se tourna vers Theo.

— Theo, si tu prenais quelques minutes pour te familiariser avec les espaces de traitement pendant que c'est encore calme ? Molly peut te montrer ce qu'il y a à savoir.

Elle les laissa.

— Tu as déjà fait ça ? demanda Theo à Molly.

Elle hocha la tête et se dirigea vers la zone concernée, sachant qu'il était plus facile de parler à Theo si elle ne le regardait pas.

— J'ai été volontaire l'an dernier. J'ai vraiment beaucoup aimé.

Elle ne dit pas que Matt l'avait invitée pour des vacances après sa rupture avec Daniel, et que, pour la tenir occupée pendant qu'il travaillait, il avait suggéré qu'elle donne un coup de main durant le monôme. Cela lui avait occupé l'esprit, et lui avait permis d'éviter les appels téléphoniques de Daniel et d'expérimenter la vie à Byron Bay.

— J'ai appris à connaître les gens d'ici et cela m'a conduite à m'y installer définitivement.

— De quoi t'occupais-tu ?

— De coups de soleil et de déshydratation durant la journée, d'abus de drogues et d'alcool le soir et la nuit, sans parler d'un os cassé et d'un traumatisme crânien par-ci, par-là. Prépare-toi à tout. L'an dernier, la première nuit a été bouillante. Les jeunes ont tendance à faire la fête à fond au cours du premier week-end, puis ils se calment au fil de la semaine. Une fois que l'épuisement et les gueules de bois apparaissent, ils ne peuvent pas continuer au même rythme.

La fin de la phrase de Molly fut recouverte par des cris sonores et des vivats venant de la plage. Theo et elle retournèrent à l'entrée de la tente. Le crépuscule approchait et les pins de Norfolk jetaient de longues ombres sur la pelouse où des ados étaient assis et mangeaient. Main Beach s'étendait devant eux, grouillant de bacheliers. À en juger par le volume du bruit, beaucoup étaient passés par le bar et avaient bu de l'alcool.

Sur la plage, les vivats étaient accompagnés de battements de mains. De l'endroit où ils étaient, légèrement surélevé, Molly put voir un grand groupe de jeunes assis dans le sable et formant un cercle autour de quatre d'entre eux. On avait l'impression d'une arène. À l'intérieur du cercle, deux garçons portaient chacun une fille sur ses épaules. Les deux filles tenaient ce qui semblait être de longs bâtons, mais qui étaient en fait des canettes de bière enfilées les unes dans les autres.

— Qu'est-ce qu'ils font ? demanda Theo.

— Une joute aux canettes de bière.

Tandis que la foule applaudissait, les deux garçons coururent l'un vers l'autre, les filles sautant sur leurs épaules. Elles brandissaient leur arme devant elles, visant leur adversaire. Molly entendit Theo inspirer vivement quand le bâton de l'une toucha l'autre à l'épaule, la faisant tomber dans le sable sous les sifflets et les huées. Elle retint son souffle jusqu'à ce que la fille se relève et salue le public. L'autre fille levait les bras en signe de victoire.

Les garçons reculèrent et une nouvelle fille prit la place de celle qui était tombée. On lui donna sa lance, puis les garçons s'élancèrent de nouveau.

— Ne devrait-on pas les arrêter ? suggéra Theo. Ils vont se blesser.

À ce moment-là, ils virent une fille basculer en arrière alors que le bâton de son adversaire l'avait touchée au visage. En tombant, elle entraîna tout le monde avec elle et soudain des corps s'amoncelèrent au milieu du cercle. La foule, surexcitée quelques secondes auparavant, se tut.

4

Sans se concerter, Molly et Theo coururent vers la plage. Theo se fraya un chemin parmi la foule et Molly le suivit. Les quatre jeunes étaient agenouillés dans le sable et ils s'accroupirent près d'eux. Les garçons semblaient en être sortis indemnes, mais pas les filles. L'une avait au-dessus de l'œil une vilaine plaie qui saignait abondamment, et l'autre plaquait une main sur sa bouche, du sang ruisselant sur son menton.

— Laisse-moi voir, dit Molly sans se présenter.

Son T-shirt vert l'identifiait comme secouriste et son ton exprimait l'autorité. La fille ôta sa main et Molly vit un trou à la place d'une dent de devant. Elle leva les yeux et dit à Justin :

— Il faut chercher une dent perdue.

Ce serait comme chercher une aiguille dans une meule de foin, mais cela occuperait tout le monde pendant que Theo et elle soigneraient les blessées.

Elle aida sa patiente à se relever et vit que Theo était toujours accroupi dans le sable avec la sienne. Il avait ôté son T-shirt et le pressait sur la blessure. Sa peau était lisse et dorée, et les muscles de ses épaules bougeaient au rythme de ses mouvements. Non sans mal, Molly détourna les yeux de son dos et de son torse nus. C'était un réflexe de laisser son regard parcourir son corps, mais elle ne pouvait se permettre d'être distraite.

— Si vous trouvez la dent, donnez-la à Justin, lança-t-elle à la cantonade. Essayez de ne pas toucher la racine. Justin, je vais t'envoyer quelqu'un avec un récipient. Si par miracle on la retrouve, rapporte-la le plus vite possible à la tente.

Theo et elle aidèrent les filles à rejoindre la tente et les installèrent sur des lits voisins. Molly enfila une paire de gants chirurgicaux, versa un peu de solution saline dans un petit récipient qu'elle tendit à Priya, l'autre volontaire.

— Porte ça à Justin, indiqua-t-elle. S'ils trouvent la dent, il faudra la mettre là-dedans.

Priya haussa les sourcils.

— Tu crois qu'ils vont la trouver ?

— On a vu des choses plus étranges.

Ensuite, elle versa du sérum physiologique dans un verre et le donna à sa patiente.

— Rince-toi la bouche et crache dans ce récipient. Y a-t-il un dentiste de garde, ce week-end ? demanda-t-elle à Steph qui se tenait à côté.

Celle-ci hocha la tête.

— Peux-tu les appeler et voir s'ils peuvent nous recevoir au cabinet ?

Molly prit un paquet de gaze et pressa une compresse sur la gencive de sa patiente pour arrêter le saignement. Sa lèvre était intacte, elle n'aurait pas besoin de points. Mais il fallait qu'un dentiste la voie.

Elle jeta un coup d'œil à Theo qui recousait la blessure à la tête de l'autre fille. Il était toujours torse nu. Steph devrait lui trouver un autre T-shirt, mais en attendant elle pouvait admirer son physique comme elle admirait son travail. Ses points étaient petits et réguliers, dignes d'un chirurgien. Il appliquait un pansement sur la plaie quand Justin arriva, levant triomphalement le pot de solution saline qui contenait la dent.

— Vous l'avez trouvée !

Il hocha la tête et tendit le pot à Molly. Elle changea ses gants et ouvrit le couvercle. Puis elle ôta la gaze ensanglantée de la bouche de sa patiente, cueillit délicatement la dent et la remit à sa place. Elle glissa ensuite de la gaze propre.

— Mors doucement la gaze, dit-elle. Cela tiendra la dent en place jusqu'à ce que tu voies le dentiste.

Elle se tourna vers Justin.

— Est-ce que quelqu'un des Grenouilles rouges peut l'emmener ?

Il fit signe que oui, puis il se chargea de la fille avec Priya, laissant Molly seule avec Theo et l'autre blessée. Theo vérifia qu'elle n'avait pas eu de traumatisme crânien, qu'elle n'avait pas d'allergies et lui donna des antidouleurs. Quand il eut fini, Molly fit accompagner l'adolescente par une autre Grenouille rouge jusqu'à un point de repos. Ils se retrouvèrent seuls.

Molly ôta ses gants, les jeta et se désinfecta les mains. Theo fit de même, puis enfila le T-shirt que Steph lui avait préparé. Molly s'efforça de ne pas être déçue. Ceci n'était-il pas exactement ce qu'elle cherchait à éviter ? Elle ne voulait pas devenir trop proche de Theo, ni qu'il devienne trop proche d'elle. Et là, c'était le cas.

— Quel jeu stupide, commenta-t-il en tirant le T-shirt sur son ventre. Ils ont de la chance que personne n'ait perdu un œil.

Molly sourit.

— Tu n'as jamais rien fait de stupide, quand tu étais plus jeune ? Tu n'es pas allé à un monôme ?

— Non, jamais. Mes parents exigeaient beaucoup de ma sœur et de moi. Nous n'avions pas beaucoup de liberté. Je ne pouvais me permettre de laisser déraper les choses. L'échec n'était pas une option, chez nous, alors je n'ai jamais été déchaîné. Et toi ?

— Je suis allée à des monômes.

— Et tu t'es amusée ?

— Énormément. C'était la première fois que j'étais loin avec mes amis, sans mes parents. Nous nous sommes éclatés. Mais pour ce soir, si cela peut te rassurer, la police va faire une descente un peu plus tard dans la nuit. Ils aiment emmener quelques jeunes au poste pour des broutilles, histoire de calmer les autres. Et ça marche. Ces ados ont payé cher pour passer une semaine ici

– logement, distractions, repas, boissons – et ils ne veulent pas se gâcher la fête. Alors les choses se tassent.

Comme pour confirmer les dires de Molly, les deux prochaines heures furent relativement tranquilles. Elle dut enlever une écharde de la main d'un garçon et Theo en envoya un autre à l'hôpital pour passer une radio – il le soupçonnait de s'être cassé un doigt de pied. Puis ils eurent surtout à distribuer des bouteilles d'eau et des sacs à vomi avant de renvoyer des jeunes chez eux sous la garde des Grenouilles rouges.

— Je meurs de faim, déclara Theo à la fin de leur service, à minuit. Peut-on manger quelque part, à cette heure ?

— Le pub sera ouvert. Et ils donnent des cheeseburgers gratuits avec des frites aux volontaires. Ou un burger au tofu, si tu préfères.

— Ça paraît bien. Veux-tu te joindre à moi ?

— Bien sûr.

Molly justifia le temps supplémentaire qu'elle allait passer avec Theo en se disant qu'elle avait faim aussi. Et cela allégerait sa conscience, puisque personne n'avait songé à s'occuper de lui pendant son premier week-end. En réalité, elle avait apprécié sa compagnie ce soir-là.

— Ça a été une soirée intéressante, dit Theo comme ils attendaient leurs burgers. Je dois dire que je ne pensais pas, en venant ici, soigner des jeunes exubérants sous une tente dressée sur la plage, à minuit.

— Oui, c'est un peu décalé, n'est-ce pas ? acquiesça Molly en riant. C'est tout Byron Bay.

— Je ne m'attendais pas non plus à te trouver ici. Je t'ai toujours imaginée mariée à Daniel et vivant à Sydney.

Son commentaire la surprit. Elle fut étonnée d'entendre qu'il avait pensé à elle.

— Je ne suis ni l'un ni l'autre.

— En effet.

Il la regardait intensément et elle sentait son cœur battre la chamade. Ses yeux sombres la captivaient tandis qu'elle retenait son souffle, guettant une déclaration personnelle qui allait venir, elle le devinait.

— La commande de Molly !

Elle sursauta, arrachée à ses rêveries, et le moment fut perdu. Theo regarda par-dessus son épaule et alla chercher leurs plats, leur connexion rompue.

— Tu veux manger ici ?

Elle secoua la tête. Le pub était encore bondé et bruyant, empli de bacheliers qui comptaient faire la fête jusqu'aux petites heures du matin. Elle avait besoin de tranquillité, pour faire le point sur ses pensées.

— J'ai eu assez de jeunes exubérants pour ce soir. Je vais rentrer chez moi.

— Tu rentres à pied ?

— Je devrais, mais je suis venue en voiture. J'étais en retard.

Elle sourit et Theo rit.

— Une fois de plus.

— Une fois de plus. Je me suis garée à la clinique.

— Je vais te raccompagner jusqu'à ta voiture.

Molly fut sur le point de dire que ce n'était pas la peine, que ce n'était pas loin, mais elle s'avisa qu'elle n'avait pas envie de dire bonne nuit à Theo. Elle ne voulut pas admettre que le fait de l'avoir vu à moitié dévêtu y était peut-être pour quelque chose. Mais quelle que soit sa tenue, ils avaient bien travaillé ensemble ce soir-là et elle se sentait beaucoup plus à l'aise avec lui.

— D'accord, merci.

Elle mangea quelques frites tandis qu'ils marchaient et reprenaient le fil de leur conversation.

— Pourquoi supposais-tu que j'étais mariée à Daniel ?

Elle était intriguée, se demandant s'il avait beaucoup pensé à elle, mais bien sûr elle ne pouvait pas lui poser la question.

— Tu semblais si sérieuse à son sujet, si convaincue qu'il était l'homme qui te convenait. Je pensais que tu avais pu l'épouser. Mais je suis content de voir qu'il n'en est rien.

— Il ne t'a jamais plu, dit-elle.

Elle le savait. Theo avait été clair.

— Ce n'est pas qu'il me déplaisait. Il ne me plaisait pas pour toi. Je pensais que tu pouvais trouver mieux.

Molly sourit. Son opinion ne l'offensait pas. Elle était d'accord avec lui, maintenant.

— Tu avais raison. Mais il fallait que je m'en rende compte par moi-même. Il s'avère que je n'apprends pas vite, en ce qui concerne les relations, mais je n'avais pas l'intention de me marier.

— Avec Daniel ?

— Avec quiconque.

— C'est vrai ? Tu ne veux pas te marier, jamais ?

— Le mariage me semble être un étrange engagement. Être lié à quelqu'un jusqu'à la fin de ses jours. Je pense qu'il t'expose à souffrir et je n'ai rien vu jusqu'à présent qui me fasse changer d'avis. Je me concentre sur moi-même et sur ma carrière. Je prends le temps de réfléchir à ma vie.

— Et qu'est-ce que tu découvres ? Je suppose que tu ne vas pas lâcher la médecine pour aller faire pousser des herbes dans l'arrière-pays ?

— Seulement des herbes médicinales, plaisanta-t-elle.

— Un bon passe-temps, je te l'accorde, dit-il avec un sourire qui fit briller ses yeux et manquer un battement au cœur de Molly. Mais du gâchis pour un diplôme. Ou est-ce que la médecine n'est pas une vocation pour toi ?

Elle le regarda en se demandant ce qu'elle pouvait admettre.

— Pour être honnête, devenir médecin n'a pas été mon idée. La conseillère d'orientation, au lycée, l'a suggéré comme une option. Elle pensait que je réussirais et je me suis dit que si j'allais en fac de médecine, mon père me remarquerait peut-être. Je suis la cadette de trois filles et j'ai toujours pensé qu'il avait été déçu de ne pas avoir de fils. Il n'avait jamais beaucoup de temps pour nous – il était directeur d'une école de garçons – mais j'ai espéré que si je devenais médecin je serais enfin digne de son attention.

Elle haussa les épaules.

— Et ça a marché ?

— Non.

Elle jeta l'emballage de ses frites dans une poubelle et défit son cheeseburger.

— Finalement, il s'est avéré que ce n'était pas notre genre qui était le problème. Mon père n'était pas souvent à la maison parce qu'il était un mari infidèle. Il trompait ma mère, qui le savait mais avait choisi de rester avec lui quand même. Pendant longtemps, j'ai cru que c'était normal dans un mariage et j'ai décidé de ne pas me marier. Pour moi, le mariage devait être une histoire d'engagement, de confiance, de fidélité et d'amour. Ce que je voyais n'y correspondait pas.

Molly marqua une pause, avant de reprendre :

— Puis j'ai rencontré Daniel, qui était infidèle aussi, mais je pensais que je pourrais le faire changer. L'amener à s'engager. J'ignore pourquoi je n'ai pas plutôt cherché un partenaire fidèle.

Elle hésita à continuer, se demandant si Theo allait la juger, mais elle voulait qu'il comprenne qui elle avait été à l'époque.

— Mon père était un séducteur impénitent, et avait de quoi faire avec les mères de ses élèves. Mais je ne comprenais pas que ma mère ne le quitte pas. Je lui ai posé la question et elle m'a répondu qu'elle ne saurait pas vivre toute seule, que l'avenir la terrifierait si elle partait.

Theo la regardait et elle savait ce qu'il pensait.

— Je sais. J'ai supporté la même chose avec Daniel, le reprenant chaque fois qu'il s'excusait et promettait de s'améliorer. Je répétais les erreurs de ma mère, mais au moins je ne l'avais pas épousé. Je savais que je pouvais me suffire financièrement. C'est une autre raison pour laquelle la médecine m'attirait – c'était un métier à haut revenu qui me permettrait de rester indépendante. Si je ne devais jamais me marier, il fallait que je gagne ma vie. Heureusement pour moi, il s'est trouvé que j'adore être médecin.

Ce n'était pas la sécurité financière qui l'avait motivée, avec

Daniel. Mais elle avait passé la majeure partie de sa vie à vouloir être vue, et elle avait craint que si elle n'était plus sa petite amie, si elle ne faisait plus partie de sa bande, elle redeviendrait invisible. Cette peur avait été assez réelle pour la faire revenir sans arrêt.

Elle gardait les yeux rivés sur le trottoir. Elle n'avait pas projeté de parler de Daniel, de partager ses pensées avec Theo, mais il écoutait bien et elle se sentait en sécurité avec lui. Ils avaient bien travaillé ensemble ce soir-là, elle s'était sentie bien en sa compagnie et ce sentiment subsistait alors qu'ils marchaient côte à côte dans la nuit, lui facilitant ses confidences.

— Pour en revenir à Daniel, je ne cessais de me dire que je pouvais partir quand je voulais, mais je ne le faisais jamais. Je rompais et le reprenais. J'avais investi tant de temps et d'efforts dans cette relation qu'il m'était difficile d'y renoncer, mais à présent c'est fait. Je suis ici depuis près de six mois et je survis. Mieux, je suis heureuse. Loin de ma famille. Loin de lui. C'est la meilleure décision que j'aie jamais prise.

— Qu'est-ce qui t'y a conduite ?

— La dernière fois qu'il m'a trompée, j'ai réalisé que j'étais exactement comme ma mère, sans l'alliance. J'ai réalisé aussi que je n'avais pas besoin de Daniel et que je ne voulais plus de lui, ni de la vie qu'il me faisait mener.

Elle sourit.

— L'ironie veut que tu m'aies dit les mêmes choses il y a des années. Mais je n'étais pas prête à les entendre. Et Matt m'a aidée.

— Vous êtes amis depuis longtemps ?

— Non, mais nous nous sommes rencontrés en jouant au netball avant qu'il s'installe ici. La suite, c'est le destin. Il est revenu à Sydney pour les fiançailles d'un ami commun alors que j'avais cassé avec Daniel. Une fois de plus. Il m'a convaincue de venir ici pour des vacances et j'ai adoré. De retour à Sydney, j'ai réalisé qu'il fallait que les choses changent et je suis partie pour la dernière fois.

— C'était courageux.

Elle secoua la tête.

— Pas vraiment. Cela aurait dû arriver depuis longtemps, mais j'étais contente que Daniel devienne le problème de quelqu'un d'autre.

— Il est toujours avec cette femme ?

— Je n'en sais rien. J'essaye de ne pas penser à lui si je peux l'éviter.

— Ah.

Molly fronça les sourcils.

— Quoi ?

— C'est pour ça que tu n'étais pas heureuse de me voir ? Parce que je te l'ai rappelé ?

— Tu ne me l'as pas rappelé, mais tu m'as rappelé une époque de mon passé dont je ne suis pas fière. Tu m'as rappelé la personne que j'étais alors, pas sûre d'elle, dépendante, comme ma mère, tout ce que je ne voulais pas être. Je voulais croire que je grandissais, que ce départ pour Byron Bay était le début d'une nouvelle vie, d'un nouveau moi, et ton arrivée a réveillé ma vulnérabilité. Mais j'ai réalisé que je ne pouvais pas t'en accuser. Je suis responsable de moi-même et je sais que je ne suis plus cette personne. J'ai pris des décisions difficiles, bonnes et mauvaises, mais je commence à penser que les bonnes l'emportent sur les mauvaises. Venir ici a été une bonne décision. J'adore mon travail, mes collègues et la ville.

— J'en suis content. Tu parais heureuse.

— Je le suis. Et j'ai une chance de définir qui je suis maintenant. Qui je veux être et avec qui. Je n'ai pas été seule depuis mes dix-sept ans. C'est le moment pour moi de travailler sur moi.

— Penses-tu que ce changement est permanent ?

— Je n'en suis pas sûre, mais je crois qu'il pourrait l'être.

— Tu te plais ici ? La vie effrénée de Sydney ne te manque pas ?

— Pas du tout. J'adore être ici. Mon travail est super, les gens sont adorables. C'est agréable. Et toi ? Le sortilège de Byron Bay agit-il sur toi ? J'aurais cru que ta partie rock star aimerait les vibrations de cet endroit.

— Tu sais quoi, c'est le cas. Les choses sont beaucoup plus détendues, ici. Les gens semblent vivre le moment présent.

— C'est une bonne description. Je ne suis pas sûre que beaucoup de gens supporteraient de vivre ainsi, mais c'est attirant pour un petit moment. Tu sais, histoire de s'arrêter un peu pour vivre l'instant présent.

— Même la clinique semble moins frénétique. Les derniers jours ont été une révélation pour moi. J'ai apprécié d'avoir plus de temps et des consultations plus longues avec mes patients.

— Je pense que c'est une qualité de la médecine régionale. Nous avons la chance de connaître un peu mieux nos patients.

Ils atteignaient le parking. Le trajet avait pris beaucoup plus de temps que nécessaire et Molly s'avisa qu'ils avaient traîné, tellement absorbés par leur conversation qu'ils n'avaient pas éprouvé le besoin de se presser. Comme s'ils avaient été heureux de passer plus de temps l'un avec l'autre.

— J'y suis, dit-elle en déverrouillant sa voiture.

Theo lui ouvrit sa portière. Elle se glissa dans l'ouverture, puis pivota pour lui faire face.

— Merci de m'avoir tenu compagnie et merci de m'avoir écoutée.

Écouter était l'un de ses points forts.

— Autant que tu voudras.

Molly s'adossa à la voiture, réticente à entrer tout comme à prendre congé.

— Puis-je te ramener ? offrit-elle.

— De quel côté vas-tu ?

— Sur la colline. Vers le phare.

Theo secoua la tête.

— Je suis à l'opposé. Ce n'est qu'une courte marche.

Il se tenait près d'elle, un bras posé sur le haut de la portière. Si elle se redressait et se penchait un peu en avant, elle pourrait le toucher. Elle serra le poing et se força à garder sa main sur le côté, résistant au désir soudain et ridicule de le faire.

Elle resta dans la même position, figée sur place, trop effrayée pour bouger, sachant que si elle se relevait comme elle devrait le faire pour entrer dans la voiture, cela la rapprocherait de lui. Elle redoutait ce qu'elle pourrait faire, alors.

Theo n'avait pas bougé non plus. Il l'observait de ses yeux sombres et, inquiète qu'il puisse lire dans ses pensées, elle abaissa son regard. Ce qui fut une erreur.

Maintenant, elle regardait sa bouche.

Il avait une très belle bouche. Ses lèvres étaient pleines, douces, et réclamaient d'être embrassées. Mais ça s'était mal fini la dernière fois et elle ne voulait pas répéter la même bévue, aussi tentant que ce soit. Elle n'aurait pas dû l'embrasser quatre ans plus tôt et elle ne devrait pas recommencer. Pas maintenant. Elle évitait les relations, elle voulait se consacrer à elle-même, mais à voir Theo debout devant elle, elle se demanda si une complète abstinence n'était pas exagérée.

Toutefois, l'embrasser ne servirait qu'à satisfaire une envie, et la leçon lui avait servi. Il n'avait pas été bien de l'embrasser spontanément à l'époque et elle n'allait pas le refaire. La prochaine fois qu'ils s'embrasseraient, ils seraient d'accord. Et elle demanderait d'abord.

Elle secoua la tête. À quoi pensait-elle ? La prochaine fois ! Elle se laissait emporter par le moment. Elle devait ignorer le frisson de trouble qui lui faisait trembler le ventre chaque fois qu'il lui souriait, que sa main touchait la sienne ou qu'il enlevait son T-shirt. Cela ne devrait pas être impossible, même si elle en doutait.

Les jours suivants, Molly essaya de nouveau de garder ses distances avec Theo. La force de l'attirance qu'elle avait ressentie l'avait effrayée. Elle ne voulait pas s'impliquer. Elle ne voulait pas être dans une relation. Les relations compliquaient la vie, faisaient d'elle une partie de quelque chose d'autre, de quelqu'un d'autre, et ce dont elle avait besoin était de temps pour être seule, pour arriver à se définir. Elle avait été invitée à sortir quelques fois depuis son arrivée à Byron Bay, mais il avait été facile de refuser ces invitations étant donné qu'il n'y avait pas d'attirance. En revanche, il devenait difficile d'ignorer l'étincelle qu'elle ressentait chaque fois qu'elle voyait Theo.

La connexion qu'elle éprouvait était forte, l'attraction puissante. Cela n'aurait pas dû la surprendre, elle l'avait déjà ressenti quatre ans plus tôt, et c'était exactement pourquoi elle devait garder ses distances. Son cerveau et son corps n'étaient pas d'accord. L'un poussait, l'autre tirait. L'un résistait, l'autre capitulait. Elle s'inquiétait de faire quelque chose de stupide si elle passait trop de temps avec Theo.

Il était assez facile de l'éviter le matin parce qu'elle arrivait toujours à la dernière minute, et elle se passait de son café pour ne pas tomber sur lui à la cuisine du personnel. Par chance, il n'y avait pas de soirée quiz au pub cette semaine, à cause du monôme, alors, arrivée au jeudi, elle se dit qu'elle allait peut-être passer toute la semaine sans le voir. Jusqu'à ce qu'elle se retrouve en face de lui au bassin d'hydrothérapie.

Dieu merci, il n'était pas dans la piscine mais debout à côté, tout habillé, et parlait à Matt. Néanmoins, l'estomac de Molly voltigea et ses mains devinrent moites. Si elle n'avait pas accompagné une patiente pour la préparer à sa première séance d'hydrothérapie, elle se serait enfuie.

Il fallait qu'elle se ressaisisse. Elle était ridicule. Elle tenta de se rappeler pourquoi elle voulait garder ses distances avec lui, mais lorsqu'elle le vit s'approcher et lui sourire, elle ne put se remémorer une seule raison.

Elle envoya sa patiente au vestiaire et, se disant que ses mains étaient moites à cause de l'humidité ambiante, elle se força à avancer, un pas à la fois, vers Matt. Et Theo.

Matt expliquait ses problèmes.

— Nous avons besoin de plus de personnel pour organiser des séances plus régulières.

— La piscine est-elle utilisée pour autre chose ? demanda Theo. Des leçons de natation pour les enfants ? De l'aquagym ?

Molly fronça les sourcils et se demanda pourquoi il posait toutes ces questions.

— Non, répondit Matt.

— Alors elle est sous-utilisée.

Molly fit signe à sa patiente d'approcher.

— Matt, voici Susan Ford. Elle vient pour sa première séance.

Le kiné emmena Susan et Molly quitta la zone de la piscine avec Theo.

— Pourquoi toutes ces questions ? demanda-t-elle.

— J'étais juste curieux de savoir comment ça fonctionne.

Elle ne comprenait pas son intérêt. Il n'était qu'un médecin remplaçant.

— Vous n'avez pas d'hydrothérapie, dans la clinique de Sydney ?

— Non. Cette clinique a une structure différente. J'essaye juste de voir ce qui marche et ce qui ne marche pas.

Molly ne voyait toujours pas pourquoi, mais ce n'était pas son affaire. S'il voulait connaître les dessous de la clinique, c'était son choix. Elle, elle avait juste un jour de plus à passer avant le week-end, où elle pourrait se détendre sans avoir à s'inquiéter de tomber sur lui.

Molly prit une poignée de bonbons – des grenouilles rouges – dans une coupe disposée à l'entrée de la tente de premiers secours et s'assit sur le bord d'un lit en balançant ses jambes, avant de mettre un bonbon dans sa bouche.

— Je croyais qu'ils étaient pour les jeunes, dit Theo pour la taquiner.

Le cœur de Molly bondit en entendant sa voix et elle faillit s'étrangler. Son espoir qu'il ne serait pas volontaire lors de la dernière nuit du monôme était bel et bien caduc. Apparemment, il n'y avait pas moyen de l'éviter complètement. Il surgissait constamment dans son voisinage, au point qu'elle n'était pas vraiment surprise de le voir ce soir-là.

— Je ne pense pas que quelques-uns leur manqueront, répondit-elle. C'est ce qui me fait revenir.

— Pas ma compagnie ?

— J'ignorais que tu serais là.

— J'ai passé un bon moment le week-end dernier et je me suis dit que je pouvais de nouveau donner un coup de main, expliqua-t-il en souriant.

Il avait un très beau sourire, se dit Molly non pour la première fois. Il lui manquerait lorsqu'il rentrerait à Sydney. La façon dont il la faisait se sentir lui manquerait. Mais chaque fois qu'il lui souriait, elle sentait sa résistance au désir de passer du temps avec lui se déliter et elle craignait de ne plus en avoir du tout un jour. Et où en serait-elle, alors ? Prête à jeter la prudence par la fenêtre et à l'embrasser de nouveau ?

Elle secoua la tête. Elle ne pourrait pas faire ça. Peut-être était-elle en proie à un cas de frustration sexuelle ? Peut-être avait-elle besoin de repenser sa position vis-à-vis des relations, d'aller à un rendez-vous et d'essayer le sexe sans engagement ? Cela lui sortirait peut-être Theo de la tête.

Le seul problème, c'était qu'elle n'avait jamais couché une nuit en passant, ni expérimenté le sexe pour le sexe, et elle ne savait pas si elle pourrait le faire. Mais ce serait peut-être sa meilleure option, pensa-t-elle en mettant une autre grenouille dans sa bouche. Puis elle chercha une occupation, autre que Theo, pour ses mains et son esprit.

Les premières heures de leur service furent essentiellement de la routine. Ils distribuèrent beaucoup d'eau et traitèrent un garçon qui s'était cassé un os de la main en se battant, mais ce fut à peu près tout.

Les jeunes étaient sur la plage avec un DJ et le reste des

volontaires était posté sur les bords de la rave-party, à tendre des bouteilles d'eau et tenir les choses à l'œil. Molly et Theo étaient seuls dans la tente, attendant que quelque chose de plus sérieux requière leur expertise.

Bien qu'elle ait été sur la défensive au départ, Molly s'était peu à peu détendue. Même si elle avait parfois l'impression que Theo pouvait lire dans son esprit, elle savait que ce n'était pas vraiment le cas. Il ignorait qu'elle avait eu envie de l'embrasser de nouveau. Il ignorait qu'elle l'avait délibérément évité à cause de ça.

Elle trouvait sa compagnie agréable. Le problème n'était pas là. N'était pas lui.

Le problème, c'était elle. Elle s'inquiétait toujours de céder à la tentation et de l'embrasser de nouveau.

Devrait-elle s'excuser de l'avoir évité cette semaine après lui avoir révélé tant de choses ? Peut-être devrait-elle le faire maintenant, se dit-elle. Ils étaient seuls. Elle ne trouverait pas de meilleur moment.

Elle avala la grenouille rouge, prête à s'excuser, quand deux filles surgirent sous la tente, soutenant une troisième.

5

— Notre amie ne se sent pas bien.

Molly et Theo se hâtèrent de les rejoindre et leur firent gagner le fond de la tente. La fille du milieu tenait à peine debout ; elle avait les yeux vagues, les pupilles dilatées.

— Comment s'appelle-t-elle ?

— Tayla. Tayla Adams.

Arrivée près d'une cabine, Molly tira le rideau autour d'eux tandis que Theo allongeait Tayla sur la table d'examen.

— Est-ce qu'elle a bu ? demanda-t-elle.

Les deux filles hochèrent la tête.

— Des vodkas.

— Combien ?

— Une dizaine.

— En combien de temps ?

— Depuis 21 heures.

Il était minuit. Et manifestement, Tayla avait bu plus qu'elle ne pouvait en supporter. Mais en interrogeant ses amies, Molly apprit qu'elle avait également consommé de l'ecstasy.

— Elle a de la fièvre, indiqua Theo. 40,2. Rythme cardiaque 110.

Molly savait que l'ecstasy pouvait provoquer une hyperthermie, surtout si Tayla avait dansé, ce qui était probable.

— Molly, dit Theo d'un ton pressant.

Elle se retourna et vit que les yeux de Tayla étaient partis en arrière. Elle avait la bouche ouverte et sa langue était enflée, elle avait du mal à respirer.

— Les filles, vous devez attendre dehors, intima-t-elle.

En tirant le rideau pour les faire sortir, elle fut soulagée de voir Steph, la coordinatrice.

— Steph, nous avons besoin d'une ambulance. Overdose accidentelle d'alcool et d'ecstasy. Une adolescente, pas d'antécédents médicaux.

Molly rentra dans la cabine, refermant le rideau. Elle arriva juste à temps : Tayla avait une syncope, probablement liée à la fièvre. La syncope dura trente secondes, peut-être, mais cela parut long. Molly aida Theo à rouler Tayla en position de rétablissement avant de reprendre ses constantes vitales. Sa température et son rythme cardiaque étaient encore élevés. Le risque d'une autre syncope n'était pas à exclure.

Ils décidèrent de l'envelopper dans des serviettes humides pour faire tomber sa fièvre.

— Il faut qu'elle aille à l'hôpital.

— Je vais appeler l'ambulance, dit Molly.

Elle revint quelques instants plus tard avec les ambulanciers. Theo fit un rapport pendant que Molly commençait à débrancher Tayla des appareils. Leurs mains se touchèrent tandis qu'ils voulaient enlever le tensiomètre. Elle retira vivement la sienne, mais la chaleur de la peau de Theo eut le temps de la pénétrer.

— Pardon, dit-elle, sa main la picotant.

— Il n'y a pas de quoi.

Le cœur de Molly fit un bond dans sa poitrine et son pouls s'accéléra, mais les yeux de Theo lui indiquèrent qu'elle n'avait pas à être nerveuse avec lui.

Elle se détourna pour se ressaisir. Elle avait conscience qu'ils n'étaient pas seuls, et elle en était à la fois déçue et soulagée. Elle était un nœud de contradictions.

Quand elle n'était pas avec lui, sa résolution était forte. Elle décidait d'être agréable, amicale mais pas familière. Mais quand elle était avec lui, un sourire, un contact accidentel lui emballait le pouls et elle oubliait qu'elle devait garder ses distances. Tout ce qu'elle voulait, c'était plus de lui.

Avec les ambulanciers, ils transférèrent Tayla du lit sur une civière et Molly les suivit dehors, s'accordant une minute pour retrouver une respiration normale. Elle avait pensé que Theo resterait dans la cabine, mais elle se rendit compte qu'il était derrière elle. Juste derrière elle. Elle ne le voyait pas, mais elle le sentait.

— Elle va bien ? demandèrent les amies de Tayla, qui attendaient sous la tente.

— Cela devrait aller, répondit Molly. Elle dort, mais elle a beaucoup de chance d'avoir des amies comme vous.

Tout en leur parlant, elle jeta un coup d'œil à Theo. Il la regardait avec un sourire et elle sut qu'ils pensaient tous les deux au soir où il avait pris soin d'elle. Elle lui rendit son sourire. Il avait été un bon ami pour elle, ce soir-là. Et elle n'était pas sûre de le mériter. Elle devait vraiment s'excuser.

— Où l'emmènent-ils ? demanda une des filles, la ramenant au présent.

— À l'hôpital local. Il faudra probablement lui faire un lavage d'estomac. Et elle devra être surveillée toute la nuit. Avez-vous le numéro de téléphone de ses parents ? Il faut les prévenir.

— Non.

— Je m'en occupe, dit Steph, laissant Molly et Theo libres de retourner à la zone de traitement.

Molly s'occupa de ranger et de nettoyer ; cela lui permettait d'éviter de regarder Theo.

— Comment Steph va-t-elle trouver les parents de Tayla ? demanda Theo.

— Les écoles ont toutes une liste de contacts d'urgence, répondit-elle en enlevant la protection en papier de la table d'examen. Steph va appeler l'école de Tayla et ils préviendront les parents.

Leur service aurait dû se terminer une heure plus tôt et Molly était rompue.

— Je ne sais pas toi, mais je suis épuisée, dit-elle.

Elle avait failli dire « prête à me mettre au lit », mais elle s'arrêta à temps. Elle ne voulait pas compliquer les choses.

— Je vais rentrer chez moi, ajouta-t-elle juste avant de se laisser choir sur la table d'examen.

Elle s'allongea, étendit les jambes et poussa un gros soupir.

— Dès que je pourrai me relever.

— Tu as faim ? demanda Theo. Tu veux prendre un cheeseburger au pub ?

Elle secoua la tête. Elle avait faim, mais elle ne se sentait pas d'affronter le bruit et l'agitation du pub.

— Je me ferai une tasse de thé chez moi. J'ai besoin de calme. Les choses ont été assez agitées.

Theo lui tendit la main pour l'aider à se relever.

— Alors viens, je vais te raccompagner à ta voiture.

Elle ne put refuser sa main. Cela aurait paru bizarre. Les doigts de Theo se refermèrent sur les siens. Forts, sûrs, familiers. Il la fit se redresser.

— Je ne suis pas venue en voiture, aujourd'hui, dit-elle en se levant et en lâchant sa main. J'ai eu le temps de venir à pied, tu le crois ?

Il sourit et le cœur de Molly manqua un battement.

— Il y aura toujours des miracles.

— Je regrette de ne pas avoir pris ma voiture, maintenant. Je ne suis pas sûre de pouvoir gravir la colline à pied.

— Je peux t'accompagner, si tu veux.

Elle secoua la tête.

— Pas la peine. Ça ira.

— Je serais heureux de le faire. Je me sentirais mieux, et je pourrai te ramasser si tu t'écroules de fatigue.

Il souriait toujours et elle se dit qu'elle ne pouvait pas refuser son offre. Elle n'en avait pas envie. Elle appréciait sa compagnie et aimait passer du temps avec lui. Elle savait que c'était seulement ses propres pensées qui compliquaient la situation.

Ils saluèrent Steph et laissèrent l'équipe suivante occuper la tente de premiers secours. La fête battait toujours son plein sur la plage et la musique les suivit le long de la colline, vers la maison de Molly. Elle était contente d'avoir ce bruit de fond ; elle se sentait nerveuse, tout à coup, et la musique couvrait leur silence.

Tandis qu'ils s'éloignaient du centre-ville, la musique et la lumière s'estompèrent. Des étoiles brillaient au-dessus d'eux ; devant, le phare se dressait, magnifique sur le ciel noir, et répandait sa lumière sur l'océan.

— Es-tu déjà allé au phare ? demanda-t-elle, avide de remplir les blancs de leur conversation.

Elle se sentait mal à l'aise dans l'obscurité et le silence. Un silence qui lui paraissait beaucoup trop intime. Elle craignait de se rendre vulnérable à des questions de Theo auxquelles elle ne voudrait peut-être pas répondre. Il semblait avoir un don pour la faire parler d'elle-même et elle lui en avait déjà divulgué plus qu'elle ne l'avait prévu.

— Non, pas encore.

Sa voix grave se fondit dans le velours de la nuit et Molly la sentit se réverbérer dans sa poitrine.

— Il faut que tu trouves le temps de le faire, lui dit-elle, et que tu te lèves assez tôt pour voir le soleil se lever de là-bas. C'est quelque chose d'incontournable quand on est à Byron. Une expérience très spéciale.

Le phare lui-même était superbe, et comme il se dressait à la pointe la plus à l'est de l'Australie, la vue sur l'océan Pacifique était stupéfiante. Theo ne pouvait pas quitter Byron Bay sans avoir vu ça.

— Voudras-tu venir avec moi ?

Elle s'était exposée à cette question. Mais l'idée d'admirer le lever du soleil avec lui était attrayante. C'était une expérience magique. Elle ignorerait juste le fait que pour la plupart des gens, c'était aussi quelque chose de romantique.

— Bien sûr, répondit-elle comme ils atteignaient son immeuble. Voilà. On est chez nous.

— Nous ?

— Gemma et moi.

Elle composa un code et ouvrit la porte d'entrée.

— Je vais brancher la bouilloire. Veux-tu une tasse de thé ?

— Nous n'allons pas déranger Gemma ?

— Elle est à Brisbane pour les noces de diamant de ses grands-parents. Soixante ans de mariage.

— C'est impressionnant.

— Je ne peux pas croire que des gens puissent être heureusement mariés aussi longtemps.

Molly entra dans l'appartement et se rendit à la cuisine.

— Ce n'est pas normal, pour toi ? demanda Theo.

— Pas d'après mon expérience. Ni d'après l'exemple de mes parents. Les tiens ont-ils un mariage heureux ?

Il haussa les épaules.

— En gros, oui, je pense.

— Quel est leur secret ?

— J'aimerais dire l'amour, mais je ne sais pas si c'est le cas.

— Ils ne s'aiment pas ?

— Je ne sais pas, mais je ne les ai jamais entendus le dire. Je ne me souviens pas non plus qu'ils aient dit à ma sœur et à moi qu'ils nous aimaient.

— Alors qu'est-ce qui te fait penser qu'ils sont heureux ?

— Ils n'ont pas l'air malheureux. Ils ont beaucoup en commun. Et des objectifs similaires. Atteindre ces objectifs les rend heureux.

Molly avait préparé le thé. Elle servit Theo.

— Je pense que les gens s'habituent et s'installent dans une situation qui n'est peut-être pas idéale. C'est ce que j'ai fait, admit-elle.

Et elle n'avait pas l'intention de recommencer.

Theo but rapidement son thé et se leva.

— Je vais appeler l'hôpital pour avoir des nouvelles de Tayla, dit-elle. Tu veux attendre ?

Il hocha la tête, mais quitta la cuisine pour traverser la salle de séjour et aller se tenir près de la porte d'entrée. Se préparait-il à partir ? Elle n'avait pas envie qu'il s'en aille. Elle l'observa pendant qu'elle attendait qu'on prenne son appel, craignant de détacher les yeux de lui de peur qu'il disparaisse.

— Ici le docteur Prescott, dit-elle enfin. J'ai envoyé une patiente aux urgences par ambulance dans la soirée. J'appelle pour avoir des nouvelles. Elle se nomme Tayla Adams.

Elle écouta ce qu'on lui disait et raccrocha.

— Son état est stable, précisa-t-elle à Theo. Elle est pleine de remords et de regrets, je suppose, mais elle va bien.

— Nous avons tous fait quelque chose que nous avons regretté après quelques verres de trop, dit-il.

— À ce sujet...

— Je ne parle pas de toi.

Elle fronça les sourcils.

— Que pensais-tu que j'allais dire ?

— Tu pensais au soir où tu m'as embrassé, non ?

Elle hocha la tête.

— J'y pensais aussi, mais je parlais de moi. De *mes* regrets.

— Tes regrets ?

— Oui. Je regrette d'être parti. Je me suis toujours demandé ce qui se serait passé si j'avais eu le courage de rester.

— Pourquoi n'es-tu pas resté ?

— Je m'attendais à ce que tu me rejettes. Je ne croyais pas te mériter, mais cela ne m'empêchait pas d'espérer que tu me voies tel que j'étais. Quelqu'un qui souhaitait avoir été plus courageux. Qui voulait t'avoir embrassée une deuxième fois. J'avais peur de l'échec, mais qu'aurait-il pu arriver, au pire ? J'aurais eu le cœur brisé. J'étais jeune. Cela aurait pu en valoir la peine. Et je souhaite toujours t'avoir demandé pourquoi tu m'as embrassé.

— Tu veux savoir pourquoi ?

Il acquiesça.

— Parce que tu étais superbe, et aimable, et que pour la première fois j'avais l'impression que quelqu'un m'écoutait. C'était quelque chose de puissant. Te rappelles-tu ce que tu m'as dit ?

Theo fit signe que non.

— Je voulais te dire que tu avais très mauvais goût pour ce qui était des hommes, mais je ne pense pas l'avoir fait. Je savais que tu ne m'écouterais pas.

— En effet, admit-elle avec un petit sourire. J'aurais dû écouter, mais j'étais déterminée à me faire aimer de Daniel, déterminée à le rendre fidèle. Et tu as raison, tu ne m'as pas dit ça. Te souviens-tu de m'avoir parlé de ce que nous ferions après notre diplôme ?

— Oui.

— Tu devais aller travailler à l'étranger et tu m'as dit que je devrais le faire aussi. Je ne te l'ai pas avoué, mais l'idée me paraissait excitante. C'était une sorte d'aventure, seulement je savais que je ne le ferais pas. Je n'étais pas assez courageuse. Je ne me voyais pas séparée de Daniel. J'ai fait un choix. Ensuite, je me suis demandé si tu me jugeais pour ça, si tu me trouvais faible, sans ambition, terrifiée – et j'avais bien peur d'être tout ça à la fois.

Il secoua la tête.

— Non. Je te trouvais belle, gentille, intelligente et drôle et je pensais que tu méritais tellement mieux que Daniel.

Molly sentit les larmes lui monter aux yeux.

— Je suis désolée de m'être mal comportée, dit-elle.

— C'est bon. Je suis juste content que tu sois finalement revenue à la raison. Même si ça t'a pris du temps, ajouta-t-il avec un sourire bienveillant.

— J'ai eu du mal à renoncer à Daniel, c'est vrai. Et je suis désolée de t'avoir embrassé. J'aurais dû m'excuser, alors. Je le fais maintenant. C'était une erreur.

— Tu crois ?

— Pas le baiser en lui-même. Je savais ce que je faisais. J'avais envie de t'embrasser. Mais ce n'était pas correct. J'étais dans une relation et je n'aurais pas dû le faire.

— Non. Ce n'était pas correct. Mais j'ai mal géré la chose.

Ils étaient toujours debout dans son entrée. Il était proche. Si elle tendait la main, elle pourrait la poser sur son torse. Cela lui rappela l'incident de la voiture, la semaine précédente. Quand elle avait résisté à l'envie de le toucher. Une partie d'elle savait qu'elle avait bien fait. Une autre partie regrettait d'avoir évité la tentation.

Elle voulait le toucher.

Elle voulait l'embrasser.

Elle voulait lui demander de rester.

Elle voulait beaucoup de choses. Mais elle n'imaginait pas les obtenir.

La salle de séjour n'était pas éclairée et les yeux sombres de Theo étaient difficiles à déchiffrer dans la pénombre. Que pensait-il ? Que voulait-il ? Qu'attendait-il ?

— Mais nous sommes plus vieux et plus sages, maintenant, dit-il. Et si tu voulais m'embrasser de nouveau, les choses pourraient être différentes.

— Vraiment ?

Il hocha la tête. Lentement. Son regard brun était fixé sur le visage de Molly. Il ne cillait pas, il était stable et calme.

Elle était un paquet de nerfs.

Sa tête bataillait avec son désir. Elle faisait une pause, elle ne sortait plus avec personne pour l'instant. Mais elle était curieuse de savoir ce qui arriverait, à quoi un baiser pourrait conduire. Et un baiser ne signifiait pas qu'ils sortaient ensemble. L'attraction était toujours là, elle ne pensait pas qu'ils seraient en désaccord là-dessus. Une étincelle jaillissait chaque fois qu'ils se frôlaient. À chaque regard qu'ils échangeaient, elle avait l'impression que le reste du monde cessait d'exister. Theo pouvait répondre à des questions qu'elle n'avait même pas posées. Il savait ce qu'elle pensait. Ils avaient une connexion qu'elle n'avait jamais éprouvée avec personne.

C'était seulement un baiser.

Son cœur battait fort, elle sentait le sang pulser dans ses veines.

Était-ce une mauvaise idée ?

Elle ne pouvait trancher.

Son regard passa des yeux de Theo à ses lèvres. Il n'y avait qu'un moyen d'en être sûre.

6

Theo regardait les pensées de Molly jouer sur son visage. Il savait que l'attraction qu'il éprouvait était réciproque. Leur connexion était réelle. L'alchimie, le bourdonnement qu'il ressentait quand leurs mains se frôlaient ou qu'il la faisait sourire, il savait qu'elle les ressentait aussi.

Il en avait été de même quatre ans plus tôt. Ils s'étaient trouvés comme s'ils étaient faits l'un pour l'autre. Il se rappelait chaque détail de ce soir-là. Il avait essayé d'oublier, mais la revoir avait réveillé chaque souvenir à la fois douloureux et merveilleux.

Il avait été stupide de croire qu'il pourrait l'ignorer cette fois-ci. L'attraction était impossible à ignorer.

Il avait été attiré par Molly dès l'instant où il l'avait vue, leur premier jour à l'université. Il avait attendu sept ans qu'elle le remarque. Sept ans pour la toucher. Sept ans, c'était long et le baiser qu'ils avaient partagé n'avait fait qu'empirer les choses. Ce baiser avait été stupéfiant, mais il avait su qu'il ne conduirait à rien de plus. Et cela lui avait brisé le cœur.

Molly et Daniel avaient une relation turbulente, mais elle lui revenait toujours et Theo n'avait pas pensé un instant que cet unique baiser changerait quoi que ce soit.

Alors il s'en était allé. Sans savoir si les choses auraient pu tourner autrement s'il était resté. S'il avait saisi sa chance, s'il l'avait embrassée de nouveau, si elle avait réalisé que rester avec Daniel serait une erreur.

Là, Molly le regardait toujours, les lèvres légèrement entrouvertes. Il apercevait le bout de sa langue. Il l'observa quand elle lécha ses lèvres, quand son regard s'abaissa sur sa bouche à lui.

Il se souvenait encore de son goût quatre ans plus tôt. Elle avait eu un goût de framboise sucrée et juteuse. Il voulait savoir si elle avait toujours le même goût.

Il n'avait pas été assez courageux pour tenter sa chance, à l'époque. Il fallait qu'il soit courageux maintenant. Que pouvait-il arriver, au pire ? Elle pourrait le rejeter de nouveau, mais il avait survécu et quelque chose lui disait que cette fois-ci serait différente.

Il ne voulait pas attendre plus longtemps. Cela faisait quatre ans et six jours qu'il l'avait embrassée. Cela suffisait.

— C'est seulement un baiser, dit-il avant de courber la tête et de s'emparer de sa bouche.

Molly ferma les yeux, ouvrit les lèvres et un petit gémissement s'échappa de sa gorge tandis qu'elle s'offrait à lui.

Theo accepta son invitation et approfondit le baiser, la réclamant, l'explorant. Leur premier baiser avait été tendre. Le second fut intense. Il était affamé, avide et exigeait une réponse. Elle se cramponna à lui et il la tint. Il n'allait pas la laisser partir. Il se perdit dans la chaleur de son baiser.

Le baiser de Theo était autoritaire, exigeant. Disparu, le jeune homme réservé. Il avait été remplacé par un homme sûr de lui qui avait vu son désir et pouvait lui donner ce qu'elle voulait.

Le cœur de Molly s'emballait dans sa poitrine et elle en ressentait chaque battement tandis que les lèvres de Theo couvraient les siennes. Elle ferma les yeux, succombant à son toucher. Elle ouvrit la bouche et il caressa sa langue. Elle sentit la pointe de ses seins s'ériger alors qu'il explorait sa bouche.

Il posa les mains dans son dos, leur chaleur la brûlant à travers son T-shirt. Elle fondit contre lui tandis que son corps réagissait à son contact et qu'une ligne de feu se répandait de son ventre à son sexe. Elle approfondit le baiser, voulant se perdre en Theo.

Elle n'était consciente de rien d'autre à part la sensation d'être pleinement vivante. Elle ne voulait rien d'autre que lui.

Sa façon de la toucher était si familière qu'elle avait l'impression d'avoir passé une vie dans ses bras. Cela n'avait pas de sens, mais il lui semblait qu'elle était à sa place dans son étreinte. Elle se sentait en sécurité. Elle se sentait spéciale. Elle se sentait vue.

Le baiser s'acheva trop vite. Entre les battements effrénés de son cœur et l'intense chaleur du baiser de Theo, elle était à bout de souffle. Elle avait besoin d'air.

— Je devrais y aller, dit-il lorsqu'ils se séparèrent.

— Tu vas t'enfuir de nouveau.

— Non, je ne m'enfuis pas. Je ne vais nulle part. Je te laisse le temps de réfléchir à ce que tu veux. De te demander si ceci est quelque chose que tu souhaites explorer. Ce qui se passera ensuite sera ta décision.

Il l'embrassa de nouveau. Légèrement, cette fois, de la plus douce des façons, si bien qu'elle se demanda si c'était son imagination. Puis il ouvrit la porte et lui dit bonne nuit.

Molly referma la porte et s'y adossa.

Ses jambes étaient faibles, ses genoux flageolaient mais son esprit était clair comme du cristal, concentré, certain. Elle n'avait pas besoin de temps pour réfléchir. Elle savait exactement ce qu'elle voulait. Elle voulait Theo.

Elle avait souhaité que leur prochaine fois découle d'une décision mutuelle, consensuelle. Elle ne voulait pas tirer avantage de la situation, mais maintenant elle savait que Theo le désirait aussi, la désirait, et elle ne voulait pas lui laisser le temps de changer d'avis.

Elle pivota et ouvrit brusquement la porte, avide de le rappeler, inquiète qu'il ait déjà disparu.

Il se tenait là où elle l'avait laissé. Il n'avait pas bougé.

— Tu es resté.

— Je suis resté.

— Je sais ce que je veux, lui dit-elle en lui tendant la main.

Quand il ne la prit pas, elle paniqua. Allait-il refuser son offre ?

— Tu es sûre ? demanda-t-il.

Elle hocha la tête. Elle n'était pas sûre de savoir si elle regretterait sa décision, mais elle était prête à courir le risque. En cet instant elle avait deux choix – l'inviter à entrer ou le laisser partir – et la première option était beaucoup plus attrayante.

— Si nous trouvons que nous avons fait une erreur, nous pourrons prétendre que rien ne s'est passé, dit-elle en souriant. Nous savons faire.

— En effet.

Theo prit sa main et la laissa l'entraîner dans l'appartement.

Il referma la porte et l'attira à lui. Il la fit pivoter et elle sentit le panneau de bois dans son dos. Elle était heureuse de ce soutien, car ses jambes s'étaient transformées en gelée tandis que Theo pressait ses lèvres sur le pouls de sa gorge, un pouls qui battait au rythme de son désir.

Puis il couvrit ses lèvres des siennes et glissa les doigts sous le tissu de son T-shirt, et cela l'embrasa. Elle tira le vêtement par-dessus sa tête, interrompant à regret le baiser, avide de sentir sa peau contre la sienne. Elle sortit sa chemise de son jean et pressa les mains dans son dos.

Il défit le bouton de son jean à elle et le fit glisser à terre.

— Où est ta chambre ?

— Dans le couloir à gauche.

Il la souleva comme si elle ne pesait rien du tout et elle passa les jambes autour de sa taille. Elle pouvait sentir son érection contre la toile de son jean et elle savait qu'il la désirait avec une urgence égale à la sienne.

Il l'embrassa en la portant dans la chambre et elle fut surprise qu'il ne heurte pas un mur.

Il la déposa sur le lit, puis fit remonter sa main le long de sa cuisse. Elle ne portait que ses sous-vêtements ; il était encore beaucoup trop habillé. Elle tendit les mains vers lui, les glissa sous sa chemise, sentant la chaleur qui émanait de sa peau, et le débarrassa du vêtement.

Il se pencha vers elle, embrassant le creux sensible à la base de son cou. Elle renversa la tête en arrière et les lèvres de Theo descendirent sur la rondeur de sa poitrine. Elle s'arqua contre lui, implorant en silence qu'il la touche. Il passa une main derrière elle, dégrafa son soutien-gorge et ses seins se libérèrent. Il la repoussa en arrière, la plaçant doucement sous lui avant de courber la tête pour saisir un téton dans sa bouche. Elle ferma les yeux tandis que des flèches de désir allaient de sa poitrine à son sexe. Alors qu'il caressait le téton de sa langue, elle sentit la moiteur entre ses jambes ; son corps se préparait à l'accueillir.

Elle l'entendit défaire le bouton de son jean et ouvrit les yeux pour le voir se dévêtir. Son érection se dressa tandis que ses vêtements touchaient le sol. Il s'agenouilla entre ses jambes, elle glissa les mains dans son dos et sur ses fesses. Elles étaient rondes et dures.

Theo porta son attention sur son autre téton tandis qu'elle passait une main entre ses jambes, saisissant ses testicules avant de caresser son pénis. Elle l'entendit gémir. Elle arqua ses hanches vers lui et il réagit, lui ôtant sa culotte et glissant ses doigts en elle. Elle étouffa un petit cri lorsqu'il caressa de son pouce son clitoris. Il était dur et brûlant sous sa paume ; elle était chaude et moite sous son toucher.

Elle était prête, maintenant. Elle ne voulait pas attendre. Elle ne le pouvait pas. Elle écarta les jambes et le guida en elle, heureuse de sentir sa longueur la pénétrer. Il se poussa contre elle et elle haussa les hanches pour répondre à son assaut. Ils bougèrent ensemble, accordant leur rythme comme s'ils avaient toujours fait ça. Elle avait les mains sur ses hanches et contrôlait l'allure de leur étreinte, accroissait sa vitesse. Le souffle de Theo était court et Molly avait l'impression de ne pas respirer. Elle concentrait toute son énergie sur lui, à lui faire l'amour. Dans sa tête, il n'y avait de place que pour la sensation de sa peau contre la sienne, et en elle.

Theo lui prit les mains et les tint au-dessus de sa tête, l'étirant et exposant ses seins. Il courba de nouveau la tête sur un téton tout en continuant à la posséder. Elle passa ses jambes autour de lui, les liant l'un à l'autre. L'énergie de leur étreinte la parcourait et allait de la bouche de Theo à son sexe, où elle s'accumulait en un pic de plaisir de plus en plus intense. Elle pensait qu'elle allait exploser.

— Maintenant, Theo, le supplia-t-elle. Maintenant.

Il accrut son rythme, et en sentant qu'il commençait à frémir elle se relâcha aussi. Ils jouirent ensemble de façon parfaite, criant à l'unisson.

Leurs deux corps avaient été faits l'un pour l'autre, leur étreinte avait été tout ce que Molly avait attendu et même plus. Ils avaient été merveilleusement unis et c'était une expérience dont elle garderait précieusement le souvenir, pour toujours.

Molly s'était endormie avec Theo lové contre elle et elle se réveilla dans la même position. La main de Theo recouvrait ses seins. Son souffle était chaud sur son épaule. Il respirait profondément, encore endormi, mais elle avait besoin d'aller à la salle de bains. Elle souleva son bras et se glissa hors du lit en s'efforçant de ne pas le réveiller.

Ensuite, elle chercha son téléphone et vérifia l'heure, même si elle n'avait rien à faire ce jour-là. Ils s'étaient endormis tard et il était presque 11 heures du matin. Elle mit son téléphone à charger dans la cuisine et alluma la bouilloire avant de retourner dans la chambre.

Theo était réveillé et elle eut soudain un accès de nervosité. S'il avait des regrets ? Mais il la salua d'un grand sourire et elle se détendit.

— Bonjour, dit-elle.

— C'est un très bon jour, déclara-t-il en l'attirant de nouveau dans le lit.

Il se remit à la caresser, puis il manqua la faire défaillir lorsqu'il descendit le long d'elle et plaça sa tête entre ses cuisses. Les mains sous ses fesses, il porta son sexe à sa bouche, la suçant et la pénétrant de sa langue. Elle gémit tandis qu'il l'explorait délicieusement. Elle haletait.

— Theo, s'il te plaît. Je te veux en moi.

Ils refirent magnifiquement l'amour – une fois qu'il l'eut fait jouir avec sa bouche, ce qu'il avait attendu pendant des années. Il avait eu envie de la goûter, de sentir son orgasme, et il fut pleinement satisfait.

— Seigneur, tu sais t'y prendre…, murmura Molly en enfouissant les doigts dans ses cheveux.

— Merci.

Avant qu'ils s'unissent de nouveau, elle le caressa à son tour, passant les doigts sur son sexe tendu. Il en trembla de plaisir. Alors Molly se redressa et s'assit sur lui.

— Laisse-moi une seconde, dit-il.

Il roula sur le côté, attrapa son jean, en sortit son portefeuille dans lequel il prit un préservatif. Il ouvrit le petit paquet et enfila la protection avec habileté.

Molly était assise au-dessus de lui, nue et glorieuse, et il sentit le sang affluer de nouveau dans son sexe. Puis elle s'allongea sur lui et le prit en elle. Peu à peu, ils accrurent leur rythme.

— Oui, oui !

— Plus fort.

— Oh ! Seigneur, oui, c'est ça.

— Continue. Ne t'arrête pas.

Il n'en avait aucune envie. Alors qu'il pensait ne pas pouvoir tenir plus longtemps, il sentit qu'elle commençait à frémir et il se laissa aller à son tour, son orgasme rejoignant le sien en une parfaite harmonie.

Ils s'allongèrent sur le dos pour reprendre leur souffle, mais soudain Molly se redressa, le drap tombant sur sa taille, et elle regarda Theo avec une expression horrifiée.

— Nous ne nous sommes pas protégés, cette nuit !

Cela n'était pas venu à l'esprit de Theo. Et à celui de Molly non plus, manifestement. Ils avaient été trop concentrés sur leurs désirs et leur plaisir.

Il sentit le sang se retirer de son visage.

— Tu n'utilises pas de contraception ? Non pas que je dise que c'est ta responsabilité.

Elle secoua la tête.

— J'ai arrêté de prendre la pilule quand je suis arrivée ici.

Sapristi. Il avait été tellement absorbé par leur étreinte, la nuit dernière, qu'il n'avait pas pensé à prendre des précautions.

— Je suis désolé. Nous aurions dû en parler. Je t'ai fait défaut.

— Nous sommes tous les deux à blâmer, répondit Molly. Je n'ai pas pris le temps de réfléchir.

— Que veux-tu faire ? Veux-tu prendre une pilule du lendemain ?

C'était leur meilleure option. Ce n'était pas parfait, mais ils n'avaient pas d'autre choix. Elle hocha la tête.

— Je vais aller en acheter une, offrit-il. Et je devrais aussi acheter d'autres préservatifs si nous devons continuer à ce rythme.

— C'est ce que nous allons faire ?

— Pourquoi pas ? J'ai apprécié et toi aussi, j'espère. Je ne vois aucune raison d'arrêter.

Il lui prit la main et baisa ses doigts un par un.

— Je suis censée me trouver moi-même, pas m'engager dans une autre relation.

— Je ne suis ici que pour quatre semaines, maintenant. Je ne pense pas qu'on puisse parler de relation.

— Quantité de gens ont des relations qui durent moins que ça.

— Eh bien alors, ça dépend peut-être juste de la façon dont nous voulons l'appeler. Que dirais-tu de sexe torride, érotique, sans liens ni engagement ? Est-ce interdit aussi ?

Theo souriait et malgré la situation Molly ne put s'empêcher de l'imiter.

— Je n'y avais pas pensé, mais tu m'as fait réaliser que le sexe me manquait.

— Alors ne t'en prive pas. Et si cela peut te permettre de mieux dormir la nuit, pourquoi ne parlerions-nous pas d'une romance de vacances ?

— Nous ne sommes en vacances ni l'un ni l'autre, observa-t-elle en souriant.

— Une amitié avec avantages ? Une passade d'été ?

Molly secoua la tête.

— Je ne peux pas réfléchir quand je suis nue.

— Bon, eh bien tu pourras y revenir plus tard. Maintenant je file à la pharmacie, et quand je reviendrai je t'emmènerai déjeuner.

— Tu n'as pas besoin d'aller à la pharmacie. Il y a tout ce qu'il faut à la clinique. Les pilules du lendemain sont dans le placard du dispensaire. Tu as une clé ?

— Oui. Est-ce qu'il faudra signer ?

— Non. Et il y a des préservatifs dans la salle des infirmières. Elles en distribuent quand elles font leur topo sur le sexe sans danger.

Theo eut un grand sourire.

— Nous devrions peut-être nous inscrire.

Il l'embrassa avant de sortir du lit, puis lui offrit une vue savoureuse de son postérieur nu tandis qu'il ramassait ses habits.

— Après la clinique, j'irai prendre une douche chez moi et je reviendrai te chercher.

Molly étira ses bras et ses jambes et sentit protester plusieurs muscles qui manifestement n'avaient pas été sollicités depuis un moment. Ses draps sentaient le sexe et elle aussi, probablement. Mais cela lui était égal – ce qu'ils avaient partagé avait été incroyable et elle était contente d'avoir cédé à la tentation. Cela avait valu la peine de rompre son vœu provisoire de célibat.

Theo en avait valu la peine.

Sous la douche, son sourire se dissipa lorsqu'elle se rappela leur problème. La pilule du lendemain retardait l'ovulation de plusieurs jours, mais son cycle était irrégulier et elle ne savait pas où elle en était. Elle croisa les doigts en espérant que tout irait bien. On ne tombait pas enceinte chaque fois qu'on faisait l'amour sans se protéger, se rappela-t-elle. Cela irait.

7

Theo étendit ses jambes sous la table et parvint, avec quelque difficulté, à ne pas afficher un grand sourire. Il se sentait bien, la nuit dernière et ce matin-là avec Molly avaient été spectaculaires et il avait l'impression d'avoir gagné à la loterie. Il s'était douté que Molly et lui partageraient une alchimie exceptionnelle. Non pas qu'il ait beaucoup de points de comparaison, son histoire sentimentale se résumant à une relation semi-sérieuse et à quelques passades de courte durée. Il se targuait d'être un amant attentionné et savait comment satisfaire les femmes, mais il préférait que l'on n'attende pas trop de lui d'un point de vue émotionnel. Il n'était pas sûr d'être doué dans ce domaine. C'était un travail en cours.

Mais Molly lui donnait envie d'essayer. Il imaginait qu'elle en vaudrait la peine.

Toutefois, il n'était plus à Byron Bay que pour quatre semaines. Que pourrait-il accomplir durant ce laps de temps ? Lorsqu'il était revenu de la clinique plus tôt dans la matinée, Molly s'était déclarée d'accord pour une romance d'été, mais il soupçonnait que ce ne serait pas assez pour lui. Pas après la nuit dernière.

Il inspira à fond, inhalant le parfum d'orange du shampoing de Molly. Il était détendu, il ne pensait pas au travail, son esprit était tranquille, ce qui était rare chez lui. La présence de Molly calmait son esprit, sinon sa libido.

Il avait envie de faire la fête, mais elle ne semblait pas partager le même enthousiasme que lui. Son manque d'appétit suggérait qu'elle avait quelque chose à l'esprit. La table à côté d'eux, dans le petit café de Brunswick Heads, était occupée par une famille avec deux jeunes enfants. Le regard de Molly ne cessait d'aller à la mère légèrement débordée et au petit garçon sur une chaise haute.

— Tout va bien ? demanda-t-il.

— Mon Dieu, j'espère, répondit-elle.

Elle regarda une fois encore la table voisine, puis se tourna vers Theo, ses yeux gris-bleu soucieux.

— Je ne veux vraiment pas d'enfants.

Il ne s'attendait pas à cette sortie et son commentaire le surprit. Elle paraissait si catégorique.

— Pas du tout ?

— Je ne crois pas. Certainement pas maintenant.

— Vous n'en avez jamais parlé, avec Daniel ?

Elle secoua la tête.

— Jamais.

Theo regarda la famille. Le petit garçon lui sourit, il lui rendit son sourire et lui fit une grimace. Molly l'observait.

— Tu veux des enfants ?

Il hocha la tête. Il n'était jamais allé assez loin dans ses relations pour envisager un avenir et imaginer de fonder une famille, mais cela ne voulait pas dire qu'il n'en voulait pas. Il espérait bien, un jour, tomber amoureux, se marier et avoir des enfants. Une famille à lui.

— Pourquoi ? demanda Molly.

— Je veux pouvoir aimer quelqu'un inconditionnellement. Une partenaire et des enfants. Je pense qu'avoir des enfants peut être incroyablement épanouissant et gratifiant si tu les as pour les bonnes raisons.

— Je n'en suis pas si sûre, dit-elle. Pour moi, les mères en particulier doivent sacrifier leur liberté et leur indépendance pour élever une famille et je suis seulement en train de retrouver les miennes. Je n'ai pas l'intention d'y renoncer de sitôt.

Elle frottait nerveusement la paume d'une main de son autre pouce et plissait le front, l'air soucieux.

— Bon, si ça peut te faire te sentir mieux, les chances de tomber enceinte après un rapport non protégé sont minces, et encore plus du fait que tu as pris la pilule du lendemain, assura Theo pour tenter de calmer ses craintes.

Il parlait à voix basse à cause de leurs voisins, et faisait comme si les pensées de Molly ne le préoccupaient pas.

Elle se montrait honnête, il devait le reconnaître et l'apprécier, mais son opinion le surprenait et le faisait se questionner. Il voulait une femme et des enfants, un jour, et si Molly n'en voulait pas, elle, il se demandait s'ils étaient aussi compatibles qu'il aurait aimé le croire.

Il se rappela qu'ils ne s'étaient mis d'accord que sur une romance d'été. Leur compatibilité une fois Noël passé n'entrait pas en ligne de compte. Mais, après la nuit dernière, il se demandait à quel point il serait dur de dire adieu à Molly et de la reléguer dans son passé. De nouveau.

Molly avait choisi d'emmener Theo à Brunswick Heads, à quinze minutes au nord de Byron Bay, pour déjeuner. Elle lui avait dit que c'était pour échapper au monôme, mais en réalité c'était pour éviter de rencontrer quelqu'un qu'elle connaissait. Elle n'était pas prête à expliquer pourquoi ils déjeunaient ensemble.

Le café était l'un de ses favoris, mais être assis à côté d'une jeune famille l'avait perturbée, emplissant sa tête de « Et si ? » douloureux. Une promenade sur la plage, main dans la main avec Theo, avec le bruit des vagues s'écrasant sur le sable, les embruns et le soleil sur son visage, avait peu à peu calmé son esprit et elle avait fini par se dire que tout irait bien. Le temps qu'ils reviennent à Byron Bay, elle se sentit moins paniquée et presque redevenue elle-même.

Sur la route étroite, elle ralentit en approchant d'une intersection tandis qu'une autre voiture arrivait en face. Et soudain il y eut sur sa droite un mouvement rapide, un éclair rouge. Elle distingua alors une personne sur un scooter électrique. Elle vit l'homme regarder sur sa gauche avant de se déporter et de se placer en plein sur la trajectoire de l'autre voiture. Celle-ci n'eut pas le temps de dévier. Elle freina à fond, mais le conducteur ne put éviter le choc.

Molly, qui s'était arrêtée, regarda horrifiée le pilote du scooter rebondir sur le capot de l'automobile et être projeté dans les airs avant de s'écraser sur la route devant sa propre voiture. Si elle n'avait pas stoppé, elle lui aurait roulé dessus.

Avec Theo, elle bondit dehors et se précipita vers la victime. Le conducteur de la voiture qui l'avait heurtée arriva lui aussi en courant. Il était visiblement choqué et inquiet.

— Il va bien ? demanda-t-il. Il a surgi de nulle part et je n'ai pas pu m'arrêter.

— Je sais, dit Molly. Nous avons tout vu. Il n'a pas regardé du bon côté.

Le pilote du scooter avait les yeux ouverts. Il avait l'air de se demander ce qui s'était passé, mais au moins il respirait et était conscient. Il portait un casque qui lui avait sans doute sauvé la vie.

— Ne bougez pas, ordonna Theo. Nous sommes médecins, nous allons vous examiner.

L'homme, de type asiatique, plissa le front et ne répondit pas. Souffrait-il d'un traumatisme crânien, ou ne comprenait-il pas ? se demanda Molly.

Sur ces entrefaites, un second scooter arriva, monté par une jeune femme. Elle laissa tomber son scooter sur le trottoir et courut vers le blessé en hurlant. Elle s'accroupit près de lui et lui parla dans une langue étrangère qui semblait être du mandarin. À la grande surprise de Molly, Theo intervint dans la même langue.

Elle ignorait qu'il parlait une deuxième langue. Cela lui rappela qu'elle savait peu de choses de lui.

Le blessé montrait son épaule droite. Theo passa doucement la main sur sa clavicule, à l'endroit où elle rejoignait son omoplate.

Molly regarda ses doigts, longs et minces. Quelques heures plus tôt, ces doigts lui avaient donné un plaisir infini. Elle ferma les yeux. Comment disait-on, déjà ? « Méfiez-vous de l'eau qui dort. » Elle avait cru que Theo était réservé, mais la nuit dernière et ce matin-là elle avait découvert une autre facette de lui. Il était passionné, attentionné, et elle voulait bien avoir une romance d'été avec lui. Elle n'allait pas se priver de quelques semaines de volupté.

Theo parla en mandarin, puis traduisit pour elle.

— Je pense qu'il a une fracture de la clavicule. Peux-tu appeler une ambulance ? Et il faut l'ôter du milieu de la route.

Molly alla chercher son téléphone dans sa voiture et en profita pour la garer sur le côté. Pendant ce temps, Theo aida l'homme, qui s'appelait Leung, à se remettre debout. Puis il le fit asseoir dans la voiture de Molly.

— Ils envoient une ambulance et une voiture de police, indiqua-t-elle lorsqu'elle eut passé son appel.

La police ferait sans doute passer un alcootest au conducteur de la voiture et à Leung.

Peu après, les ambulanciers arrivèrent et Theo leur résuma la situation.

— Nous avons un homme de vingt-quatre ans qui conduisait un scooter et qui est entré en collision avec une voiture. Il est blessé à l'épaule droite ; je soupçonne une fracture de la clavicule.

Les ambulanciers posèrent des questions que Theo traduisit à Leung, dont il traduisit les réponses.

— Oui, il est assuré. Non, il n'a pas d'allergies. Est-ce qu'il y aura un traducteur, à l'hôpital ?

— S'il n'y en a pas, ils se débrouilleront par téléphone, indiqua un ambulancier.

La police arriva à son tour et Theo décrivit l'accident. Les policiers firent passer un alcootest aux deux parties impliquées. La crise réglée et leur patient installé sur une civière, Theo et Molly furent libres de repartir.

— Je prendrais bien une bière, dit Theo. Si nous allions chez moi ? C'est juste à côté.

Ils remontèrent dans la voiture et Molly suivit ses instructions. Ils arrivèrent dans Childe Street, où Theo habitait une maison d'un étage dans les dunes. Il y en avait une douzaine comme la sienne. Ils pénétrèrent à l'intérieur et Molly resta bouche bée devant la vue offerte par une grande baie : au-dessus d'une haie basse s'étendait l'océan, qui paraissait tout proche. Theo ouvrit la baie qui donnait sur un ponton conduisant dans le sable. On avait directement accès à Belongil Beach. Il serait incroyable d'habiter un endroit comme celui-là, se dit-elle. Il semblait à un million de miles de l'agitation de Main Beach.

— C'est stupéfiant, s'exclama-t-elle. J'ignorais totalement qu'il y avait des maisons dans ce coin.

Theo revint avec deux bières fraîches. Il lui en donna une et elle s'assit au bout d'une chaise longue, face à l'océan.

— Oui, c'est assez incroyable, reconnut-il. J'ai vite adoré cet endroit. Rien ne vaut une soirée passée sur le ponton à contempler les vagues, une bière à la main. Enfin, presque rien, ajouta-t-il avec un grand sourire et Molly sut qu'il faisait allusion à la nuit précédente.

Il s'assit derrière elle, une jambe de chaque côté de la chaise longue, et elle s'appuya contre lui.

— Comment diable as-tu trouvé cet endroit ?

Il l'enveloppa de ses bras et elle se détendit dans son étreinte.

— La maison appartient à une amie de ma sœur, qui est à l'étranger. Au lieu de la louer, elle la prête à des amis ou de la famille. Je pense qu'elle était contente d'avoir quelqu'un pendant le monôme.

Molly ferma les yeux et écouta le bruit des vagues. Il lui semblait que l'eau clapotait à ses pieds. Le monde réel s'éloigna tandis qu'elle se perdait dans le murmure incessant de la mer, l'odeur forte de l'air salé, la chaleur du soleil sur son visage et la caresse des mains de Theo sur sa peau.

— J'ignorais que tu parlais une deuxième langue, dit-elle. Tu parles couramment le mandarin.

— Tu sais que je suis eurasien, non ?

— Bien sûr.

— J'ai grandi en parlant anglais et mandarin. Les parents de ma mère sont venus de Taïwan pour s'occuper de ma sœur et moi pendant que mes parents se consacraient à leur carrière. Nous parlions mandarin avec eux.

— Tes deux parents sont médecins, c'est ça ?

— Oui. Mon père est un chirurgien plastique et ma mère une généraliste. Lian Chin.

Molly fronça les sourcils.

— C'est le même nom que le docteur qui possède les Cliniques de la Côte pacifique.

Elle se redressa et se tourna pour regarder Theo. Il hocha la tête.

— C'est ma mère.

— Tu es le fils de la patronne ? Pourquoi n'as-tu rien dit ?

— Ce n'est pas important, si ?

Molly hésita. Cela lui semblait très important, à elle. C'était comme s'il cachait quelque chose.

— Pourquoi ne me l'as-tu pas dit ?

— Je viens de le faire.

— Je veux dire, pourquoi ne me l'as-tu pas dit plus tôt ?

— Je ne veux pas que les gens pensent que je suis arrivé où j'en suis parce que je suis le fils de la patronne.

— Peux-tu me dire honnêtement que ce n'est pas le cas ?

— À Sydney, on nous a demandé si quelqu'un voulait remplacer Tom ici. Si près de Noël, personne ne s'est manifesté, alors on m'a nommé d'office. Mais je ne veux pas être jugé d'après mon nom ou ma relation avec Lian. Je veux que les gens me voient moi, Theo, et pas Theo Chin Williams. Tu comprends ?

Molly hocha la tête.

— Oui, je sais ce que c'est que d'être jugé ou être jugé à tort. Moi, je voulais que mon père me voie, alors je me suis créé une personnalité pour essayer de ressortir. Je suis devenue la personne que je voulais que les gens voient. Maintenant, j'essaye juste d'être moi-même. La meilleure possible.

Un texto s'afficha sur le téléphone de Theo.

— C'est Matt, dit-il. Il m'invite à un barbecue ce soir.

Il paraissait surpris.

— C'est bien, commenta Molly, partagée.

— Tu ne sembles pas convaincue. Qu'est-ce qui cloche ?

C'était une chose d'accepter d'avoir une romance d'été, mais une autre de passer du temps ensemble en public. Voulait-elle que tout le monde sache ce qu'il y avait entre eux ?

Non. C'était ses affaires, comme c'était celles de Theo.

— Rien, dit-elle. Matt et Levi font un barbecue le dimanche soir, en général. Gemma et moi avons l'habitude d'y aller.

— Tu y vas ce soir ?

Elle fit signe que oui.

— Irons-nous ensemble ?

Theo ne semblait pas avoir les mêmes soucis qu'elle. Il avait l'air à l'aise avec le fait qu'ils couchaient ensemble, mais qu'ils ne formaient pas un couple. Cela signifiait-il que tout le monde devait être au courant, ou pouvaient-ils garder le secret ? Comment voulait-elle assumer cette relation en public ? Car même si elle devait être de courte durée, c'était une relation.

— Je dois passer chez moi me changer. Est-ce que je peux te retrouver là-bas ? demanda-t-elle sans répondre directement à sa question.

Elle voulait garder leur relation privée. Elle n'avait pas envie de la partager, d'en parler, d'entendre les opinions des autres à ce sujet. Elle ne voulait pas que les gens sachent.

Theo hocha la tête. Soit il ne remarqua pas son hésitation, soit il choisit de l'ignorer.

La soirée avait bien commencé. Theo avait remarqué que Molly avait évité d'arriver avec lui, mais cela ne l'avait pas perturbé. Cette « chose » entre eux était nouvelle et ils n'avaient pas discuté de ce qu'ils diraient aux gens. Mais quand tout le monde raconta son week-end et que Molly ne le mentionna pas, à l'exception de la soirée au monôme, il ne put s'empêcher de se sentir frustré. Pourquoi n'avait-elle pas dit qu'ils avaient déjeuné ensemble ? Pourquoi faisait-elle comme si la journée n'avait pas existé ? N'était-il pas assez bien pour elle ? Était-il un élément de sa vie qu'elle voulait garder secret ?

Et pouvait-il lui en vouloir de garder des secrets ? Il en avait aussi. En toute honnêteté, il ne pouvait pas dire que sa présence à Byron Bay n'avait rien à voir avec le fait d'être un Chin Williams. Il était là pour le compte de sa mère. Il avait dit une demi-vérité à Molly.

Quand il rentra chez lui, il sortit sur le ponton avec sa guitare et ne fut pas surpris de trouver ses premiers accords mélancoliques.

Serait-il jamais assez bien ?

Serait-il jamais assez bien pour Molly ?

Les notes tristes continuaient à s'égrener.

Était-il prêt à rester un secret bien gardé ?

Molly valait-elle la peine de souffrir ? Il n'était plus là que pour un mois. Devait-il s'en aller maintenant ? S'épargner une peine de cœur inévitable ?

Non. Il s'en était allé auparavant et l'avait regretté. Ses accords prirent de la force. Il ne craignait plus autant l'échec. Il était disposé à courir le risque. Molly en valait la peine. Elle le fascinait toujours, elle continuait à l'intriguer, il était attiré par elle et il ne s'en irait pas de nouveau.

— Theo ?

Il entendit la voix de Paula dans l'Interphone.

— Avez-vous le temps de voir un patient qui vient d'arriver ?

J'ai ici un jeune homme de dix-huit ans qui se plaint de douleurs abdominales.

— Bien sûr. Je viens le chercher.

Theo était content de remplir son planning. Avoir trop de temps signifiait être trop libre de penser à Molly. Il essayait encore de comprendre ce qui lui était passé par la tête la veille au soir, et il ne trouvait pas. Alors travailler était une distraction bienvenue. Il lui était même égal que ce soit le genre de patient qui aurait dû se rendre aux urgences de l'hôpital. À partir du moment où il était prêt à payer une consultation…

Cette pensée lui rappela que Warwick, l'homme qui avait fait l'arrêt cardiaque et dont il s'était occupé avec Molly, n'avait rien payé. Certes, l'argent n'était pas tout. Il était devenu médecin parce qu'il voulait aider les gens, et n'avait pas travaillé dans des pays du tiers-monde pour s'enrichir. Mais il savait que sa mère ne serait pas contente qu'ils travaillent gratuitement.

Il se rendit dans la salle d'attente.

— Will ? appela-t-il.

Un jeune homme se leva lentement de sa chaise, l'air mal assuré sur ses pieds. Il tenait son bras droit sur son ventre, et de sa main gauche il prit appui sur le mur.

— Ça va ? demanda Theo.

— J'ai la tête qui tourne.

Will était grand et efflanqué, avec le visage pâle. Il était soutenu par deux amis.

— Vous êtes ici pour le monôme ?

Ils avaient tous mauvaise mine, comme s'ils s'étaient couchés tard. Mais c'était pire chez Will. Incapable de se redresser, il semblait souffrir de plus qu'une simple gueule de bois.

Theo laissa les copains de Will l'accompagner dans le cabinet de consultation, puis les fit sortir. Le malade semblait cohérent et capable de comprendre les questions de Theo.

Celui-ci commença aussitôt à l'interroger et à l'ausculter. Il avait mal du côté gauche du ventre, juste sous les côtes. Ce n'était pas une douleur vive, mais cela ressemblait davantage à une meurtrissure. En outre, il avait des vertiges. Sa tension était basse et son rythme cardiaque élevé.

Theo lui fit relever son T-shirt. Sa peau avait une couleur normale. Il palpa doucement ses organes, en particulier sa rate.

— Avez-vous reçu un coup dans le ventre, ces derniers jours ?

— Hier. On jouait à la joute avec des canettes de bière, on est tombés et une fille m'a atterri dessus. Elle m'a enfoncé son genou dans le ventre.

Theo lui demanda de lever ses deux jambes en l'air. Il le fit en grimaçant.

— Je pense que vous avez endommagé votre rate. J'aimerais vous envoyer à l'hôpital pour faire des examens.

— Quelles sortes d'examens ?

— Un scanner de la rate, pour voir quels dégâts elle a subis, et une échographie pour vérifier qu'il n'y a pas de sang dans la cavité abdominale.

Theo voulait envoyer Will à un spécialiste, mais il ne savait pas s'il y en avait à l'hôpital local. Il fallait qu'il demande à Molly. Il la trouva dans la salle du personnel et lui expliqua le cas. Elle hocha la tête.

— Il y a des chirurgiens généralistes, à l'hôpital. Appelle et indique que tu envoies un patient pour des examens.

— D'accord. Merci. As-tu une minute ? demanda Theo en la retenant.

Elle attendit.

— Est-ce que tout va bien entre nous ?

— Que veux-tu dire ?

— Hier soir, tu n'as pas parlé de moi ni de ce que nous avons fait pendant le week-end. Comme si tu étais embarrassée. Si tu as des regrets ou des doutes, dis-le-moi, s'il te plaît. Je préférerais que tu sois honnête avec moi.

Molly secoua la tête.

— Je n'ai pas de regrets ni de doutes, j'ai passé un bon moment, mais je n'ai rien dit parce que je ne voulais pas que les gens pensent que nous sommes dans une relation. Je ne souhaite pas être dans une relation.

— Nous sommes convenus de garder les choses décontractées, rappela Theo. Ne t'inquiète pas ce que les gens pensent. Tout ce qui importe, c'est ce que nous ressentons. Si tu ne passes pas de bons moments, nous arrêtons, d'accord ?

Elle acquiesça.

— Et ne te sens pas obligée de m'inclure dans tout ce que tu fais, poursuivit-il. Nous ne sortons pas ensemble, nous prenons simplement du bon temps. Détendons-nous, profitons des prochaines semaines et engrangeons des souvenirs. Si tu as besoin d'air, dis-le-moi. Promets-moi de me parler, de me le dire s'il y a un problème.

— D'accord.

8

L'alarme de Molly sonna, la réveillant. Elle tendit le bras pour arrêter la sonnerie, et ce faisant elle dérangea Theo.

Il roula sur le côté et la prit dans ses bras. Il embrassa son épaule. Ses lèvres étaient chaudes et douces. Il promena une main de sa hanche à sa cuisse, puis la coula entre ses jambes. Molly s'offrit à ses caresses. Elle semblait être constamment excitée quand elle était avec lui. Un coup d'œil, un sourire, un contact avaient le pouvoir de déclencher sa libido. Et leur compatibilité au lit était indéniable. Mais ils s'entendaient bien aussi en dehors de la chambre. Elle appréciait sa compagnie. Elle n'avait plus l'impression qu'il la jugeait. Il était bien avec elle, et elle avec lui.

Et elle avait décidé qu'il ne rimait à rien de prétendre autre chose. Ils se voyaient sans engagement, sans contraintes, et elle l'avait admis auprès de ses amis. Theo et elle n'attendaient rien de permanent l'un de l'autre, alors ils n'avaient pas besoin de cacher leur idylle. Elle avait été légèrement surprise de voir que ses amis jugeaient tous positivement leur romance. Mais elle avait insisté sur le fait que ce n'était rien de sérieux – leur histoire serait terminée à peine commencée. Un trait serait tiré quand Theo rentrerait à Sydney.

Elle ne pensait pas à ce qu'elle éprouverait alors – il ne lui plaisait pas d'examiner ses sentiments de trop près. Elle continuait à se dire qu'il s'agissait d'une passade estivale, même si elle craignait d'être plus impliquée qu'elle ne l'avait projeté.

Les doigts de Theo opéraient leur magie, mais avec réticence Molly couvrit sa main de la sienne et arrêta ses mouvements.

— Qu'y a-t-il ? demanda-t-il.

Elle lui donna un baiser.

— Si nous voulons voir le soleil se lever, nous devons nous lever.

— Mais il fait encore nuit, se plaignit Theo. Je préférerais rester au lit avec toi. Il y aura un autre lever de soleil demain.

— Demain, on annonce de la pluie. Et tu ne peux pas venir à Byron Bay sans voir au moins une fois ce spectacle depuis le phare. Nous pourrons nous remettre au lit après.

— C'est une promesse ?

Elle hocha la tête et l'embrassa de nouveau avant de rejeter les couvertures et de le tirer hors du lit.

Molly et Theo étaient appuyés à la barrière blanche au sommet de la colline. Le point de vue était désert, à part un autre couple de lève-tôt. Le phare se dressait derrière eux, monumental, mais ils étaient focalisés sur l'horizon à l'est. Le ciel devenait plus clair, d'un bleu azur pâle teinté de rose et d'orange tandis que la boule dorée du soleil, sortant de l'océan, se mettait à briller.

Theo se plaça derrière Molly, lui enlaça la taille, posa le menton sur le sommet de sa tête et inhala le parfum d'orange de ses cheveux. Ils restèrent silencieux, fascinés par les couleurs de la nature, attendant d'être parmi les premiers à voir le soleil se lever sur l'Australie.

Des mouettes et des cormorans tournoyaient au-dessus d'eux et la brise chaude leur apportait l'odeur iodée de la mer. Theo inspira profondément, prenant le temps d'absorber ce moment, de l'inscrire dans sa mémoire. Il savait qu'il garderait toujours le souvenir de cette expérience, bien après son retour à Sydney.

— C'est incroyable, dit-il. Merci de m'avoir amené ici.

Il avait été élevé pour être occupé, pour réussir en permanence. Il se sentait bien ici, à Byron Bay. Avec Molly dans ses bras. Il se sentait chez lui. Il savait qu'il avait un travail à faire, mais il avait le temps de respirer. C'était rare, pour lui.

— Ce n'est pas souvent que je me sens complètement en paix, ajouta-t-il.

— Quelles sont les choses qui te procurent de la paix ?

Il pouvait les compter sur les doigts d'une main.

— Jouer de la guitare pour moi tout seul. Admirer le lever du soleil au temple de Borobudur en Indonésie.

Et être avec Molly. Mais il ne le dit pas, sachant que cela l'effrayerait. Ils n'en étaient pas au point d'avoir des conversations sérieuses. Il savait que cela n'arriverait peut-être jamais. Qu'elle ne le voudrait probablement jamais.

Le soleil était bien au-dessus de l'horizon, maintenant. Les beaux roses et orangés avaient disparu, laissant juste un ciel bleu sans nuages et une nouvelle journée.

— Mais chaque jour est un nouveau début, reprit-il. Une chance de prendre un nouveau départ. Quels sont tes plans pour l'avenir ? Où te vois-tu dans cinq ans ?

Il essayait de sonder ses pensées.

— Dans cinq ans ! s'exclama-t-elle. Je n'y ai pas vraiment pensé. Et toi ?

— Je gérerai peut-être les cliniques, d'ici là.

— C'est ce que tu veux ?

— C'est ce qui est attendu. J'ai souvent imaginé d'autres options, mais je n'ai jamais sérieusement envisagé de faire autre chose. Peut-être que je devrais juste rester ici, dit-il en ne plaisantant qu'à moitié.

Le soleil passait sur le visage de Molly. Elle rayonnait. Ses cheveux ressemblaient à de l'or filé et ses yeux avaient la couleur du ciel. Elle avait l'air d'un ange et Theo sut qu'il ne voudrait être nulle part ailleurs.

Il l'étudia avec attention, et tâcha d'inscrire cette vision dans sa mémoire, sachant qu'il emporterait cette image avec lui lorsqu'il partirait.

Molly ne pouvait croire qu'une autre semaine avait passé. L'année tirait rapidement à sa fin, Noël serait là dans trois semaines et Theo avait dépassé la moitié de son séjour à Byron Bay. Elle devait admettre qu'elle aimait passer du temps avec lui. Elle s'était détendue, réalisant que ses amis étaient heureux pour elle et que personne ne la jugeait. Elle était libre de faire ce qui lui plaisait. Theo lui octroyait l'espace dont elle avait besoin et se satisfaisait de la voir selon ses termes. Ces quelques semaines avaient été agréables.

Les week-ends avaient passé dans un mélange de soleil, de mer, de sable et de sexe – pas toujours dans cet ordre – et les jours de semaine avaient été remplis de travail et des multiples activités sociales qui faisaient partie de la vie quotidienne à Byron Bay. Les journées étaient bien occupées et les nuits aussi.

On était de nouveau vendredi et Molly et Theo étaient les derniers au bureau. La porte du cabinet de Theo était ouverte quand Molly vint voir s'il était prêt à partir. C'était l'anniversaire de Gemma et ils devaient retrouver des amis au Railway Hotel pour une soirée musicale. Theo était au téléphone, mais il fit signe à Molly d'entrer.

— J'ai eu quelques idées. Je te reparlerai quand j'aurai obtenu plus d'informations, dit-il avant de raccrocher, et Molly comprit qu'il était avec sa mère et qu'ils parlaient de la clinique.

— Tout va bien ? demanda-t-elle.

Il hocha la tête, éteignit son ordinateur et se leva.

— Ma mère avait juste quelques questions au sujet de la clinique. Les profits sont en baisse et elle veut avoir mon avis sur certaines choses.

— Quelles sortes de choses ?

— Elle a consulté les livres de comptes, mais cela n'indique pas pourquoi les chiffres ont chuté. Elle veut savoir ce que je peux découvrir.

— Elle veut que tu nous espionnes ?

Theo fronça les sourcils.

— Non. Pourquoi penserais-tu ça ?

— Parce que tu parlais d'obtenir des informations.

— Pourquoi penses-tu toujours le pire de moi ?

— Que veux-tu dire ?

— Tu m'as accusé d'avoir gardé le secret sur ma relation avec la patronne, alors qu'en réalité c'était juste que cela n'avait pas d'importance.

— Mais cela en a maintenant, n'est-ce pas ? Sinon tu ne lui ferais pas de rapports sur les profits. Et toutes ces questions que tu as posées à Matt sur les séances d'hydrothérapie. C'était également pour l'informer, non ?

— Oui, mais je ne t'espionne pas et je n'espionne pas le personnel. Je regarde les chiffres, la façon dont la clinique fonctionne.

— Est-ce que quelqu'un d'autre sait ce que tu fais ?

Il hocha la tête.

— Tom était au courant et Paula m'a aidé. Je ne me suis pas caché, Molly. Pourquoi ne me fais-tu pas confiance ?

Molly réfléchit. Il avait raison, elle questionnait tout le temps sa conduite.

— Tu sais que la confiance est un problème, pour moi. Des gens à qui je tenais m'ont laissé tomber. Beaucoup.

— T'ai-je laissé tomber d'une façon quelconque ?

— Pas encore.

— Pourquoi crois-tu que je vais le faire ?

— Parce que les hommes auxquels je tiens le font. Mon père. Daniel. Les gens me mentent, les gens trichent et je suis trop crédule.

— Je n'ai pas de secrets pour toi, assura Theo. Il s'agit simplement d'une question de management, cela fait partie de la gestion de la clinique. Si jamais quelque chose doit t'affecter, je te le dirai.

Il passa un bras autour de ses épaules et posa un baiser sur son front. Molly se sentit fautive. Il ne lui avait rien fait. Elle savait qu'il n'était pas obligé de lui dire ce qu'il faisait. Il ne lui devait pas des explications parce qu'ils couchaient ensemble.

Ils n'avaient pas une relation sérieuse. C'était son choix. Elle ne pouvait pas tout avoir.

Il pressa un baiser sur ses lèvres avant de la lâcher.

— Je suis désolée, dit-elle.

— C'est bon. Rappelle-toi juste que nous sommes du même côté.

Il alla jusqu'au placard qui se trouvait dans un coin de son cabinet et prit sa guitare.

Theo se força à se joindre aux festivités de l'anniversaire de Gemma et à laisser de côté les commentaires de Molly. Mais il ne pouvait nier que ces commentaires l'avaient contrarié. Pourquoi semblait-elle toujours faire un pas en avant et deux en arrière ? Elle avait si peur de le laisser devenir proche. Il comprenait ses craintes et était d'accord, la confiance devait se mériter, mais il n'avait rien fait pour l'amener à penser qu'elle ne pouvait pas se fier à lui. Il était difficile de prouver qu'il était fiable quand elle était encline à le comparer à son père et à Daniel. Il ne voulait pas qu'elle le confonde avec les autres hommes de sa vie.

Il sortit sa guitare de sa housse et se mit à l'accorder. Pincer les cordes le calma et il se réconforta en pensant que Molly avait admis qu'elle tenait à lui. Mais à quel point, c'était ce qu'il voulait savoir.

— Tu vas chanter, Theo ? demanda Gemma.

— Je ne sais pas trop.

Il ignorait s'il était d'humeur à chanter devant des gens, ce soir-là.

— Tu devrais t'inscrire, dit Matt. Nous sommes tous avides d'entendre une nouvelle voix.

Ainsi encouragé, Theo s'inscrivit. Puis Gemma l'interrogea sur son travail à l'étranger, qu'il décrivit comme très gratifiant, et quand elle lui demanda pourquoi il était rentré, il avoua que ses parents voulaient qu'il travaille pour eux.

— Dans quel domaine ?

— Les cliniques.

— De la Côte pacifique ?

— Oui. Lian Chin est ma mère. Mes parents ont fondé cette clinique et ma mère la gère.

Il se dit qu'il n'y avait pas de raison de tenir cette relation cachée. Ses collègues finiraient par l'apprendre.

— Cela doit te rendre les choses difficiles, parfois, commenta Gemma.

— Il y a des hauts et des bas.

Theo avait conscience que Molly l'observait. Elle n'avait rien dit depuis qu'ils étaient arrivés au pub et il aurait aimé savoir ce qu'elle pensait. Se disait-elle, après la conversation qu'il avait eue avec sa mère, que pour lui la médecine se résumait à l'argent ? Ce n'était pas son point de vue. Il savait que gagner de l'argent était beaucoup moins important que d'aider les gens. Mais cela ne voulait pas dire que ça ne comptait pas.

Il plaqua quelques accords sur sa guitare et, sa voix couverte par les notes, il demanda à Molly :

— Tout va bien ?

Elle sourit et hocha la tête. Son sourire atteignit ses yeux et Theo se détendit. Peut-être ne lui en voulait-elle pas du tout, pensa-t-il comme il était appelé sur scène.

Il se demanda s'il allait chanter une chanson d'amour pour Molly, puis y renonça. Cela les embarrasserait tous les deux. Un chant de Noël était une autre option, mais il se dit qu'il n'avait pas le public pour ça. Mieux valait choisir un rock australien.

Les gens adorèrent sa prestation et réclamèrent une deuxième chanson. Molly souriait et tapait dans ses mains avec les autres. Il allait le faire pour elle.

— Si vous connaissez cette chanson, chantez le refrain avec moi, dit-il en se lançant dans *L'Australie est toujours mon chez-moi*.

Cela commençait lentement et tandis qu'il gardait le regard fixé sur Molly, il pensa à quel point il se sentait bien à Byron Bay. Cela lui rappelait la liberté qu'il avait eue lorsqu'il travaillait à l'étranger et que l'on n'attendait pas plus de lui que des autres docteurs. C'était la même chose ici. Ici, il était simplement Theo et non le fils de la patronne, en dépit de ce que Molly pouvait penser. Il était simplement Theo, surtout lorsqu'il était avec elle. Alors il oubliait tout le reste.

Molly souriait toujours lorsqu'il termina sa chanson et lorsqu'il descendit de scène elle l'accueillit par un baiser. Soudain, tout était rentré dans l'ordre dans son monde.

Le lundi à midi, Molly frappa à la porte de Theo et l'invita à venir déjeuner dans la salle du personnel.

— En quel honneur ? demanda-t-il. Un autre anniversaire ?

— Non. J'espère que tu ne m'en voudras pas, mais j'ai demandé à tout le monde de réfléchir à ce qui marche et ne marche pas, à la clinique. J'ai pensé qu'ils pourraient avoir des suggestions ou des opinions que tu pourrais ajouter à ton rapport.

Elle essayait visiblement de rattraper sa dureté et les accusations qu'elle avait lancées à Theo le vendredi précédent. Elle voulait l'aider.

— Tu as fait ça ? Pourquoi ?

Oh ! Seigneur, avait-elle mal agi ?

— C'est une façon de te dire que je suis désolée pour toutes les fois où je t'ai mal jugé.

— Merci.

Theo sourit, l'embrassa sur la joue et elle poussa un soupir de soulagement. Il ne lui en voulait pas de son intervention.

— Allons-y.

Paula, Matt et Gemma étaient déjà assis à la table, bourdonnant d'idées. Molly lança la balle.

— Bon, commençons par ce qui va bien.

— Nos carnets de consultations sont pleins en permanence à quatre-vingt-dix pour cent, dit Paula. Pour les kinés comme pour les docteurs.

— Pensez-vous que nous avons assez de personnel ? En faudrait-il plus ? demanda Theo.

— Nous pourrions en accueillir plus, mais je ne pense pas que la demande soit là. L'hiver est calme.

Ensuite, Matt parla de la piscine, qu'il fallait rentabiliser. Pour lui, un kiné supplémentaire s'imposait afin de maximiser son potentiel. Et il serait bon de la louer pour des leçons de natation et des cours d'aquagym.

— Paula, vous avez dit que nous avions de la place pour plus de personnel. Quelles seraient les options pour les cabinets vacants ?

— Je pense que du personnel de santé complémentaire serait un bon ajout à la clinique. Un podologue, un diététicien, un psychologue, un dentiste pourraient les louer de façon permanente, répondit Molly.

— Ou bien on pourrait ouvrir ces cabinets pour mieux en utiliser l'espace, suggéra Matt. On pourrait en faire des studios pour des cours de Pilates ou de yoga.

Theo prenait des notes.

— Bonnes suggestions, merci. Je voudrais aborder un dernier point : est-ce que nous facturons nos services de façon efficace et correcte ?

— Nous ne faisons pas payer les consultations d'urgence, répondit Paula, parce qu'elles sont gratuites à l'hôpital.

— Mais nous ne sommes pas un établissement public. Nous avons besoin d'encaisser des honoraires. Et si les gens utilisent fréquemment la clinique pour des urgences, il faut les faire payer s'ils en ont les moyens. Les Cliniques de la Côte pacifique sont des entreprises, elles doivent faire du profit.

Là-dessus, Theo mit fin à la réunion.

— Merci à tous et merci à toi, Molly, d'avoir organisé cette rencontre. J'aurais dû vous demander vos opinions plus tôt, mais je suis habitué à fonctionner seul. Néanmoins, j'apprécie votre participation.

En sortant de la voiture, Molly tira sur sa robe. Elle s'était acheté une nouvelle tenue pour le Noël du personnel, une robe-chemisier sans manches qui se boutonnait devant, mais elle lui semblait un peu plus serrée que dans son souvenir. Peut-être que Theo et elle avaient un peu trop mangé dehors, se dit-elle en défaisant quelques boutons du bas. Elle devrait faire avec celui de sa taille, qui était un peu juste.

— Qui veut des bulles ? demanda Matt en l'accueillant avec Theo et Gemma.

Molly prit un verre et se laissa servir. Elle n'irait pas à Sydney pour passer Noël avec sa famille, cette année. Elle s'était portée volontaire pour travailler entre Noël et le jour de l'an, afin que les autres docteurs puissent prendre des vacances, aussi cette soirée serait-elle sa principale fête. Mais comme elle portait son verre à ses lèvres, elle fut prise de nausée ; elle se sentait la tête légère. Elle se demanda si cela venait de sa robe trop serrée. Elle avait très chaud.

Elle posa son verre sur une table et décida de prendre de l'eau. Cela lui fit du bien. Mais quand on servit les canapés, la vue de la nourriture lui retourna l'estomac.

Elle essaya de se distraire un moment, mais elle avait toujours la tête qui tournait. Finalement, elle renonça et décida de rentrer chez elle en insistant pour que Theo reste et profite de la soirée. Elle avait dû attraper un virus quelque part.

Les deux jours suivants, elle se sentit léthargique, avec des vertiges de temps en temps, mais elle ne vomit pas et n'eut pas de fièvre. Elle avait perdu l'appétit et ne mangeait que des toasts à la Vegemite, une pâte à tartiner aux légumes. À contrecœur, elle prit son lundi.

Le lundi après-midi, elle se sentit mieux, à condition de ne pas voir de nourriture et de ne pas se lever trop vite.

— As-tu eu une terrible journée à cause de moi ? demanda-t-elle à Gemma quand celle-ci rentra du travail.

Son amie avait dû prendre ses consultations en charge, avec Theo.

— Non, ça allait, répondit Gemma. Theo te dit bonjour.

Molly lui avait demandé de ne pas venir la voir, pour ne pas lui transmettre son virus, mais il avait téléphoné et envoyé des textos. Et elle ne voulait pas qu'il la voie malade.

— Je t'ai apporté quelque chose, dit Gemma en lui tendant un sac.

Molly regarda à l'intérieur et ses yeux s'écarquillèrent.

— C'est pour quoi ? demanda-t-elle en sortant une boîte qui contenait un test de grossesse.

— Juste une précaution. Tu dois admettre que tes symptômes correspondent.

— Ne sois pas ridicule, dit Molly en calculant rapidement depuis combien de temps Theo et elle avaient eu un rapport non protégé.

— Quand as-tu eu tes dernières règles ?

Molly ne s'en souvenait pas. Mais le rapport non protégé et la pilule du lendemain remontaient à deux semaines et demie. Avait-elle du retard ? Peut-être quelques jours, mais elle n'en était pas sûre.

— Il n'y a pas de mal à faire un test, insista Gemma, et Molly céda, sachant que son amie tiendrait bon.

Elle sentit sa nausée revenir lorsqu'elle alla à la salle de bains et fit le test. Elle laissa le bâtonnet sur le siège des toilettes, se lava les mains et retourna à la cuisine pour faire du thé. Elle avait besoin de se distraire.

— Tu veux aller voir, ou j'y vais ? demanda Gemma quand elles eurent bu leur thé.

Molly n'était pas sûre d'être à la hauteur, mais elle dit qu'elle allait le faire. Après tout, c'était son problème. Elle retourna à la salle de bains. Le bâtonnet était toujours là, l'air innocent. Jusqu'à ce qu'elle s'approche : il affichait deux barres roses.

Molly le prit et s'assit sur le couvercle des toilettes. Elle ferma les yeux et se concentra sur sa respiration. Puis Gemma arriva.

— C'est positif ? demanda-t-elle.

Molly hocha la tête et fondit en larmes. Son amie vint la prendre dans ses bras.

— Si je faisais un autre test ? suggéra-t-elle. Peut-être que celui-ci est faux...

— Il pourrait être faux s'il était négatif, mais comme il est positif c'est peu probable, dit Gemma.

Molly savait qu'elle avait raison.

— Que vais-je faire ? demanda-t-elle.

— Rien dans l'immédiat. Je vais te préparer une autre tasse de thé avec des toasts. Tu prendras quelques minutes pour souffler.

— Ceci ne fait pas partie de mes plans, dit Molly.

Elle avait prévu de passer un certain temps à se recentrer sur elle-même.

Je n'aurais jamais dû avoir une histoire avec Theo, se dit-elle, mais elle n'était pas sûre de le penser vraiment. Elle avait aimé passer du temps avec lui, coucher avec lui. Jusqu'à maintenant.

— Que vais-je dire à Theo ? demanda-t-elle. Nous étions d'accord pour une idylle estivale, une « amitié avec avantages ». Je ne pense pas qu'un bébé soit un avantage.

— Pour certaines personnes, si, dit Gemma.

Molly secoua la tête.

— Non. Nous n'avons pas prévu ça. Je ne l'ai pas prévu.

Elle avait dit à Theo qu'elle ne voulait pas d'enfants.

— Viens avec moi à la cuisine, proposa Gemma en l'aidant à se lever. Je vais brancher la bouilloire.

Molly se laissa choir sur un tabouret.

— Est-ce que je dois le dire à Theo ?

— Pourquoi ne le ferais-tu pas ?

— Notre relation n'est pas vraiment sérieuse. Et je ne veux pas être liée à un homme à cause d'une erreur. Je ne veux pas du tout être liée à un homme. La prochaine relation que j'aurai sera dictée par mon choix, pas par les circonstances.

— Dans ce cas, tu n'as qu'une option. Parce que tu ne peux pas, en toute honnêteté, garder le bébé et ne rien dire à Theo.

— Il y a une autre possibilité, dit Molly. Theo ne voudra peut-être rien avoir à faire du bébé et de moi.

— Honnêtement, tu crois vraiment qu'il ne vous choisirait pas, toi et le bébé ?

Molly ne savait que penser, mais elle était sûre qu'elle ne pourrait pas interrompre sa grossesse. Elle était emplie de désespoir en réalisant qu'une brève inattention allait changer sa vie, mais un avortement serait trop dur.

Et Gemma avait parlé par deux fois d'honnêteté. Molly savait qu'elle avait raison. Elle devait être honnête. Elle devait parler à Theo.

Cela faisait seulement dix-sept jours qu'elle lui avait dit qu'elle ne voulait pas d'enfants. Pourrait-elle faire ceci ? Pourrait-elle élever un enfant ? Seule ?

Les mains de Molly étaient moites. Elle pensait qu'elle allait peut-être vomir, mais elle savait que sa nausée de ce soir-là ne venait pas de ses hormones, mais de ses nerfs. Elle avait peur. Elle allait dire à Theo ce qui lui arrivait, ce qui leur arrivait, et elle était terrifiée.

Ou bien il ne voudrait rien avoir à faire d'elle et du bébé, ou bien il voudrait être impliqué. Les deux options avaient des pour et des contre. Elles étaient toutes les deux terrifiantes. Si Theo restait, elle perdrait son indépendance. Elle devrait lui faire une place dans ses plans et elle serait définitivement liée à lui à travers leur enfant. Ils seraient connectés à jamais et elle ne *voulait pas* être liée à un homme par obligation.

Dans l'autre option, elle perdrait Theo. Elle était prête à être une mère célibataire, mais serait-ce juste pour un enfant ?

Maintenant qu'elle était placée entre deux feux, elle réalisait que les choses n'étaient pas aussi tranchées. Ce n'était pas tout noir ou tout blanc. La vie réelle était beaucoup plus compliquée. La théorie et la pratique étaient des choses très différentes et elle n'avait vraiment aucune idée de ce qu'elle voulait.

Il fallait qu'elle mette la balle dans le jardin de Theo et qu'elle parte de là.

Elle regarda l'heure. Elle disposait de dix minutes avant qu'il arrive. Elle l'avait invité à dîner. Elle s'était arrangée pour l'éviter au travail – elle savait qu'elle ne pourrait pas prétendre que tout allait bien et ils ne pouvaient pas discuter de ce problème à la clinique. Un dîner était le mieux, et Gemma avait accepté de les laisser seuls pour la soirée.

Molly mit de la musique sur son téléphone pour calmer ses nerfs, puis elle alluma les spirales antimoustiques. Elle finit de mettre la table et emplit une cruche d'eau fraîche. S'agiter lui occupait les mains et l'esprit.

Avant de partir, Gemma avait préparé une salade au poulet. Molly ne supportait pas l'idée de cuisiner. Sans l'aide de son amie, elle aurait servi des toasts à la Vegemite.

Elle alluma les guirlandes lumineuses qui ornaient le balcon, puis éclaira l'arbre de Noël. Gemma avait décoré l'appartement pour Noël qui serait là dans deux semaines.

Molly serait seule pour les fêtes. Gemma allait à Brisbane, mais Matt et Levi l'avaient invitée pour le dîner de Noël. Elle était contente d'avoir une raison pour ne pas se rendre à Sydney. Ses sœurs lui manqueraient, mais elle n'était pas prête à quitter Byron Bay. Elle avait trouvé une sorte de paix intérieure depuis qu'elle était là – même si cette paix avait été ébranlée par les événements de la semaine passée. Et elle avait besoin de temps pour trouver comment annoncer la situation à sa famille. Leur dire qu'ils allaient être grands-parents et tantes.

Elle ne savait pas très bien comment cette nouvelle serait reçue. Elle pensait que ses sœurs seraient excitées et elle espérait que sa mère le serait aussi.

Molly se demanda ce que Theo ferait pour Noël. Il serait de

retour à Sydney, à cette époque. Elle s'interrogea aussi sur ce que sa famille à lui penserait du bébé à venir. Est-ce qu'il le leur dirait ?

Ses pensées furent interrompues par un coup frappé à la porte. Son cœur manqua un battement lorsqu'elle l'ouvrit. La vue de Theo lui coupa le souffle. Il était beau. Il portait un bermuda en coton clair et un T-shirt noir. Son visage était bronzé, il avait l'air en forme et il était superbe. Molly savait qu'il appréciait son séjour à Byron Bay et, par ce qu'elle allait lui dire, elle allait s'assurer qu'il ne l'oublierait jamais. En bien ou en mal.

Il l'embrassa, elle ferma les yeux et se laissa aller à imaginer, juste un instant, un avenir où elle n'aurait pas à craindre qu'il lui brise le cœur. Un avenir où ils pourraient être heureux.

Mais leur avenir, maintenant, allait être compliqué par sa grossesse. Les choses ne seraient plus jamais les mêmes. Ne seraient plus jamais simples.

Quand Theo la lâcha, elle eut le tournis.

— Il y a de la bière au frigo et de l'eau sur la table. Sers-toi à boire, je reviens dans une minute, dit-elle en s'enfuyant vers la salle de bains.

Elle s'aspergea le visage d'eau froide et inspira à fond par deux fois avant de s'essuyer. Elle mit de l'anticernes pour couvrir les cercles sombres sous ses yeux, puis elle rejoignit Theo pour un dîner qu'elle ne se voyait pas manger.

La salade de Gemma était délicieuse, mais Molly n'avait pas d'appétit. Elle picora dans son assiette, mettant la nourriture sur le côté en essayant de faire la conversation.

— Tu es sûre d'aller mieux ? demanda Theo. Tu ne dis pas grand-chose et tu as à peine touché à ton repas.

— J'ai quelque chose à te dire, annonça Molly en mettant son assiette de côté.

Elle sentait le peu qu'elle avait mangé risquer de lui remonter dans la gorge. Theo attendait, tout en l'observant avec attention. Elle se sentait presque désolée pour lui, il n'avait aucune idée de ce qui allait venir, mais ceci était autant sa faute que la sienne. Il fallait qu'il entende ce qu'elle avait à dire.

— Je n'ai pas de virus. J'ai supposé que j'avais attrapé quelque chose, mais il s'avère que ce n'est pas le cas.

Elle détourna les yeux en rassemblant son courage, avant de ramener son regard sur Theo.

— Je suis enceinte.

Theo resta silencieux. Molly attendit, voulant qu'il parle, mais redoutant en même temps ce qu'il pourrait dire.

— Enceinte ? Pas malade ?

Molly secoua la tête.

— Manifestement, je fais partie des statistiques mentionnées sur la notice de la pilule du lendemain.

Elle avait dû ovuler avant leur rapport.

— Nous n'avons pas eu de chance.

— Enceinte. Waouh !

Un sourire se peignit lentement sur le visage de Theo.

Elle fronça les sourcils.

— Tu n'es pas contrarié ?

— Contrarié ? Non. C'est formidable.

Il se leva, contourna la table, lui prit les mains et la mit debout.

— Nous allons avoir un bébé.

Il l'enlaça, l'embrassa et durant une minute elle oublia qu'elle prévoyait de faire ça seule. Ce n'était pas la réaction qu'elle avait attendue et il était bon de partager ce moment avec Theo. Mais cela n'allait pas être sa réalité.

— En quoi est-ce une bonne nouvelle ?

— J'ai toujours voulu être père et je pense, j'espère, que je serai un bon père. J'ai assez vu comment ne pas élever une famille.

Mais il avait dû entendre une réticence dans sa voix, car il s'écarta, la lâchant, et la regarda dans les yeux.

— Tu n'en es pas heureuse ? Je sais que tu as dit que tu ne voulais pas d'enfants…

Elle perçut la note d'espoir dans sa voix et sut qu'il comptait qu'elle change d'avis.

— Je le garde, dit-elle, sachant que c'était ce qu'il voulait, mais nous n'avions pas projeté d'avoir un bébé. Nous nous connaissons à peine.

— Il y a eu pire, objecta-t-il. Nous ne sommes pas les premiers à nous trouver dans cette situation. Nous pouvons faire en sorte que ça marche.

— Que quoi marche ?

— Nous.

Molly secoua la tête et s'assit. Elle avait besoin d'un peu d'espace, physiquement et mentalement.

— Il n'y a pas de nous, Theo. Nous n'avions pas de plans au-delà des deux prochaines semaines.

— Nous en ferons.

Il faisait paraître les choses si faciles. Mais Molly savait qu'il n'en était rien. Des larmes inattendues lui montèrent aux yeux et elle cligna des paupières pour les retenir.

— Ni l'un ni l'autre, nous n'avons signé pour être parents.

— Cela ne veut pas dire que nous ne pouvons pas y arriver.

— Theo, nous étions partants pour une idylle d'été. Pas pour élever un enfant.

— Que suggères-tu que nous fassions, alors ?

Cela allait plus vite que Molly l'avait prévu. Elle avait à peine accepté le fait qu'elle était enceinte et ne s'était pas attendue à se lancer ce soir-là dans des projets.

— Je ne sais pas. Je suis encore en train d'essayer de comprendre comment c'est arrivé.

Elle se sentait mal.

— Puis-je te dire ce que je pense ?

Elle hocha la tête. Entendre les pensées de Theo ne pouvait pas faire de mal. À moins qu'il ne veuille prendre le bébé et l'élever de son côté. Bien que la maternité n'ait pas fait partie de ses plans une semaine plus tôt, elle savait maintenant qu'elle ne pourrait pas renoncer à son enfant.

— Si tu revenais à Sydney avec moi ? Si nous nous mariions ?

9

— Quoi ?

Il voulait se marier ?

Molly secoua la tête.

C'était une idée ridicule.

Inattendue et ridicule.

— Je n'envisage pas de retourner à Sydney et je ne veux pas me marier.

— Pourquoi ?

— Nous nous sommes mis d'accord sur une romance estivale. Nous n'avons parlé de rien d'autre, après ça, et soudain tu parles de passer le reste de notre vie ensemble.

Molly fit une pause pour inspirer. Elle entendait une note paniquée se glisser dans sa voix et elle avait besoin de se calmer.

— Cela n'a pas de sens. Je ne veux pas être piégée dans un mariage à cause d'un bébé. Et je pense que toi non plus.

— Tu préférerais que je rentre à Sydney et que je te laisse tranquille ? Cela n'arrivera pas. J'ai à peine vu ma mère et mon père, en grandissant. Je veux être présent pour mon enfant. Je veux être impliqué.

— Je ne dis pas que tu ne peux pas être impliqué.

— Peut-être pas, mais tu dis que tu te contentes d'une romance d'été et que tu ne veux pas de relation. Tu vas avoir mon bébé, mais tu ne veux pas m'épouser.

— Je ne veux épouser personne.

— Mais je ne suis pas personne ! Je suis le père de ton enfant. Je ne veux pas être exclu de la vie de mon enfant. Si nous sommes mariés, cela ne pourra pas arriver.

— Je ne cherche pas à t'exclure.

— Mais tu veux prendre toutes les décisions.

— Pas toutes, mais je veux pouvoir en prendre quelques-unes. À commencer par me marier ou non. Je ne veux pas qu'on me dise que faire, comment penser, où habiter.

— Ce n'est pas ce que j'ai fait, objecta Theo.

— Mais si ! Quelques minutes après avoir appris la nouvelle, tu as dit « Retournons à Sydney. Marions-nous. » Comme si je n'avais pas mon mot à dire.

— Bien sûr que tu as ton mot à dire, mais serait-il si abominable de faire ça ensemble ?

Non, pensa Molly. Dans son cœur, elle pouvait voir l'avenir. Mais elle ne pouvait pas prendre ce risque. L'avenir ne tournerait pas comme elle l'espérait – elle l'avait appris à ses dépens. Les longues vies heureuses n'existaient que dans les contes de fées.

Elle essuya une larme. Theo lui avait proposé le mariage au nom de l'honneur. Pas parce qu'il était amoureux d'elle. Il ne l'avait pas proposé librement, mais à cause des circonstances, parce qu'il pensait que c'était la chose correcte à faire, et elle ne pouvait l'accepter. Elle ne finirait pas comme sa mère, piégée dans un mariage avec un homme qui ne l'aimait pas.

— Je ne veux pas perdre mon indépendance. Ma mère était ligotée par sa situation. Elle n'avait pas de carrière, pas d'argent. J'ai travaillé dur pour m'assurer d'être indépendante financièrement. Ce que je n'ai pas toujours eu, c'est l'indépendance émotionnelle, je cherchais trop à être reconnue. Maintenant j'ai les deux et je ne suis pas prête à y renoncer.

— L'engagement et la dépendance ne sont pas la même chose.

Molly secoua la tête. Il se trompait.

— J'ai passé des années à être la petite amie intermittente de

Daniel. La fille qu'il trompait. Maintenant, je vais être mère. Je ne veux pas être la femme de quelqu'un. Je veux être moi, Molly.

— Tu seras toujours Molly. Je n'essaye pas de te changer. J'essaye de te soutenir.

Mais elle s'inquiétait que ce soutien ne vire au contrôle. Elle avait besoin d'espace, de liberté.

— Nous n'allons pas régler ça ce soir.

— Je suis d'accord, agréa Theo. Laissons passer la nuit et parlons-en demain.

Il l'embrassa pour lui souhaiter bonne nuit.

— Mais je veux que tu te rappelles que ceci est une bonne nouvelle et que nous nous en sortirons.

Quand il fut parti, Molly s'effondra sur son lit. Elle était trop épuisée pour ranger. Émotionnellement et physiquement.

Theo voulait l'épouser.

Un bref instant de folie, elle avait été tentée de dire oui. Mais il ne l'aimait pas. Il voulait juste s'assurer de voir son enfant.

Il était ridicule de penser que leur histoire pourrait se terminer par un mariage. Par une longue vie heureuse.

Elle allait avoir un bébé ; elle allait être mère. Elle serait coparent avec Theo. C'était assez d'engagements pour le moment. Le mariage n'était pas nécessaire. Et un mariage sans amour était ridicule.

— Alors tu m'indiqueras la date de ta première échographie ? s'assura Theo en demandant la note de leur dîner.

La simple pensée de voir le cœur de son bébé battre sur un écran pour la première fois l'emplissait de joie, d'impatience et d'un bonheur plus intense que tout ce qu'il aurait pu imaginer.

— Tu reviendras exprès de Sydney ? demanda Molly. Comment vas-tu faire ?

— Je prendrai un congé. À partir du moment où tu me préviendras assez tôt, je pourrai bloquer un jour ou deux.

Il devait rentrer à Sydney le jeudi suivant, dans moins d'une semaine. Son séjour de six semaines s'achevait et il n'avait toujours pas convaincu Molly de venir avec lui, mais il n'avait pas l'intention de manquer ces étapes importantes. Il fallait qu'il montre à Molly qu'il était sérieux dans sa volonté de s'impliquer et cela commençait par les rendez-vous prénataux. Il savait que la ligne de démarcation était fine entre être intéressé, être impliqué et ce que pensait Molly – qu'il essayait de contrôler sa grossesse. Sa vie.

Il était si reconnaissant qu'elle ait choisi de garder le bébé et il ferait tout ce qui serait en son pouvoir pour la soutenir et être présent. L'énorme responsabilité d'élever un enfant ne lui échappait pas, mais c'était une tâche qu'il embrasserait de tout son cœur. Il préférerait le faire au côté de Molly, comme un partenaire et non comme un coparent, mais c'était une affaire en cours. Il ne renonçait pas.

Il avait invité Molly à dîner au restaurant et ils avaient passé la soirée à parler de choses pratiques, ce qui était important et nécessaire, mais il savait que beaucoup n'avait pas été dit. Ils n'avaient pas parlé de ce qu'ils ressentaient.

Il aurait peut-être dû la recevoir chez lui. Dans l'intimité de sa maison, ils auraient peut-être été plus honnêtes l'un avec l'autre, plus ouverts à propos de leurs sentiments, de leurs espoirs et de leurs rêves. Il pourrait peut-être le lui proposer pour le lendemain soir.

Il savait qu'il allait manquer de temps. Qu'une fois qu'il serait à Sydney, il serait plus dur de convaincre Molly qu'ils devaient être ensemble. Il s'inquiétait que ce soit « loin des yeux, loin du cœur ». Et il voulait rester dans la vie de Molly.

Quatre jours après avoir appris la nouvelle, il était encore submergé d'émotion, d'excitation et de nervosité. C'était à la fois exaltant et terrifiant. Il était déterminé à être un bon père, un père aimant, un père présent – tout ce qui lui avait manqué – mais y arriver allait être un défi.

Il avait brièvement envisagé de rester à Byron Bay, mais il savait qu'il ne pourrait pas gérer de là les affaires de sa famille et c'était ce qui était attendu de lui, ce qu'il attendait de lui-même. Il y avait trois cliniques à Sydney, c'était là qu'il devait être. C'était frustrant, mais il finirait par trouver une solution. Il ne serait pas un père absent. Il pouvait imaginer un avenir avec Molly. Il devait juste trouver le moyen de la convaincre.

La confiance était la clé.

Il avait besoin de temps pour lui montrer qu'elle pouvait compter sur lui.

Il n'avait pas suggéré de nouveau le mariage. Il savait qu'il avait eu tort. Elle ne voulait pas l'épouser, mais il devait se réconforter en se disant qu'elle ne voulait épouser personne. Toutefois, il n'était pas personne. Il était le père de son enfant.

— Alors nous sommes d'accord, la communication est importante et doit rester ouverte, dit-il en payant la note. Nous allons faire en sorte que ça marche. Nous voulons tous les deux faire ce qui est le mieux pour notre enfant, comme tous les parents. Je veux vraiment réussir.

— Moi, je..., commença Molly.

Elle fut interrompue par un crissement de pneus, tandis qu'une voiture tournait à toute allure au coin du restaurant. Les conversations cessèrent quand les dîneurs entendirent un bruit assourdissant, choc, tôle froissée et verre brisé.

Il y eut un moment de silence total avant qu'un klaxon ne se déclenche et continue sans s'arrêter. Par-dessus tout ça, il y eut le bruit d'un second choc, plus sourd que le premier, suivi par des cris. Theo et Molly sortirent en courant dans la rue. Un nuage de poussière s'élevait dans les airs, obscurcissant l'intersection.

Theo se précipita vers les cris et la poussière et Molly se rua après lui. Elle tourna au coin et s'arrêta, donnant à son cerveau le temps d'enregistrer ce qu'elle voyait.

Une voiture était montée sur le trottoir et s'était encastrée entre deux gros bacs en béton, le capot contre le mur d'un vieil immeuble d'un étage qui abritait un bar à vin.

Molly savait que le bar avait une terrasse extérieure dans la rue, sous une véranda. Les gros pots en béton étaient censés servir de barrière et protéger les tables, mais le véhicule s'était couché sur le côté et immiscé entre eux, démolissant un pilier de la véranda. Celle-ci s'était effondrée et l'on pouvait voir un amas de chaises et de tables cassées écrasées par le poids de la structure. Molly supposa qu'un moment plus tôt, des gens avaient été assis à ces tables.

C'était une scène impressionnante. Des débris étaient répandus sur la route, et alors que la poussière commençait à se dissiper, Molly avait le cœur dans la gorge à la pensée du carnage qu'ils allaient peut-être découvrir. Il fallait qu'ils voient si des gens étaient coincés sous le bâtiment.

Des personnes se rassemblaient sur la chaussée, en état de choc, et Molly en vit quelques-unes qui s'extirpaient de sous la véranda, aidées par des témoins. D'autres, le téléphone à l'oreille, appelaient les secours. Le poste de police n'était pas loin et Molly pensa que les policiers arriveraient rapidement.

Elle chercha Theo du regard. Ils devraient commencer à traiter les blessés.

Elle le vit grimpant sur l'un des bacs en béton pour regarder par la vitre du conducteur de la voiture. La vitre était cassée et il donna un coup de poing dedans avant d'introduire sa main à l'intérieur.

Molly regarda par la lunette arrière de la voiture. Elle aperçut le conducteur avachi sur le volant, saignant de la tête. Theo lui prenait le pouls. Elle ne vit pas de passager. Theo redescendit.

— Il est vivant, mais inconscient, indiqua-t-il comme des sirènes résonnaient à distance.

— As-tu vu quelqu'un d'autre, dans la voiture ?

— Non.

Un jeune homme émergea des gravats qui se trouvaient à leurs pieds. Theo le saisit sous les aisselles pour l'aider à se mettre debout. Il était couvert de sang et de poussière.

— Il faut que vous m'aidiez. Ma petite amie est là-dedans, dit-il en indiquant le bas du bâtiment. Elle est coincée sous la voiture.

Molly vit Theo jeter un coup d'œil dans cette direction.

— Est-elle consciente ? Respire-t-elle ?

— Je ne sais pas, répondit le jeune homme en pleurs, ses larmes laissant des traces sur son visage sale. Sa jambe est prise, je n'ai pas pu la sortir.

— Comment s'appelle-t-elle ? demanda Theo pendant que Molly posait une main sur le bras de l'homme pour le réconforter.

— Bree.

Theo se mit à genoux, et avant que Molly puisse lui demander ce qu'il faisait, il rampa sous la voiture et dans les débris de la véranda. Elle ouvrit de grands yeux. Au nom du ciel, que faisait-il ?

Le pilier restant craqua, grinça et le toit s'affaissa encore de quelques pouces.

À quoi pensait-il ? Il se mettait en danger, et pour quoi ? Il ne pourrait pas bouger la voiture. Elle avait le cœur dans la gorge et elle adressa une prière silencieuse dans l'espoir que quelqu'un l'écoute.

Mon Dieu, s'il vous plaît, faites qu'il aille bien. Sortez-le de là avant qu'il ne soit blessé. Avant qu'autre chose n'aille de travers.

Elle posa sa main droite sur son ventre, abritant inconsciemment son bébé. C'était un réflexe instinctif, protecteur. Elle savait que son enfant allait bien, mais c'était autre chose pour son père.

Fixant le trou noir dans lequel Theo avait disparu, elle sut qu'elle avait fait une erreur. Elle avait été une idiote. Elle s'était tellement polarisée sur son indépendance qu'elle avait tout risqué.

Elle voulait Theo dans sa vie. Elle avait *besoin de lui* dans sa vie. Pas seulement pour son enfant. Mais pour elle.

Elle était prête à être une mère célibataire. Élever un enfant seule ne lui posait pas de problème, prendre des décisions non plus, mais, confrontée au danger que Theo courait, elle ne voulait pas que son bébé n'ait pas de père du tout.

Maintenant que Theo risquait sa vie, elle réalisait qu'elle ne voulait pas penser à un monde sans lui.

Elle ne voulait pas vivre sans lui. Il la rendait heureuse. Il faisait d'elle une meilleure personne et ce qu'elle était quand elle était avec lui lui plaisait. Pourquoi refusait-elle d'accepter ça ? Pourquoi résistait-elle à l'idée d'une relation sérieuse ?

Elle admit que les choses seraient difficiles s'il était à Sydney. *Elle* avait rendu les choses difficiles. Pas impossibles, mais pas aussi aisées qu'elles auraient pu l'être.

Si Theo avait raison ? Si elle pouvait allier engagement et indépendance ? Si elle pouvait avoir une relation avec lui sans perdre son identité ? Sans perdre le contrôle de sa vie ?

Cela valait la peine d'essayer.

Elle se fit une promesse. Quand il ressortirait de là – s'il ressortait – ils auraient une conversation. Ils feraient de nouveaux plans. Elle lui dirait ce qu'elle éprouvait.

Et si elle le perdait ?

Elle secoua la tête pour éclaircir ses pensées. Elle ne pouvait pas penser à ça maintenant. Il fallait qu'elle pense à autre chose qu'au danger dans lequel Theo s'était mis. Elle se tourna vers le jeune homme qui se tenait toujours à côté d'elle. Il allait la distraire de ses soucis.

Il était pâle, ses yeux étaient écarquillés et il tremblait. Il était en état de choc. Elle s'adressa à quelqu'un qui se trouvait là.

— Il nous faut une couverture, dit-elle. Pouvez-vous voir si l'un des restaurants peut nous en prêter une ?

La rue était pleine de bars et de restaurants avec des terrasses. Elle savait qu'ils auraient des couvertures pour protéger leurs clients de la fraîcheur d'une soirée.

Elle se retourna vers le jeune homme.

— Comment vous appelez-vous ?

— Josh.

— Josh, je suis Molly et je suis médecin. Je pense que vous devriez vous asseoir.

Elle l'écarta de la zone détruite et de la véranda endommagée, pour le cas où celle-ci s'effondrerait complètement. Elle le fit asseoir sur le bord du trottoir, les pieds dans le caniveau, et posa sur ses épaules la couverture qu'on lui apporta.

— Êtes-vous blessé ? demanda-t-elle en s'asseyant à côté de lui.

Il ne semblait pas avoir subi de blessures sévères. Elle pouvait voir quelques abrasions et il avait du sang sur les mains, mais elle ne savait pas si c'était le sien.

Il fit non de la tête.

— Mais Bree...

Sa voix se fêla et il ne put finir sa phrase.

— Mon ami qui est allé la trouver est aussi médecin, dit-elle en espérant le rassurer.

Elle dut hausser la voix, car les véhicules de secours tournaient dans la rue avec leurs sirènes hurlantes. Tandis que les voitures de police, les camions de pompiers et les ambulances s'arrêtaient, ils éteignirent les sirènes, mais leurs lumières clignotantes rouges et bleues donnaient un air irréel à la scène.

Molly se leva pour se présenter alors qu'une policière s'approchait.

— Avez-vous besoin d'aide ? demanda la femme.

— Non. Les blessures de Josh ne sont pas graves et le chauffeur de la voiture était vivant après l'accident, mais mon collègue... mon collègue n'a pas pu l'atteindre et nous ne connaissons pas l'étendue de ses blessures. Nous pensons qu'il était seul dans la voiture, mais nous n'en sommes pas certains.

— Où est votre collègue ?

Molly indiqua la voiture.

— Il s'est glissé là-dessous. Une jeune femme, la petite amie de cet homme, est coincée sous la voiture. Nous ne savons pas s'il y a d'autres personnes.

Elle vit des gens avec la tête et les mains qui saignaient, des habits sales et déchirés, mais elle ignorait si des personnes manquaient.

La policière hocha la tête.

— Merci pour les renseignements.

Alors qu'elle se tournait pour partir, Molly la retint.

— Pouvez-vous conduire Josh aux secouristes ? Il est en état de choc et il faut le surveiller. Moi, je dois attendre ici.

Elle ne s'éloignerait pas tant qu'elle ne saurait pas que Theo était sain et sauf.

Elle fit les cent pas dans la rue, les yeux rivés sur le site de l'accident, intimant à Theo de réapparaître. N'avait-il pas entendu les sirènes ? Ne savait-il pas que les secours étaient arrivés ? Il pouvait sortir, maintenant, et laisser les pompiers et les secouristes faire leur travail.

Enfin, il émergea.

— Theo, Dieu merci !

Molly se précipita sur lui et l'enlaça. Par-dessus son épaule, elle vit un secouriste qui venait vers eux. Il avait dû voir Theo sortir des décombres.

— Je vais bien, lui dit Theo. Je n'ai pas été pris dans l'accident. Je suis médecin. Il y a une jeune femme coincée là-dessous et je suis allé voir si je pouvais l'aider.

— Elle est vivante ?

— À peine.

Il baissa la voix et Molly vit qu'il cherchait Josh du regard.

— Son petit ami est dans une ambulance, lui apprit-elle.

Theo hocha la tête. Il ne lâcha pas Molly. La soutenait-il, ou avait-il aussi besoin d'être rassuré ? Elle se blottit contre son corps, ne voulant pas être séparée de lui. Il s'adressa au secouriste.

— La voiture n'a pas touché son ventre et les organes vitaux, mais je la soupçonne de perdre du sang quelque part. Son pouls et son rythme respiratoires sont élevés et elle perd conscience par moments. La libérer va être difficile et prendre du temps. Elle risque de ne pas survivre assez longtemps pour être dégagée, et si oui, la sortir de là pourrait encore être fatal. Je pense qu'il nous faudrait une ambulance de l'air. Elle va devoir être transférée dans un grand hôpital de Brisbane ou de Sydney.

Theo fit signe à un policier et lui dit :

— Il faut sécuriser la véranda avant de bouger la voiture.

Le policier hocha la tête.

— Nous avons appelé les techniciens et les pompiers vont essayer de stabiliser la structure.

— Viens, tu as besoin d'être réchauffée, dit Theo à Molly.

Toujours pressée contre lui, elle n'avait pas réalisé qu'elle tremblait et qu'elle avait froid.

Il la prit par la main et l'éloigna du chaos. Ils ne pouvaient plus rien faire, maintenant. Les secours étaient responsables des opérations.

— Veux-tu venir chez moi ?

Elle fit signe que oui. Elle ne voulait pas être seule. Elle avait besoin de compagnie. Elle avait besoin de tenir Theo, de sentir qu'il allait bien, qu'il était indemne et entier.

Elle se cramponna à sa main. Elle se dit que c'était peut-être la seule chose qui la faisait tenir debout. L'adrénaline la parcourait toujours, rendant ses jambes flageolantes. Elle demanda, d'une voix où perçait la peur :

— Au nom du ciel, à quoi as-tu pensé, en te mettant dans une situation pareille ?

Theo la regarda un instant avant de répondre.

— Je pouvais peut-être faire quelque chose. Il fallait que j'essaye. Tout ce que je parvenais à penser, c'est que ça aurait pu être toi, coincée là-dessous. Seule. Blessée. Je pouvais peut-être faire une différence. Imagine combien il aurait été terrifiant d'être seule dans une situation pareille.

Molly n'avait pas besoin d'imaginer. Elle connaissait le degré de cette peur.

— Mais c'était *toi* qui étais là-dedans. Si tu n'étais pas ressorti ?

— Je suis ressorti. Je vais bien. Maintenant, il ne nous reste plus qu'à espérer que Bree aille bien aussi.

— J'ai besoin d'une douche, dit Theo en ouvrant sa porte d'entrée.

Il tenait toujours la main de Molly. Il ne l'avait pas lâchée depuis qu'ils avaient quitté le site de l'accident. Il l'entraîna dans la salle de bains et tourna les robinets de la douche.

Molly était assise sur le couvercle des toilettes pendant qu'il réglait la température. Elle le regarda mieux et vit qu'il était sale. Elle ne s'en était pas rendu compte avant, seulement soulagée qu'il aille bien.

La salle de bains s'emplissait de vapeur, ce qui rappela à Molly le nuage de poussière qui avait envahi la rue. Elle frémit à ce souvenir.

— Je pense que tu devrais te doucher aussi, dit Theo. Ce sera le moyen le plus rapide de te réchauffer.

Elle pouvait à peine parler. Elle n'avait plus froid, mais elle était complètement engourdie. Et terrifiée. Elle ne s'était pas remise de l'idée qu'elle aurait pu le perdre. Elle avait bien conscience qu'il allait partir, et qu'elle le perdrait d'une certaine façon, mais le savoir à Sydney était mieux que de le perdre totalement.

Theo l'aida à se lever et se mit doucement à la déshabiller. Il défit la fermeture de sa robe et elle leva les bras pour qu'il la tire par-dessus sa tête. La pièce était chaude et humide. Il s'accroupit pour délacer ses baskets et elle leva les pieds pour se déchausser.

Ses mains étaient sur ses hanches, à présent, et chauffaient sa peau. Un picotement de trouble et d'anticipation la parcourut tandis qu'il glissait les doigts dans l'élastique de sa culotte pour la lui enlever. Il se releva et passa derrière elle pour défaire son soutien-gorge. Puis il l'enlaça et prit ses seins dans les mains. Ils étaient pleins et lourds, déjà changés par sa grossesse. Il passa les doigts sur un téton qui se dressa aussitôt à son toucher. Sa poitrine était devenue plus sensible, aussi.

Les genoux de Molly tremblaient et Theo la soutint d'un bras sur sa taille. Il la souleva à moitié et l'aida à aller sous la douche.

Elle s'appuya d'une main aux carreaux et laissa l'eau chaude couler sur elle tandis qu'elle regardait Theo se dévêtir. Ses habits étaient sales et une jambe de son pantalon était déchirée. En revanche, quand il ôta sa chemise, son torse était lisse, propre et hâlé. Il quitta ses chaussures et, d'un seul geste, se libéra de son pantalon et de son boxer.

Lorsqu'il fut nu, Molly tendit une main vers lui et l'attira sous la douche avec elle.

Il passa une main sur sa nuque et l'attira à lui. Puis il courba la tête et couvrit ses lèvres des siennes. Ses lèvres étaient douces, Molly soupira et se pressa contre lui en ouvrant sa bouche. Elle laissa sa langue l'explorer.

Elle promena les mains sur ses fesses fermes et chaudes sous ses doigts. Elle l'attira à elle, appuyant son ventre contre son érection. Elle voulait le sentir plus près. Elle en avait besoin.

Ses seins étaient plaqués contre son torse. Elle arqua le dos, les libérant, et de nouveau Theo prit un sein dans sa paume et passa son pouce sur la pointe. Un gémissement rauque sortit de sa gorge tandis qu'elle renversait la tête en arrière et interrompait leur baiser.

Elle abaissa une main pour se saisir de son sexe dressé. Il palpita sous ses doigts, gorgé de sang. Elle sentait sous sa peau les battements de son cœur.

Theo courba la tête et prit un sein dans sa bouche. Elle se collait à lui. Il passa la langue sur le téton, ce qui envoya des flèches de désir entre ses cuisses. Étonnamment, elle voulait plus. Elle désirait avidement plus.

Se tenant aux épaules de Theo, elle arqua le dos et poussa ses hanches vers lui. Il glissa ses doigts en elle, frottant son clitoris de son pouce. Elle avait les genoux qui tremblaient. Elle était incapable de penser. Elle était trop occupée à ressentir. Son corps était une boule de nerfs frémissante, ses sens étaient avivés – son toucher, son goût, son odorat réagissant aux caresses des lèvres et des doigts de Theo.

— Je ne pense pas pouvoir rester debout, dit-elle en haletant. Il va falloir que tu me tiennes.

Il la souleva d'un mouvement souple et elle écarta les jambes, avide de l'accueillir en elle. Sentant la pointe de son érection contre son ventre, elle passa ses cuisses autour de sa taille. Elle l'entendit soupirer lorsqu'il plongea en elle.

Elle l'enveloppa tandis qu'il prenait sa chaleur d'assaut.

Mon Dieu, que c'était bon.

Elle gémit alors qu'il s'enfonçait plus profondément.

— Je ne te fais pas mal ?

— Non, répondit-elle dans un souffle.

Elle ferma les yeux tandis qu'elle le chevauchait, pressant ses hanches contre les siennes, le dos arqué. Elle n'avait plus conscience de rien hormis la présence de Theo en elle, tandis qu'elle s'offrait à lui. Il avait le visage enfoui dans son cou et elle renversa la tête en arrière. Il allait et venait en elle, les conduisant à l'extase.

— Bon sang, Molly, c'est incroyable.

Entendre son nom sur ses lèvres lui fit perdre pied. Elle ne s'était jamais sentie aussi désirée. Elle se donna complètement à lui et il explosa de plaisir en elle ; elle se joignit à lui, tremblant sous la force de son orgasme.

Il l'embrassa sur le front et les lèvres et la garda contre lui jusqu'à ce qu'elle cesse de trembler.

Molly était allongée dans les bras de Theo. Elle était vidée émotionnellement par les événements de la soirée et physiquement épuisée par leur étreinte, mais elle ne pouvait pas dormir. Immobile dans le noir, elle écoutait la respiration de Theo. Elle ne pensait pas pouvoir se lasser un jour de ce son.

Elle ne voulait pas le perdre. Comment trouverait-elle son bonheur une fois qu'il serait parti ? Leur bébé ressentirait-il ce vide ? Elle ne le pensait pas. Un bébé et un partenaire étaient très différents. Elle avait dit à Theo que cela ne lui faisait rien d'être seule, qu'elle travaillait sur elle-même, qu'elle ne voulait pas de partenaire, mais elle savait maintenant qu'elle le voulait, lui. Elle ne voulait toujours pas se marier, mais cela n'excluait pas quelque chose de plus sérieux avec lui.

Elle se dit qu'elle pouvait bien être en train de tomber amoureuse de lui. C'était inattendu, mais pas aussi effrayant qu'elle l'aurait pensé.

Devrait-elle lui dire ce qu'elle ressentait ? Non. Elle ne voulait pas en prendre le risque. Une fois, elle avait dit à Daniel qu'elle l'aimait. Il ne lui en avait pas dit autant. Elle n'était pas prête à subir de nouveau cette douleur.

— Es-tu réveillé ? demanda-t-elle.

— Oui.

— Penses-tu à l'accident ? À Bree ?

— D'une certaine manière. Je pense à notre bébé. À la brièveté de la vie. Si quelque chose m'était arrivé aujourd'hui ? Je sais que tu as été inquiète. J'aurais dû y penser avant de me précipiter pour tenter d'être un héros. Si quelque chose était allé de travers, je t'aurais laissée seule avec le bébé. Je sais que tu acceptes d'être une mère célibataire, mais je ne veux pas être un père absent. Je veux être là pour notre enfant. Mon père vivait dans la même maison que moi et je le voyais à peine. Je ne supporte pas l'idée d'être à Sydney si le bébé et toi êtes ici.

Molly retint son souffle et espéra qu'il n'allait pas lui demander de nouveau de déménager. Elle ne voulait pas lui dire au revoir, mais elle savait qu'il serait parti dans trois jours. Et elle était responsable de leur séparation. Elle avait déclaré qu'elle n'irait pas à Sydney. Elle lui avait dit qu'elle voulait prendre ses propres décisions. Elle pensait maintenant qu'ils auraient peut-être pu négocier un compromis, mais elle ne voyait pas ce qu'elle aurait pu faire. Comment allaient-ils faire fonctionner cette relation longue distance ?

— Et si je restais ici ? dit Theo.

— Ici ?

— Oui.

Le cœur de Molly bondit d'espoir à cette suggestion, mais la réalité s'imposa vite.

— Tu es censé reprendre les affaires de ta mère.

— Je pourrais peut-être le faire d'ici.

— Pourquoi ferais-tu ça ?

— Être là pour mon enfant est plus important que de vivre à Sydney. Si tu veux vivre à Byron Bay, c'est là que je serai. Je ne suis pas prêt à fuir mes responsabilités de parent.

Molly ne pouvait imaginer sa vie sans lui. Elle serait heureuse qu'il reste, mais qu'est-ce que cela signifierait pour eux ?

— Et qu'en est-il de nous ? demanda-t-elle.

Le bébé les liait, mais que serait-il advenu d'eux si elle n'avait pas été enceinte ? Leur relation aurait-elle pu survivre, ou se serait-elle terminée à la longue ?

— Je ne dis pas que nous devons être dans une relation, répondit Theo, même si ce sera le cas à cause de notre enfant, mais si nous pouvions avoir quelque chose de plus qu'une idylle d'été ? Un vrai lien.

— Mais pas le mariage ?

Le mariage allait trop loin. Elle n'était pas prête à renoncer à son indépendance, et pour elle le mariage c'était ça. Il impliquait des compromis, elle le comprenait, mais d'après son expérience l'un des partenaires faisait toujours plus de compromis que l'autre. Theo n'avait pas dit qu'il l'aimait. Si elle se laissait tomber amoureuse de lui, elle savait que ce serait elle. C'était elle qui avait tout à perdre.

— Non, affirma Theo. Nous pouvons continuer à nous voir, mais sans pression, sans attente. Nous devons trouver une façon d'aller de l'avant. Ensemble. Mais nous n'avons pas besoin de décider de tout ça ce soir. Nous avons huit mois pour définir comment nous allons nous y prendre. J'ai juste besoin de savoir si c'est une idée que tu envisagerais. Si tu serais d'accord pour que je reste.

— Oui, répondit-elle.

Elle serait plus que d'accord avec ça.

— Ma mère revient en Australie demain, après ses conférences. Je l'appellerai demain soir et lui exposerai ma proposition.

10

— Je ne peux pas croire que tu aies fait ça.

Theo était au téléphone avec sa mère. Il l'avait appelée pour discuter de la possibilité qu'il reste à Byron Bay. Il n'avait pas parlé de Molly et de la grossesse – c'était une conversation qu'il voulait avoir face à elle. Mais elle l'avait complètement pris de court par ses nouvelles à elle. Des nouvelles qui n'étaient pas bonnes.

— Tu n'as pas pensé à m'en parler ?

— Non. C'était ma décision et l'occasion était trop belle pour la laisser passer.

— Quand vas-tu le dire au personnel ?

— Je pensais que tu pourrais le faire demain avant de revenir à Sydney. Tu ne vas pas rester à Byron Bay, maintenant.

— Tu veux que ce soit *moi* qui le leur dise ?

— Oui. Faire des annonces difficiles fait partie intégrante du management. Si tu dois reprendre les cliniques un jour, il faut que tu en sois capable. Capable de prendre tes responsabilités. Vois ça comme une expérience.

Theo n'était pas sûr de vouloir ces responsabilités ou cette expérience. Pour lui, il allait être le porteur de mauvaises nouvelles sans avoir eu son mot à dire dans la décision prise. Mais il savait qu'il ne pouvait pas faire grand-chose.

Tous ses plans s'effondraient.

Theo se sentait mal. Les nouvelles de sa mère lui avaient coûté une nuit avec Molly. Il n'avait pas pu lui faire face la veille au soir, pas avec cette décision suspendue au-dessus de sa tête, et il avait pris un faux prétexte pour ne pas la voir. Il espérait qu'elle n'en saurait rien. Il savait que la confiance était tout pour elle.

Il fut le premier à arriver à la réunion avec le personnel, qui avait lieu le lundi tous les quinze jours. Il voulait avoir le temps de rassembler ses pensées et de répéter son annonce. Non, pas son annonce. Celle de sa mère.

Il sourit à Molly quand elle arriva seulement un peu en retard, mais son sourire était forcé. Ensuite il évita de la regarder, sachant qu'il aurait du mal à aller jusqu'au bout s'il croisait son regard. Il savait qu'il y lirait sa déception.

— Vous savez tous que ma mère, Lian Chin, est la propriétaire des Cliniques de la Côte pacifique, commença-t-il. Elle m'a demandé de vous faire part d'une nouvelle qui vous affecte tous. Certains d'entre vous savent que cette clinique n'a pas eu des résultats aussi bons que prévu, récemment. Lian a décidé que la clinique de Byron Bay ne doit plus faire partie de son portefeuille. Elle a vendu le terrain et l'immeuble, et va offrir les activités médicales à des acheteurs potentiels.

— Quoi ? Nous perdons notre travail ?

Gemma était hors d'elle, mais Theo était content que ce soit elle qui ait parlé. Il n'avait toujours pas le courage d'affronter le regard de Molly.

— La clinique sera offerte comme une affaire apte à fonctionner, mais l'acquéreur devra trouver de nouveaux locaux. Le site a été vendu à des développeurs.

Il savait que financièrement, la vente de l'immeuble avait du sens. C'était une grande propriété très bien située au centre-ville. Mais il n'acceptait pas cette décision, moralement.

— Nous espérons trouver quelqu'un qui voudra reprendre les activités médicales et le personnel.

— Et si vous ne trouvez personne ?

— Nous avons trois mois avant de devoir libérer les locaux. Si nous ne trouvons pas d'acheteur pour la clinique, j'espère que cela vous donnera à tous le temps de trouver un autre poste.

Theo avait l'impression d'avoir du plomb dans l'estomac. Il ne pouvait pas croire qu'il donnait ces informations, et apparemment le personnel avait du mal à le croire aussi.

— Je suis désolé, je ne peux pas vous dire grand-chose de plus, mais je serai heureux de répondre à vos questions si vous en avez, et si je le peux.

La salle resta silencieuse. Personne n'avait rien à dire. Ils étaient tous sonnés.

— Je vous laisse discuter de ces nouvelles entre vous. Vous pourrez me demander tout ce que vous voudrez au cours de la journée.

Il se dit que pour lui la meilleure façon de procéder était de quitter la salle, mais alors qu'il se dirigeait vers la porte, il vit Molly se lever de sa chaise.

— Theo.

Elle le suivit dehors et ferma la porte derrière elle.

— Qu'est-ce que c'est que cette histoire ?

— Je suis navré, Molly.

— Tu es navré ? Nous allons perdre nos emplois et tu es navré ! Depuis quand étais-tu au courant ?

— Depuis hier soir. Quand j'ai appelé ma mère pour lui dire que je voulais rester ici.

Molly eut un rire amer.

— Ah, oui. As-tu jamais eu l'intention de le faire ?

Theo fronça les sourcils.

— Bien sûr que oui. Nous en avons parlé.

— Nous avons parlé de beaucoup de choses. Nous avons parlé de la clinique et des problèmes qu'elle rencontre. Nous t'avons soumis nos suggestions. En as-tu seulement parlé à ta mère ?

— Nous en avons discuté, mais elle est d'avis que vendre le bâtiment est plus sensé, financièrement.

— Je pensais que pour toi la médecine était plus que de l'argent.

— C'est le cas. Mais c'est sa décision. Je suis aussi contrarié que toi.

— Je ne crois pas. Cela ne t'affecte pas autant. Ce ne sont pas tes moyens d'existence qui sont en jeu. Tu as un travail à Sydney.

— Je t'ai dit que je restais ici.

— Pas pour moi, en tout cas.

— Qu'est-ce que ça veut dire ?

— Tu sais combien ce travail signifie pour moi. Cet endroit. Ces gens. Je ne me laisserai pas manipuler pour aller à Sydney. Je ne peux pas croire que tu m'aies fait ça.

— Je ne t'ai rien fait du tout. Et personne ne te demande d'aller à Sydney. J'étais prêt à rester ici. Pourquoi l'aurais-je fait si j'avais su que nous n'aurions plus de travail ?

— Je ne pense pas que tu devrais rester ici. Je pense que tu devrais rentrer à Sydney. Je pense que notre relation, faute d'un meilleur terme, est terminée.

Molly pirouetta sur elle-même et s'en alla, le laissant seul dans le couloir.

Le soleil brillait sur le port de Sydney et la journée d'été était parfaite, mais Theo, qui traversait la ville, était indifférent au décor. Son cœur souffrait. Il avait tout perdu. Molly l'accusait et il ne pouvait argumenter avec elle. À ses yeux, il lui avait tout pris et l'avoir dans sa vie n'était pas une consolation suffisante. Elle ne voulait pas de lui.

Il garda la tête basse tandis qu'il traversait la clinique pour gagner le bureau de sa mère. Il n'était pas d'humeur à faire la conversation avec le personnel. Il était frustré, en colère et avait le cœur brisé. Il frappa à la porte de Lian, son irritation se traduisant par des coups sonores et sans délicatesse. Sa mère lui devait de plus amples informations.

— Pourquoi ne m'as-tu pas dit que tu avais une offre pour

la propriété avant que je parte pour Byron ? demanda-t-il sans prendre la peine de la saluer.

— Parce que je n'en avais pas. L'offre est arrivée alors que tu étais déjà là-bas.

— Tu aurais quand même pu me le dire. Je croyais que tu voulais que je cherche des options pour rendre la clinique bénéficiaire, et à mon avis nous avons eu de bonnes idées.

— Certes, acquiesça Lian, mais certaines de ces suggestions auraient demandé des investissements importants. Une fois que j'ai reçu l'offre de vendre, la question ne s'est plus posée. Beaucoup d'argent était bloqué dans le terrain, qui vaut largement plus comme site de développement. Financièrement, il n'était pas raisonnable de le garder.

Essaye de dire ça au personnel, pensa Theo.

— Puis-je te demander pourquoi tu as acheté la clinique, pour commencer ? Était-ce financièrement judicieux, à l'époque ?

— Je voulais me développer et j'ai cherché à investir à Byron Bay parce que c'était un pôle de croissance. Et aussi parce que je pensais que ce pourrait être une bonne option pour nous retirer. Puis je me suis rendu compte que c'était un peu trop loin pour surveiller les choses facilement, et ton père et moi avons décidé que nous ne prendrions pas notre retraite à Byron Bay, finalement. Nous aimons Sydney, nous y avons nos amis et c'est pratique. Acheter cette clinique a été une erreur.

Theo haussa les sourcils.

— Qu'y a-t-il ? demanda sa mère.

— Je ne t'ai jamais entendu dire que tu avais fait une erreur.

— J'en ai fait quelques-unes, mais j'espère avoir appris de chacune d'elles. Une erreur n'est pas un problème, sauf si tu la répètes.

Theo réalisa alors qu'il avait fait une erreur, lui aussi. Et qu'il l'avait faite deux fois.

Par deux fois, il s'était éloigné de Molly.

Il l'avait laissé tomber sans le vouloir, certes, mais cela ne changeait pas le fait qu'il ne l'avait pas soutenue. Il ne s'était pas battu pour elle et il en avait honte.

Elle l'avait repoussé parce qu'il avait brisé sa confiance et il ne pouvait l'en blâmer. C'était, il l'admettait, parce qu'elle avait peur d'être abandonnée qu'elle revendiquait si fort son indépendance. Si elle ne dépendait de personne, elle ne risquait pas d'être déçue. Quant à lui, c'étaient ses craintes d'être rejeté et ne pas être jugé assez bon qui l'avaient fait partir. Il avait cru qu'elle ne voulait pas de lui. Et elle en avait conclu qu'elle ne pouvait pas compter sur lui. Alors que ce qu'elle souhaitait, en réalité, était de pouvoir dépendre de quelqu'un. De lui.

Il aurait dû se battre plus dur pour elle.

Il aurait dû rester.

Les mots de sa mère résonnaient en lui. À propos des erreurs, mais aussi d'une possible retraite. Du fait de trouver un endroit où ralentir et se poser. Comme Byron Bay.

C'était là qu'il devrait être. Là-bas, il avait été accepté et avait trouvé la paix et le bonheur. Avec Molly. Il pouvait imaginer y vieillir. Avec Molly. Et c'était là qu'il voulait être, pas dans quarante ans mais tout de suite. Avec Molly.

La femme qu'il aimait.

Il l'aimait. Il n'aurait jamais dû la quitter.

Se pouvait-il qu'ensemble ils puissent surmonter leurs peurs ? Qu'ils puissent être plus forts ?

Était-il trop tard pour la regagner ? Trop tard pour lui dire ce qu'il ressentait ? Trop tard pour se faire pardonner ?

Il devait essayer. Il avait déjà tout perdu. Il n'y avait plus rien à perdre.

Il savait ce qu'il avait à faire.

— J'ai une proposition à te faire, dit-il à sa mère.

Molly se tenait sous le phare, silhouette solitaire, seule avec ses pensées. Elle s'était levée avant l'aurore, incapable de dormir, mais elle avait les yeux fermés, à présent. Tournée vers l'est, elle s'appuyait à la balustrade, écoutant les vagues qui s'écrasaient sur les rochers au-dessous d'elle. Ce bruit lui rappelait Theo. Le roulis des vagues était la bande-son de leurs étreintes.

Elle rouvrit les yeux, cherchant quelque chose pour la distraire et détourner son esprit de Theo, mais l'océan était vide et l'horizon commençait juste à flamboyer.

C'était la veille de Noël et il était parti depuis bientôt huit jours. Son cœur souffrait. Il l'avait brisé, piétiné, mais elle devrait trouver un moyen de faire avec. Parce que même s'il était parti, même si elle l'avait chassé, il était le père de son enfant et elle savait que cela les lierait à jamais.

Avait-elle trop attendu de lui ?

Elle ne s'était pas imaginé tomber amoureuse, et c'était là que ses attentes avaient changé. Elle avait soutenu qu'elle voulait son indépendance, mais elle avait changé d'avis et ne le lui avait pas dit.

Pendant un bref laps de temps, une vie avec Theo avait été ce qu'elle désirait. Mais dépendre de quelqu'un la terrifiait tellement qu'elle avait saisi la première occasion pour l'envoyer promener. En l'accusant de l'avoir laissé tomber, elle avait sacrifié leur relation.

Avait-elle commis une erreur ? Peut-être, mais maintenant elle devait en subir les conséquences. Elle devrait être coparent avec Theo sans être avec lui. Elle avait agi précipitamment et était autant à blâmer que lui de la situation. Mais cela ne diminuait pas son chagrin.

Son cœur lui ferait-il aussi mal si elle n'était pas toujours amoureuse de lui ? Hélas pour elle, on n'arrêtait pas l'amour en tournant un robinet. Elle avait banni Theo, mais ne pouvait pas bannir ses sentiments pour lui. Il lui fallait trouver un moyen de faire avec. Avec le temps, elle y arriverait peut-être.

Il lui restait trente-cinq semaines jusqu'à la naissance. Cela suffirait peut-être. Ou peut-être pas.

Avec un effort, elle écarta ses pensées de Theo. Elle avait des problèmes plus urgents à régler, dans l'immédiat. Il fallait qu'elle trouve un nouveau travail. Elle ne pouvait se permettre d'attendre. Elle allait être mère célibataire, il fallait qu'elle soit casée avant la naissance et que son nouvel employeur la trouve irremplaçable.

Elle se tourna vers le sud, regardant la route qui montait vers le phare, imaginant que quelqu'un appelait son nom par-dessus le bruit des vagues et des mouettes. Elle se dit que ce devait être un effet du vent, quand elle vit une silhouette familière qui se dirigeait vers elle en courant.

Son corps la trahit, son cœur s'emballa.

Theo.

Il ralentit son allure en s'approchant d'elle. S'inquiétait-il de l'accueil qu'il allait recevoir ? Ses yeux bruns montraient des traces de fatigue – avait-il mal dormi, lui aussi ? Molly serra le poing, se forçant à ne pas tendre la main vers lui, à ne pas lisser son visage soucieux. Elle n'était plus la personne qui le consolerait.

Il s'arrêta devant elle. Juste hors d'atteinte. Les yeux assombris par l'appréhension.

— Que fais-tu ici ? demanda-t-elle.

— Je te cherchais.

Sa voix était douce, pleine d'aspiration, et le cœur de Molly se souleva d'espoir. Il l'observait attentivement, le regard intense, et elle éprouva une sensation familière – elle se sentit fondre à l'intérieur.

— Comment vas-tu ? demanda-t-il.

Elle faillit rire. Sa question était si élémentaire par rapport à ce qu'elle éprouvait. L'idée de ce qu'elle avait perdu la dévastait, elle se sentait désolée pour elle-même et elle était ennuyée que sa première réaction, en le voyant, ait été du plaisir. Mais elle ne le lui avoua pas.

— Je vais bien, répondit-elle, concise.

— Et le bébé ?

Elle eut un demi-sourire.

— Le bébé est de la taille d'une graine de sésame.

Elle n'était enceinte que de cinq semaines.

— Je sais, mais j'ai manqué une semaine. Cela m'a semblé une éternité.

— Que fais-tu ici ? répéta Molly, sensible à sa souffrance mais ne voulant pas revenir en arrière.

— Il faut que je te parle.

— Je ne suis pas sûre que nous ayons quoi que ce soit à discuter, objecta-t-elle d'un ton vif, parce qu'elle souffrait aussi.

— Je t'en prie, l'implora-t-il. Pouvons-nous nous asseoir ? Peux-tu m'accorder cinq minutes ? C'est important.

Le soleil commençait juste à pointer à l'horizon. Soudain, Molly ne souhaita être nulle part ailleurs. Elle hocha la tête et laissa Theo la conduire jusqu'à un banc adossé au phare. Elle s'assit et croisa les bras sur sa poitrine, sachant que si elle le laissait la toucher elle risquerait de croire tout ce qu'il dirait.

— Cela ne fera peut-être pas de différence pour la suite, mais il faut que tu saches ceci, commença-t-il. Je sais que tu penses que j'étais de mèche avec ma mère, mais je te jure qu'elle a pris toutes les décisions concernant la clinique. Elle ne m'a pas consulté pour la vente. Je n'en savais rien douze heures avant de parler au personnel.

L'espoir mourut dans le cœur de Molly. N'était-il revenu que pour parler affaires ? Elle admit qu'elle avait attendu autre chose, quelque chose de personnel. Espéré qu'elle lui avait manqué autant qu'il lui avait manqué. Elle soupira intérieurement. Il s'était informé du bébé – était-ce le mieux qu'elle pouvait attendre, maintenant ?

— Pourquoi ta mère ne t'en a-t-elle pas parlé plus tôt ?

— Elle n'a reçu cette offre que lorsqu'elle était outre-mer.

— Pourquoi ne m'as-tu rien dit dès que tu as été au courant ? Pourquoi ne m'as-tu pas avertie ?

— Je ne savais pas comment te le dire. Je redoutais ce que cela pouvait signifier.

— As-tu seulement essayé de la convaincre de renoncer ? As-tu essayé de te battre pour nous ?

Theo hocha la tête.

— Je l'ai fait, mais la réalité était que cette offre était trop bonne pour la refuser. J'étais d'accord là-dessus.

Molly ouvrit la bouche pour protester.

— Seulement je ne suis pas d'accord avec son projet de laisser tomber complètement la clinique. La ville en a besoin. Et je pense que j'ai trouvé une solution.

— Laquelle ?

La voix de Molly était plate. Elle feignait un intérêt poli, mais en réalité elle voulait savoir s'il n'était bien revenu que pour parler travail.

— Je vais reprendre la clinique de Byron Bay. Il va falloir que je trouve d'autres locaux, mais je vais faire en sorte qu'elle continue son activité. À ma façon. À notre façon.

— Notre façon ?

— Je mesure que rien de ceci ne fera peut-être de différence dans tes sentiments pour moi, mais je veux être ici. Je veux être là où est mon enfant. Je ne veux pas être un père à temps partiel. Je veux être ici avec toi. Je veux que nous fassions ceci ensemble.

— Faire quoi, exactement ?

— Travailler main dans la main.

— Tu veux que je travaille à la clinique ? Dans ta nouvelle clinique ?

Qu'est-ce que les hommes ne comprenaient pas à propos de l'indépendance ? Pensait-il qu'elle serait reconnaissante d'avoir un travail ? Elle le serait, certes, mais elle ne travaillerait pas pour lui.

— Je sais combien ton travail est important pour toi, reprit Theo. Combien tu aimes cette ville. Tu souhaites l'indépendance financière, la sécurité de l'emploi et pouvoir rester ici. Je pense que ma solution nous donne à tous les deux ce que nous cherchons.

— Mais tu contrôleras mon sort. Mon emploi. Je ne veux pas être contrôlée, par personne.

Il secoua la tête.

— Je souhaite que tu travailles à la clinique, mais pas comme une employée. Je veux faire de toi une associée dans l'affaire. Je veux que tu aies l'indépendance dont tu as besoin.

— Un partenariat ?

Theo fit signe que oui.

— Je n'ai pas les moyens d'acheter ma part d'une clinique, objecta-t-elle.

Une association était tentante, mais elle n'avait même pas de quoi payer un avocat pour rédiger le contrat.

— Ce sera mon cadeau.

Elle fronça les sourcils.

— Tu m'offrirais ça ?

Que voulait-il en échange ? se demanda-t-elle.

— Oui. Je veux que tu saches que tu peux me faire confiance. Je me suis dit qu'un engagement tangible t'apporterait une protection, des garanties. Personne ne pourra t'enlever ce que tu auras.

Les yeux de Theo étaient sombres et solennels. Il l'implorait de le croire. De se fier à lui. Pouvait-elle le faire ? Elle en avait envie, désespérément.

— C'est tout ce que tu veux ? demanda-t-elle.

Il secoua la tête.

— Pas tout à fait.

Elle savait qu'il y aurait autre chose. Il y avait toujours autre chose.

— Je veux que nous élevions notre enfant ensemble, pas comme deux parents célibataires, mais comme un couple. Je veux être dans une relation avec toi, si tu veux de moi. J'ai fait une erreur de partir. De te quitter. Je ne veux pas renoncer à toi, à nous. J'ai envie de te donner le monde et je veux construire une vie avec toi. Je veux une famille, des personnes que je peux aimer sans réserve. Je t'aime, Molly.

— Tu m'aimes ?

Ce n'était pas le supplément qu'elle avait attendu. Jadis – dix jours plus tôt – c'était ce qu'elle aurait espéré, mais elle avait renoncé à ce rêve. Et maintenant son cœur bondissait d'espoir.

— Je t'aime.

Elle perçut l'émotion dans sa voix tandis qu'il répétait ces mots. Il l'aimait.

Était-il possible qu'elle ait tout ce dont elle avait osé rêver ?

— Je t'aime, répéta-t-il pour la troisième fois.

Il secoua la tête.

— Je n'ai jamais dit ça à personne.

— Tu n'as jamais été amoureux ?

— Une fois. D'une fille étonnante, dit-il, et Molly se blinda contre ce qui allait venir. Elle était brillante, très belle et elle pouvait illuminer une pièce par sa seule présence. Et je suis toujours amoureux d'elle. C'est toi, Molly. Ça a toujours été toi.

Le cœur de Molly s'envola tandis qu'elle se mettait à sourire. Elle s'était presque convaincue qu'elle n'avait besoin de personne, qu'elle n'avait pas besoin de lui, mais elle savait que ce n'était pas vrai. Il l'aimait. Et elle l'aimait.

Elle avait sacrifié leur relation pour son indépendance et avait réalisé que ce n'était pas ce qu'elle voulait, finalement. Mais à présent Theo lui offrait tout : l'indépendance alliée à un engagement et surtout, son amour. Elle savait qu'elle voulait lui faire la même promesse. Elle voulait être sienne.

Elle lui prit les mains.

— Je t'aime aussi. Je ne voulais pas tomber amoureuse, mais je ne peux pas te résister. Je ne peux pas vivre sans toi. Quand tu t'es glissé dans ce bâtiment effondré, j'ai cru que je pouvais te perdre et cela a été le pire moment de ma vie. J'ai réalisé que j'étais tombée amoureuse de toi, puis j'ai pensé que tu m'avais laissé tomber et je me suis persuadée que j'étais mieux sans toi dans ma vie. J'ai sauté sur de fausses conclusions et je le regrette. J'ai été très malheureuse. Tu m'as manqué, tu m'as tellement manqué.

Elle marqua une pause, avant de répéter :

— Je t'aime aussi.

Theo était rayonnant. Son superbe sourire s'étirait largement sur son beau visage. Le soleil matinal tombait sur ses traits, dorant sa peau et faisant briller ses yeux bruns. Il attira Molly à lui, l'enveloppant de ses bras, et elle se perdit dans son étreinte.

— Qu'est-ce que tu en penses ? demanda-t-il. Passons Noël ensemble, puis les jours suivants. Ensuite, nous pourrons célébrer une nouvelle année et nous créer une vie ici, où nous pouvons être heureux. Nous aurons notre travail, notre famille, nous nous aurons l'un l'autre. Veux-tu être ma partenaire ? Au travail et dans la vie ?

Molly ne répondit pas tout de suite. Il lui fallait clarifier ce qu'il demandait.

— Ta version de la famille est-elle traditionnelle ? Je serai ta partenaire, nous formerons une famille, mais je ne veux pas me marier. Pas encore. Peut-être jamais. Ce qui ne veut pas dire que je ne t'aime pas. Je veux être avec toi. Je ne veux personne d'autre que toi, mais le mariage n'est pas pour moi. Peux-tu l'accepter ?

— Je ne nierais pas que je t'épouserais en un clin d'œil, répondit Theo, mais que je sois marié ou non, cela n'affectera pas mon amour pour toi ou pour notre enfant. Marié ou pas, j'essayerai d'être le meilleur partenaire, le meilleur père que je pourrai. Je serai heureux si je peux me réveiller chaque jour à côté de toi. Je veux passer le reste de ma vie avec toi. Je t'aime et une alliance n'y changera rien. Je t'aimerai autant.

Le phare les dominait, mais Molly était indifférente à sa beauté. Elle était focalisée sur l'homme qui se tenait devant elle. L'amour de sa vie. Elle sourit en attirant Theo à elle.

— Oui, faisons ça, dit-elle. Toi et moi ensemble, aujourd'hui, demain et après-demain.

Elle l'embrassa de tout son cœur et de toute son âme.

— Je t'aime.

CAROL MARINELLI

Le point faible du Dr Edwards

Traduction française de
MARCELLE COOPER

BLANCHE

HARLEQUIN

Titre original :
THE SOCIALITE'S SECRET

Ce roman a déjà été publié en 2021.

1

Il était 5 heures du matin, et Luke Edwards se préparait pour aller prendre sa garde aux urgences. En temps normal, il aurait pris à loisir son petit déjeuner, mais là, il se sentait trop nerveux pour avaler ne serait-ce qu'un toast.

Pas de nouvelles ne signifiant pas toujours de bonnes nouvelles, il alluma la télévision pour écouter le journal avant de se verser un verre de jus de pamplemousse.

Le présentateur égrena pêle-mêle les catastrophes — guerres, crash aérien, faits divers, scandale politique dévoilant les frasques d'un ministre de sa Gracieuse Majesté, chute du CAC 40 et autres informations à faire pleurer dans les chaumières, avant de passer au volet plus léger des *news people*. Il annonça que le spectacle donné le samedi précédent par la chanteuse Anya au O2 Arena en clôture de sa tournée européenne triomphale avait fait salle comble, et qu'elle devait reprendre l'avion pour les Etats-Unis dans la journée. Puis il enchaîna sans transition sur la rumeur selon laquelle l'épouse d'un footballeur vedette du Manchester United se serait fait poser des implants fessiers.

Luke zappa.

Las, c'était la même punition sur toutes les chaînes.

Il éteignit le téléviseur.

Dans sa chambre, il choisit une cravate qu'il fourra dans la poche de sa veste, puis il redescendit prendre ses clés. En jetant un coup d'œil dans le miroir au-dessus de la console, il se demanda si, tout de même, il ne devrait pas se raser.

Et puis non.

C'était comme ses cheveux qui rebiquaient sur le col de la chemise... D'accord, la semaine prochaine, il irait chez le coiffeur.

A la sortie du garage, l'Audi fendit la brume froide et humide de novembre et, tous phares allumés, traversa le village endormi pour prendre la route de Londres.

Il avait récemment accédé au grade de médecin chef des urgences au Royal Hospital. Aux esprits chagrins qui lui reprochaient de vivre trop loin de la capitale, il rétorquait que cela ne nuisait en rien à son travail puisqu'il disposait d'un appartement au CHU pour ses astreintes et ses gardes à rallonge.

Il habitait depuis un an à Maiden Stone, entre son fief familial d'Oxford et Londres. La centaine de kilomètres qu'il accomplissait tous les jours lui servait de sas pour décompresser et séparer vie professionnelle et vie privée. Les habitants du village l'avaient plutôt bien accueilli. Sans chaleur excessive, ce qui lui convenait parfaitement. Les voisins envahissants qui frappent à votre porte pour un oui ou pour un non, très peu pour lui. Il prendrait son temps pour connaître les gens, à son rythme. En dépit des critiques, il était convaincu d'avoir fait le bon choix.

Jusqu'à aujourd'hui.

Durant le trajet, plutôt que d'écouter un CD de musique ou l'enregistrement de telle ou telle conférence recommandée par *The Lancet,* il alluma la radio, en quête de nouvelles fraîches.

Cela faisait quatre jours qu'il en attendait, qu'il vérifiait sans cesse son portable pour voir s'il avait LE message en s'efforçant de cacher sa fébrilité à ses collègues.

Le présentateur du point-route annonça que la circulation était dense sur la M25, avec un ralentissement à hauteur de Henley-on-Thames.

Exact. Il était en plein dedans.

Enfin, juste avant 7 heures et le lever du soleil, il arriva en vue de l'hôpital et se gara sur l'emplacement réservé dans le parking souterrain.

Il était sur le point d'éteindre l'autoradio quand le programme musical fut interrompu par une nouvelle de dernière minute.

— Selon une source proche de l'entourage d'Anya, on apprend que la chanteuse...

Il écouta le communiqué puis, le cœur cognant à tout rompre, resta assis dans son siège, s'efforçant de se ressaisir.

Aujourd'hui serait un jour capital, mais pas pour la raison qu'il avait crue.

Il sortit de voiture et prit l'ascenseur. En traversant les couloirs pour se rendre aux urgences, il vit des vigiles se précipiter dans la même direction, mais il se refusa à presser le pas. Sa seule concession au passage en mode professionnel fut de nouer sa cravate autour de son cou.

— Bonjour, dit-il à Geoff, l'un des vigiles, qui courait dans le couloir.

« Bonjour », façon de parler. La journée serait tout sauf bonne.

— Vous ne savez donc pas qui arrive ? demanda Geoff en ralentissant pour lui emboîter le pas.

— Si, je l'ai entendu à la radio. Appelez des renforts. Vous allez en avoir besoin pour installer les paravents de sécurité. Combien de temps reste-t-il ?

— Dix minutes.

Il colla sa carte d'identification devant le lecteur du sas et entra dans le service.

— Dieu merci, vous êtes en avance ! s'écria Paul, l'un de ses internes, en le rejoignant. Anya a fait un arrêt cardiaque, elle ne va pas tarder à arriver...

Pas étonnant que Paul se sente soulagé. Luke, lui, s'efforçait de montrer un calme olympien en toutes circonstances. Et du calme, il lui en faudrait aujourd'hui.

— Ça va être la folie ! On risque d'être débordés par les paparazzis !

Non. Tant qu'il serait de garde, tout resterait sous contrôle.

Ils entrèrent dans la salle de réanimation, où les infirmières effectuaient déjà la mise en place.

— Avez-vous bipé un des anesthésistes de garde ? demanda-t-il à Paul.

— Les deux sont pris. Jack est en neuro, et David se trouve au chevet d'un prématuré en soins intensifs de néonatologie. Il tâchera de descendre dès que possible... Voulez-vous que je demande à la réceptionniste de lancer un appel général ?

Tout en écoutant son collègue, Luke vérifiait les différentes capsules que Barbara, une infirmière de bloc chevronnée, était en train de disposer sur le chariot. Il secoua la tête.

— Inutile. On se débrouillera en attendant David.

— Savez-vous qui est Anya ?

Devant son masque imperturbable, le jeune médecin pensait sans doute qu'il ignorait de qui il s'agissait.

— Oui, je le sais.

Mieux que personne. Anya était célèbre depuis quarante ans et elle le serait encore davantage après aujourd'hui. Surtout si elle mourait.

— Le directeur est-il au courant ?

Paul hocha la tête.

— Bien, dit Luke. Je vais m'assurer que les paravents sont installés.

Comme il s'éloignait, il croisa Heather, la surveillante et coordinatrice des personnels infirmiers.

— Sait-on ce qu'elle a pris ? lui demanda-t-elle d'emblée.

— Rien ne permet pour l'heure d'affirmer qu'elle a pris quoi que ce soit. Au lieu d'échafauder des hypothèses fantaisistes, vous feriez mieux de vérifier que l'entrée des urgences est sécurisée et qu'aucune photo ne pourra être prise.

Tels des vautours, les journalistes se rassemblaient déjà autour du bâtiment, et on entendait un hélicoptère tournoyer au-dessus de leurs têtes.

Il fallait à tout prix éviter qu'un paparazzi prenne la photo d'Anya sur son brancard. Heureusement, grâce aux hauts paravents dressés par les vigiles, l'auvent des ambulances était masqué à la vue. Cette fois, qu'elle le veuille ou non, la chanteuse ne ferait pas la une des journaux.

Paul les rejoignit sous l'auvent.

— Le médecin régulateur vient d'appeler. Il paraît qu'elle a fait une overdose suite à la prise d'une substance médicamenteuse.

Heather se tourna vers Luke avec un petit sourire.

— Finalement, ce n'était pas si fantaisiste comme hypothèse...

Luke serra les dents.

L'ironie de la remarque était de trop. La patiente n'était pas arrivée que les petites phrases assassines fusaient déjà ! Cela faisait des années qu'il muselait ses émotions, mais aujourd'hui la soupape était à deux doigts d'exploser.

— Si vous voulez vous rendre utile, évitez de juger sans savoir, dit-il en enfilant une blouse de bloc. Sinon, je me passerai de vos services.

— Mais, docteur, je ne faisais que..., commença Heather.

— Eh bien, abstenez-vous !

Heather et Paul échangèrent un regard intrigué. Ils se demandaient visiblement quelle mouche avait piqué leur médecin chef d'ordinaire si calme.

L'ambulance arrivait.

Luke ouvrit les portes et vit qu'un auxiliaire médical était en train de pratiquer un massage cardiaque sur la patiente tandis qu'un homme au bronzage hollywoodien lui hurlait des consignes avec un accent californien prononcé. Quand Luke lui demanda ses nom et qualité, il daigna se présenter.

— Vince Howard, médecin personnel d'Anya.

Luke savait qui était Vince Howard et il détestait cordialement le personnage.

— Sait-on quels produits elle a avalés ? s'enquit-il tout en suivant les auxiliaires médicaux qui poussaient le lit-brancard vers la salle de réa.

— Sans doute des somnifères…

Une réponse des plus vagues.

Ignorant le médecin californien, Luke interrogea Albert, l'un des ambulanciers, qui avait des détails plus précis à lui fournir.

— Elle a été retrouvée inconsciente par sa fille à 6 heures du matin, dit ce dernier en aidant ses collègues à transférer Anya sur la table de réa.

— A *demi* inconsciente, rectifia Vince.

— La fille, Scarlet, est sous le choc, poursuivit Albert. On a eu du mal à obtenir un récit cohérent de sa part. Il semblerait qu'on ait administré à Anya un antidote aux opiacés qu'elle avait consommés, antidote qui aurait provoqué des vomissements, suivis d'un arrêt cardio-respiratoire.

— Qu'a-t-elle pris au juste ? redemanda Luke à Vince.

En insistant, il obtiendrait peut-être une explication.

— On ne sait pas vraiment.

Il y avait fort à parier que l'homme couvrait ses arrières.

Derrière le dos de Vince, Albert haussa les épaules, signe qu'il n'avait pas eu plus de chance pour arracher des informations au médecin de la star.

— Il n'y avait ni bouteille, ni seringue, ni boîte ou flacon de médicaments lorsque nous sommes arrivés, reprit l'ambulancier. Et elle avait déjà été intubée.

Ce qui confortait les soupçons de Luke : Vince et sa clique s'étaient hâtés de supprimer les indices compromettants.

— Quels traitements suivait-elle ? demanda-t-il tout en auscultant la poitrine de la patiente.

Vince cita les noms d'un anxiolytique et d'un somnifère léger.

— Alors, comment expliquez-vous qu'on n'ait trouvé aucune plaquette de comprimés à côté d'elle ?

— C'est moi qui les lui administre. Elle suit également un régime vitaminé pour combler ses carences en…

— On verra ça plus tard, l'interrompit sèchement Luke.

Vince essayait de toute évidence de noyer le poisson en se montrant prolixe sur les vitamines.

Après avoir injecté en intraveineuse un antidote à large spectre, Luke revint à la charge.

— Quel type d'opiacés a-t-elle pris ? Est-ce vous qui les lui fournissez ?

— Je lui en donne lorsque ses douleurs lombaires se réveillent.

Encore une fois, Vince ne répondait qu'à moitié.

— Demandez une analyse toxicologique au labo, ordonna Luke à Barbara, qui était en train de faire une prise de sang.

L'auscultation thoracique révélait une insuffisance respiratoire aiguë et un encombrement bronchique et pulmonaire. Les vomissements s'étaient-ils produits avant l'intubation ? Et, dans ce cas, Vince avait-il pris la peine de changer la canule ? En avait-il seulement posé une du bon diamètre ?

Luke renonça à le lui demander car sa réponse ne serait de toute façon pas fiable. Le mieux était de remplacer le tube trachéal et de ré-intuber la patiente.

— Attention aux cordes vocales ! lança Vince.

Les fameuses cordes vocales qui valaient des millions de dollars !

Retenant la repartie acerbe qui lui brûlait les lèvres, Luke jeta la canule obstruée par du liquide digestif, inséra un nouveau tube dans la trachée et relia le ballonnet à l'arrivée d'oxygène.

Vince Howard ne perdait rien pour attendre !

Entre-temps, les infirmières avaient posé les électrodes sur la poitrine d'Anya pour la brancher aux moniteurs, et l'électrocardiogramme affichait un tracé systolique faible, mais qui semblait se renforcer au fil des dérivations.

La patiente n'était pas encore stabilisée, loin de là, mais Luke ne put retenir sa colère plus longtemps. Il ne supporterait pas une seconde de plus la présence de cet imposteur dans sa salle de réanimation.

— Sortez d'ici ! ordonna-t-il avec force à Vince.

Paul et Heather le regardèrent avec de grands yeux.

Il y avait de quoi. Lui qui ne jurait pas, n'élevait jamais la voix...

— Non, je ne laisserai pas Anya.

— Ah, mais si ! Vous allez me faire le plaisir de fiche le camp d'ici, à moins que vous ne consentiez à me dire exactement ce qu'Anya a pris et pourquoi il vous a fallu si longtemps pour appeler les secours !

Vince ne bougea pas.

A cet instant, David, l'anesthésiste, arriva pour prendre le relais de la ventilation artificielle.

Luke injecta une dose supplémentaire d'épinéphrine dans la perfusion. Les effets ne tardèrent pas à se manifester, et la courbe systolique commença à s'animer.

Il n'en avait pas terminé avec Vince.

— Appelez la sécurité.

— La sécurité ? répéta Heather en le regardant comme s'il était devenu fou. En salle de réa ?

— Je veux qu'on le fasse sortir ! dit-il en désignant l'individu qui l'empêchait de se concentrer.

Et il donna un coup de pied dans un chariot métallique vide qui alla cogner contre le mur.

Le message était clair : il se chargerait d'évacuer lui-même le visiteur indésirable si le personnel s'y refusait.

Il aurait dû essayer de se ressaisir, mais il s'en sentait incapable. En fin de compte, Paul avait eu raison. La situation devenait explosive, mais pas pour les raisons qu'il avait imaginées.

— Vous me dégoûtez ! lança-t-il à Vince. On devrait interdire d'exercer à des charlatans comme vous !

Jugeant sans doute plus sage d'éviter la confrontation, Vince battit en retraite.

Au bout d'une heure, Luke et son équipe parvinrent à stabiliser l'état d'Anya qui reprit conscience. Désorientée, émergeant des limbes, elle les fixa avec des yeux terrifiés et porta la main au masque de ventilation artificielle.

— N'y touchez pas, Anya, dit Luke d'une voix très douce. Cela vous aide à respirer. Vous êtes à l'hôpital, et tout va bien à présent.

A son arrivée, il n'avait pas donné cher de ses chances de survie et il avait encore du mal à croire qu'elle était tirée d'affaire.

Ils décidèrent, David et lui, de la plonger dans un coma artificiel afin de permettre à son corps de récupérer sans souffrir.

— Montez-la en soins intensifs, ordonna-t-il à un brancardier. Heather, vérifiez que la voie est libre jusqu'à l'ascenseur, ainsi qu'à l'étage.

— J'y vais de ce pas, dit la surveillante. Docteur, vous vous chargerez du communiqué de presse ?

Et voilà. On piétinait allégrement le règlement parce qu'il y avait une célébrité parmi les patients. D'autres victimes d'overdose avaient certainement été admises durant la nuit, mais le monde ne semblait plus tourner qu'autour d'Anya.

— La presse attendra, répliqua-t-il sèchement, je réserverai la primeur de la nouvelle à ses proches.

Heather eut la grâce de rougir.

— Bien sûr. Je les ai installés en salle des familles. Il y a son imprésario, son coach vocal, le médecin, les gardes du corps, et Scarlet, sa fille.

— D'accord. Je vais d'abord m'entretenir avec sa fille.

Il jeta sa blouse et ses gants à la poubelle puis se dirigea vers la salle en question.

Tous les regards du personnel étaient braqués sur lui car tous voulaient savoir ce qui s'était passé derrière les portes battantes, mais pas question de satisfaire leur curiosité.

Les membres de l'entourage d'Anya étaient rivés à leurs portables. Comme il s'avançait dans la pièce, l'un d'eux, un garde du corps à en juger par sa carrure, lui barra le chemin en lui demandant de montrer son badge.

Qu'ils ne le prennent pas de haut avec lui, sinon, ce serait la guerre !

— C'est plutôt moi qui devrais vérifier votre identité, répliqua-t-il vertement.

— Comment va-t-elle ? demanda une femme en se précipitant vers lui.

— Cela fait une heure qu'on attend, dit une autre d'une voix autoritaire. La moindre des politesses serait de nous tenir au courant...

Au milieu de la dizaine de personnes présentes, il l'aperçut.

Scarlet. Elle était assise, tremblante, le visage enfoui dans les mains.

Il s'arrêta au milieu de la pièce.

— Je suis le Dr Luke Edwards. C'est moi qui ai pris Anya en charge. J'aimerais parler avec les parents proches.

Elle releva soudain la tête et le regarda à travers un rideau de boucles noires, livide.

— Luke ?

— Luke Edwards.

Personne ne devait savoir qu'ils se connaissaient et quel choc cela représentait pour eux de se revoir en ces circonstances. Pas question de la tutoyer devant témoins.

— Je suis le médecin qui a soigné votre mère... Y a-t-il d'autres membres de la famille ?

— Juste moi, murmura-t-elle dans un souffle.

— Alors, j'aimerais vous parler en privé. Suivez-moi, ajouta-t-il en se tournant vers la porte.

La femme au verbe haut se mit en travers de son chemin.

— Un instant. On a besoin de savoir ce qui se passe. Je suis Sonia, l'imprésario d'Anya.

— Vous êtes un parent proche ?

Son ton n'admettait pas de réplique, et la femme s'effaça.

Scarlet suivit Luke, flageolant sur ses jambes.

— Par ici, dit-il en l'entraînant le long d'un énième couloir.

Au lieu de lui prendre le bras pour la soutenir, il marchait au pas de course.

— Entre, dit-il en ouvrant une porte ornée d'une plaque à son nom.

Sa mine grave indiquait que les nouvelles n'étaient pas bonnes. Il allait lui dire que sa mère était morte, elle en était sûre. Sa mère n'avait pu être réanimée, elle était morte. Et c'était Luke, surgi du passé, qui allait le lui annoncer !

Bien qu'elle ait l'habitude des conflits intérieurs, elle ne s'était jamais senti écartelée à ce point entre des émotions contradictoires.

Le silence du bureau lui sembla irréel. C'était le calme après la tempête qui s'était abattue sur elle depuis qu'elle avait trouvé sa mère inconsciente ce matin.

Jamais elle n'oublierait ce moment où elle était entrée dans la chambre d'hôtel aux rideaux fermés.

— Maman ? avait-elle dit en avançant à tâtons vers le lit plongé dans la pénombre.

Sa mère était couchée sur le ventre.

— Maman ?

Elle l'avait secouée par l'épaule et, devant son manque de réaction, elle avait essayé de la retourner — sans succès, car elle ne faisait pas le poids par rapport aux quatre-vingts kilos d'Anya.

Ouvrant la porte à toute volée, elle avait crié au secours, et un garçon d'étage affolé était accouru. Dès lors, le chaos avait régné en maître. Le personnel d'étage et les clients réveillés par le bruit s'étaient attroupés dans le couloir, Sonia s'était précipitée en pyjama, suivie des choristes et des gardes du corps. Vince était arrivé le dernier, en chemise et pantalon.

Etrange qu'il ait pris le temps de s'habiller, avait-elle pensé malgré sa panique.

Impuissante, en pleurs, elle avait assisté à la scène de

régurgitation, aux vomissements, à l'arrêt cardiaque et à la tentative de réanimation infructueuse. Ignorant les protestations de Vince qui soutenait qu'il avait la situation sous contrôle, elle avait sorti son portable pour appeler en désespoir de cause le numéro d'urgence en vigueur en Angleterre.

Plusieurs personnes de l'entourage de sa mère lui avaient ensuite signifié qu'elle avait commis une grave erreur en mettant ainsi la situation sur la place publique, mais elle n'en avait cure. Tout ce qui comptait pour elle, c'était de sauver sa mère.

— Est-elle… ?

Le mot ne franchit pas ses lèvres.

Luke alluma la lumière qui signalait de ne pas déranger et referma la porte.

— Assieds-toi, dit-il en lui désignant un siège.

Elle resta debout. Et, au lieu de demander des nouvelles de sa mère, elle dit ce qui la tourmentait depuis qu'elle avait levé les yeux et reconnu Luke.

— Je suis désolée pour ce qui s'est passé…

Le mot *autrefois* se perdit dans un sanglot.

— Assieds-toi, répéta-t-il.

Voyant sans doute qu'elle avait du mal à tenir sur ses jambes, il lui entoura les épaules de son bras pour l'aider à gagner la chaise.

En chemin, elle sentit sa main glisser vers sa taille. Puis, sans prévenir, il la retourna pour la prendre contre lui et il la serra si fort que, pendant un bref instant, plus rien n'exista qu'eux deux.

Elle retrouvait son parfum, les contours de ce corps dont elle s'était languie pendant si longtemps, cette alchimie qui n'existait qu'entre eux, et la chaleur de cette étreinte dont elle s'était crue privée à jamais.

— Je regrette tellement, dit-elle en pleurant.

— Tout va bien, Scarlet… Tout va bien.

Sa voix rauque et profonde l'apaisa. Blottie contre son torse, elle se laissa caresser les cheveux et s'abandonna à cet instant miraculeux qu'elle avait cru ne jamais revivre.

— Elle est hors de danger.

Il parlait de sa mère, alors qu'elle pleurait sur eux, sur leur passé si beau et si douloureux et sur tout ce qu'ils avaient perdu.

2

Un professionnel calme et détaché. Voilà l'image que Luke aurait voulu donner à Scarlet en l'informant de l'état de santé d'Anya.

Cela faisait des années qu'il avait appris à dominer ses émotions en présence de ses patients et de leurs familles, ainsi que de sa propre famille. Avec Scarlet, toutefois, il n'avait jamais pu y parvenir complètement. Et le choc de la revoir achevait de lui faire perdre ses moyens.

De toute façon, elle n'avait pas besoin d'un médecin froid et distant, mais de chaleur humaine. Et lui-même avait besoin de la sentir contre lui pour se consoler — un peu — de la peine et de la douleur qu'il avait enfouies en lui durant deux ans.

L'heure n'était pas à s'apitoyer sur son sort ni à ressasser les traumatismes du passé. Scarlet était là devant lui, pour des raisons différentes de ce qu'il aurait souhaité — il avait espéré qu'elle le contacte avant de rentrer aux Etats-Unis —, mais elle se trouvait maintenant dans ses bras. Le parfum de sa peau et de ses cheveux exerçait de nouveau sa magie sur lui, et il devait se retenir pour ne pas embrasser ses joues baignées de larmes.

Pathétique.

Cela faisait plusieurs mois qu'il espérait la revoir, depuis l'annonce de la tournée européenne d'Anya. Et, depuis que la chanteuse et son entourage avaient posé le pied sur le sol britannique, il avait attendu tous les jours un coup de fil de Scarlet. En vain. En apprenant ce matin qu'une ambulance filait vers le Royal avec

Anya à son bord, il avait tenté de se préparer au choc de revoir Scarlet, s'était exhorté au calme.

Une pieuse résolution. Il la tenait dans ses bras et il n'avait aucune envie de la lâcher.

Et elle éprouvait le même besoin, à en juger par la manière dont elle avait glissé les bras sous sa veste pour les nouer autour de sa taille.

Se pourrait-il qu'il lui ait manqué autant qu'elle lui avait manqué ?

Le parfum mâle et boisé de Luke enivrait Scarlet. Elle ne l'avait jamais oublié, et voilà qu'il emplissait de nouveau ses narines. Elle avait l'impression de rêver.

Etaient-ce les bras de Luke qui la serraient si fort ?

A son arrivée en Angleterre, elle avait espéré que leurs chemins se croiseraient, sans pouvoir pour autant se résoudre à l'appeler de crainte d'entendre des mots durs, des accusations qu'il était parfaitement en droit de formuler à son encontre.

En lieu et place, il était en train de la serrer tendrement contre lui.

Durant l'interminable attente en salle des familles, Vince et Sonia l'avaient soumise à des assauts répétés, essayant de la persuader que sa version des événements n'était pas la bonne et qu'elle aurait tout intérêt à se ranger à la leur. Sonia avait de surcroît exigé de savoir pourquoi elle n'avait pas assisté à la représentation d'hier. Visiblement, aucun d'eux n'était au courant de l'altercation qui l'avait opposée à sa mère la veille.

Elle avait fait la sourde oreille à leurs récriminations pour se repasser en boucle le film de la dispute. Et soudain, au milieu de toute cette agitation, elle avait entendu cette voix qui avait fait s'emballer son cœur.

Certes, elle savait que Luke était médecin, mais elle ne savait pas qu'il travaillait à Londres. Lors de leur rencontre, il s'y était trouvé pour un entretien d'embauche auquel il n'avait pas été sûr de donner suite. L'éventualité qu'il puisse travailler ici, dans cet hôpital, et avoir pris en charge sa mère ne lui avait pas traversé l'esprit.

— Dis-moi, murmura-t-elle en se cramponnant à lui. Comment va-t-elle ?

— Mieux...

Elle retint son souffle.

— Elle a repris conscience brièvement avant qu'on la plonge dans un coma artificiel.

— Crois-tu qu'elle va s'en sortir ?

— Oui, je t'ai dit qu'elle était hors de danger. Raconte-moi ce qui s'est passé.

— Je l'ai trouvé inanimée ce matin, elle avait pris quelque chose... Quand j'ai vu que Vince ne parvenait pas à la réanimer, j'ai appelé une ambulance.

Il alla s'asseoir derrière son bureau.

— Scarlet, j'ai besoin de plus de précisions. Quand avais-tu vu ta mère pour la dernière fois avant ce matin ?

— Hier soir, dit-elle en s'installant face à lui. Il y avait une fête pour célébrer la fin de la tournée et...

— Montrait-elle des signes de fatigue à cette fête ?

— Je ne sais pas, je n'y ai pas assisté. Nous nous sommes revues plus tard, à l'hôtel.

Il prenait des notes.

— Quand ?

— Vers 1 heure du matin.

— Comment t'a-t-elle semblé ?

— Comme quelqu'un qui sort de scène après deux heures de spectacle. Epuisée. Pourrais-tu arrêter d'écrire pendant que je te parle ?

— Scarlet, c'est important, au cas où il y aurait une enquête de police.

— Pourquoi la police ? Tu crois que ma mère n'a pas avalé ces substances de son plein gré ou que... Qu'elle aurait tenté de se suicider ?

C'était absurde. Jamais sa mère ne songerait à s'ôter la vie. Il s'agissait d'une overdose accidentelle.

— C'est aux enquêteurs de le déterminer. Sais-tu si quelqu'un est passé voir ta mère après toi ?

Elle ne s'attendait pas à ce que Luke lui fasse subir un interrogatoire. Complètement désemparée, elle fit non de la tête.

— A priori, tu es donc la dernière personne à l'avoir vue consciente. Partagiez-vous la même chambre ?

— Non.

— Alors, que faisais-tu dans la sienne à 6 heures ?

— Je voulais voir si tout allait bien. Je… Je m'inquiétais pour elle.

— Pourquoi ? Allons, Scarlet, poursuivit-il devant son silence, je ne pourrai pas être d'une grande aide si tu ne me dis pas tout.

— Tu ne peux pas m'aider.

— Je parle de ta mère !

La honte la submergea.

Elle ne pensait qu'à elle. Bien entendu, Luke avait besoin du maximum d'informations pour soigner sa mère efficacement.

— Etait-elle déprimée ces derniers temps ?

— Non, non. L'idée d'une tentative de suicide est absurde. Elle a simplement pris trop de somnifères.

— Comment est-ce possible, alors que c'est son médecin qui lui administre ses médicaments ?

— Maman gardait quelques comprimés cachés dans sa valise.

— Scarlet, il faut que tu me dises pourquoi tu voulais t'assurer que tout allait bien.

— Nous nous étions disputées.

— A quel sujet ?

— Ça ne te regarde pas. Occupe-toi plutôt de maman. Vince t'a-t-il dit qu'il veut la transférer dans une clinique privée où le personnel a l'habitude de soigner des célébrités ?

— Pas question ! Elle restera en soins intensifs ici. De toute façon, elle n'est pas en état d'être déplacée. Tu es sa fille, tu as le droit de décider de l'endroit où elle doit être soignée.

— Je ne sais pas si j'ai ce pouvoir...

— Bien sûr que si.

— C'est Vince qui s'occupe d'habitude de tout ce qui est médical.

— Vince aura autre chose à faire ces jours-ci, crois-moi ! Je ne le lâcherai pas tant qu'il ne m'aura pas avoué quel type d'opiacés ta mère a pris. En le menaçant de mettre la police sur le coup, je suis sûr qu'il se montrera beaucoup plus loquace.

— Luke, s'il te plaît, ne mêle pas la police à cette affaire.

Bien qu'elle sache qu'elle avait bien fait d'appeler les secours, elle ne pouvait s'empêcher de se sentir coupable à l'idée des conséquences de son geste. Si la police s'en mêlait, les médias se déchaîneraient en faisant courir les rumeurs les plus folles.

— J'attends d'avoir les résultats de l'analyse toxicologique pour décider de la marche à suivre.

A son air implacable, elle comprit qu'il ne servirait à rien de le supplier.

Le bipeur que Luke portait à la taille vibra. Voyant que c'était Heather, il décrocha son téléphone pour la rappeler.

— Les journalistes se font plus insistants, dit la surveillante d'une voix paniquée. Que dois-je faire ?

— Dites-leur « Pas de commentaire », répliqua-t-il sèchement. Ce n'est pourtant pas difficile. A moins d'une urgence ou d'un changement dans l'état de santé d'Anya, je ne veux être dérangé sous aucun prétexte. Compris ?

Alors qu'il raccrochait il se rendit compte que, durant sa brève conversation avec Heather, Scarlet avait sorti son portable.

Incroyable. Alors que sa mère avait échappé de justesse à la mort, elle consultait les sites d'information et les réseaux sociaux !

— Qu'est-ce que tu fais ?

— La nouvelle est partout !

Les larmes jaillirent de ses yeux.

Comme elle posait son mobile sur le bureau, il vit la photo affichée sur l'écran et s'empara de l'appareil.

La photo montrait une Scarlet en pyjama, les pieds nus sur le trottoir, à côté de l'ambulance où les auxiliaires médicaux étaient en train de charger le brancard de sa mère. Un garde du corps la retenait par les bras pour l'empêcher de monter dans le véhicule. Ses cheveux noirs pendaient sur son visage terrifié.

La personne assise en ce moment en face de lui était bien différente. Vêtue d'un pantalon en cuir moulant et d'un haut noir, les cheveux joliment bouclés, elle était l'image de l'élégance et de la sophistication. Mais une chose persistait : l'effroi qui se lisait dans son regard.

Il en avait bien peur, la photo de Scarlet en pyjama allait sans doute faire le tour du monde, assortie d'accroches racoleuses. Hélas, c'étaient les risques du métier d'enfant de star. Depuis l'enfance, sa vie s'était déroulée sous les feux des projecteurs.

— C'est pire que ce que je craignais. Ils vont me poursuivre partout et transformer ma vie en enfer.

— Ne dis rien aux journalistes. Ils finiront par se lasser.

— Ça se voit que tu ne les connais pas ! dit-elle d'un ton presque féroce.

— Dès qu'Anya sera à l'abri en soins intensifs, David, le médecin anesthésiste, se chargera de présenter un communiqué à la presse.

— Ce n'est plus toi qui vas t'occuper de ma mère ? Tu t'en débarrasses en la confiant à un collègue ?

— Je suis médecin urgentiste, Scarlet. Il est normal qu'une fois son état stabilisé ta mère rejoigne le service compétent. Il faut que je retourne à mon poste, j'ai des patients qui m'attendent.

— Et moi, Luke ? Et nous ?

Le comportement typique d'une enfant gâtée. Tout comme sa mère, Scarlet avait des caprices de diva.

— Il n'y a pas de nous, prétendit-il.

Il sentait la colère monter en se rappelant ce qu'elle avait fait autrefois.

Il fallait qu'il se lève et qu'il sorte. Tout de suite. Elle ne méritait pas sa pitié.

Pourtant, il resta assis en face d'elle, à se remémorer l'époque où il avait cru en un avenir avec elle.

Dût-il en souffrir, il remonta le temps.

3

Assise en silence face à Luke, Scarlet s'abandonna aux souvenirs de ce soir où elle avait fait sa connaissance, deux ans auparavant.

A la sortie d'un des concerts donnés à Londres par sa mère, elles étaient allées toutes les deux dans un club de Soho en compagnie de leur garde rapprochée.

— J'ai mal à la tête, avait dit Anya au bout d'une heure en se massant les tempes. Rentrons à l'hôtel.

Scarlet en avait été soulagée. Le bruit était assourdissant dans le club. Depuis l'aube, elle avait suivi sa mère lors des interviews dans les studios de radio, sur un tournage et une séance de photos au London Bridge, et enfin dans sa loge et en coulisses pour la soutenir avant l'entrée en scène. Sa fatigue était telle qu'elle pouvait à peine garder les yeux ouverts. Elle n'avait qu'une envie : rentrer dans sa chambre et dormir.

— On va te ramener, avait-elle dit en adressant un signe au garde du corps.

— Que ferais-je sans toi, ma chérie ?

A ces mots, le fardeau qui lui pesait sur les épaules depuis dix ans s'était alourdi encore un peu plus.

Mais, comme elle en était coutumière, sa mère avait changé d'avis lorsqu'un jeune homme s'était approché de leur table, verre à la main, pour la complimenter sur sa prestation du soir.

— Finalement, je vais rester encore un peu, avait décrété Anya.

Scarlet s'était décalée d'une place pour permettre à l'admirateur de s'asseoir à côté de son idole. Au bout de quelques minutes, lasse des compliments dithyrambiques du fan et des minauderies de sa mère qui semblait avoir complètement oublié sa migraine, elle s'était levée dans l'intention de sortir respirer un peu d'air frais.

— Hé, Scarlet, ne sortez pas seule, avait dit le garde du corps attitré de sa mère en la retenant par le bras. Je vais demander à Troy de vous accompagner.

Elle ne voulait pas de la protection de Troy. Tout ce qu'elle demandait, c'était de s'en aller d'ici au plus vite.

C'est alors qu'elle l'avait vu. Un homme qui semblait s'ennuyer ferme au milieu de tout ce brouhaha. Dépassant d'une tête la foule des clients, il était vêtu d'un complet-veston — une tenue incongrue dans un lieu aussi branché — et affichait un air blasé.

Ça l'avait intriguée.

— On s'en va, avait dit Troy en l'arrachant à son observation du bel inconnu. Votre mère est désormais prête à rentrer.

— Je vais rester un peu, s'était-elle entendue répondre.

— Ah non, Scarlet, j'en ai assez de tes caprices ! s'était écriée sa mère. Ma tête est sur le point d'exploser…

— Vince va y remédier.

Ces mots avaient coupé court aux protestations de sa mère. Il suffisait de prononcer le nom de Vince pour que celle-ci se calme. Et, bien que Scarlet déteste le médecin, elle recourait parfois à ce procédé pour s'assurer quelques instants de tranquillité.

Elle était donc restée dans le club, flanquée de trois gardes du corps mais délivrée de sa mère.

Luke se souvenait de sa rencontre avec Scarlet comme si c'était hier. Chaque détail était gravé dans sa mémoire.

Célibataire depuis peu, il s'était fait violence ce soir-là pour retrouver son frère, Marcus, dans un club chic de Soho. Marcus et ses amis s'étaient déchaînés sur la piste de danse, mais lui était resté au bar. Il ne se sentait guère d'humeur sociable, car il venait de rompre avec Angie, sa petite amie de l'époque. Elle travaillait au Royal en qualité de psychiatre addictologue, et c'était elle qui l'avait informé du poste vacant aux urgences. Par une étrange ironie du sort, ils s'étaient séparés quelques jours avant son entretien d'embauche. Au début de leur relation, ils avaient pourtant prévu d'emménager ensemble et ébauché des projets d'avenir, mais la passion n'était tout simplement pas au rendez-vous. Cependant, après la rupture, elle avait insisté pour qu'ils restent en bons termes. Elle lui avait d'ailleurs envoyé un texto ce soir-là pour lui demander comment s'était passé l'entretien, et il avait pris la peine d'y répondre. Mais la page était tournée pour lui.

— Eh bien ? avait murmuré une voix caressante à son oreille.

Il s'était retourné pour découvrir une jeune femme au teint pâle, aux longs cheveux bouclés noirs et aux yeux couleur outremer. Hormis une minirobe moulante rouge et l'écarlate flamboyant qui ornait ses lèvres pulpeuses, elle ne portait pas grand-chose.

— Eh bien, quoi ?

— Vous ne m'offrez pas un verre ? avait-elle dit avec un accent américain.

Il l'avait dévisagée pour tenter de deviner son âge.

D'habitude, il était incollable à cet exercice, mais il aurait été bien en peine de définir si elle avait seize ans ou trente. Sa peau était lisse et fraîche comme celle d'un bébé, mais son regard exprimait la lassitude et la désillusion.

— Etes-vous seulement en âge de boire de l'alcool ?

— Bien sûr ! J'ai vingt-trois ans. Je m'appelle Lucy.

— Moi, c'est Luke.

Le barman s'était approché d'eux.

— Je peux vous servir autre chose, Scarlet ?

— Scarlet ? Je croyais que vous vous appeliez Lucy ?

— Je prendrai une coupe de champagne, avait-elle dit sans répondre à sa question.

— Sur mon compte, avait indiqué Luke au barman.

— Merci.

— De rien.

Il avait fini son verre et payé l'addition.

— Au revoir, Lucy-Scarlet.

— Vous partez déjà ?

— Oh oui, avait-il répondu comme la musique pulsait de nouveau à fond dans les baffles.

— Ce n'est pas très poli de vous en aller en me laissant boire seule mon champagne.

— Dépêchez-vous de le finir, dans ce cas.

Elle s'était mise à siroter sa boisson très lentement, pour le provoquer, et il n'avait pu s'empêcher de rire.

— Vous êtes avec quelqu'un ? avait-elle demandé.

— Mon frère et ses amis. Il fête son vingt et unième anniversaire.

— Et pourquoi êtes-vous habillé de manière aussi formelle ?

— Parce que je veux avoir l'air d'un idiot !

— Vous ne m'avez pas l'air idiot du tout. Et je vous trouve plutôt... joli.

Cette fille commençait sérieusement à l'intriguer. Malgré ses manières hardies et sa tenue minimaliste, il était persuadé qu'il n'avait pas affaire à une entraîneuse.

— On ne m'avait jamais qualifié de « joli » jusqu'à présent. Vous, par contre, vous avez dû l'entendre souvent.

Pour la première fois, il avait osé la regarder des pieds à la tête.

On aurait dit qu'elle portait un déguisement. Les escarpins à talons hauts semblaient un peu grands pour ses jambes fluettes qui n'étaient certainement pas mises en valeur par la minijupe. Mais son visage faisait oublier ces imperfections. Il était d'une beauté saisissante que ne parvenaient pas à gâcher le cheveu savamment frisotté ni le rouge provocant. Ses lèvres étaient pulpeuses. Un peu trop, peut-être. Aurait-elle eu recours à des injections, à son jeune âge ?

Il avait été saisi de l'envie de l'embrasser.

Ça ne lui ressemblait guère. Quand il sortait avec une femme, il concentrait d'habitude ses efforts sur la conquête et sur son couronnement : les exercices en alcôve. Les baisers, il laissait ça aux romantiques.

Or, pour la première fois, il avait rêvé d'embrasser une inconnue.

— Et vous, vous êtes avec… ?

— Quelques… amis.

— Hé, doc, tout va bien ? avait dit Sean, l'un des copains de Marcus.

Sean avait pris son verre au bar, regardé Lucy-Scarlet comme s'il n'en revenait pas puis s'en était allé, médusé.

— Doc ? avait-elle repris, la mine intriguée.

— Oui, je suis médecin. Je sors d'un entretien d'embauche, d'où le complet-veston.

— Un médecin ? avait-elle répété d'un air soupçonneux, comme s'il venait d'avouer qu'il était contrebandier ou trafiquant d'armes.

— Et vous, que faites-vous ?

— Je suis sage-femme.

Si seulement elle pouvait exercer au Royal…

— Où cela ?

— Dans une clinique de Los Angeles.

Zut ! Marcus venait vers eux d'un pas mal assuré.

Désireux d'échapper à son frère éméché, Luke était descendu du tabouret.

— Il faut que je m'en aille.

— Vers quelle destination ?

— Mon lit.

— Vous m'y invitez ?

Il en était resté sans voix.

Il en avait rencontré, des femmes libérées, mais jamais on ne lui avait annoncé aussi clairement la couleur.

— Luke, il faut que je te parle, avait dit Marcus en lui tapant sur l'épaule. C'est important.

— D'accord.

A tous les coups, il lui demanderait de régler son ardoise. Etudiant en troisième année de médecine, son frère était constamment fauché et ne faisait aucun effort pour se prendre en charge. Mais, bien que cela contrarie Luke, il paierait. N'était-ce pas l'anniversaire de son frère ?

Marcus l'avait entraîné à l'écart.

— Sais-tu à qui tu étais en train de parler ?

— Pourquoi me demandes-tu ça ? avait répliqué Luke. Tu la connais ?

— Tout le monde la connaît, mon vieux ! Si tu n'étais pas tout le temps fourré dans tes revues médicales, tu le saurais aussi. C'est Scarlet.

— Je sais.

— La fille d'Anya.

— Oh !

Anya, la chanteuse américaine aux cinq octaves, qui avait survécu à toutes les modes, disco, pop, grunge, et qui attirait les foules depuis quarante ans.

Il comprenait à présent le regard étrange que Sean lui avait lancé tout à l'heure.

Jetant un coup d'œil vers le comptoir, il avait vu que Scarlet était importunée par un gaillard qui tentait de l'entraîner vers la piste de danse. Deux hommes — des armoires à glace — se dirigeaient droit vers eux.

Les fameux « amis » auxquels elle avait fait allusion. Des gardes du corps.

Scarlet était une star au même titre que sa mère. Elle avait menti en disant s'appeler Lucy et être sage-femme, sans doute pour passer incognito. Et cela avait failli réussir.

Sans hausser la voix, les deux gardes avaient mis en déroute l'importun — il faut dire que leur carrure aurait dissuadé n'importe qui de leur tenir tête.

Sur des jambes un peu vacillantes, Marcus avait rejoint ses amis, et Luke avait payé les consommations de tout ce petit monde.

Il se dirigeait vers la porte quand Scarlet l'avait rattrapé.

— On danse ?

— Non. Pas sous la surveillance de vos gardes du corps.

— Vous savez qui je suis, n'est-ce pas ?

— Je sais en tout cas qui vous n'êtes pas : vous ne vous appelez pas Lucy et vous n'êtes pas sage-femme.

— Vous avez raison.

Contre toute attente, elle avait noué son bras au sien.

— Emmenez-moi loin d'ici. S'il vous plaît, avait-elle ajouté d'une voix suppliante. Vous ne le regretterez pas.

Sauf erreur, elle lui proposait de passer la nuit en sa compagnie.

Une aventure sans lendemain, cela ne disait rien à Luke. James Edwards, son père, était un coureur de jupons notoire, et il n'avait aucune envie de suivre ses traces.

— Je n'attends rien en échange, Scarlet.

— Mais, moi, j'aimerais passer du temps avec vous.

— Si nous allions dîner ?

— Bonne idée, je meurs de faim. Je n'ai rien mangé depuis le petit déjeuner. Désolée de vous avoir menti, avait-elle poursuivi. C'était tellement... rafraîchissant de rencontrer quelqu'un qui ne me reconnaissait pas.

— Pouvons-nous fausser compagnie à vos cerbères ?

— Hélas, non. Ils me suivent partout. Si nous parvenons à les semer, ils déclencheront l'alerte, appelleront le 911. Pourtant, j'ai terriblement envie de dîner avec vous.

Il ne savait pas à quel jeu elle jouait avec lui et il n'avait aucune envie de se prêter à un caprice de star. Pourtant, il détestait encore plus l'idée qu'un chien de garde quelconque vienne lui dicter sa conduite.

— Je vais vous attendre à l'extérieur. Faites comme si vous alliez aux toilettes et sortez par la porte du fond. Mais je vous préviens : si vos gardes du corps nous rattrapent, je vous laisse avec eux.

A la grande joie de Scarlet, la ruse avait marché, et ils avaient pris un bus à impériale, qui les avait emmenés vers Piccadilly.

Assis en bas, à l'écart des touristes, ils avaient échangé leur premier baiser.

Scarlet avait senti son corps s'embraser. Elle voulait bien plus qu'un baiser, elle voulait cet homme, ne serait-ce que pour une nuit.

Ils étaient allés à l'hôtel de Luke.

— Je croyais que vous vouliez m'inviter à dîner, avait-elle observé, une fois dans sa chambre.

— Nous allons dîner, avait-il dit en lui tendant le menu du service d'étage.

— Mmm, j'ai envie de... D'un club-sandwich. Ou peut-être d'un hamburger.

Impossible de choisir.

— Je prendrai les deux.

Souriant, il avait passé la commande au téléphone.

— Cela prendra vingt minutes.

— Je me demande bien ce que nous pourrions faire en attendant...

Et elle s'était dirigée vers le lit.

— Scarlet, j'espère que nous prendrons plus de vingt minutes pour... Enfin, vous me comprenez.

Son embarras ne l'avait rendu que plus charmant.

— Vous ne semblez pas si pressé de m'embrasser, avait-elle dit en feignant un air vexé.

— Je ne veux pas être interrompu par le garçon d'étage. Mais je veux bien que vous m'offriez un avant-goût.

Il avait pris sa bouche, et elle s'était blottie contre lui pour s'abandonner à la chaleur de ses lèvres.

Dans ses bras, elle s'était sentie exactement à sa place. Et elle avait amplement profité de cette seule et unique nuit de liberté pour assouvir ses désirs les plus fous.

4

Scarlet s'arracha à ses souvenirs pour revenir au moment présent.

— Luke, peux-tu m'aider, s'il te plaît ? A la sortie de l'hôpital, les journalistes vont me traquer, guetter le moindre de mes faits et gestes. J'ai besoin d'un endroit tranquille pour y passer quelque temps, incognito, afin de mettre de l'ordre dans mes pensées, de faire le point.

— Il y a deux ans, j'avais accepté de te cacher, mais c'est toi qui as tout gâché.

— Je ne le referai plus.

— Je ne te crois pas, Scarlet. Tu ne peux pas t'empêcher d'attirer l'attention sur toi.

Il n'avait pas tort, mais il ne voyait que les apparences. S'il connaissait la vérité, il ne la jugerait pas aussi sévèrement. C'était au-dessus de ses forces de retourner à l'hôtel retrouver Vince et l'entourage de sa mère.

— Cela te dérangerait-il beaucoup si je venais habiter chez toi pendant quelques jours ?

— J'ai bien une chambre d'amis...

La note d'hésitation dans sa voix ne lui échappa pas.

— Ta petite amie n'apprécierait peut-être pas ma présence ?

La ruse était grossière, mais c'était tout de même un moyen de savoir s'il était en couple.

Le silence de Luke n'augurait rien de bon. Contrairement à elle, il avait de toute évidence tourné la page depuis deux ans. Il ne pensait plus à elle et n'avait aucune envie de la recevoir sous son toit.

Elle se leva.

— Puis-je aller voir ma mère ?

— Bien sûr. Elle a été transférée en soins intensifs.

— Je vais d'abord avertir son imprésario qu'elle est tirée d'affaire.

— Laisse-moi vérifier que la voie est libre.

Pendant qu'il donnait des instructions au téléphone au chef de la sécurité, elle enfouit les mains dans ses poches, et ses doigts se refermèrent autour du caillou qu'elle avait ramassé la veille sur la plage, sur la côte du Devon.

En marchant sur la grève, elle avait fait des projets, songé à ce petit cottage qu'elle avait trouvé non loin de là, au mois qu'elle comptait y passer pour faire le point sur sa vie.

De beaux projets qui venaient de voler en éclats avec l'hospitalisation de sa mère.

En un sens, Luke avait raison. Qu'elle le veuille ou non, la célébrité finissait toujours par la rattraper.

Quelques minutes plus tard, il la conduisit en soins intensifs et lui présenta le personnel. Barbara, David, Paul, elle enregistra à peine les prénoms qu'il énumérait. Tout ce qu'elle voyait, c'était le visage livide de sa mère à moitié caché par le masque de ventilation artificielle.

Et tout cela, c'était *sa* faute. Sans les paroles qu'elle avait prononcées la veille au soir, sa mère n'aurait jamais doublé sa dose de somnifères.

— Peut-elle m'entendre ? demanda-t-elle à Barbara.

— On ne sait pas. Essayez de lui parler.

Luke et le personnel se retirèrent, sans doute pour lui laisser un peu d'intimité, et elle se pencha vers la tête du lit.

— Pardonne-moi, maman, murmura-t-elle. Je n'aurais jamais dû te dire ce que je t'ai dit.

De derrière le rideau, Luke avait entendu les mots murmurés de Scarlet et ses sanglots.

Qu'avait-elle donc dit de si terrible à sa mère ?

Laissant Barbara et David au chevet de la patiente, il emmena Scarlet dans une salle de réunion vide, où ils s'assirent face à face, et il lui prit la main.

— Scarlet, il faut que tu me dises ce qui s'est passé hier soir afin que nous puissions déterminer s'il s'agit d'une overdose volontaire ou d'un accident.

— C'était un accident, affirma-t-elle en évitant de croiser son regard.

— Tu as parlé de dispute. A quel sujet vous êtes-vous disputées ?

— Je lui ai dit que je ne rentrerais pas à L.A. avec elle.

— Et ça a bouleversé Anya ?

Le bref regard que Scarlet lui lança lui indiqua qu'elle était enfin résolue à lui dévoiler la vérité.

— Ce qui l'a bouleversée, répondit-elle en baissant les yeux sur leurs mains unies, c'est ce que je lui ai dit ensuite. Je l'ai accusée d'être jalouse de moi. Je... Je lui ai parlé de notre enfant.

Le silence se prolongea dans la pièce. Quand Scarlet osa enfin regarder Luke, elle vit la douleur inscrite sur son visage. Puis il se leva et s'en alla.

Une réaction prévisible.

Depuis deux ans, la culpabilité l'avait rongée sans relâche. Hélas, il était impossible de revenir en arrière pour réparer le mal qu'elle avait fait, pour éviter de signer le funeste formulaire de consentement que Vince lui avait tendu.

Ce jour avait été le pire de sa vie, pire qu'aujourd'hui où elle avait cru sa mère morte. Sa planche de salut avait été l'infirmière qui était restée longuement avec elle après l'opération pour l'écouter déverser son chagrin.

Aujourd'hui, il n'y avait personne pour la sauver.

Au bout de quelques minutes, Luke revint avec un sac-poubelle qui semblait plein.

Je peux t'aider à une condition.

— Laquelle ?

— Je te retire ton portable.

— Mais il faut que je sache comment va ma mère !

— Je te tiendrai au courant. Et interdiction formelle d'avertir tes gardes du corps. Quelqu'un a prévenu les médias pour l'overdose, et c'est forcément un proche de ta mère. Si tu touches mot à quiconque de l'endroit où tu te trouves, les journalistes seront devant la porte en moins de temps qu'il n'en faut pour le dire. Tu as deux solutions, dit-il sèchement. Je peux te loger quelques jours dans l'appartement qui m'est alloué ici à l'hôpital.

— Et la seconde solution ?

— Je peux t'héberger chez moi. Je possède une maison à une heure de route d'ici.

La seconde solution offrait l'avantage de l'éloigner des journalistes qui feraient le siège de l'hôpital tant que sa mère y séjournerait.

— Dans ce cas, j'accepte d'aller chez toi. Pourrais-tu m'y conduire ?

— Je travaille, Scarlet ! dit Luke sur un ton excédé.

Il sortit du sac-poubelle une blouse de bloc, une charlotte et des sabots en polystyrène d'infirmière de bloc.

— Sous ce déguisement, personne ne te reconnaîtra. Ma voiture est au premier sous-sol du parking souterrain, c'est une Audi bleu marine garée en face de l'ascenseur. Dès que tu actionneras la télécommande, tu verras ses phares clignoter. Je vais te noter l'adresse. Tu n'auras qu'à l'entrer dans le GPS et te laisser guider. Tu sais conduire, n'est-ce pas ?

Pas très bien. Les journaux à scandale avaient fait leurs choux gras de ses nombreux accidents au volant de ses voitures de sport. Mais Luke ne lisait évidemment pas ce genre de presse.

— Oui. Mais toi, comment rentreras-tu ?

— Je prendrai un taxi ou je demanderai à un collègue de

me ramener. Si j'ai besoin de t'appeler, je laisserai sonner trois fois. Je raccrocherai puis rappellerai dans la foulée. Tu sauras que c'est moi. Sinon, ne réponds pas au téléphone et n'ouvre la porte à personne. Et n'utilise ton portable sous aucun prétexte. Je préfère d'ailleurs que tu le laisses ici avec tes vêtements, dit-il en désignant le sac-poubelle. Je cacherai le tout dans mon bureau.

— Je ne peux même pas t'envoyer un texto ou un e-mail ?

— Non, c'est trop risqué. Quand je suis pris au bloc, un de mes assistants répond à ma place sur ma messagerie. C'est moi qui te contacterai en cas de besoin. Je te préviens, Scarlet, si tes gardes du corps découvrent où tu te caches, je ne pourrai plus rien pour toi.

— Mais Sonia, Vince et les autres vont se demander où je suis passée.

— Tu n'as qu'à leur écrire un e-mail avant de partir pour leur dire que tu te mets au vert quelque temps afin de réfléchir. Et préviens également David.

— Et si quelque chose arrivait à ma mère ? Si son état s'aggravait ?

— Je te le dirais aussitôt.

— Luke, je ne sais pas... Je vois bien que la perspective de m'héberger ne t'enchante pas, et la cohabitation risque de mal se passer.

— Ecoute, ce n'est pas le moment de tergiverser, j'ai des patients qui m'attendent, lâcha-t-il d'un ton brusque. Alors, tu acceptes ou non ?

— J'accepte, dit-elle, au pied du mur.

Scarlet effaça son rouge à lèvres et son rimmel, revêtit la blouse et cacha soigneusement ses cheveux noirs sous la charlotte. Son intention avait été de conserver son portable malgré les consignes de Luke, mais elle se ravisa au dernier moment et le jeta dans le sac-poubelle avec le reste.

Comme elle attendait l'ascenseur pour descendre au sous-sol du parking, une jeune femme blonde en blouse blanche la rejoignit. Elles entrèrent ensemble dans la cabine.

— Bonjour, dit la jeune femme. Vous êtes nouvelle ?

— J'ai commencé aujourd'hui.

— Dans quel service ?

— Euh, gynécologie-obstétrique. Je suis sage-femme.

— Moi, c'est Angie.

Angie attendait bien sûr qu'elle lui donne son nom en retour.

— Et moi, Lucy. Lucy Edwards.

A peine les mots eurent-ils franchi ses lèvres qu'elle regretta d'avoir emprunté le patronyme de Luke.

Qu'est-ce qui lui avait pris ? Si jamais cette Angie connaissait Luke, cela risquait de créer des complications.

— Etrange que vous ne portiez pas de badge, Lucy. Votre chef de service ne vous a-t-il pas signalé que c'était obligatoire ?

— Si, si. J'ai oublié de le mettre.

Les portes s'ouvrirent au premier sous-sol, et elle laissa échapper un soupir de soulagement.

Comme Luke le lui avait indiqué, l'Audi — aux pare-chocs crottés de boue — se trouvait en face de l'ascenseur. Elle voulut d'abord monter du côté gauche puis se souvint qu'on était en Angleterre.

Seigneur, il allait falloir conduire du mauvais côté de la route, une difficulté supplémentaire à laquelle elle n'avait même pas songé !

Angie était sortie au même niveau, et Scarlet la vit s'éloigner dans l'allée.

Elle se mit au volant et enclencha la marche arrière. Comme elle se dirigeait vers la rampe de sortie, elle remarqua qu'Angie s'était retournée pour la regarder.

Zut ! Avait-elle flairé anguille sous roche ? Pourvu qu'elle n'alerte pas la sécurité !

Luke entra dans la salle de réunion vide pour reprendre le sac-poubelle où Scarlet avait rangé ses effets. Comme il vérifiait que le portable s'y trouvait, on frappa à la porte.

Il se dépêcha de nouer le sac.

— Entrez.

C'était Angie, son ex-petite amie. Malgré la séparation, ils étaient restés en bons termes.

Elle entra et referma la porte derrière elle.

— J'aimerais savoir à quoi tu joues, Luke.

— Que veux-tu dire ?

— J'ai vu une jeune femme qui prétend être sage-femme s'en aller avec ta voiture. Et je crois bien l'avoir reconnue. Le pire, c'est qu'elle a dit s'appeler Lucy *Edwards*.

— Angie...

— Tu sors de nouveau avec cette fille après ce qu'elle t'a fait ? La souffrance qu'elle t'a causée ne t'a donc pas suffi ?

Deux ans auparavant, quand il avait appris que Scarlet était repartie pour L.A. enceinte de son enfant, il en avait été anéanti et dans un moment de faiblesse il avait pris Angie pour confidente.

— Ce n'est pas ce que tu crois, Angie. Elle avait besoin de se cacher des paparazzis. Je lui ai proposé de l'héberger pour quelques jours.

— Elle a avorté sans te demander ton avis, Luke ! Méfie-toi d'elle, elle ne t'attirera que des ennuis.

— Je le sais, Angie. Et je serai prudent. Tu me promets de n'en parler à personne ?

— Promis. Ce qui ne m'empêche pas de m'inquiéter pour toi.

5

Derrière la porte fermée du garage de Luke, Scarlet poussa un soupir de soulagement.

Elle se sentait enfin à l'abri.

Le trajet jusqu'à Maiden Stone s'était déroulé sans encombre, hormis les deux briques qu'elle avait délogées d'un muret en négociant le virage donnant accès à l'allée. Elle était sûre que personne ne l'avait suivie. Et pour cause ! Elle avait passé son temps à regarder dans le rétroviseur. Au début, elle avait écouté la radio, puis elle l'avait éteinte quand ils avaient commencé à parler de sa mère et à passer ses chansons.

Cette maison serait son havre de paix pour les jours à venir.

Du garage, elle passa dans la cuisine puis dans la salle de séjour, où le répondeur téléphonique clignotait. Elle appuya sur la touche pour écouter les messages, au cas où Luke lui en aurait laissé un.

— Salut, Luke, c'est Emma. Je voulais te rappeler pour mercredi.

Que croyait-elle ? Qu'il avait mis sa vie en suspens depuis deux ans ? Cette Emma était peut-être sa dernière petite amie en date.

Les autres messages provenaient d'un dénommé Trefor qui annonçait que la séance d'entraînement avait été reportée.

Luke ne l'avait pas attendue pour vivre sa vie. Où elle n'occupait plus aucune place. S'il avait accepté de l'accueillir sous son toit, c'était uniquement par bonté d'âme, et peut-être en souvenir de ce qu'ils avaient vécu autrefois. Mais il avait été très clair sur le fait qu'il ne lui faisait absolument pas confiance.

Elle ne pouvait guère lui en vouloir.

Des bûches s'empilaient à côté de la cheminée. Las, elle n'avait jamais fait de feu et elle n'avait aucune idée de la façon de s'y prendre. Fallait-il utiliser un briquet, de l'essence ?

Dans le doute, elle préféra rester assise sur le canapé à grelotter plutôt que de risquer de provoquer un incendie.

Sans l'hospitalisation de sa mère, Luke ne l'aurait jamais autorisée à franchir le seuil de cette maison. Il s'y était résigné pour lui rendre service, parce qu'elle l'avait supplié de la cacher.

Les heures passèrent. A part une visite dans la salle de bains du rez-de-chaussée, elle ne bougea pas du canapé et elle se rendit compte qu'elle avait faim lorsque son estomac se mit à gargouiller bruyamment.

Elle n'avait rien mangé de la journée.

Hier non plus, car elle avait passé son temps à sillonner la campagne du Devon dans la voiture prêtée par l'hôtel afin de préparer sa fuite. Un panier de fruits, cadeau de l'agence immobilière, l'avait accueillie à son arrivée au cottage, et le réfrigérateur avait été rempli en prévision de son séjour, mais elle avait été trop excitée pour avaler quoi que ce soit. Avant de prendre le chemin du retour, elle s'était offert une promenade sur la plage. Là, elle avait ébauché des projets pour sa nouvelle vie loin d'Anya. Des projets qui ne verraient jamais le jour maintenant.

Elle alluma la télévision à l'heure du journal.

Bien entendu, l'hospitalisation de sa mère faisait partie des informations principales, illustrée par l'arrivée de l'ambulance au Royal, sirènes hurlantes, et par une photo d'elle-même en pyjama à la porte de l'hôtel, le visage hagard et terrorisé.

— Scarlet veille au chevet de sa mère, disait le reporter en direct depuis le Royal Hospital. Et elle demande que nous priions tous pour elle.

L'attaché de presse d'Anya avait visiblement fait son travail et soufflé les formules de circonstance aux médias.

Comme la photo repassait en boucle, elle éteignit le téléviseur et alla inspecter le contenu du réfrigérateur.

A Los Angeles, le moindre snack était préparé par la cuisinière, et elle ne savait pas faire grand-chose aux fourneaux.

Elle se fit des œufs brouillés qu'elle dévora malgré les morceaux de coquille qui croquaient sous la dent.

Sa mère avait sans doute eu raison hier soir en lui disant qu'elle ne pourrait survivre sans elle.

A la nuit tombée, elle se décida à explorer les lieux et poussa la porte de ce qui devait être le bureau de Luke. Elle feuilleta au hasard les livres de l'imposante bibliothèque. C'étaient presque tous des traités de médecine, qu'elle trouva fascinants malgré les photos de blessures, amputations et autres opérations *gore*.

Puis elle monta à l'étage.

Tout indiquait qu'un homme célibataire vivait ici. Luke n'avait pas terminé les travaux de décoration, à en juger par l'escabeau et les pots de peinture posés sur le palier. Il n'y avait ni bibelots, ni jolis coussins, ni illustrations aux murs. Au printemps, pourtant, le jardin qu'elle avait aperçu à son arrivée devait déborder de sève, et elle imagina un grand vase rempli de fleurs dans le hall.

Il y avait une seconde salle de bains — le territoire du maître de céans, ainsi que l'indiquaient le peignoir et les objets de toilette —, où elle se garda bien d'entrer, et elle poursuivit son chemin jusqu'au bout du couloir, où elle trouva enfin la chambre d'amis.

Aurait-elle servi de chambre à leur enfant ?

Bien sûr que non. Si elle avait gardé le bébé, il serait né à Los Angeles où il aurait affronté les feux de la rampe dès son plus jeune âge, comme elle.

Quand elle était petite, sa mère l'habillait comme une poupée, avec minirobe de couturier et nœuds dans les cheveux, pour l'exhiber aux premières et aux soirées du tout L.A., bref, partout où il y avait des photographes susceptibles de promouvoir son image de maman parfaite. Il en aurait été de même avec son petit-fils ou sa petite-fille.

Quand Scarlet lui avait annoncé qu'elle était enceinte suite à une aventure d'un soir avec un médecin, sa mère n'avait cessé de remuer le couteau dans la plaie.

— Drôle de médecin, même pas capable de se protéger ! Franchement, ma chérie, un petit médecin d'hôpital anglais, à quoi songeais-tu ? Ne me dis pas que tu envisages de garder sa progéniture ?

Les sarcasmes s'étaient progressivement assortis d'ultimatums.

— Si tu veux devenir la femme d'un obscur toubib, libre à toi, mais il ne faudra plus compter sur moi pour assurer ton train de vie. De toute façon, il ne voudra pas de toi. Tout ce qui l'intéressait, c'était de t'avoir dans son lit. Sans doute a-t-il oublié jusqu'à ton nom...

Epaulée par Sonia, l'imprésario, qui s'était chargée du travail de sape, Anya l'avait convaincue que la seule solution raisonnable était d'avorter.

Debout sur le seuil de la chambre, elle sentit les larmes lui monter aux yeux.

Elle croyait les avoir toutes versées aujourd'hui, mais elle avait tort. Les sanglots la secouèrent bientôt si violemment qu'elle s'écroula sur le parquet de la chambre, les bras serrés autour de son ventre.

Elle pleurait pour son bébé, pour cet acte qu'on l'avait obligée à commettre. Et elle était persuadée qu'elle irait en enfer. Pas pour l'avortement mais parce que, en cet instant précis, elle ne souhaitait rien de moins que la mort de sa mère.

— Docteur Edwards ?

Il était 22 heures passées, et Luke n'avait qu'une envie : rentrer chez lui. Las, Mary, l'une des infirmières de l'équipe de nuit, venait de l'intercepter sur le chemin du vestiaire.

— Pourriez-vous délivrer un somnifère ? C'est pour le père d'un garçon qui se trouve en soins intensifs depuis deux jours.

Il est ravagé par l'angoisse, il ne parvient pas à dormir, et la nuit promet d'être longue.

— D'accord.

— Il faudrait aussi des antalgiques, car il se plaint d'un fort mal de tête. Sa pression artérielle est élevée. Je demanderais bien à Sahin, mais...

Méticuleux comme il l'était, Sahin, l'interne de garde, ordonnerait sans doute une batterie d'examens.

— Où se trouve cet homme ?

— Je l'ai installé en salle d'entretien.

— D'accord. Je vais l'examiner afin de m'assurer qu'il n'y a rien de grave.

L'homme s'appelait Evan Jones. La mine épuisée, hagarde, il arpentait la salle.

Luke prit ses constantes. Le pouls et la pression artérielle crevaient le plafond.

— Il faut que vous vous reposiez, monsieur Jones.

— Non. De toute façon, je ne pourrai pas dormir avec cette atroce migraine.

— Depuis combien de temps en souffrez-vous ?

— Depuis qu'on m'a averti qu'on allait retirer mon garçon de la liste opératoire si on ne trouvait pas un foie à lui greffer dans les soixante-douze heures. Il ne reste maintenant que douze heures, douze petites heures pour le sauver ! Vous comprenez maintenant pourquoi je ne peux pas dormir ?

A force de persuasion, il parvint à lui administrer un sédatif et à le convaincre de s'allonger sur le canapé de la salle de réunion.

— S'il y a du nouveau, on viendra vous prévenir aussitôt.

Sa garde était terminée, mais il décida de passer par les soins intensifs avant de rentrer.

L'une des salles d'attente était exclusivement occupée par l'entourage d'Anya, et les proches des autres malades étaient obligés de s'entasser dans la seconde salle.

Encore un traitement de faveur qui n'avait pas lieu d'être ! Mais il n'allait pas faire la leçon au personnel qui avait plus urgent à faire.

— David est-il là ? demanda-t-il à Lorna, la surveillante.

— Il se trouve au chevet d'un patient.

— Tout se passe bien ?

— Ça va à peu près, dit Lorna, soupir à l'appui. Heureusement, la coordinatrice nous a envoyé une réceptionniste supplémentaire, car on croule sous les appels de journalistes réclamant des nouvelles d'Anya. Ces gens ne reculent devant rien, ils se font passer pour son compagnon, son ami intime, sa tante, sa fille...

Il était bien placé pour savoir qu'il ne pouvait s'agir de cette dernière.

— Comme il se pourrait tout de même qu'un proche appelle, on leur demande le véritable nom d'Anya.

— Qui est... ? demanda Luke.

Il n'avait pas fréquenté suffisamment Scarlet pour connaître son nom de famille. Les médias l'appelaient Scarlet, la fille d'Anya.

— Anne Portland. Bien entendu, aucun des soi-disant proches ne le connaissait. Les journalistes font-ils toujours le siège du bâtiment ?

— Oui. Ils vont bien finir par se lasser et partir.

— Je ne crois pas. Ils viennent d'apprendre que Scarlet n'est plus ici, je ne sais pas comment. En tout cas, l'information n'a pas été délivrée par mon personnel, c'est tout ce que je peux vous dire. Excusez-moi, il faut que je retourne auprès d'Ashleigh, un jeune homme de dix-huit ans en attente d'une greffe du foie. Hélas, on n'a toujours pas de greffon.

— Je viens de m'entretenir avec le père.

— Le pauvre homme. Cela fait deux jours qu'il attend, fou d'angoisse, sans manger ni dormir. Quand je vois que l'entourage d'Anya se plaint parce que le café est tiède...

A cet instant, David les rejoignit.

— Comment va Ashleigh ? lui demanda Lorna.

— Il perd espoir. Je le comprends. Hier, nous aurions pu

prélever un foie parfaitement sain sur un adolescent décédé dans un accident de la route. Hélas, après avoir longuement hésité, la famille a finalement renoncé au don d'organe pour des raisons religieuses. Tu n'as pas terminé ta garde, Luke ?

— Si. Je venais prendre des nouvelles d'Anya.

David le regarda d'un air intrigué.

— Toi aussi ? Ne me dis pas que tu es l'un de ses fans ?

— Je l'ai prise en charge ce matin et je viens faire un suivi, c'est tout.

Ils allèrent au poste infirmier consulter les résultats de l'analyse toxicologique.

— Barbituriques, opiacés, alcool, toutes les cases sont cochées. C'est fou, le nombre de substances que cette femme avait dans le sang.

Cela ressemblait de moins en moins à une overdose accidentelle.

— Pourrais-tu m'avertir s'il y avait un changement dans son état de santé ?

— Pour un simple suivi, tu sembles prendre le dossier très à cœur. Très bien, j'ajoute ton nom à la liste des gens qu'il faut tenir au courant. Entre l'imprésario et la maquilleuse, ça te va ?

Luke n'avait pas envie de plaisanter.

— J'aimerais être averti en priorité s'il y avait quoi que ce soit. C'est un service que je te demande en tant que collègue et ami.

— D'accord. Mais...

— Ne me pose pas de questions, s'il te plaît.

En chemin vers la sortie, il croisa Angie.

— Tu es encore là ? dit-il, étonné.

— Bien obligée de faire des heures sup., c'était l'affluence des grands soirs, comme à chaque pleine lune. Veux-tu que je te ramène chez toi ?

— Tu sais que j'habite à la campagne, à une heure de route de Londres.

— Ce qui nous laissera le temps de bavarder. Je promets de

ne pas te faire la morale. Je t'écouterai, car quelque chose me dit que tu as besoin de te confier.

Elle voyait juste. Mais pouvait-il se confier en toute sécurité à Angie ?

Quelqu'un avait averti les médias du départ de Scarlet. Or, seuls Angie, David et lui-même étaient au courant. A moins que Scarlet, ignorant ses mises en garde, ait prévenu quelqu'un d'autre.

En tout cas, il se refusait à croire que la fuite provenait d'Angie. Celle-ci lui avait promis de ne rien dire, et c'était une personne digne de confiance.

Contrairement à Scarlet.

— Combien de temps vas-tu cacher Scarlet ? lui demanda Angie en roulant en direction de Maiden Stone.

— Je ne sais pas exactement. Elle m'a parlé de quelques jours.

— Si les médias apprennent où elle se trouve, tu auras tous les journalistes à ta porte.

— On verra bien.

— As-tu parlé au médecin personnel d'Anya ?

Il serra les dents en pensant à Vince Howard.

— J'ai essayé, mais je n'ai rien pu en tirer. T'ai-je dit que, autrefois, Scarlet m'avait proposé de devenir le médecin de sa mère et de la suivre sur ses tournées ?

— Cela ressemble plutôt à une idée d'Anya. Si tu avais accepté, tu n'aurais de toute façon pas fait long feu dans la troupe. Elle t'aurait viré en se rendant compte que tu refusais de l'approvisionner en drogues. Dire que le bébé aurait dû suivre le barnum...

— Je m'y serais opposé.

— Je ne vois pas comment. Grâce à ses avocats américains, Scarlet aurait obtenu la garde et elle t'aurait accordé un droit de visite au compte-gouttes sous l'œil des caméras.

En aucun cas il n'aurait voulu de ce genre de vie pour son enfant. Mais sans doute n'aurait-il pas eu voix au chapitre. Anya aurait régenté la vie de son petit-fils ou de sa petite-fille comme elle régentait la vie de Scarlet.

La question ne se posait pas puisqu'il n'y avait pas d'enfant. Il n'y avait *plus* d'enfant. Scarlet avait abrégé sa courte vie *in utero* sans même lui demander son avis.

Angie s'engagea dans l'allée et s'arrêta devant le garage.

Scarlet avait laissé sa marque dans l'allée — deux briques manquantes dans le muret. La carrosserie de l'Audi en avait peut-être souffert, mais, franchement, l'état de sa voiture était le cadet de ses soucis pour l'heure.

— J'espère que tu ne regretteras pas de lui offrir l'asile.

— Elle avait besoin d'un endroit où se poser pour réfléchir, faire le point.

— Remarque, je comprends qu'elle ait envie de s'enfuir, après vingt-cinq ans à supporter les caprices de sa diva de mère.

Pas question de proposer à Angie d'entrer. De toute façon, à cette heure, il était quasiment sûr qu'elle refuserait.

Il la remercia pour l'avoir ramené et mit pied à terre.

Sachant Scarlet à l'intérieur, il regarda les lieux d'un œil différent.

La maison était plongée dans l'obscurité, la porte non verrouillée.

Il entra et referma.

Le parfum de Scarlet flottait dans le vestibule. La charlotte en cellulose était posée sur la console à côté du trousseau de clés. Les sabots étaient rangés plus loin, sous le portemanteau.

Dans la cuisine, les assiettes sales de la veille s'empilaient dans l'évier, rejointes par une poêle et un saladier que Scarlet n'avait même pas mis à tremper.

Non seulement elle n'avait pas fait la vaisselle, mais elle lui laissait ses saletés à nettoyer avec, en prime, des morceaux de coquille d'œuf — et du jaune, sauf erreur — incrustés dans le carrelage.

Il se versa un verre de jus de fruits et prit son temps pour le boire — et se calmer — avant de monter à l'étage.

Quelque chose lui disait qu'elle ne se trouvait pas dans la

chambre d'amis. Et il avait raison. Elle était endormie dans son lit à lui, nue. Elle ouvrit un œil quand il alluma la lampe de chevet.

— Va dans ton lit, dit-il en rabattant la couette.

Même pas embarrassée, elle lui sourit d'un air insolent.

— J'y suis. Comment va ma mère ?

— Etat stationnaire...

Sans crier gare, il la souleva dans ses bras et l'emporta vers la chambre d'amis, où il la laissa tomber sur le lit.

Au contact de son corps doux et chaud, le désir avait aussitôt surgi, mais pas question de lui montrer son émoi. Sans doute comptait-elle là-dessus pour l'influencer et le mettre dans de meilleures dispositions à son égard. Mais il lui suffit de penser à ce qu'elle avait fait pour que l'excitation retombe aussitôt.

— Quand en saurons-nous davantage ? dit-elle en se glissant sous les draps.

— Demain matin, je passerai la voir avant de prendre ma garde. Je te téléphonerai s'il y a du nouveau. Vérifie que c'est le signal convenu avant de décrocher.

— Tu ne veux pas rester un peu avec moi cette nuit ?

— Non.

Croyait-elle vraiment qu'ils allaient reprendre là où ils s'étaient arrêtés deux ans auparavant, comme si de rien n'était ?

— Tu viendras au moins me voir demain matin avant de partir ?

— Je partirai aux aurores.

— Ça ne fait rien.

— Dans ce cas, je passerai te dire au revoir.

Et il sortit de la chambre avant d'être tenté de changer d'avis.

A 6 heures, tasse de café à la main, Luke monta dans la chambre d'amis.

Scarlet l'accueillit avec un sourire endormi et, la mine embarrassée, remonta le drap sur sa poitrine nue.

Avait-elle honte de son comportement de la veille ?

— Pourquoi étais-tu fâché de me trouver dans ton lit hier soir ?

— Je n'étais pas fâché, dit-il en posant la tasse sur la table de chevet. Ou plutôt si, admit-il dans un souci de franchise. Si tu crois qu'il te suffit de t'offrir à moi pour obtenir mon pardon, tu te trompes.

— Je n'essayais pas d'obtenir ton pardon. Je craignais que tu ne changes d'avis pour m'héberger et je voulais...

— Je ne t'ai pas proposé de venir ici pour coucher avec toi, Scarlet. As-tu pu dormir un peu ?

— Mais oui, dit-elle, la mine étonnée. Au début, j'ai eu un peu de mal.

— Moi aussi.

La savoir à quelques mètres de lui l'avait mis dans tous ses états. Une douche froide y avait remédié, et il avait ensuite trouvé le sommeil.

Le drap enroulé autour de son corps gracile, Scarlet se leva pour aller à la fenêtre.

— Il est joli, ce village. J'aimerais bien aller me promener.

— Rien ne t'en empêche.

— Je n'ai pas de vêtements.

— Je vais m'en occuper aujourd'hui. Il faudra que tu restes enfermée encore une journée à t'ennuyer.

— Je ne me suis pas ennuyée, hier. Ta maison est très jolie, je l'aime beaucoup.

— Merci.

— Depuis combien de temps habites-tu ici ?

— Neuf mois. C'est un peu loin de Londres, mais je me plais ici.

— La campagne est belle. Durant le trajet, j'avais tellement peur d'être suivie que je n'ai pas beaucoup admiré le paysage. Je... J'ai égratigné la carrosserie, ajouta-t-elle, une grimace penaude aux lèvres. Je n'ai pas vu le muret à l'entrée de l'allée.

— Ce n'est pas grave.

— Il y a une belle éraflure sur l'aile...

— Et des briques qui manquent au mur. J'ai vu.

— Désolée.

— Moi aussi, il m'est arrivé d'accrocher ce mur au début.

Alors qu'il aurait dû s'en aller, il s'approcha pour lui caresser la joue et, incapable de résister, il l'embrassa. Doucement.

Elle lui rendit son baiser tout aussi chastement, comme si elle avait compris la leçon de la veille.

Quand il s'écarta, il vit des larmes briller dans ses yeux.

— Regarde-moi, Scarlet.

Elle détourna la tête.

— Je ne peux pas.

— Bien sûr que si.

Elle l'avait attendu nue dans son lit la veille, mais elle ne pouvait pas le regarder ! Cela faisait partie des contradictions qui faisaient le charme de Scarlet. Et qui la rendaient également insupportable.

Ce matin, elle lui paraissait tellement vulnérable qu'il n'avait pas envie de l'accabler.

— Bois ton café, il va refroidir.

— Tu ne pourras jamais me pardonner, n'est-ce pas ? murmura-t-elle d'une voix tremblante.

— Ça va être difficile.

— Laisse-moi au moins t'expliquer pourquoi j'ai agi comme je l'ai fait.

— Je n'ai pas le temps de t'écouter, Scarlet. Ma garde commence à 8 heures, et je veux éviter les bouchons. Passe une bonne journée.

Et il descendit l'escalier.

Dans le garage, il s'installa au volant de l'Audi sans même inspecter les dégâts à l'aile.

C'était le prix à payer pour aider Scarlet. Et il était prêt à s'en acquitter. En souvenir de la nuit magique qu'ils avaient partagée autrefois. Avant que tout ne s'écroule.

6

Un panneau indiquait « Déviation » à l'entrée de l'hôpital.

— Que se passe-t-il ? demanda Luke à Geoff en descendant la vitre de la portière.

— Un camion d'une chaîne de télévision est tombé en panne devant l'entrée du parking souterrain du personnel. C'est du moins ce que les journalistes prétendent. A mon avis, il y a à l'intérieur un objectif braqué sur les fenêtres des soins intensifs.

— Appelez la police. Faites-le dégager.

Au lieu de se garer à son emplacement réservé, il s'engagea dans le parking public et eut du mal à trouver une place non loin des urgences en raison des véhicules de presse.

Avant de prendre sa garde, il décida de passer par les soins intensifs où l'entourage d'Anya se réduisait désormais à une demi-douzaine de personnes. En passant devant la salle voisine, il vit les parents d'Ashleigh, le jeune homme en attente d'une greffe. Le père, Evan, était assis, la tête dans les mains, et la mère arpentait la pièce d'un pas nerveux.

Il avait vu en passant que la chambre où s'était trouvé Ashleigh la veille était vide.

— A-t-il été opéré ? demanda-t-il à Lorna, la surveillante.

— La greffe se déroule en ce moment même au bloc de gastro-entérologie.

Non sans étonnement, il remarqua que, elle qui en avait pourtant vu d'autres en vingt ans de carrière, avait les larmes aux yeux.

— Je suis tellement contente pour lui ! Après avoir passé ces six derniers mois entre l'hôpital et la maison, il pourra enfin mener une vie normale, comme tous les jeunes de son âge.

— Et Anya, comment va-t-elle ?

— Elle a eu une poussée de fièvre durant la nuit. On lui a administré un antipyrétique, et sa température était redevenue normale ce matin. David va revenir du bloc de gastro dans un instant, il pourra vous faire un rapport complet.

— Je ne peux pas l'attendre. Je repasserai plus tard.

Il prit sa garde et enchaîna les patients.

A 10 heures, avant de commencer ses opérations de la journée, il passa un coup de fil à Scarlet.

En fille de star qui se respecte, elle ne serait peut-être pas encore levée, mais il n'aurait ensuite plus la possibilité de l'appeler avant sa sortie du bloc, dans trois heures, ou six ou dix. Impossible de prévoir, tant les impondérables étaient nombreux.

Depuis le départ de Luke, Scarlet n'avait cessé de pleurer. Après trois sonneries, le téléphone posé à côté de son lit se tut. Puis cela sonna de nouveau.

Elle décrocha.

— C'est toi ?

— Oui. Ça va ?

— Comment va ma mère ?

— Son état est stable.

— Est-ce encourageant ou inquiétant ?

— Plutôt encourageant. Tu as une voix enrouée. As-tu pleuré ?

On ne pouvait rien cacher à Luke.

— Un peu.

— Tu ne devrais pas. Je t'ai dit que ta mère était tirée d'affaire. Dans quelques jours, quand David estimera le moment venu, on la sortira du coma artificiel...

Elle écouta Luke tenter de la rassurer.

Impossible de laisser persister le malentendu.

— Luke, je ne pleurais pas pour ma mère. Je m'inquiète pour elle, bien sûr, mais je sais qu'elle est désormais hors de danger. Si je pleurais, c'est à cause de nous. Le fait de t'avoir revu et d'être dans ta maison a fait rejaillir les souvenirs. Je regrette tellement ce que j'ai fait...

— Arrête, Scarlet. On ne va pas en parler au téléphone.

— Quand, alors ?

Luke ne répondit pas.

Au lieu d'être au chevet de sa mère, elle se terrait chez Luke, son seul lien avec le monde étant ses coups de fil.

— Crois-tu que je devrais revenir à l'hôpital ?

— La décision t'appartient.

— Je sais ! dit-elle avec humeur. Je te demande juste ton avis.

— Je crois que tu n'es pas encore prête à affronter les médias.

Elle les avait affrontés toute sa vie.

— Et si maman se réveillait et qu'elle ne me trouvait pas à côté d'elle ?

— Elle est pour l'heure plongée dans un coma artificiel et ne risque pas de se réveiller. Au fil des jours, David diminuera la dose de sédatifs, et ta présence sera alors souhaitable au chevet d'Anya. Tout ce que je peux te conseiller pour l'heure, c'est d'attendre. N'est-ce pas toi-même qui voulais quelques jours loin du bruit et de la fureur pour faire le point ? Eh bien, profites-en.

Et il raccrocha.

Interdite, elle fixa le combiné.

Etait-il en train de la punir pour ce qu'elle avait fait ? Méritait-elle vraiment d'être traitée ainsi ?

Oui, lui souffla une petite voix.

Si seulement elle pouvait au moins lui expliquer, pour qu'il comprenne à défaut de lui pardonner !

Le téléphone sonna de nouveau, et elle décrocha sans attendre les trois sonneries.

C'était Luke.

— Tu viens de me raccrocher au nez ?

— Désolé, fit-il d'une voix radoucie. Je voulais juste te dire que nous parlerons à loisir plus tard. D'accord ?

— Entendu.

— Bien. Dis-moi de quoi tu as besoin, et je m'arrêterai dans un magasin sur le chemin du retour.

La liste était longue, en vêtements autant qu'en produits de toilette et en aliments bio. Deux tomates, un paquet de beurre et des yaourts périmés se battaient en duel dans le réfrigérateur de Luke. Il était urgent de le remplir avec de la nourriture saine. Elle lui énuméra l'essentiel.

— Je ferai mon possible. Bon, il faut que je te laisse à présent, on m'attend au bloc. A ce soir, Scarlet.

— A ce soir.

Elle avait hâte de le revoir. Depuis qu'elle l'avait retrouvé, elle ne se lassait pas de lui, de sa présence, de son visage, de son odeur.

Il lui avait tellement manqué !

Luke finit sa garde à 16 heures. Armé de la liste que lui avait dictée Scarlet au téléphone, il fit ses courses dans le supermarché où il avait ses habitudes, à quelques kilomètres de Maiden Stone.

C'était la première fois qu'il mettait le pied dans le rayon bio du magasin.

Elle avait demandé du *quinoa !* Et du chou romanesco ! Et des cèpes !

Il ne fallait pas abuser. Elle mangerait des champignons blancs comme tout le monde. Il choisit en revanche des œufs pondus par des poules élevées en plein air. L'élevage en batterie était une abomination, et cela faisait longtemps qu'il boycottait les produits issus de ce type de productions.

Scarlet le surprenait. Pour une Américaine, fille de star et habituée à être sur les routes, elle se nourrissait très sainement. Comme quoi, il ne fallait pas se fier aux apparences. Sous ses airs fantasques et son maquillage outré, elle cachait une personnalité bien plus complexe qu'il ne l'imaginait.

Au rayon boucherie, il prit des steaks. Pour lui.

Scarlet n'avait pas mentionné de viande dans sa liste. Pourtant, elle n'était pas végétarienne. Il se souvenait du petit déjeuner de carnivore qu'elle avait commandé au service d'étage de l'hôtel, deux ans auparavant — et qu'elle n'avait jamais mangé étant donné que ses gardes du corps avaient frappé à la porte au petit matin.

C'était elle qui les avait prévenus. Elle avait voulu fuir sa mère et son entourage, elle l'avait suivi à son hôtel pour passer la nuit en sa compagnie, mais, contre toute logique, elle avait envoyé un texto aux gardes pour les informer de l'endroit où elle se trouvait. « Afin que ma mère ne s'inquiète pas », lui avait-elle dit. Et, quand il s'était mis en colère, elle avait protesté que sa vie était suffisamment compliquée sans qu'il se mette à lui faire des reproches, lui aussi.

Elle n'en était pas à une contradiction près. Hier, elle l'avait supplié de l'héberger car elle voulait à tout prix mettre de la distance entre elle et l'entourage d'Anya. Et, ce matin, elle envisageait déjà de retourner à l'hôpital.

Quelle surprise lui réservait-elle, ce soir ?

Restaient les achats les plus délicats. Au rayon lingerie, il se fit aider d'une vendeuse aussi fluette que sa fugitive pour choisir la bonne taille de soutien-gorge, panty et leggings. Il jeta également dans le Caddie un jean et un sweat-shirt ainsi que des ballerines en similicuir et une paire de chaussettes.

Il régla ses achats puis rentra au village. Mais pas chez lui. Il fit un détour par la grand-rue et la boutique de lingerie fine tenue par l'épouse de Trefor.

Trefor était policier. Tous deux jouaient dans l'équipe de foot locale. Sa femme avait un prénom un peu démodé dont il ne se souvenait jamais. Là aussi, c'était sa première visite en ce lieu.

— Bonsoir, je voudrais offrir un cadeau d'anniversaire à mon associée…

L'épouse de Trefor sourit.

— On va lui trouver quelque chose de bien. Quel budget voulez-vous lui consacrer ?

— Euh, je veux quelque chose de joli, mais à un prix raisonnable.

Ce n'était pas par pingrerie. Vu les circonstances, il serait déplacé d'offrir quelque chose de trop luxueux à Scarlet.

— Comment allez-vous, Luke ?

— Très bien, euh… Minnie ? tenta-t-il, embarrassé.

L'épouse de Trefor lui décocha un grand sourire.

— Margaret. Quelle taille fait votre associée ?

— Je ne suis pas sûr. Elle est très mince.

— De poitrine aussi ?

— Oui.

Les seins de Scarlet ressemblaient à de petites pommes.

La voix de Margaret l'arracha à ses souvenirs.

— Trefor m'a conseillé l'autre jour de mettre le magasin en ligne. Il paraît que les hommes hésitent à franchir le seuil.

— Je confirme.

— Voulez-vous un soutien-gorge ? Une nuisette ? Ou plutôt un déshabillé ?

Elle étala devant lui plusieurs articles dont un ensemble avec des porte-jarretelles.

— Ceci est joli tout en restant simple. Et la matière est élastique. Voyez, ajouta-t-elle en l'invitant à toucher.

Ce furent les vingt minutes les plus embarrassantes de sa vie. Mais il n'était pas au bout de ses peines.

Il venait de payer ses emplettes quand Trefor entra dans le magasin.

— Salut, Luke.

— Bonsoir, Trefor.

Sur le point de s'en aller sans demander son reste, Luke réfléchit.

— Trefor, j'héberge sous mon toit une amie…

Il lui dit de qui il s'agissait.

— Pourrais-tu faire des rondes dans ma rue durant la journée pour assurer sa sécurité ? En principe, personne ne sait qu'elle se trouve ici, mais les journalistes ont plus d'un tour dans leur sac.

— D'accord, j'ouvrirai l'œil. Merci de m'en avoir parlé.

Luke remonta en voiture et, non sans quelque appréhension, prit la direction de son cottage.

7

Luke ouvrit la porte et posa les sacs de provisions et de vêtements dans le vestibule.

Vêtue d'une de ses chemises, Scarlet vint au-devant de lui, un doux sourire aux lèvres.

— Tu m'as manqué, dit-elle.

— Je suis là, maintenant.

— Comment va ma mère ?

— Son état est stationnaire.

Des cernes sombres entouraient ses yeux. Il avait eu beau la rassurer, lui dire qu'Anya ne risquait plus rien, elle continuait à s'inquiéter.

— Veux-tu que je t'emmène la voir ?

— Je ne sais pas. Ici, je peux réfléchir tranquillement, faire le point. Si je sors de ma cachette, je retomberai entre les mains de Sonia et de Vince qui auront vite fait de décider pour moi.

— Rien ne presse. Comme je te l'ai dit, David ne la sortira pas du coma avant au moins deux jours, et ça ne fera aucune différence que tu sois là auprès de ta mère maintenant.

— Tout de même, ma place est à son chevet.

Il ne savait que dire. Il ne voulait pas qu'elle retourne auprès de cette femme qui l'avait poussée à commettre le pire, mais la prudence lui soufflait de n'en rien dire.

Anya avait échappé de justesse à la mort, elle se trouvait encore en soins intensifs, et Scarlet ne tolérerait pas qu'il dise du mal de sa mère en un tel moment.

— Je vais monter me changer.

Il emporta le sac de sous-vêtements qu'il avait achetés chez Margaret et le rangea dans le tiroir du haut de la commode. Puis il se déshabilla, enfila un jean et un pull.

Comme il sortait de la salle de bains, il remarqua qu'une tasse de café à moitié pleine reposait sur sa table de nuit.

Ça y était, elle avait encore pris possession de son lit !

Il attrapa la tasse et redescendit, agacé.

Scarlet avait disparu, et les sacs de courses étaient toujours dans le hall.

— Scarlet !

Elle sortit du salon.

— Oui ?

— Je n'ai pas de domestiques et j'ai travaillé toute la journée. Cela ne te dérangerait pas de ranger les courses, s'il te plaît ?

— Je ne sais pas où tu mets les choses…

— Et que faisait cette tasse à moitié pleine dans ma chambre ? s'enquit-il en lui montrant l'objet du délit.

— Peut-être que tu étais pressé et que tu ne l'as pas finie ?

— Je ne bois pas de café.

— Oh !

— Tu es encore allée te coucher dans mon lit après mon départ ?

— Il est tellement plus confortable, dit-elle, un sourire désarmant aux lèvres.

— Ne le refais pas.

Il avait beaucoup de mal à conserver un ton sévère. Aussi exaspérante qu'était Scarlet, il ne pouvait pas s'empêcher de la trouver adorable. Mais il signerait sa perte s'il se laissait aller à le lui montrer car, il en était persuadé, elle n'hésiterait pas à utiliser sa faiblesse pour l'employer à son avantage. Avec sa mère, elle avait été à bonne école pour manipuler les gens.

Elle souleva les sacs et les emporta à la cuisine.

— Qu'as-tu fait aujourd'hui ? demanda-t-il en la suivant.

— Pas grand-chose. J'ai lu quelques-uns de tes traités médicaux.

— La médecine t'intéresse ?

— Bien sûr. Bien que je ne saisisse rien à votre jargon de spécialistes, je trouve cela passionnant.

Décidément, elle l'étonnerait toujours.

Il rangea les courses.

— Tu as acheté du vin ? dit-elle, un doigt pointé vers la bouteille.

— Ce n'est pas un grand cru, désolé.

Pour cacher l'effet qu'elle lui faisait, il employait son ton le plus revêche.

— Tout le monde était au courant de ton départ de l'hôpital. Je me demande bien comment... Tu n'as appelé personne, n'est-ce pas ?

— Bien sûr que non. J'ai suivi à la lettre tes consignes. C'est cette femme que j'ai croisée dans l'ascenseur qui a dû me reconnaître et alerter les médias !

— Cette femme s'appelle Angie. C'est une amie, et cela m'étonnerait beaucoup qu'elle ait vendu la mèche car je lui fais toute confiance. Mademoiselle « Lucy Edwards ». Qu'est-ce qui t'a pris d'utiliser mon nom ? Et tu lui as dit que tu étais sage-femme ! S'agirait-il d'une vocation contrariée ?

— Ne te moque pas. Mon rêve aurait été d'être sage-femme. J'ai vu naître des enfants.

— Où cela ?

— Lors d'une tournée de ma mère en Afrique. J'apportais des cadeaux aux enfants d'un hôpital de Lusaka, en Zambie, et on m'a offert une visite guidée de la maternité. Je ne voulais plus en partir.

— Vraiment ?

Elle hocha vigoureusement la tête.

— L'an dernier, nous y sommes retournées.

— Je sais. J'ai vu les images aux informations. Et tu es retournée dans la maternité de Lusaka ?

— Oui. Lors de ma première visite, les médecins m'avaient dit qu'ils avaient besoin d'un médicament appelé ocytocine pour les futures mamans, alors je leur en ai rapporté une valise pleine.

Normalement sécrétée naturellement par l'hypophyse, l'ocytocine agit sur les muscles de l'utérus et les glandes mammaires. Elle existe également sous forme d'hormone de synthèse.

— Bravo ! Tu as fait une bonne action.

Le sac de vêtements qu'il avait achetés au supermarché se trouvait dans un coin de la cuisine.

— Y as-tu jeté un coup d'œil ? dit-il en sortant son contenu. J'espère que c'est la bonne taille.

— Ça devrait m'aller, mais il n'est pas question que je porte un jean de supermarché. Et qu'est-ce que c'est que ces chaussures en matière synthétique ? J'ai la peau fragile, ça va me causer une allergie.

Il s'exhorta à garder son calme.

— C'est ça ou les sabots et la blouse de bloc. A toi de voir.

Il se mit à préparer le dîner.

— Serait-ce trop te demander que de m'aider ? lâcha-t-il en posant le wok sur le feu.

— Que dois-je faire ? demanda Scarlet en écarquillant les yeux.

— Eh bien, occupe-toi de la salade. Rince-la et fais une vinaigrette. J'ai sorti l'huile d'olive et le vinaigre balsamique.

Du coin de l'œil, il l'observa.

Ses gestes étaient d'une maladresse insigne, mais elle faisait au moins preuve de bonne volonté.

Il trancha les champignons, découpa un chou et jeta le tout dans le wok.

— De toute façon, je ne crois pas que je ferais une bonne sage-femme.

— Pourquoi pas ?

— Les enfants, je n'y connais rien...

A qui la faute ? se retint-il de dire.

Le sourire de Scarlet s'était envolé. Elle aussi pensait de toute évidence à leur bébé.

— Il y a d'autres professions qui pourraient te convenir.

— Je croyais que tu ne m'avais pas appelée…

Il mit quelques secondes à comprendre qu'elle parlait d'autrefois.

— Puis j'ai fini par me rendre compte qu'ils avaient bloqué ton numéro.

— J'ai passé des journées à essayer de te joindre ! En désespoir de cause, j'ai pris une demi-journée de congé pour me rendre à l'hôtel où vous étiez descendues, ta mère et toi. Le réceptionniste a refusé de m'indiquer le numéro de ta chambre. Devant mon insistance, un garde du corps est descendu, et je lui ai laissé un mot à ton attention.

— On ne me l'a jamais remis.

La colère flamba en lui.

— Mais toi, pourquoi ne m'as-tu pas appelé ? Tu ne crois pas que j'avais le droit de savoir que tu attendais un enfant de moi ?

— Parce que c'était *mon* problème, pas le tien. Je ne voulais pas te déranger avec ça. Toi et moi, c'était juste pour une nuit, et il m'appartenait d'en gérer les conséquences. Tu avais ta vie toute tracée, je n'en faisais pas partie…

— Je parie que c'est ta mère qui t'a convaincue de ne rien me dire ?

— C'est vrai, admit Scarlet après une brève hésitation. Elle m'a dit que ce serait plus simple de ne pas te mêler à cela, que Vince prendrait rendez-vous pour moi avec l'un des meilleurs chirurgiens de Los Angeles et que je n'aurais à m'occuper de rien. Elle m'a rappelé que je devais ensuite retourner en Afrique où je pourrais aider beaucoup de gens, et que ce serait stupide d'hypothéquer ce beau projet en te parlant de ce bébé dont tu n'avais de toute façon que faire.

— Et tu l'as crue ?

— Il n'y avait pas qu'elle. Tout le monde dans notre entourage soutenait que c'était la seule solution.

Elle n'avait pas prononcé une seule fois le mot *avortement*, comme si elle avait du mal à assumer son acte.

Ce n'est qu'après avoir commis l'irréparable qu'elle lui avait téléphoné pour lui annoncer en quelques mots lapidaires qu'elle avait été enceinte de lui mais qu'il « n'avait pas à s'inquiéter » parce qu'elle avait décidé de ne pas garder l'enfant. Sous le choc, il n'avait rien trouvé à dire, et elle en avait déduit qu'il était soulagé.

Le souvenir de cette conversation exacerba sa colère.

— J'étais le père du bébé ! Tu aurais dû me consulter !

Quelle décision aurait-il prise ? En toute franchise, il ne pouvait affirmer qu'il aurait bien accueilli la nouvelle. Il n'avait pas d'exemple de famille heureuse dans son entourage. Le mariage de ses parents avait été un échec sur toute la ligne, même s'ils étaient restés ensemble pour leurs enfants et pour sauvegarder les apparences.

Il aurait au moins raisonné comme un adulte, en s'appuyant éventuellement sur des amis qui lui auraient donné des conseils objectifs — alors que Scarlet avait été sous l'emprise d'Anya dont elle dépendait pour tout.

— De toute façon, je n'aurais pas pu infliger cela à notre enfant, dit-elle.

— Lui infliger quoi ?

— Ma vie. Il aurait été constamment sous l'œil des caméras, exhibé par ma mère en toute occasion, ballotté sur les routes au gré des tournées…

— Jamais je ne l'aurais permis ! Il t'aurait suffi de me prévenir que tu étais enceinte, de prendre un avion…

Laissant la salade en plan, Scarlet se dirigea vers la porte.

— Ah non, tu ne vas pas t'en aller ! s'écria-t-il. C'est trop facile de fuir dès que la conversation prend un tour qui ne te plaît pas.

— Tu peux parler ! Qui m'a raccroché au nez, tout à l'heure ?

— Scarlet…

Une fumée noire s'élevait du wok, il l'ôta du feu.

Les champignons et le chou étaient carbonisés. Au temps pour leur dîner. Il n'aurait pas dû se laisser entraîner dans cette discussion. Après une journée de travail épuisante, il était incapable de conserver son self-control.

— Je crois qu'on va devoir se rabattre sur des pâtes.

— Ce sera sans moi, je n'ai plus faim, dit Scarlet. Je monte me coucher.

Elle disparut à l'étage.

Mais la colère de Luke ne s'éteignit pas pour autant. Le ressentiment qui s'était accumulé en lui durant deux ans réclamait un exutoire.

Renonçant à manger, il se versa un verre de vin, se posta à la fenêtre et, le regard plongé dans les ténèbres, resta à ressasser ses griefs.

La sonnerie du téléphone l'arracha à ses sombres pensées.

C'était sa mère. Elle lui rappelait qu'ils viendraient vers 16 heures le lendemain mais qu'ils ne pourraient pas rester longtemps.

Tant mieux. Il n'était pas d'humeur à assister à une fête de famille et à faire semblant de célébrer les trente-deux ans de mariage de ses parents — une pure mascarade à ses yeux.

— Entendu, à demain, dit-il à sa mère.

Il raccrocha et finit son verre.

En haut, Scarlet pleurait — il l'entendait d'ici.

Jusqu'à présent, il avait respecté sa propre résolution de garder ses distances avec elle, mais les sanglots de Scarlet lui étaient insupportables.

Il découpa le reste des champignons, les fit cuire, prépara un plateau et monta frapper à la porte de la chambre d'amis.

Comme elle ne répondait pas, il entra.

— Qu'est-ce que tu veux ? lança-t-elle.

Toujours vêtue de sa chemise, elle était allongée sur le lit avec une boîte de Kleenex, qu'elle avait dû trouver dans la salle de bains.

— Room service, dit-il en s'efforçant de prendre un ton enjoué. Au menu, champignons sur toast et verre de vin.

La mine indécise, elle se redressa et fixa le contenu du plateau qu'il avait posé sur le lit.

— Tu n'es plus fâché ?

— Je ne suis pas fâché...

Il mentait pour l'amadouer, afin qu'elle mange un peu.

Se sentant acculée, elle avait fui la confrontation, une habitude qu'elle avait sans doute prise avec Anya. Naguère, elle lui avait confié que celle-ci finissait toujours par avoir le dernier mot. Fuir était la seule manière de signifier son désaccord à sa mère.

Et, à en juger par ce qu'il savait de l'implacable Anya, celle-ci n'était pas du genre à faire monter un plateau à sa fille rebelle. Elle l'aurait plutôt laissée mourir de faim pour obtenir sa reddition. Sans conditions.

— Veux-tu qu'on poursuive notre conversation ?

— Pour que tu me détestes encore un peu plus ?

— Je ne te déteste pas.

— Je comprendrais que tu le fasses, dit-elle en haussant les épaules. Moi, il m'arrive bien de te détester.

— Pourquoi ?

— Parce que tu as ta vie en main et que tu sais parfaitement où tu vas. Ta seule erreur de parcours, c'est moi.

— Désolé de te détromper, Scarlet. J'ai commis beaucoup d'erreurs, dont tu ne fais pas partie, dit-il en s'asseyant à côté d'elle. J'ai parfois fait preuve d'une imprudence coupable...

— Moi aussi, l'interrompit-elle. L'oubli d'un préservatif en était une de taille.

Il ne s'agissait pas vraiment d'un oubli. Ils n'en avaient pas eu sous la main et ils s'étaient laissés emporter par leur élan.

— Maintenant, j'espère que tu fais plus attention.

— Chat échaudé...

— Il y en a eu beaucoup, depuis moi ?

Au lieu de botter en touche ou de répondre « elles n'ont pas compté », il préféra dire la vérité.

— Beaucoup trop. Et toi ?

Même s'il répugnait à le reconnaître, ça l'intéressait.

— Tu veux vraiment le savoir ?

— Oui.

Il avait vu les photos de Scarlett arborant un sourire radieux au côté de chevaliers servants à la plastique irréprochable et, à son grand dam, il avait senti le démon de la jalousie le tarauder. Elle avait de toute évidence continué à batifoler après lui.

— Tu crois vraiment que j'ai enchaîné les aventures ?

— Ce n'est pas le cas ?

— Eh bien, non. Il n'y a eu personne depuis toi, dit-elle, la mine grave.

Elle se leva brusquement, et le plateau tomba au sol.

— Quand je me suis résolue à t'appeler pour t'annoncer ce que j'avais fait, qu'as-tu dit ? Qu'as-tu fait ? Rien !

— J'étais sous le choc. La colère est venue ensuite.

— Ta colère n'était sans doute rien à côté de celle que j'éprouvais contre moi-même. A vingt-trois ans, j'étais censée être une femme adulte, dotée d'un libre arbitre, capable de prendre ses propres décisions...

Il se félicita d'avoir joué profil bas depuis qu'il était entré dans la chambre et de ne pas l'avoir accablée des reproches qu'il ressassait depuis deux ans. Car il comprenait maintenant que personne ne serait plus sévère envers Scarlet qu'elle-même.

— ... Au lieu de quoi, je me suis laissé manipuler comme une marionnette par ma mère et ses sbires ! Ils m'ont dit que j'étais trop jeune pour avoir un enfant, que je ne saurais pas l'élever, que je représentais déjà un fardeau pour ma mère qui subvenait à tous mes besoins et que je n'avais pas le droit d'y ajouter un enfant... *Et je les ai crus !*

Elle ne criait pas contre lui mais contre elle-même. Quelque chose lui disait que, comme lui, elle avait gardé sa peine en elle durant ces deux ans sans pouvoir se confier à personne.

Il la laissa s'épancher tout son soûl sans l'interrompre.

— Quand je t'ai appelé pour te prévenir de... de la situation, je m'attendais à ce que tu m'insultes, que tu me traites de monstre, d'égoïste, d'irresponsable. Mais tu n'as rien dit. Et j'en ai déduit que tu étais soulagé.

— Jamais de la vie, Scarlet. Je n'avais pas prévu d'être père, mais j'aurais fait ce qu'il fallait pour cet enfant, je l'aurais reconnu, j'aurais voulu jouer un rôle dans sa vie…

Et qui sait, peut-être occuper aussi une place dans la vie de Scarlet.

— … Mais tu avais déjà commis l'irréparable et tu me mettais devant le fait accompli. Je n'ai pas su comment réagir. Si tu attendais des insultes de ma part, c'est que tu ne me connaissais pas vraiment.

— Bien entendu, que je ne te connaissais pas ! Et je ne te connais pas davantage aujourd'hui. On n'a même pas passé une journée complète ensemble…

Elle recommença à pleurer.

Il avait envie de la prendre dans ses bras pour la réconforter, mais la voix de la prudence lui soufflait de s'en abstenir. S'il la touchait, tout pourrait basculer en un instant.

La laissant pleurer, il ramassa toast, champignons, verre et plateau, et il s'en alla.

Toujours allongée sur le lit, Scarlet se retourna sur le côté pour regarder la tache de vin sur la moquette.

Quelle maladresse de sa part ! Alors que Luke s'était donné du mal pour lui préparer un repas, elle n'avait rien trouvé de mieux que de lui crier dessus.

Elle était en train de se demander comment elle allait pouvoir le regarder en face le lendemain, lorsqu'elle entendit frapper à la porte.

— La troisième fois sera la bonne, dit-il en entrant avec un plateau.

Cette fois, il n'y avait pas de vin, mais un verre de lait chaud et des toasts beurrés à la confiture.

Cela tombait bien, elle mourait de faim !

— Pas de champignons ? s'enquit-elle en feignant un air contrarié.

— Il n'y en avait plus. A qui la faute ?

— C'est toi qui les as fait brûler !

— Et qui les a envoyés au tapis ?

— D'accord, la faute est partagée.

— Au lieu de parler pour ne rien dire, mange tes toasts avant qu'ils ne refroidissent, dit-il en riant.

Jamais les disputes avec sa mère ne se terminaient par des rires. C'était ce qu'elle appréciait chez Luke : il ne semblait pas lui tenir rigueur de ses caprices.

Pour le reste, elle espérait qu'il lui pardonnerait un jour.

8

Quelque chose réveilla Scarlet.

Les aiguilles fluorescentes du réveil indiquaient 1 heure.

Malgré le radiateur qui chauffait la chambre, elle avait froid. Elle n'avait cessé d'avoir froid depuis son arrivée en Angleterre.

Elle repensa à sa mère et à leur dispute. Malgré leurs différends, elle ressentait un besoin urgent de la voir.

Elle entrouvrit le rideau et vit le réverbère qui éclairait la rue.

Ce ne serait pas juste de demander à Luke de l'emmener à l'hôpital. Il avait eu une rude journée hier et il avait besoin de se reposer.

La plupart des journalistes avaient dû lever le camp devant l'entrée des urgences mais, connaissant les médias, elle se doutait que certains étaient restés en embuscade. Il lui faudrait donc ruser pour les éviter. Pourquoi ne pas passer par l'aile de la maternité ? Avec un peu de chance, elle ne se ferait pas remarquer.

Luke paniquerait si elle lui faisait part de son projet. Il lui reprocherait d'être imprudente, inconséquente, de ne pas savoir ce qu'elle voulait. Et il aurait raison. Après avoir fait des pieds et des mains pour qu'il la cache chez lui, elle allait sortir se jeter dans la gueule du loup.

Peut-être, mais c'était plus fort qu'elle, il fallait qu'elle voie sa mère.

Elle enfila les vêtements qu'il lui avait achetés et écrivit un mot qu'elle laissa en évidence sur la console de l'entrée.

Je suis allée voir maman.

Le trajet se déroula sans encombre. La circulation était quasi nulle en pleine nuit, et elle fut en vue de l'hôpital en moins d'une heure.

Le cœur battant, elle se gara devant l'aile de la maternité et entra dans le bâtiment.

Elle déambulait dans les couloirs à la recherche d'une flèche indiquant les urgences, lorsqu'un vigile l'accosta.

— Puis-je vous aider, mademoiselle ?

— Je cherche la chambre de ma mère.

— Dans quel service se trouve-t-elle ?

— En soins intensifs, aux urgences.

Le vigile la dévisagea.

— Scarlet ?

Zut ! A peine arrivée, elle se faisait déjà repérer.

— Je suis Geoff, l'un des vigiles. J'étais là lors de l'admission de votre mère.

Son visage ne lui disait rien, mais elle n'avait guère prêté attention aux gens qui l'entouraient lors de cette funeste matinée.

— Attendez ici.

Il s'éloigna pour passer un coup de fil puis revint.

— J'ai averti le médecin de garde de votre présence. Il m'a suggéré de vous conduire en soins intensifs par l'ascenseur réservé au personnel, ce qui vous évitera de passer par l'entrée.

Il l'accompagna jusqu'au service.

Entre les différents sas et espaces stériles ressemblant à des bulles, elle avait l'impression de se trouver dans un vaisseau spatial.

Une femme souriante vint au-devant d'elle.

— Je suis l'infirmière en chef. Je m'appelle Lorna.

— Pourrais-je voir ma mère ?

— Bien sûr. Voulez-vous d'abord parler au médecin de garde ?

Scarlet secoua la tête.

— Je veux juste voir maman. Quelqu'un se trouve-t-il à son chevet ?

— Non. Les membres de son entourage sont en salle des familles.

Lorna la conduisit à la chambre.

Le visage de la malade était à moitié recouvert par le masque de ventilation artificielle.

Scarlet s'assit au chevet de sa mère et resta un long moment à lui tenir la main. Les moniteurs émettaient des bips, l'électrocardiographe enregistrait les pulsations cardiaques, tout semblait sous contrôle.

— Maman, je t'aime, murmura-t-elle comme si celle-ci pouvait l'entendre. Et je suis désolée de t'avoir mise en colère l'autre soir. Pardonne-moi.

Au bout d'une demi-heure, elle lui déposa un baiser sur le front et sortit.

Luke aurait besoin de sa voiture pour aller au travail. Elle ignorait à quelle heure il commençait aujourd'hui, mais elle ferait mieux de ne pas trop tarder à rentrer. Toutefois, elle s'accorda un petit moment pour se remettre de ses émotions en s'asseyant sur une banquette du couloir.

— C'est votre mère ? demanda un homme assis sur la banquette voisine en désignant la chambre d'où elle venait de sortir.

Elle hésita puis hocha la tête. A force d'être poursuivie par les journalistes, elle en voyait partout.

— Et vous, vous êtes là pour... ?

— Mon fils. Il a passé toute la journée au bloc pour une greffe du foie. On l'a remonté dans sa chambre hier soir. Au fait, je m'appelle Evan.

— Et moi, Scarlet.

Au diable la méfiance. Cet homme n'était pas un journaliste mais bien un père inquiet. Ou alors, il était le meilleur acteur du monde.

— Je sais, répondit Evan. Ces vautours de paparazzis essaient depuis deux jours de savoir où vous êtes. J'espère qu'ils ne vous trouveront pas. Ashleigh, mon fils, vous adore. Il était déçu de ne pas vous avoir vue.

Cela la fit rire, et ils se mirent à bavarder. De tout. De leurs proches. De la gentillesse du personnel. De l'angoisse qu'ils ressentaient.

— Ma femme est rentrée se reposer. Moi, il m'a fallu un somnifère, dit Evan. C'était la première fois que j'en prenais, et ça a marché. J'ai enfin pu dormir au bout de deux jours. A mon réveil, j'ai cru rêver lorsque l'on m'a annoncé que mon fils avait un nouveau foie.

— Depuis combien de temps était-il malade ?

— Depuis sa naissance. Jusqu'à l'année dernière, il pouvait vivre à peu près normalement en suivant un traitement médicamenteux, mais son état s'est subitement dégradé. Il a développé une insuffisance hépatique grave qui a nécessité des hospitalisations tous les mois. Et votre mère ?

Sur le point de répondre par quelques vagues généralités du genre « elle a eu un coup de fatigue, mais tout va bien maintenant », elle se ravisa. Il n'y avait pas de place pour les mensonges, en soins intensifs.

— Elle aussi, elle est malade depuis très longtemps.

Ils parlèrent de la difficulté de vivre auprès d'un malade. Puis, voyant qu'il était 3 heures passées à l'horloge murale, elle se leva.

— J'espère que votre fils se rétablira vite. Embrassez-le de ma part.

— Merci, Scarlet.

C'est escortée du vigile qu'elle sortit par une porte de service et se dirigea vers le parking.

— Vous pouvez me laisser, maintenant, dit-elle en lui désignant l'Audi de Luke.

— La prochaine fois que vous voudrez venir, avertissez le chef de la sécurité.

— D'accord. Merci, Geoff.

Sur le chemin du retour, elle se sentit, sinon mieux, du moins apaisée.

Une partie d'elle-même était tentée de quitter l'autoroute pour prendre la direction du Devon et de ce cottage loué par agence, qui aurait dû lui servir de havre de paix pour démarrer sa nouvelle vie loin de sa mère.

Hélas, son projet était tombé à l'eau avec l'accident cardiaque de celle-ci. Quand Anya sortirait du coma, comment pourrait-elle lui annoncer qu'elle comptait toujours s'en aller ?

Et il n'y avait pas qu'Anya. Il faudrait qu'elle le dise à Luke, qui l'accuserait de s'enfuir une fois de plus au lieu d'affronter ses problèmes.

Ou peut-être serait-il soulagé de se débarrasser d'elle ?

Les parents de Luke venaient le voir aujourd'hui, il le lui avait dit et il préférerait sans doute qu'ils ne la trouvent pas chez lui.

Contrairement à l'aller, le trajet jusqu'à Maiden Stone lui parut interminable.

Elle remonta l'allée en évitant cette fois le muret, et la porte du garage s'ouvrit automatiquement.

Bon sang, comme il faisait froid en Angleterre ! L'intérieur du garage était glacial. Et la température lui sembla à peine plus clémente dans la maison. Pourtant, les radiateurs chauffaient.

Si elle avait constamment froid, c'était qu'elle était malheureuse. L'avenir lui semblait sans issue. Piégée dans l'engrenage infernal de la vie avec sa mère, elle sentait qu'elle ne pourrait jamais se libérer de son emprise et voler de ses propres ailes. Le cottage du Devon n'avait été qu'une douce chimère.

Le mot qu'elle avait laissé pour Luke se trouvait toujours sur la console de l'entrée. Au moins, sa petite escapade avait réussi. Il ne s'en était même pas rendu compte !

Elle monta dans sa chambre, se déshabilla. Mais, au moment de se coucher dans le lit vide, elle n'en eut pas le courage. Elle voulait Luke. Cette nuit, elle avait plus que jamais besoin de sentir sa peau, sa chaleur, son odeur.

Pieds nus, elle remonta le couloir et poussa sa porte.

Il dormait à poings fermés, preuve qu'il ne l'avait pas entendue partir ni rentrer.

Vêtue de ses seuls sous-vêtements, elle se glissa à côté de lui sous les draps.

— Tu es gelée, murmura-t-il en l'attirant contre lui.

Et il remonta la couverture sur son épaule avant de se rendormir.

Blottie contre lui, elle ferma les yeux, aux anges, goûtant pleinement le moment présent.

9

Luke tendit le bras pour éteindre le réveil.

Dans son sommeil, il avait rêvé que Scarlet venait le rejoindre dans son lit et il découvrait que ce n'était pas un rêve. Elle était bel et bien là, ses cheveux d'ébène étalés sur son torse ! Et il n'avait pas la force — ni l'envie — de lui dire de regagner ses quartiers.

Ses cils lui chatouillèrent la poitrine.

Elle était réveillée.

— Ça va ? lui demanda-t-il.

— Non. Il faut que je t'explique, tu ne m'en as jamais laissé l'occasion...

Il savait qu'elle parlait de ce qui s'était passé autrefois.

— Vas-y.

— Mais il faut que tu ailles travailler.

— J'ai largement le temps. Je t'écoute.

Il se languissait d'explications. Deux ans plus tôt, elle lui avait annoncé la nouvelle brutalement, sans lui donner aucun détail. Pendant longtemps, il s'était persuadé qu'il n'en voulait pas, mais il s'était menti à lui-même.

— Je ne sais pas très bien par où commencer. J'ai tellement de choses à te dire.

— Commence par le début. Comment ta mère a-t-elle réagi quand tu lui as appris que tu étais enceinte ?

— Bien, répondit-elle d'une voix tremblante. Au départ. Quand j'avais eu une rage de dents à quinze ans, elle m'avait dit en substance la même chose : « Ne t'inquiète pas, Vince s'occupera de tout. » Puis a commencé le travail de sape lorsqu'elle a vu que j'envisageais une solution alternative. Maman, Sonia, Vince, ils se sont tous mis à me harceler quotidiennement pour que... Pour que je fasse ce qu'ils me demandaient.

Encore une fois, Scarlet ne prononçait pas le mot *avorter*.

— Même si je l'avais voulu, je n'aurais pas pu prendre un avion pour te rejoindre. Sonia conservait mon passeport dans le coffre de son bureau. J'aurais pourtant tant voulu leur échapper ! Un soir, j'ai rassemblé mon courage pour tenir tête à ma mère, lui annoncer que je voulais garder l'enfant. Comme d'habitude, elle s'est d'abord moquée de moi en me traitant comme une gamine irresponsable qu'il faut ramener à la raison, puis, quand elle a vu que ça ne marchait pas elle est entrée dans une colère noire. Je ne comprenais pas et je lui ai rétorqué qu'elle-même avait été une mère célibataire.

— Et qu'a-t-elle répondu ?

— Elle m'a giflée en me traitant de fille ingrate et m'a dit qu'elle était bien bonne de s'obstiner à m'aider alors que je faisais tout pour lui compliquer la tâche. Sonia, Vince et elle ont ensuite tenu une réunion de crise à mon sujet et ils m'ont soumis un ultimatum : si je m'entêtais à garder l'enfant, je me retrouverais seule, sans appui ni argent pour vivre et élever mon bébé. Je n'avais jamais travaillé, hormis pour ma mère, je n'ai aucune formation en quoi que ce soit. Bref, j'ai paniqué. Si seulement j'avais eu un coup de fil de toi à cette époque...

— J'ai essayé durant des semaines !

— Maintenant, je le sais. Ils avaient bloqué ton numéro en l'inscrivant dans la liste des indésirables.

— En apprenant que tu étais rentrée aux Etats-Unis, j'étais prêt à demander un congé sans solde au DRH du Royal où je venais d'être embauché, afin d'aller te retrouver à Los Angeles... Et puis, j'ai reçu ton appel.

L'appel où Scarlet lui annonçait l'irréparable.

En quelques minutes, il avait appris qu'elle avait porté son enfant et qu'elle l'avait *tué*.

En tant que médecin, ce n'était pas le mot qu'il avait coutume d'employer pour les IVG, et il se gardait d'habitude de tout jugement moral vis-à-vis des patientes qui lui faisaient part de leur intention d'avorter. Mais là, il était concerné directement, atteint dans sa chair. Scarlet avait avorté sans même l'avertir de l'existence de leur enfant.

A la lumière des informations qu'elle venait de lui donner, il lui accordait quelques circonstances atténuantes. Devant son silence, elle en avait déduit qu'il se souciait d'elle comme d'une guigne et, plutôt que de se retrouver seule et sans ressources, elle avait cédé à l'insistance de ses proches.

Il pourrait lui retourner ses paroles. Si seulement *elle* l'avait appelé !

Malgré la douleur qui surgissait de nouveau, il avait besoin de connaître l'histoire dans les moindres détails.

— Qui t'a accompagnée à la clinique ?

— Ma mère.

Bien entendu. Anya ne l'avait pas lâchée d'une semelle pour s'assurer qu'elle ne changerait pas d'avis au dernier moment.

— Les jours suivants, elle s'est montrée très gentille envers moi. J'étais anéantie, je ne cessais de pleurer, et elle a demandé à Vince de me mettre sous antidépresseurs. Mais je n'ai pas pris les comprimés. Je voulais au moins avoir le droit d'être triste. Cela ne pouvait continuer ainsi, j'avais décidé de leur échapper. Mais ils me surveillaient. Quand j'ai appris que maman repartait pour une tournée en Europe, qui passerait par l'Angleterre, j'ai repris espoir.

— Pourtant, tu ne m'as pas appelé.

Si Anya n'avait pas eu son arrêt cardiaque, il n'aurait jamais eu l'occasion de la revoir.

Scarlet s'enfouit le visage dans les mains.

— Je n'ai pas pu m'y résoudre, dit-elle au terme d'un long

silence. En deux ans, rien n'avait changé dans ma vie. J'aurais tellement voulu te présenter l'image d'une personne équilibrée, indépendante, qui sait où elle va ! Au lieu de cela, j'étais toujours celle que tu avais connue, la fille veule et excentrique vivant aux crochets de sa star de mère.

La Scarlet qu'il avait connue et aimée durant une nuit, celle dont il avait ensuite chéri le souvenir malgré le terrible geste qu'elle avait commis.

— Qu'aurais-tu fait si je t'avais appelé ?

— Cela aurait dépendu de ce que nous nous serions dit...

En l'occurrence, elle ne l'avait *pas* appelé.

— Et... ? souffla-t-elle pour l'encourager à poursuivre.

Même s'il lui accordait son pardon, elle n'était pas prête à le recevoir. Il faudrait d'abord qu'elle se pardonne à elle-même.

— Je suis triste à l'idée que tu aies dû traverser seule cette épreuve, dit-il en lui caressant les cheveux. Bien sûr, tu avais ta mère à tes côtés...

— Elle a été d'une grande aide, c'est sûr ! ironisa Scarlet, rire amer à l'appui. Elle n'est même pas venue me voir dans la chambre de la clinique après le... l'opération. Heureusement, une infirmière est restée à mon chevet, à me tenir la main pendant que je pleurais. Je savais que j'avais fait une erreur, et elle m'a parlé pendant plus d'une heure pour tenter de me réconforter. Je me souviendrai toujours de ses paroles. Elle m'a dit que je n'étais pas une criminelle irresponsable comme je le croyais, mais simplement une jeune fille qui avait eu peur, et que j'apprendrais de cette épreuve pour devenir plus forte.

Il hocha la tête en silence.

S'il avait pu rencontrer cette infirmière, il l'aurait félicitée et remerciée pour avoir soutenu Scarlet en cet instant ô combien difficile.

— En un sens, c'est ce qui s'est produit, poursuivit-elle. Puisque j'ai eu le courage l'autre soir d'annoncer à ma mère que je la quittais.

— Pourrais-tu me parler de la dispute qui s'est ensuivie ?

— Quand je lui ai annoncé que je partais, elle a ri et m'a mise au défi de tenir vingt-quatre heures sans elle. Alors, j'ai menti. Je lui ai dit que tu m'attendais, que nous allions faire notre vie ensemble... Je cherchais juste à lui échapper.

— Elle t'a crue ?

Scarlet secoua la tête contre sa poitrine.

— Elle m'a rétorqué que je me berçais d'illusions, que jamais tu ne voudrais de moi après ce que je t'avais fait — ce qui m'a mise très en colère. C'était elle qui m'avait poussée à commettre cet acte !

— Encore une fois, elle cherchait à te faire douter de toi-même.

— Sauf que, ce soir-là, je ne me suis pas laissé faire. Je lui ai répondu qu'elle avait toujours été jalouse de moi, qu'elle m'avait obligée à avorter car elle ne voulait pas que les projecteurs se braquent sur mon bébé et moi et que les journaux titrent « Anya grand-mère »...

Scarlet se redressa pour le regarder.

— Je regrette tellement de ne pas m'en être rendu compte plus tôt !

— C'est déjà bien que tu l'aies compris. Moi qui pensais que mes parents étaient compliqués...

Il s'interrompit. Ce n'était pas le moment de se confier sur ses propres déboires familiaux.

— Au fait, dit-elle, je suppose que tu n'as pas envie qu'ils me rencontrent ce soir. Si tu veux, je pourrai rester cachée dans ma chambre.

Il n'aimait pas l'entendre parler ainsi. Anya avait toujours dévalorisé sa fille en la traitant comme une bonne à rien qu'elle entretenait par grandeur d'âme, et Scarlet était persuadée de ne pas valoir grand-chose. En cet instant, elle croyait qu'il avait honte d'elle.

— Je ne veux pas te cacher, Scarlet. Je serai fier de te présenter à mes parents.

Il le pensait vraiment.

10

Anya respirait désormais sans ventilation artificielle et, bien que toujours maintenue dans le coma, elle avait été transférée dans la même chambre qu'Ashleigh Jones, le jeune homme postopéré du foie.

Chambre devant laquelle campaient l'imprésario et l'attachée de presse.

Luke entra dans la pièce et referma la porte. Il adressa un signe de tête à Evan, qui se trouvait au chevet de son fils endormi, puis ouvrit le rideau entourant le lit d'Anya pour s'approcher d'elle.

Le matin où il l'avait prise en charge aux urgences, il s'était efforcé de la soigner comme une patiente normale, avec la même rigueur et la même méticulosité. A présent, il éprouvait une telle colère contre cette femme qu'il se demandait s'il en serait toujours capable. La neutralité médicale avait des limites.

Heureusement, c'était désormais David le médecin référent.

— Nous réduisons progressivement la dose de sédatifs depuis hier, lui dit l'anesthésiste de garde, un nommé Craig. Et nous allons les arrêter complètement aujourd'hui. Si tout va bien, elle devrait reprendre conscience en fin d'après-midi.

— David vous a-t-il transmis mon message ?

— Oui, il m'a prévenu de vous avertir en priorité dès le réveil d'Anya. Savez-vous que Lorna a parlé à sa fille cette nuit ?

— Scarlet a appelé l'hôpital ?

Aurait-elle ignoré ses mises en garde pour n'en faire qu'à sa tête, encore une fois ?

— Non, elle est venue en personne. Lorna l'a reconnue, sinon elle ne l'aurait évidemment pas autorisée à entrer dans la chambre.

Première nouvelle ! Scarlet s'était bien gardée de lui en parler. La petite cachottière avait fait l'aller-retour avec l'Audi sans qu'il s'en rende compte — il faut dire qu'il dormait d'un sommeil de plomb au retour de ses gardes.

Evan leva la tête de ses mots croisés.

— Moi aussi, je l'ai vue et je lui ai parlé.

Décidément, tout le monde était au courant sauf lui.

— Il ne faut pas le crier sur les toits, poursuivit le père d'Ashleigh en indiquant la porte derrière laquelle se trouvaient Sonia et sa collègue. J'ai même pris une photo avec elle pour Ashleigh — c'est un grand admirateur de Scarlet. Il était tout content en la découvrant ce matin.

Et il sortit son portable de sa poche pour la leur montrer.

Bien qu'il n'apprécie guère cette manie qu'ont les gens de se prendre sans cesse en photo avec leur portable, Luke l'observa et ne put s'empêcher de sourire.

Le visage vierge de tout maquillage, le cheveu en bataille, Scarlet souriait, les doigts pliés en forme de cœur. Sur le sweat-shirt qu'il lui avait acheté au supermarché, elle portait l'une de ses chemises.

— Contrairement à l'image que véhiculent les médias, c'est une jeune femme très simple, commenta Evan. Je l'ai trouvé gentille, à l'écoute des problèmes des autres.

— Combien de temps est-elle restée ?

— Environ deux heures. La pauvre. Elle est loin d'avoir une vie de rêve.

Une opinion que Luke ne pouvait que partager.

Il resta quelques minutes auprès d'Evan pour s'inquiéter de sa santé. Il se réjouit d'apprendre que celui-ci se portait bien mieux depuis la dernière fois où ils s'étaient vus et qu'il se faisait désormais suivre pour ses problèmes d'hypertension.

A 8 heures, Luke prit sa garde aux urgences. Il soigna blessés et polytraumatisés, mais aussi des urgences qui n'en étaient pas, des gens enrhumés ou souffrant de plaies et de bosses, qui n'hésitaient pas à encombrer le service plutôt que de consulter leur médecin généraliste.

Profitant de sa pause de milieu de matinée, il appela Scarlet selon le signal convenu.

Une voix endormie lui répondit au bout du fil.

— Tu m'as réveillée.

Pas étonnant qu'elle ait besoin de sommeil, après avoir passé la moitié de la nuit à l'hôpital et sur les routes ! Mais il avait résolu de lui cacher qu'il était au courant, pour voir si elle lui en parlerait de son propre chef.

— J'ai un service à te demander, Scarlet.

— Lequel ?

— Comme tu le sais, mes parents vont passer vers 16 heures. Je serai rentré d'ici là, mais je n'aurai pas le temps de m'arrêter au supermarché. Pourrais-tu sortir acheter quelque chose pour le thé ?

— Quoi donc ?

— Je ne sais pas, moi. Des biscuits, des petits gâteaux, des cookies. Si tu as le temps, bien sûr.

— Très drôle.

— As-tu de l'argent ?

— Oui. C'est l'une des rares choses que j'ai pu emporter dans ma fuite.

— Sinon, tu trouveras quelques billets dans le tiroir du haut de ma commode…

Zut ! Il y avait rangé le sac avec les articles de lingerie fine qu'il comptait lui offrir.

— Je sais. J'ai fouillé dans tes affaires, dit Scarlet sans vergogne. Pour qui sont les sous-vêtements en dentelle ?

— Devine.

— Pour moi ? s'écria-t-elle d'une voix incrédule.

— Pour qui d'autre ? Tu ne crois tout de même pas que je me transforme en travesti à mes heures perdues ?

Un rire fusa au bout du fil.

Il adorait l'entendre rire.

— Bon, il faut que j'y aille.

— Reste encore un peu à me parler.

— Scarlet, j'ai du travail. A tout à l'heure.

Il raccrocha.

Pouvait-il compter sur elle pour les biscuits ? Rien n'était moins sûr. A tout hasard, il en prélèverait quelques-uns dans la réserve du poste infirmier, pour le cas où elle oublierait.

La tête recouverte d'une écharpe trouvée dans les affaires de Luke, Scarlet marchait d'un pas vif pour tenter de se réchauffer. Les gens qui critiquent l'Angleterre pour son climat épouvantable ont bien raison. Jamais elle n'avait eu aussi froid de sa vie. C'était étrange de se retrouver dehors dans les rues du village.

Elle entra dans un salon de thé, qui faisait aussi épicerie.

Bingo ! Des cookies de toutes sortes, en veux-tu en voilà, sans compter les scones, muffins et autres cupcakes. On peut dire ce qu'on veut des Anglais, mais ils sont les rois du goûter dînatoire !

Elle choisit différentes variétés de cookies qu'elle mit dans son panier et y ajouta une fiche de recette de cake au café et aux noix à la photo appétissante.

Pourquoi ne pas l'essayer en l'honneur des parents de Luke, puisqu'elle avait du temps à tuer ?

Ne faisant ni une ni deux, elle acheta les ingrédients nécessaires à la confection du cake et paya le tout.

A la sortie du magasin, elle aperçut son reflet dans la glace de la façade.

Dans son jean, son sweat-shirt et son bonnet improvisé, elle avait vraiment l'air minable. Or, il y avait de l'autre côté de la rue une boutique avec des vêtements en vitrine.

Elle y entra et sourit à la femme derrière le comptoir.

— Bonjour, mademoiselle, lui dit celle-ci. Je peux vous aider ?

— Oui, j'aimerais étoffer un peu ma garde-robe…

Au bout d'une heure, elle avait essayé une demi-douzaine de tenues — plutôt sobres par rapport à son style flamboyant habituel, mais tout de même à la mode, avec une petite touche de fantaisie. Les unes et les autres lui allaient bien, et elle décida d'acheter le tout. Au diable l'avarice. D'autant qu'elle aurait ainsi l'occasion d'étrenner sa carte de crédit personnelle qu'elle avait cachée à sa mère et à son entourage !

En un an, elle avait amassé en secret un petit pécule en rognant sur la rente qui lui était accordée pour ses frais et déplacements et en mettant aux enchères des photos dédicacées sur un site de vente en ligne. Le but avait été de se constituer un apport pour l'achat d'une maisonnette. Et elle avait trouvé le cottage de ses rêves au bord de la mer, ce cottage auquel il lui avait, hélas, fallu renoncer. Alors, pourquoi ne pas se rabattre sur quelques vêtements en guise de consolation ? D'autant que les prix de ce magasin n'avaient rien à voir avec ceux pratiqués dans les boutiques de grands couturiers de Los Angeles.

Au moins, ce soir, elle ne ferait pas honte à Luke devant ses parents.

En entrant dans le vestibule, Luke sentit une odeur de brûlé.

Pas possible. Scarlet s'était essayée à la pâtisserie ?

En entrant dans la cuisine, il eut une seconde surprise : Scarlet comme il ne l'avait jamais vue.

Envolée la fille de star, ainsi que la fugitive en jean, sweat-shirt et chemise empruntée. Elle portait une tunique en laine couleur muscade, des leggings foncés et des bottines à talons en velours noir.

Simple et chic. Sans strass ni paillettes, ni rouge à lèvres incandescent.

— Waouh !

— Je sais, dit-elle en étalant à la spatule du glaçage sur quelque chose qui ressemblait à deux grosses crêpes brûlées. C'est une première pour moi. J'espère qu'il sera bon.

Elle parlait du gâteau.

— Comment va ma mère ?

— Ils ont arrêté les sédatifs. Elle devrait se réveiller d'ici à ce soir.

— Tu ne crois pas que je devrais être là quand elle ouvrira les yeux ?

— Elle sera somnolente, désorientée…

— S'il te plaît, Luke, dis-moi ce que je dois faire.

— Ce n'est pas à moi de te le dire.

Il n'avait aucune envie qu'elle aille retrouver cette femme égoïste et manipulatrice. S'il ne tenait qu'à lui, il l'empêcherait de la revoir à tout jamais. Cependant, malgré tous ses travers, Anya restait la mère de Scarlet, et ce n'était pas à lui de dicter sa conduite à cette dernière.

— C'est un cake au café et aux noix.

Un cake ? Peut-être serait-il bon à défaut d'être beau.

Il trempa un doigt dans le bol du glaçage et le porta à sa bouche. Aïe ! On frôlait l'overdose de beurre.

— Ça ne ressemble pas à la photo, dit Scarlet, l'air chagrin. J'espère qu'ils aimeront.

« Ils » ?

Il comprit alors qu'elle avait fait le gâteau pour ses parents. Il avait presque oublié qu'ils venaient. Durant le trajet de retour, il n'avait pensé qu'à Scarlet. Scarlet dans son lit, presque nue.

— Ecoute, si ma présence risque de poser un problème, je pourrai aller me promener. Ça t'épargnera d'avoir à expliquer à tes parents ce que je fais ici…

— Je n'ai pas de comptes à leur rendre.

— Je ne veux pas créer de tensions, c'est tout.

— Avec ou sans toi, il y en aura. Entre mes parents et moi, ce n'est pas franchement l'entente cordiale.

— Sont-ils au courant, pour nous ?

— Je leur en ai touché un mot.

— Que leur as-tu dit au juste ?

Elle semblait de plus en plus nerveuse.

— Que j'ai fait ta connaissance il y a deux ans. Marcus avait vendu la mèche, de toute façon. Mais ils ne savent pas, pour le bébé.

Les joues en feu, elle reporta son attention sur le glaçage.

— Ils sont à la retraite ?

— Non. Mon père est professeur en cardiologie. Et ma mère, conservatrice de musée.

— Mon Dieu ! lâcha-t-elle, visiblement impressionnée. De quoi vais-je bien pouvoir leur parler ? Je n'ai pas fait d'études. A part le show-business, je ne connais rien.

— Ne t'inquiète pas, dit-il en glissant le bras autour de sa taille. Tu n'as qu'à être toi-même, et tout se passera bien.

— Facile à dire.

Une telle appréhension se lisait dans ses yeux outremer qu'il décida de faire une entorse à ses résolutions et de lui livrer quelques confidences sur sa famille.

— Tu n'as aucun complexe à nourrir vis-à-vis d'eux. Mon père est un coureur de jupons patenté qui enchaîne les aventures, et ma mère ferme les yeux en jouant à l'épouse modèle en société. Quand une liaison dure un peu plus longtemps que les autres, elle se rabat sur sa bouteille de gin.

Les yeux écarquillés, Scarlet l'écoutait.

— Quand il est entre deux maîtresses, elle arrête de boire, et ils jouent à la comédie du couple heureux pendant quelques semaines. Jusqu'à ce qu'il recommence à découcher. Alors, maman se remet aux alcools forts. C'est un cycle qui se répète depuis trois décennies.

— Comment le sais-tu, puisque tu n'habites plus chez eux ?

— Je le sais, c'est tout. En revanche, Marcus et Emma ne sont pas au courant.

— Emma ?

— Ma sœur.

— Oh ! J'ai entendu le message qu'elle avait laissé sur le répondeur et j'ai cru qu'il s'agissait de ta petite amie.

Tu es ma petite amie, faillit-il lui dire. Mais il se ravisa et s'écarta.

— Ce week-end, ils fêtent leurs trente-deux ans de mariage. Une belle mascarade ! Je lèverai mon verre — ou plutôt ma tasse de thé — à leur « bonheur », et nous mangerons le gâteau que tu as eu la gentillesse de leur préparer. Puis ils s'en iront fêter cela en ville. Dimanche, papa aura retrouvé sa dernière maîtresse en date, et maman sera ivre morte sur son canapé.

— Pourquoi me dis-tu tout cela ?

— Parce que je ne veux pas que tu te sentes intimidée en leur présence.

— Merci de ta sollicitude, Luke. Tu es trop gentil avec moi.

— C'est bien la première fois que...

Il s'interrompit en entendant une voiture s'engager dans l'allée.

— Les voilà.

11

Scarlett s'essuya nerveusement les mains sur un torchon.

Luke fit les présentations, et Rose Edwards lui serra la main du bout des doigts, en la toisant d'un air désapprobateur. James Edwards l'examina lui aussi de la tête aux pieds, d'une tout autre manière.

Seigneur, on aurait dit qu'il la déshabillait du regard !

Elle retint un petit rire en voyant Luke lever les yeux au ciel.

— Vous avez fait un gâteau ! s'exclama Rose, comme s'il s'agissait d'un exploit.

En un sens, ça l'était.

Luke ne proposa pas à ses parents de s'asseoir, et ils restèrent tous debout dans la cuisine, tasse de thé à la main.

— Pas trop, s'il vous plaît, dit Rose comme Scarlet lui découpait une généreuse portion de cake.

— Alors, vous travaillez au Royal ? demanda James en louchant sur ses jambes.

— Non. J'ai pris un congé sabbatique.

— Que faisiez-vous avant, des études ?

— Euh, non, marmonna-t-elle. Je suis juste…

Heureusement, Luke vint à son secours.

— Scarlet a pris une année de congé.

— Scarlet, ça me dit quelque chose. Tous les deux, vous n'étiez pas… ?

— Ça remonte à plusieurs années, dit Luke. Scarlet arrive de L.A. et elle m'a fait le plaisir de me rendre visite.

« Le plaisir », façon de parler. Il ne l'avait pas exactement accueillie à bras ouverts.

— Vous logez ici ?

— Pour quelques jours.

Partagée entre embarras et amusement, elle les regarda s'échiner tous à découper leur portion de cake.

La pâte était dure et brûlée, et le glaçage, un peu écœurant. Une bouchée lui suffit, et elle reposa son assiette.

— Vous n'en mangez pas ? demanda Rose.

— Non. Il faut que je fasse attention à ma ligne.

— Sornettes ! s'exclama James. Cela vous irait bien au contraire de vous remplumer un peu. J'aime les femmes qui ont l'air de femmes.

Nul doute qu'il parlait en connaisseur.

Ils finirent leur tasse de thé puis partirent comme s'ils avaient le diable aux trousses.

Luke raccompagna ses parents jusqu'à leur voiture.

— J'imagine que ta mère a dû te mettre en garde contre moi, dit-elle quand il revint dans la cuisine. « Cette aventurière américaine n'en veut qu'à ton argent, mon fils, méfie-toi ! »

Il lui sourit.

— Elle m'a en effet conseillé de faire attention.

— Cela, tu le savais déjà, dit-elle sur un ton léger.

Ce soir, elle n'avait pas envie d'aborder des sujets graves.

— Ton père est tel que tu me l'avais décrit. L'œil égrillard, il me détaillait ouvertement en présence de sa femme ! Mes cuisses semblaient particulièrement l'intéresser.

— Il est impossible ! Si jamais mes parents t'invitent un jour chez eux, ne le laisse pas t'offrir une visite guidée de la maison.

— Je crois que ce n'est pas près d'arriver.

Elle s'approcha de lui et noua les bras autour de son cou.

— Toi et ton père, vous êtes le jour et la nuit. As-tu été adopté ?

— J'aurais bien voulu !

— Se comporte-t-il de la même manière envers toutes tes petites amies ?

Elle hésitait à se ranger dans cette catégorie. Elle n'était pas une petite amie de Luke, mais une catastrophe ambulante qu'il avait recueillie sous son toit par charité chrétienne.

— Des deux, c'est ma mère qui me met le plus en colère. Je déteste sa complaisance envers lui, son hypocrisie, la manière dont elle fait semblant de ne rien voir. Dieu sait pourtant qu'elle ne se gêne pas pour critiquer les autres, leur degré d'instruction, leur façon de s'habiller, de s'exprimer...

— De faire de la pâtisserie, ajouta-t-elle, malicieuse. Pauvre Luke, obligé de manger mon gâteau.

— Il n'était pas si mauvais.

— Tu en redemandes ?

— Tout de même pas. Il était si bourratif que je ne pourrais pas avaler une miette de plus.

— Tant mieux, car c'était le dîner.

Cela eut le don d'arracher un sourire à Luke.

— Tu es très jolie, ce soir, dit-il en lui caressant la joue.

— J'ai fait quelques achats.

— Je vois cela.

— Et j'adore mes cadeaux.

— On n'est jamais mieux servi que par soi-même.

Les mains de Luke descendirent en bas de son dos pour l'attirer contre lui, et ils s'embrassèrent.

C'était le moment qu'elle attendait depuis des jours. Non, des mois.

Il approfondit le baiser lentement, avec ferveur, comme s'il cherchait à rattraper le temps perdu, et elle aurait voulu qu'il ne s'arrête jamais.

Hélas, comme les meilleures choses, cela eut une fin.

Au prix d'un effort considérable, Luke s'écarta de Scarlet.

Il brûlait d'envie de l'emmener dans sa chambre pour lui faire l'amour, ou là, sur la table de la cuisine. Mais il y avait trop de questions en suspens entre eux.

— Veux-tu qu'on aille rendre visite à ta mère ?

— Tu viens de rentrer de l'hôpital. Je ne veux pas t'obliger à y retourner.

— Toi, que veux-tu ?

— Je ne sais pas.

— Ça a au moins le mérite de la franchise.

Ils passèrent dans la salle de séjour. Luke s'assit sur le canapé, et elle posa la tête sur ses genoux.

— Si tu préfères, je t'emmènerai demain. Je pourrai même rester à tes côtés pendant que tu lui parleras.

— Ce ne sera pas nécessaire. Je sais que tu considères ma mère comme un monstre, mais elle n'est pas aussi méchante que tu le crois.

— Je suppose qu'elle a des circonstances atténuantes. En tant que star, elle est habituée à ce qu'on fasse tous ses caprices et elle ne supporte pas que quelqu'un lui résiste. Toi et son entourage, vous devez vous soumettre à ses quatre volontés.

— C'est terminé pour moi. Mais je ne sais pas comment lui annoncer que je la quitte, alors qu'elle vient d'être si malade. Ça me semble cruel de le lui dire à sa sortie du coma. Il vaudrait peut-être mieux que j'attende un peu ?

Aux dernières nouvelles, Anya n'avait pas encore repris conscience. Il avait posé son portable à côté de lui dans l'attente de l'appel qui l'en avertirait.

— Il n'y a pas de bon moment pour annoncer à quelqu'un qu'on s'en va.

Surtout quand tout semble aller bien, comme avec Angie. Il n'avait pas de raison apparente de la quitter. Il n'avait manqué qu'une chose à leur relation. L'essentiel : l'amour.

— Quand c'est fini, on ne devrait pas avoir à se justifier. Mais la situation est différente entre une mère et sa fille.

Il prit son téléphone pour voir s'il avait un message.

Croyant sans doute qu'il allait se lever, Scarlet le retint.

— Ne t'en va pas, s'il te plaît.

Et elle se retourna pour poser ses lèvres sur la fermeture Eclair de son pantalon.

Il l'écarta doucement.

— Scarlet, tu n'as pas besoin de me proposer cela pour que je reste à côté de toi.

Elle rougit, et ses yeux s'emplirent de larmes.

Pourtant, il ne cherchait pas à lui faire honte. C'étaient ceux qui lui avaient enseigné un tel comportement qui devraient rougir, pas elle.

— Tu n'as pas envie de moi, dit-elle.

— Si.

— S'il te plaît, prends-moi dans tes bras.

Enfin !

Il s'allongea à côté d'elle et la serra tendrement contre lui.

— Tu as une érection, constata-t-elle au bout d'un moment.

Jamais aucune de ses ex-petites amies n'avait parlé aussi crûment.

— Ça passera, affirma-t-il avec la même franchise.

En réalité, il était au supplice. Mais ce n'était pas le moment de céder à l'appel de ses sens. Ils avaient beaucoup de choses à éclaircir avant de pouvoir repartir de zéro.

Scarlet commençait à somnoler quand le portable sonna.

Il se redressa et prit l'appel. En silence, il écouta son correspondant lui résumer la situation, puis il mit fin à la communication.

Il répugnait à réveiller Scarlet, mais il le fallait.

— Scarlet ?

— Mmm...

— C'était Craig, l'anesthésiste de garde. Tout va bien. Ta mère a repris conscience.

Elle s'assit d'un bond.

— M'a-t-elle réclamée ?

— Oui. Il y a autre chose que tu dois savoir, Scarlet. L'overdose n'était pas accidentelle.

— Si. Elle a avalé par erreur trop de somnifères.

— Non.

Il hocha lentement la tête.

— Je te dis que si.

Elle se mit à pleurer, et il resta assis à lui caresser le dos et à tenter de la réconforter.

Refusait-elle l'évidence parce qu'elle se sentait coupable d'avoir poussé sa mère à prendre ces opiacés ? Avant, elles s'étaient violemment disputées. Craignait-elle qu'Anya n'ait pas supporté ses reproches et ait voulu en finir ?

— Il faut que je la voie !

— Pas maintenant. Ta mère est très en colère, paraît-il...

C'était comme parler à un mur. Scarlet se précipita à l'étage, et il l'entendit s'agiter en haut. Puis elle redescendit, chargée d'un sac d'où dépassait une écharpe qu'elle lui avait empruntée.

Elle emportait toutes ses affaires, et il eut la désagréable impression qu'elle allait retourner à son ancienne vie.

— Pourras-tu me rendre les vêtements que j'ai laissés à l'hôpital, ainsi que mon téléphone ?

Voilà qui confirmait ses craintes.

— Vas-tu revenir ici ?

— Je n'en sais rien.

Entre eux, cela n'avait jamais été que du provisoire, il le savait. Alors, pourquoi avait-il si mal ?

La mort dans l'âme, Luke reprit le chemin de l'hôpital.

Assise à côté de lui, Scarlet était murée dans un silence hostile.

Ses collègues avaient raison, il devrait habiter plus près de Londres. Le seul avantage de la situation, c'était que cela avait permis à Scarlet de passer quelques jours au vert.

Avant de partir, il avait appelé le service des soins intensifs pour avertir Lorna de leur arrivée, et celle-ci lui avait conseillé de passer par le bloc pour prendre l'ascenseur réservé au personnel.

Trois quarts d'heure plus tard, il rangea l'Audi crottée de boue dans le parking souterrain. Evitant l'entrée principale et le hall, ils suivirent les conseils de Lorna et débouchèrent directement dans le service de soins intensifs.

David les attendait, flanqué de l'infirmière en chef.

— Bonsoir, Scarlet. Votre mère vous a réclamée.

— Je sais.

— Veux-tu que je t'accompagne ? demanda Luke.

Elle secoua la tête et suivit la surveillante en direction de la chambre d'Anya.

— Je ne sais pas ce qui se passe entre vous deux, dit David. Et je préfère ne pas le savoir.

— Ça tombe bien. Je ne t'aurais rien dit.

— Es-tu conscient que Scarlet va se jeter dans la fosse aux lions ?

— Je l'en ai avertie, j'ai insisté pour qu'elle diffère sa visite. Mais elle n'a rien voulu entendre.

Debout dans le couloir devant la chambre de sa mère, Scarlet écoutait Lorna lui donner les dernières nouvelles.

— Votre mère tient absolument à être transférée dans un autre établissement. Elle ne se montre guère coopérative. Et elle est très en colère.

— Contre moi ?

— Contre tout le monde, répondit David en les rejoignant. A sa sortie du coma, c'est la première demande qu'elle a formulée, elle voulait s'en aller d'ici. Je lui ai dit que son état ne le permettait guère, que nous avions encore des examens à lui faire passer. Malheureusement, si elle insiste pour signer une décharge, je serai obligé de la laisser partir.

— Ma mère est une personne très entêtée. Je suis désolée que...

— Scarlet, vous n'avez pas à vous excuser.

Elle commençait enfin à le comprendre. Rien de ce qui était arrivé n'était sa faute. Et pourtant, elle ne parvenait pas à chasser ce sentiment de culpabilité qui la poursuivait depuis le matin où elle avait trouvé sa mère inconsciente.

Pourtant, non. Elle n'était pas coupable.

Elle se le répéta tout en s'approchant du lit entouré d'un rideau.

Comme elle le craignait, sa mère lui adressa reproches et récriminations. Et elle lui fit du chantage comme à son habitude.

— Si tu t'en vas, je recommencerai. Je reprendrai des somnifères ou je me tailladerai les veines. Sans toi à mes côtés, je ne pourrais pas vivre.

Ne pas céder. Sinon, c'en serait fini de ses espoirs de liberté.

— Non, maman. Sache que je t'aime, mais je vais m'en aller. Je ne t'accompagnerai plus sur tes tournées et je ne retournerai pas à Los Angeles avec toi. Rétablis-toi vite.

Et elle se pencha pour déposer un baiser sur la joue de sa mère.

Quand elle émergea de derrière le rideau, elle vit Luke sur le seuil de la chambre.

Après avoir remercié David et Lorna, elle se dirigea vers l'ascenseur, Luke sur les talons.

— Me permets-tu de conduire ? demanda-t-elle, une fois qu'ils furent sur le parking.

C'était une manière d'inaugurer cette indépendance qu'elle avait obtenue de haute lutte. Mais elle avait aussi une idée derrière la tête.

— Bien sûr, dit-il en lui tendant la clé.

Elle se glissa derrière le volant et attacha sa ceinture.

Sa main tremblait, elle accusait le contrecoup de l'angoisse et du stress qui l'habitaient depuis des jours.

— Elle m'a dit que c'était ma faute. Et la tienne, aussi. Selon elle, tu aurais exercé une mauvaise influence sur moi...

— J'espère que je ne suis pas à l'origine de ta rupture avec ta mère.

— Bien sûr que non, tu n'y es pour rien ! Après plusieurs tentatives pour fuir, qui se sont toutes soldées par un échec, j'ai fini par comprendre qu'il faut absolument que je m'en aille, pour mon propre bien. Comme toujours, elle a tenté de me culpabiliser, mais cette fois j'ai tenu bon.

Ils sortirent de l'hôpital et prirent le boulevard conduisant au périphérique.

— Tu aurais dû tourner à gauche pour la M25, dit Luke quand ils furent à la sortie de la bretelle. Là, nous filons droit vers le sud et la côte.

— En effet. C'est là que nous allons.

Et elle appuya sur l'accélérateur pour mettre le cap vers le cottage qui devait lui servir de refuge.

Il fallait qu'elle y aille. Et cette fois, ce ne serait pas comme une fugitive, incognito, mais comme une femme qui s'était affranchie de ses chaînes et qui commençait une nouvelle vie.

Luke, la seule personne en qui elle avait totalement confiance, serait aussi du voyage.

— Es-tu en train de me kidnapper ?

Son sourire indiquait qu'il n'était pas trop inquiet.

— Tout juste, répondit-elle en lui jetant un coup d'œil. Et ne compte pas sur moi pour te faire la conversation durant le trajet, je ne me sens pas d'humeur sociable. Essaie plutôt de dormir, je te réveillerai à notre arrivée.

12

Le trajet allait prendre plusieurs heures. Scarlet était reconnaissante à Luke de ne pas l'interroger sur leur destination. Suivant son conseil, il avait fermé les yeux et semblait dormir.

Au fil des kilomètres, le paysage devint de plus en plus vallonné. Les routes semblaient se rétrécir et les murs de pierre et les haies, se refermer sur la voiture.

Enfin, elle arriva en vue de la plage. Le cottage se trouvait à quelques centaines de mètres.

Elle arrêta la voiture sur le parking d'un belvédère désert et, par la vitre de la portière, observa la lune qui jouait à cache-cache entre les nuages et la houle qui hérissait l'océan.

Les hautes vagues bordées d'écume qui se fracassaient sur les rochers reflétaient son état d'esprit.

Tant d'émotions contradictoires se bousculaient en elle ! Chagrin, soulagement, colère, peur... Tout à l'heure, encore sous le choc de la rupture avec sa mère et des menaces suicidaires que celle-ci avait proférées, elle n'avait pas eu la force de parler, mais à présent elle brûlait d'envie d'expliquer à Luke qui elle était et pourquoi elle avait agi comme elle l'avait fait.

Elle était enfin prête à tomber le masque, à lui dévoiler la vraie Scarlet, sans fards ni provocations superflues. Et elle voulait en retour savoir ce qui se passait dans la tête de Luke.

Comme elle, il semblait habitué à tout garder en lui. Il avait fallu la rencontre avec ses parents pour qu'il se dévoile un peu et lui fasse quelques confidences sur sa famille.

Il se réveilla et ouvrit les yeux.

— Où diable sommes-nous ?

Malgré l'énergique ballet des essuie-glaces, la pluie zébrait le pare-brise embué.

— Dans le Devon.

Il fixa la pendule du tableau de bord, qui indiquait 5 heures du matin.

Le vent hurlait au-dehors, la lune avait disparu derrière les nuages, et seule la dentelle blanche de l'écume des vagues se distinguait, dansant sur l'océan noir.

— Cela faisait longtemps que je rêvais de venir ici, dit-elle.

— Sur cette côte battue par les vents et la pluie ? Il doit tout de même y avoir des coins plus agréables chez toi, en Californie.

— Certainement pas. Ici, pour moi, c'est le plus bel endroit au monde !

Elle se comprenait. Pourtant, même dans ses rêves les plus fous, elle n'aurait jamais osé espérer y venir avec Luke.

— Allons nous promener sur la plage.

— Tu es folle, on va se faire tremper !

— Quelques gouttes n'ont jamais tué personne.

Elle descendit de voiture et passa son sac en bandoulière. Luke lui emboîta le pas, visiblement à contrecœur.

Poussés par le vent, ils marchèrent main dans la main sur la grève semée de galets.

Elle avait envie de crier, de hurler dans le vent pour conjurer sa peur et sa colère.

— Je déteste ma mère ! Je l'aime et je la déteste à la fois.

— Le sait-elle ?

Elle hocha la tête.

— L'autre soir, après le concert, je le lui avais dit.

— Tu en avais le droit. Elle t'a bouclée dans une prison dorée depuis ta naissance et elle a tout tenté pour t'ôter ton libre arbitre.

La manière dont elle a réagi ensuite à cette information était *son* choix. Une personne équilibrée se serait posé des questions, aurait demandé si elle méritait ces reproches. Mais, à l'introspection, elle a préféré une méthode radicale pour te faire culpabiliser encore plus.

— Tu penses ma mère capable de faire une tentative de suicide pour me punir ?

— Je ne dis pas qu'elle l'a fait consciemment. Comme tous les tyrans adulés qui se prennent pour le nombril du monde, elle n'a pas supporté que tu lui dises ses quatre vérités. Or, tu avais parfaitement le droit de lui exposer tes sentiments, ta révolte, ta colère.

— Ça te va bien de me dire cela, toi qui gardes tes sentiments cadenassés !

— Je sais.

Comme elle frissonnait, Luke ouvrit sa veste pour l'attirer contre lui.

— Et si maman tente de nouveau de se suicider parce que je suis partie ? Et si elle meurt, cette fois ?

Il garda le silence si longtemps qu'elle crut qu'il n'allait pas répondre.

— Crois-tu que cela changerait quelque chose si tu retournais auprès d'elle ? demanda-t-il enfin.

— Que veux-tu dire ?

— Cesserait-elle de régenter ta vie, de te manipuler pour te garder à son service ? En d'autres termes, crois-tu que cette expérience traumatisante pourrait lui servir de leçon ?

Scarlet réfléchit.

— C'est difficile pour moi d'être objective. En tout cas, rien de ce que m'a dit maman tout à l'heure n'indiquait qu'elle regrettait son comportement à mon égard. Pour elle, je suis la fautive. Ça fait vingt-cinq ans qu'elle me tient ainsi, en maniant la carotte et le bâton, et elle ne changera pas. Pareil pour son addiction aux drogues de toutes sortes. Elle a effectué de nombreux séjours en clinique de désintoxication et elle a toujours rechuté ensuite. Les excès, c'est dans sa nature.

— Alors, tu as ta réponse. Que tu sois ou pas auprès d'elle, cela ne changera rien.

Le discours de Luke semblait se tenir. Pourtant, elle ne pouvait pas y adhérer complètement.

— Et si tu te trompais ?

— C'est une possibilité. Loin de moi l'intention de te dicter ta conduite.

Personne ne prendrait désormais de décisions à sa place. N'était-ce pas ce qu'elle avait toujours voulu ?

Hélas, trop de choses se bousculaient dans sa tête pour qu'elle soit en état de décider quoi que ce soit. Tout ce qu'elle savait, c'était qu'elle avait envie de hurler sa colère face à la mer déchaînée.

Et elle le fit. De toute la force de ses poumons. Elle cria, donna des coups de pied dans les galets, hurla des blasphèmes, telles ces sorcières qui, selon la légende, survolaient jadis ces côtes.

Avec le vent, elle s'entendait à peine, mais cela la soulagea.

Quand sa gorge sèche et brûlante n'en put plus, elle se tourna vers Luke, qui la prit dans ses bras.

Ballottés par le vent, ils restèrent serrés l'un contre l'autre, et elle se sentit bien. Malgré les ténèbres et la tempête, le monde lui sembla soudain rempli d'espoir.

— Retournons à la voiture, suggéra Luke.

— Non.

Bien qu'ils soient tous deux trempés jusqu'aux os, Scarlet lui prit la main pour l'entraîner vers la dune, jusqu'à un petit chemin qui conduisait à un cottage.

Perplexe, il la regarda fouiller dans son sac.

— Ne t'inquiète pas, je ne vais pas forcer la serrure. J'ai la clé, ajouta-t-elle en la produisant.

Elle ouvrit la porte, alluma, et il aperçut une valise posée près d'un canapé.

— Maintenant, tu sais pourquoi je n'avais pas assisté au concert de ma mère, ce fameux soir. J'étais ici.

— Et nous sommes chez qui ?

— Chez moi ! J'ai loué ce cottage il y a quelques semaines. Je vais t'expliquer. Mais d'abord, allumons un bon feu. J'espère que tu sais comment faire ?

Les bûches étaient déjà disposées dans l'âtre, avec tout le nécessaire.

Il craqua une allumette, enflamma du papier journal qu'il glissa en dessous et attisa le feu à l'aide du tisonnier jusqu'à ce que le bois prenne.

Fidèle à elle-même, Scarlet se déshabilla sans aucun complexe, enlevant même ses sous-vêtements.

De sa part, rien ne l'étonnait plus.

Il ôta également ses vestes, chemise et pantalon, qu'il prit la peine d'étaler au dos d'une chaise, et il trouva dans la salle de bains une serviette qu'il se noua autour de la taille.

Il n'en rapporta pas pour Scarlet. De toute évidence, ça ne la gênait absolument pas de se promener toute nue. C'était son côté désinhibé.

Elle fit chauffer du lait dans la cuisine et vint le rejoindre sur le canapé avec deux tasses fumantes.

Il la désirait comme un fou. L'urgentiste qu'il était avait coutume de demander à ses patients d'évaluer leur douleur sur une échelle de un à dix. S'il avait existé une échelle du désir, la note qu'il se serait attribué aurait été dix, et il aurait réclamé un puissant sédatif pour juguler la montée de testostérone.

Depuis que Scarlet avait trouvé refuge sous son toit, il avait dû à de nombreuses reprises combattre son désir pour elle. Mais jamais le défi n'avait été aussi difficile à relever.

Demain, Anya quitterait sans doute l'hôpital pour la clinique de son choix, et Scarlet ne l'accompagnerait pas. Elle s'était choisi ce cottage comme refuge et avait remporté de haute lutte le droit d'y vivre. Et il s'y trouvait avec elle.

Mais elle avait besoin de son aide, pas de sa libido en folie. Le fait qu'elle se mette nue ne devait pas être interprété comme une invitation au sexe. Il lui suffisait d'ailleurs de regarder sa mine grave pour savoir qu'elle était à mille lieues de pensées d'alcôve.

— Cela fait des années que j'essaie d'échapper à ma mère, commença-t-elle, les doigts enroulés autour de sa tasse. Depuis mes quatorze ans. A seize, j'ai fait une fugue. Les gardes du corps de maman m'ont retrouvée dans un bar. Si seulement j'avais eu quelqu'un chez qui me réfugier... Puis je t'ai connu, et cela m'a confirmé que je ne pouvais plus continuer ainsi, à être une marionnette aux mains de ma mère. Qu'il fallait que je m'en aille, et vite. Quand j'ai appris que nous retournions en Angleterre, je me suis dit que c'était maintenant ou jamais. Une fois de retour à Los Angeles, j'aurais été de nouveau prise au piège dans la villa de maman, avec les gardes qui surveillent le moindre de mes faits et gestes et me suivent partout. J'avais de l'argent à moi, sur un compte dont ma mère ignore tout...

— Et ce séjour en Angleterre t'offrait une occasion unique de mettre ton projet à exécution.

— Exactement. Le matin, le jour du dernier concert de maman à Londres, je suis parvenue à fausser compagnie à Troy et je suis passée par l'agence de location retirer la clé avant de venir ici avec ma valise. Ensuite, en pleine nuit, je suis retournée à l'hôtel annoncer à maman que je m'en allais. Tu connais la suite, la dispute et le reste.

— Tu aurais dû prendre contact avec moi dès ton arrivée à Londres, Scarlet. J'aurais pu t'aider.

— J'avais peur de t'appeler après ce que je t'avais fait. Mais j'ai fait croire à maman que j'allais te retrouver afin de lui montrer que j'avais un allié, que je n'étais pas seule...

Alors qu'elle l'était. Elle avait été désespérément seule durant toutes ces années, sans personne vers qui se tourner.

— Même si maman risque d'attenter de nouveau à sa vie, je ne retournerai pas auprès d'elle, poursuivit-elle d'une voix plus assurée. Mon intention n'est pas de couper les ponts avec elle, il faut simplement que j'apprenne à vivre pour moi-même.

Il hocha la tête en silence.

Ses cris et ses pleurs l'avaient effrayée, mais elle faisait à présent preuve d'une force insoupçonnée. Il se sentit fier d'elle.

— A vingt-cinq ans, il est temps que je me prenne en main. Je veux apprendre un métier, faire ce qu'il faut pour subvenir à mes propres besoins. Je n'ai pas l'impression de fuir, puisque j'ai affronté maman et qu'elle sait désormais à quoi s'en tenir. Je la laisse tomber, certes, mais pour me sauver, moi. Il s'agit d'une question de survie.

Jusque-là, il s'était imposé un devoir de réserve afin de ne pas l'influencer. Il avait, certes, critiqué Anya en disant qu'elle était égoïste et manipulatrice, mais il pouvait désormais livrer le fond de sa pensée à Scarlet.

— Crois-moi, Scarlet, tu as pris la bonne décision. Ta mère t'a asservie assez longtemps. Sous couvert d'amour, elle a exercé envers toi une véritable cruauté mentale. Je ne dis pas qu'elle ne t'aime pas, mais son amour est abusif, possessif, perverti...

— C'est la seule manière dont elle sait aimer. Elle fait pareil avec son entourage. Elle les tyrannise puis leur offre des cadeaux somptueux pour s'assurer qu'ils ne se révoltent pas. Un type âpre au gain comme Vince y trouve son compte.

— Tu as mis du temps à te révolter, mais tu l'as fait. Je t'admire, d'autant plus que je n'ai jamais eu à me confronter à une telle épreuve. Jamais je ne me suis enfui de nulle part... Une fois, une seule, en classe de troisième, j'ai fait l'école buissonnière.

— Quel rebelle ! s'exclama Scarlet sur un ton moqueur.

— Pour le garçon sage et obéissant que j'étais, c'était une véritable révolution ! Avec quelques copains, j'ai pris le train pour Londres pour aller voir un film.

— Tu t'es fait prendre ?

— En quelque sorte, oui. J'ai fini par tout avouer à ma mère.

— Tu as « avoué » ?

Il décida alors de lui confier quelque chose qu'il n'avait jamais dit à personne. Ni à ses frère et sœur ni à ses petites amies. En parler serait revenu à révéler les frasques de son père.

— Sur le chemin du retour, dans le train, nous chahutions entre nous quand j'ai aperçu mon père, assis au fond du compartiment. Il embrassait une femme.

— T'a-t-il vu ?

— Non. J'ai changé de compartiment, et mes copains m'ont suivi. J'ai prétexté avoir aperçu l'une de mes tantes.

— Tu n'as jamais rien dit à personne ?

— Sur le moment, non. Le week-end suivant, je suis allé trouver mon père. Je lui ai dit que, s'il n'en parlait pas à ma mère, c'est moi qui m'en chargerais.

— Et il l'a fait ?

Il acquiesça.

— Ça a donné lieu à une terrible dispute. Quelques jours plus tard, il quittait la maison. Marcus avait sept ans à l'époque, et Emma, cinq. Ils ne se sont pas vraiment rendu compte de la situation. Mais, moi, je voyais ma mère s'écrouler chaque soir en rentrant du travail et pleurer toutes les larmes de son corps. C'est alors qu'elle s'est mise à boire. Un soir où elle était ivre, je lui ai dit d'aller se coucher. Sais-tu ce qu'elle m'a répondu ? Que tout cela était ma faute.

— Parce que tu avais obligé ton père à lui parler ?

— Eh oui. J'ai compris alors qu'elle n'avait aucune envie d'être confrontée à la vérité. Moi qui avais cru lui rendre service… Toi, si on te trompait, tu n'aimerais pas le savoir ?

— Et comment !

— Bref, elle m'en a voulu à mort. Et mon père aussi. Si je m'étais tu, personne n'aurait été malheureux, ils auraient poursuivi leur petit manège hypocrite, et tout le monde y aurait trouvé son compte. Depuis, je me suis juré de ne plus jamais me mêler des affaires des autres. Les gens peuvent commettre les pires bêtises, boire, se droguer, fiche leur vie en l'air, je n'interviens pas. Oh ! Je les soigne dans la mesure où ils me le permettent, mais je garde mes conseils pour moi.

— Et si, moi, je te demande expressément de m'en donner un, le feras-tu ?

— Pour toi, j'ai fait une entorse à mes résolutions, Scarlet. Je t'ai dit ce que je pensais de ta décision. Tu as bien fait de t'éloigner de ta mère. Elle était nuisible pour ta santé mentale.

— Mais que vais-je faire de ma vie, désormais ?

C'était tout Scarlet, ça. Une minute, elle faisait des projets pour apprendre un métier, travailler, et la minute d'après elle semblait complètement désemparée.

— C'est normal que tu te sentes un peu perdue au début, mais je te fais confiance, tu finiras par trouver ta voie. Peut-être te conduira-t-elle en Afrique ?

Elle lui avait confié qu'elle avait aimé se rendre utile dans les hôpitaux, là-bas. Peut-être son avenir serait-il dans l'humanitaire. Ou même…

— Qui sait ? Tu ferais peut-être une excellente sage-femme, dit-il, exprimant sa pensée tout haut. Il suffit de quelques années d'études.

Les joues de Scarlet rosirent.

— Tu me crois assez intelligente pour cela ?

— Bien sûr !

Elle ne croyait pas en elle à ce point !

Mais c'était normal après avoir été dévalorisée durant des années par Anya.

— Avec ton vécu, tu pourrais de plus apporter beaucoup à tes patients. Souviens-toi de l'infirmière qui t'avait réconfortée après l'avortement. Je suis sûr qu'elle ne s'est pas contentée de te tenir la main, elle a dû te parler d'elle, de sa famille, de ses propres expériences. A cause des difficultés que tu as traversées, tu possèdes tout ce qu'il faut pour aider les autres.

— Tu essaies d'aider tes patients, en plus de les soigner ?

— Comme je te l'ai dit, j'évite de donner des conseils ou de juger. Mais je sais assez bien écouter et je crois que la plupart de mes malades me font confiance.

— Moi, si j'étais ta patiente, je te ferais une entière confiance ! Avant de te connaître, je croyais que tous les médecins étaient comme Vince.

— Tu ne l'aimes pas beaucoup, n'est-ce pas ?

— Tu veux dire que je le déteste ! Le jour où j'ai appris qu'il n'était entré au service de ma mère que trois ans après ma naissance, j'ai sauté de joie. J'avais craint qu'il ne soit mon père.

— Sais-tu aujourd'hui qui est ton père ?

— Aucune idée, dit-elle en haussant les épaules. Et ma mère ne le sait pas non plus. Elle a toujours eu des amants. A une époque, c'était même un homme différent tous les soirs. C'était sa manière d'évacuer le stress après les concerts.

— Cela te fait mal de ne pas le savoir ?

— Quand j'étais enfant, j'en ai souffert. J'aurais tellement voulu que mon père vienne m'arracher à cette vie ! En grandissant, je me suis résignée. Etant donné que ma mère ignore qui est mon géniteur, j'ai renoncé à mon rêve du papa sauveur.

— Les aventures sans lendemain peuvent causer bien des dégâts. Moi, j'en suis guéri.

Ils étaient assis nus devant la cheminée. Le décor était planté. Il pourrait prendre Scarlet maintenant s'il le voulait. Hélas, elle souffrait d'un tel manque d'affection qu'elle se serait donnée à lui en échange d'une caresse sur la joue ou d'un mot gentil. Un homme digne de ce nom ne profite pas d'une femme vulnérable.

— Je vais voir ce qu'il y a dans le réfrigérateur pour nous préparer à dîner. Entre-temps, mets-toi quelque chose sur le dos, dit-il en lui désignant la valise. Sinon, tu vas finir par attraper froid.

Et il se leva pour aller dans la cuisine.

13

— Plus j'y pense, plus je crois que je devrais essayer de lui parler une dernière fois, dit Scarlet.

Ils approchaient de Londres, et Luke allait devoir décider dans quelques instants s'il prenait la voie conduisant au centre-ville et au Royal Hospital ou la M25 pour rentrer à Maiden Stone.

— Fais ce qui te paraît le plus juste.

Ecoute ton cœur, avait-il failli dire. Sauf qu'il aurait altéré le jugement de Scarlet en lui parlant de cœur.

Il ne devait pas faire appel à ses émotions, mais à sa raison. Anne Portland était une personne toxique, mais elle n'en restait pas moins la mère de Scarlet, et si cette dernière choisissait de la revoir il n'avait pas à l'en empêcher.

— Si tu veux, je t'accompagnerai et je lui parlerai.

— Je croyais que tu ne voulais plus te mêler des affaires des autres ?

— Je ferai une exception pour toi.

— Dans ce cas, je veux bien.

En franchissant la grille de l'hôpital, il aperçut, massés devant l'entrée, des journalistes qui avaient manifestement eu vent du transfert imminent d'Anya vers une clinique privée.

Il salua Geoff qui, la mine blasée, lui fit signe de tourner sur la droite.

Scarlet s'était affaissée sur son siège, la tête inclinée vers la portière pour échapper aux objectifs.

Une précaution inutile. Personne n'avait remarqué l'Audi. Les paparazzis ne pouvaient se douter qu'une photo valant des milliers de dollars était en train de leur échapper.

Scarlet lui réservait une nouvelle surprise. Une fois qu'ils se furent garés dans le parking souterrain, elle lui annonça que, finalement, elle préférait l'attendre dans la voiture et le laisser aller voir Anya seul.

Il réprima un geste d'impatience.

C'était bien d'elle ! Après avoir insisté pour qu'ils aillent au Royal rendre visite à sa mère, elle s'en déchargeait sur lui. Craignait-elle de se laisser attendrir par Anya et de retomber dans ses filets ?

L'heure n'était pas aux explications, car l'endroit grouillait de journalistes.

Il irait voir Anya pour, primo, la sonder sur ses dispositions envers sa fille, et secundo faire une dernière tentative pour la dissuader de quitter l'hôpital.

En chemin vers les soins intensifs, il appela Angie à qui il expliqua brièvement la situation.

— J'aurais besoin que tu me rejoignes au chevet d'Anya.

Son intention était de la persuader de prendre Anya à sa charge.

— Me le demandes-tu en tant que médecin ou en tant qu'ami ?

La note de défiance ne lui échappa pas.

— En tant que médecin, bien sûr. En ta qualité de psychiatre addictologue, tu pourrais aider Anya. Jamais je ne te demanderais un service au nom de notre amitié.

Angie ne monnayait pas son amitié. Malgré leur rupture, elle lui vouait une affection sincère, et il ne voulait rien faire qui risque de la détruire.

— Je l'espère bien ! D'accord, je te retrouve là-haut.

Accompagnés de David, Luke et Angie entrèrent dans la chambre qu'Anya partageait avec Ashleigh Jones.

Luke s'approcha du lit et ouvrit le rideau.

— Anya, dit-il en forçant un sourire sur ses lèvres, je suis le Dr Luke Edwards. Comment allez-vous ?

Anya le fixa sans répondre.

— C'est moi qui vous ai prise en charge à votre arrivée aux urgences.

— Eh bien, merci de m'avoir soignée, docteur.

— Inutile de me remercier. Votre fille et moi, nous nous connaissons. Depuis deux ans.

— Oh ! Vous êtes *ce* Luke. Est-ce vous qui la séquestrez actuellement ?

— La séquestrer ? Non. Scarlet habite chez moi de son plein gré…

Il la vit esquisser un geste vers la poire d'appel.

— Avant d'appuyer sur ce bouton, je vous conjure de m'écouter.

— Et si je n'en ai pas envie ?

— Je vais vous faire une proposition, puis je m'en irai. Voici Angie. Elle est psychiatre, spécialisée en addictologie…

— Ah non ! s'exclama Anya, la mine exaspérée. Epargnez-moi votre prêchi-prêcha ! Je ne suis pas une droguée.

— Anya, nous nous inquiétons pour vous. Vous avez essayé d'attenter à votre vie…

— C'était un accident.

— Non, Anya, dit David. Vous avez confié à mon infirmière que vous aviez intentionnellement doublé la dose de somnifères.

— J'étais désorientée à la sortie du coma, je ne savais plus ce que je disais. Cette overdose était accidentelle.

Du dossier accroché au pied du lit, Luke sortit les résultats de l'analyse toxicologique.

— Des barbituriques, des opiacés de deux sortes, de l'alcool. Quelqu'un qui prend autant de substances diffé-rentes ne peut pas l'avoir fait par accident. Et si jamais ça l'était, vous avez besoin d'aide afin que ce genre d'« accident » ne se reproduise plus.

— C'est justement la raison pour laquelle je vais dans une clinique privée. Où est Scarlet ? Vous lui avez monté la tête contre moi, poursuivit-elle en haussant le ton. J'exige que vous m'ameniez ma fille !

— Anya, Scarlet ne souhaite pas vous voir pour le moment. Je m'occuperai d'elle tant qu'elle aura besoin de moi, sans gardes du corps ni caméras. Bien sûr, ce sera un jeu d'enfant pour vous de retrouver mon adresse, mais, je vous préviens, si vous envoyez vos sbires pour l'intimider, elle disparaîtra. Elle ne veut plus vivre avec vous, il faut que vous l'acceptiez.

— Vous le regretterez ! Je vous intenterai un procès !

— Faites tous les procès que vous voulez. Et entre-temps, suivez mon conseil : restez au Royal Hospital et faites-vous suivre par Angie. Grâce à un vrai travail sur vous-même, un traitement médical et une thérapie comportementale et cognitive, elle vous aidera à sortir de l'engrenage de vos addictions. Sinon, vous êtes libre de retourner à votre monde, mais ce serait du suicide.

Dans tous les sens du terme.

— Comment a-t-elle pu m'abandonner ? gémit Anya. Et elle vous abandonnera, vous aussi, dès qu'elle aura obtenu ce qu'elle veut ! Si vous croyez qu'elle va rester sagement à vos côtés à jouer les femmes de médecin, vous vous trompez !

A son corps défendant, il dut admettre que les mots d'Anya l'interpellaient.

Scarlet le laisserait-elle tomber dès qu'elle se serait affranchie définitivement du joug de sa mère ? Le manipulait-elle ?

En tout cas, lui, il l'aimait. Et il était prêt à accepter qu'elle l'utilise pour parvenir à ses fins. Si la liberté et l'avenir de Scarlet dépendaient de lui, il l'aiderait, quitte à en souffrir ensuite.

Il se pencha vers la malade et la regarda dans les yeux.

— Vous et moi, nous ne fonctionnons pas de la même manière, Anya ! Le bonheur des gens que j'aime représente une priorité pour moi. Je n'héberge pas Scarlet sous mon toit dans l'espoir qu'elle me soit redevable à tout jamais et qu'elle devienne ma chose. Jamais je ne l'enfermerai à clé pour l'empêcher de partir. Il est évident qu'elle finirait un jour ou l'autre par s'échapper et qu'elle me détesterait. Comme elle vous déteste, vous, en ce moment.

Au temps pour le calme et le recul professionnel qu'il s'était juré de conserver. Il avait fallu qu'il le dise.

— Qu'a-t-elle dit ? demanda Scarlet.

Assis à côté d'elle dans le parking, Luke se sentait mal à l'aise, comme si le double maléfique d'Anya l'avait suivi dans la voiture.

— Pas grand-chose.

— Je ne te crois pas. Tu essaies de me préserver. Est-elle très fâchée contre moi ?

Un soupir lui échappa.

— Scarlet, tu es parvenue à lui échapper, tu es prête à démarrer une nouvelle vie. Qu'est-ce que cela change qu'elle soit ou non en colère contre toi ?

Un long silence s'installa dans l'habitacle. Un silence qui n'augurait rien de bon.

— C'est ma mère, dit-elle enfin. Je ne peux pas l'abandonner.

— Fais ce que tu dois faire.

— Et nous ?

Y avait-il seulement un « nous » ? Ils ne s'étaient pas vus pendant deux ans et, auparavant, ils n'avaient partagé qu'une nuit.

Il devait lui donner ce qu'elle n'avait jamais eu — le choix. Sans promesses ni fil à la patte. Et si elle choisissait de partir, de retourner à son ancienne vie sous haute surveillance, il la soutiendrait tout de même.

— Tu as mon numéro de téléphone ? demanda-t-il sans répondre à sa question.

Scarlet acquiesça.

— N'hésite pas à m'appeler. A toute heure du jour ou de la nuit, je serai là pour toi. J'ai des congés que je peux prendre à tout moment et je n'hésiterai pas à sauter dans un avion pour aller te retrouver si tu as besoin de moi.

— Pourquoi ? dit-elle, des larmes aux yeux.

Parce qu'il l'aimait, tiens !

— Tu sais pourquoi.

— Pour... Pour le bébé ?

— Pour ça aussi, répondit-il sans dissiper le malentendu.

Scarlet était si bouleversée qu'elle se sentait incapable de prendre une décision. Tout ce qu'elle savait, c'était qu'elle avait envie de revoir sa mère.

— Tu dois croire que je ne sais pas ce que je veux, mais finalement je vais aller parler à maman. Peux-tu m'accompagner ?

— Bien sûr, dit Luke.

Il était l'homme le plus patient qu'elle ait jamais rencontré. Quelle chance de l'avoir à ses côtés !

Quelques minutes plus tard, laissant Luke avec son amie Angie, elle entra, le cœur battant, dans la chambre de sa mère et s'assit à son chevet.

— Maman, il faut que tu acceptes l'aide que Luke te propose. Dans la clinique de stars où tu veux aller, ils feront tes quatre volontés sans te soigner vraiment. Or, tu as besoin d'être suivie par un médecin spécialisé.

— Je n'ai pas besoin d'aide. Cette overdose était un accident. Ma chérie, si tu reviens auprès de moi, je t'offrirai un voyage en Afrique. Songe à tout ce que tu pourras faire là-bas...

Sa mère adoptait son ton cajoleur, celui qu'elle employait quand elle voulait obtenir quelque chose par la douceur. Quand cela échouait, elle passait aux mensonges, aux menaces ou au chantage.

Scarlet secoua la tête. Cela ne marcherait plus avec elle.

— Maman, je ne reviendrai pas auprès de toi.

— Tu préfères ce Luke, dit Anya d'un ton haineux. Crois-moi, tout ce qu'il veut, c'est t'avoir dans son lit. Quand il se sera lassé de toi, il te...

— Je ne te permets pas, maman ! Luke tient à moi. Vraiment. Il me respecte.

— C'est lui qui te l'a dit ?

— Il me l'a *prouvé*.

Toutes les fois où elle s'était jetée à son cou, glissée dans son lit, et où il l'avait repoussée pour ne pas profiter de sa vulnérabilité. Sur le moment, elle s'était senti frustrée, mais elle lui savait gré à présent d'avoir agi ainsi.

— Maman, je t'en supplie, fais-toi aider ! Pour ton alcoolisme *et* pour ta dépendance médicamenteuse.

— Je n'ai pas besoin d'aide.

— Eh bien, moi, si. J'ai besoin d'amis, de soutien, de pouvoir me déplacer à ma guise sans être filée par tes gardes du corps. Je voudrais travailler, me construire une carrière. Toi, tu as la tienne...

Elle argumenta encore et encore, et sentit le regard de sa mère s'infléchir.

Peut-être existait-il un mince espoir qu'Anya aille mieux un jour, mais pour l'heure elle campait sur ses positions.

Scarlet l'embrassa pour lui dire au revoir et sortit de la chambre. Elle rejoignit Luke, qui voulut l'entraîner vers l'ascenseur de service.

— Non. Aujourd'hui, on va sortir par la grande porte, déclara-t-elle. Mais avant, j'ai une chose à faire.

D'un pas déterminé, elle entra dans la salle des familles où se trouvait la garde rapprochée d'Anya.

— Sonia, je vous prierais de me rendre mon passeport, dit-elle d'une voix ferme.

— Il est à l'hôtel, répondit l'imprésario.

— Eh bien, allez le chercher. J'attends.

— Euh... En fait... Il faut d'abord que j'obtienne l'accord d'Anya.

— Vous n'avez pas besoin de son accord. Je suis majeure, et vous allez me rendre mon passeport ! Sinon, les journalistes sont là, en bas, et je me ferai un plaisir de leur parler de vos méthodes.

La menace paya. Surprise, Sonia avait le précieux document dans son sac !

Son passeport à la main, elle sortit de la pièce. Enfin libre.

Ils reprirent en silence la route de Maiden Stone.

Luke se sentait fier de Scarlet. Elle avait enfin brisé ses chaînes et pouvait commencer sa nouvelle vie. Choisirait-elle de rester à ses côtés ?

— Que vas-tu faire maintenant ?

— Je ne sais pas. Peut-être retourner dans le cottage du Devon pour me reposer et faire le point. Tu dois en avoir assez de me voir squatter chez toi.

— Pas du tout.

— Sois franc, Luke. Ta vie a été un enfer depuis une semaine, entre moi, mes tergiversations, mes départs et mes retours. Tu vas être content de me voir partir définitivement.

En fait, cette perspective lui brisait le cœur. Mais il ne devait rien en montrer à Scarlet. Après le chantage émotionnel qu'Anya lui avait fait subir durant des années, il n'allait pas s'y mettre aussi. La dernière chose qu'il souhaitait, c'était que Scarlet reste avec lui par obligation, par reconnaissance, pour le remercier de son aide.

Il l'aimait. Il n'avait jamais rien ressenti d'aussi fort envers personne. Il était temps de faire ce qu'il avait évité toute sa vie : ouvrir son cœur à quelqu'un.

Scarlet était-elle prête à l'entendre ?

En tout cas, elle qui n'avait jamais été aimée de la bonne manière, elle méritait de connaître ses sentiments.

14

Luke se gara devant le pub de la grand-rue.

— Cela ne te dérange pas qu'on mange ici ? Je n'ai guère envie de faire la cuisine.

— Moi non plus, répondit Scarlet.

En d'autres circonstances, il l'aurait taquinée en lui disant que cela valait mieux, étant donné ses talents culinaires.

Ils entrèrent dans la salle, et il se rendit au comptoir pour commander deux tourtes au bœuf et aux rognons, la spécialité de la maison. Puis il revint avec leurs boissons.

— Un jus de pamplemousse pour toi, dit-il en déposant les bouteilles et verres sur la table. Et un jus d'ananas pour moi.

Et il remplit leurs verres.

— Pourquoi gardes-tu du jus de pamplemousse dans ton réfrigérateur alors que tu n'aimes pas cela ? demanda-t-elle.

Elle était perspicace en diable.

— Parce que, il y a deux ans, tu m'avais confié que c'était ta boisson préférée. Depuis, tous les matins, j'en bois une gorgée en pensant à toi.

— Tu t'obliges à boire quelque chose que tu n'aimes pas en souvenir de moi ?

— J'ai fini par y prendre goût.

— Et tu penses à moi tous les jours depuis deux ans ? dit-elle, incrédule.

— Oui. Et pas seulement le matin.

— Tu penses à ce que je t'ai fait subir…

— Et à bien d'autres choses encore. Scarlet, tu sais qu'il y a eu d'autres femmes dans ma vie, mais…

— Luke, pas maintenant, s'il te plaît. Je sais que nous avons besoin de parler, mais j'ai eu ma dose d'émotions pour aujourd'hui.

La mort dans l'âme, il respecta son souhait.

Quand le serveur eut apporté leurs assiettes, Scarlet entreprit d'éliminer tous les rognons de sa tourte avant de la goûter.

— Mmm, c'est fameux !

Et elle engloutit son plat en quelques minutes avant de s'attaquer au sien.

Amusé, il la regarda manger.

— Moi qui croyais que tu surveillais ta ligne !

— Pas ce soir. Si je cédais tous les jours à mes envies, je serais ronde comme un tonneau.

— Ce qui ne m'empêcherait pas de t'aimer.

Le sourire de Scarlet disparut.

— Qu'y a-t-il ? dit-il doucement. Tu te braques à chaque fois que je te parle de mes sentiments.

— Je ne savais pas que tu en avais. Je croyais simplement que tu me supportais par gentillesse, par pitié.

— Tu as tout faux, Scarlet. Je t'aime.

— Tu m'aimes comment ? Comme une sœur ?

— Certainement pas !

— C'est un petit béguin ?

— Plus que cela. Ce que j'éprouve pour toi va durer et résistera même à la séparation. Je t'appellerai tous les jours lorsque tu seras dans ton cottage du Devon. J'accepterai même que tu ailles en Afrique ou que tu retournes à Los Angeles, si cela doit te rendre heureuse. Où tu iras, j'irai, et j'espère que tu me feras une place dans ta vie.

— Tu accepterais de t'installer à L.A. ? Pour moi ?

— Pour nous.

— Oh ! Luke !

Sans se soucier des assiettes entre eux, elle se jeta à son cou et l'embrassa.

— Moi aussi, je t'aime, depuis notre première rencontre. Je n'osais pas te le dire de peur que tu me ries au nez.

— On s'est tous les deux comportés comme de beaux imbéciles. Que dirais-tu de rattraper le temps perdu ?

— Proposition adoptée !

A la sortie du pub, ils se dirigèrent main dans la main vers la voiture.

— As-tu toujours envie d'aller te réfugier dans ton cottage du Devon pour faire le point ? demanda-t-il, taquin.

— Quel cottage ? dit Scarlet en riant. Emmène-moi chez toi !

Sous le porche, Luke tendit la clé à Scarlet.

— Ouvre. C'est ta maison, Scarlet.

— *Ma* maison, répéta-t-elle, aux anges.

— A Maiden Stone, tu seras à l'abri des photographes et des paparazzis. Sais-tu qu'un couple célèbre habite au bout de la rue ?

Il lui cita leurs noms, et elle en resta bouche bée.

— Ils sont encore plus célèbres que toi, poursuivit-il, et ils ont choisi ce village pour vivre en toute tranquillité, loin de la fureur londonienne. Quand j'ai voulu acheter une maison, j'ai cherché un endroit protégé, tranquille, en pensant que peut-être, un jour, tu m'y rejoindrais.

— Tu as choisi cette maison *pour moi* ?

Elle n'en revenait pas.

— Tout ce que je fais depuis deux ans a été en fonction de toi, Scarlet. Cela te paraît-il trop... ?

— C'est trop beau pour y croire ! Tu m'aimais durant tout ce temps, alors que j'étais convaincue que tu me détestais.

Les doigts tremblants, elle tourna la clé dans la serrure.

Luke la prit dans ses bras pour franchir le seuil comme s'ils étaient de jeunes mariés, puis il la reposa doucement dans le vestibule et se baissa pour lui ôter ses chaussures.

— Que fais-tu, Luke ?

Il poursuivit en lui enlevant son pull et le reste.

— Je fais ce que j'ai envie de faire depuis des semaines.

Au matin, enlacés dans le lit, ils firent des projets. Pour la première fois de sa vie, Scarlet savait qu'elle pouvait désormais laisser libre cours à ses envies.

— Tu m'as dit l'autre jour que je ferais une excellente sage-femme. Le pensais-tu vraiment ?

— Bien sûr, répondit Luke.

— Alors, je vais entreprendre des études pour le devenir. Je désirerais également autre chose...

— Je t'écoute.

— Je voudrais que nous nous mariions.

— J'allais y venir.

— Alors, nous formerons une vraie famille.

— Tu es déjà ma famille, Scarlet. Nous nous marierons dès que les bans seront publiés — je m'en occupe aujourd'hui.

— Je veux une bague ornée d'un rubis. Mais, attention, un gros !

Luke leva les yeux au ciel en souriant.

— Et des fleurs, et des cloches qui sonnent à l'église, et des hymnes. Mais rien de solennel.

— Accordé. Quoi d'autre ?

— Une petite fête suivant la cérémonie, au pub. Avec un gâteau de mariage.

— D'accord... A condition que tu ne le fasses pas toi-même.

— Monstre ! dit-elle en feignant d'être vexée. Et je veux bien sûr des cadeaux.

— Tu es sûre de vouloir un mariage informel ?

— Oui. Je veux quelque chose de joyeux, d'improvisé... Et qui respecte les rites.

Si Luke l'aimait, il devrait accepter ses contradictions. Et elle savait sans l'ombre d'un doute qu'il l'aimait.

Elle qui s'était cru privée d'avenir, elle découvrait un avenir radieux aux côtés de l'homme de ses rêves.

Épilogue

Un an et huit mois plus tard

C'était la troisième naissance à laquelle Scarlet assistait. A quelques semaines du terme, elle savait qu'elle aurait dû rester à la maison comme le lui avait conseillé sa gynécologue, mais elle avait envie d'aller au bout de sa première année de formation.

Après tous ces mois d'enseignement théorique, elle accédait enfin aux travaux pratiques en salle d'accouchement.

— Je n'y arriverai jamais, gémit Hannah, la future maman.

A dix-huit ans, la jeune fille accouchait seule, sans personne pour la soutenir.

Scarlet quitta son poste au pied du lit pour venir lui entourer les épaules de son bras.

— Vous y arrivez déjà très bien.

Hannah et elle se connaissaient. Elles avaient sympathisé lors du premier jour d'observation de Scarlet en cours de préparation prénatale, séance à laquelle Hannah assistait en tant que patiente.

— Etes-vous Scarlet, la fille de… ? avait demandé cette dernière en voyant son prénom sur le badge.

— Oui. Et je m'appelle désormais Scarlet Edwards, avait-elle répondu avec un grand sourire.

Et voilà que Hannah s'apprêtait à mettre au monde son bébé sous sa supervision et celle de la sage-femme en titre.

Scarlet était arrivée à 8 heures dans le service de maternité. A 8 heures et quart, elle avait failli s'excuser et rentrer à la maison tant une douleur intense lui vrillait le dos. Le travail débutait, elle le sentait, le bébé avait commencé à descendre. Mais il avait suffi de quelques mots de Hannah pour qu'elle reste.

— Je voudrais tellement que ma maman soit là ! avait dit la jeune fille.

Scarlet était bien placée pour savoir ce qu'éprouvait Hannah. Sa propre mère avait d'abord annoncé qu'elle assisterait à son mariage, puis elle avait changé d'avis. Deux jours avant la cérémonie, elle l'avait appelée pour lui dire qu'elle était en studio, en plein enregistrement de son nouvel album, et qu'elle ne pouvait pas faire faux bond à l'équipe de musiciens et de techniciens qui comptaient sur elle.

Ça n'avait été qu'une demi-surprise. Depuis le temps, Scarlet avait appris à ne plus compter sur sa mère.

Le jour où elle avait découvert qu'elle était enceinte, elle avait pleuré de bonheur sur les genoux de Luke.

Ce bébé ne remplacerait pas celui qu'elle avait porté autrefois, mais il leur permettrait de prendre un nouveau départ.

Après mûre réflexion, elle avait décidé de ne pas l'annoncer à sa mère. Ni à personne. Pendant quelque temps, ça avait été leur doux secret, jusqu'à ce que son ventre arrondi vende la mèche.

Ce matin, elle était résolue à être une mère de substitution pour Hannah.

— Ce sera bientôt votre tour, murmura celle-ci entre deux contractions. Vous saurez bientôt à quel point ça fait mal.

Elle ne croyait pas si bien dire. Scarlet sentait son bébé entre ses jambes.

Tenant les épaules de Hannah, elle regarda la sage-femme mettre au monde un robuste petit garçon qui fut déposé sur le ventre de la jeune maman.

Emue, Scarlet noua le bracelet autour du poignet dodu.

Puis d'autres contractions s'annoncèrent. Les siennes.

Le souffle court, elle sentit son ventre se serrer en la pire crampe qu'elle ait jamais eue.

— Ça va, Scarlet ? demanda Beth, sa formatrice, après qu'elles eurent délivré le placenta et changé les draps du lit.

— Je me sens un peu fatiguée, prétendit Scarlet. Je vais rentrer, si ça ne vous dérange pas.

— Bien sûr que non.

Sans prendre la peine d'aller chercher son sac au vestiaire, elle se dirigea vers l'ascenseur.

La voix de la raison lui soufflait de rester dans le service d'obstétrique pour se faire prendre en charge, mais elle ne l'écouta pas. Elle voulait à tout prix aller retrouver Luke.

Dans l'ascenseur se trouvait Angie, qu'elle considérait désormais comme sa meilleure amie.

— Salut, Lucy Edwards.

C'était une blague entre elles.

— Bonjour, Angie. Sais-tu où est Luke ?

— Aux urgences. Il est en train d'opérer en réa.

Arrivée au rez-de-chaussée, elle marcha sur des jambes flageolantes jusqu'au bloc de réanimation.

— Pourriez-vous dire à Luke que j'ai besoin de lui parler ? glissa-t-elle à Barbara, l'infirmière-instrumentiste, qui s'apprêtait à pousser les portes battantes.

— Il est très occupé. Je vais lui dire que vous êtes là.

Après avoir attendu cinq minutes, Scarlet n'en pouvait plus de rester debout. Elle se décida à chercher refuge dans le bureau de son mari.

Luke se mit à courir dans le couloir. Sahin venait de lui annoncer qu'il avait vu Scarlet entrer dans son bureau en se tenant le ventre.

Il ouvrit la porte à toute volée et découvrit Scarlet, debout au centre de la pièce au milieu d'une petite mare d'eau, la peur inscrite sur le visage.

Comme il la serrait contre lui, il sentit la contraction se former dans son ventre.

Etrangement, elle restait silencieuse, sans pousser de cri de douleur.

— Quelle est la fréquence des contractions ?

— Elles se rapprochent. Je croyais que ça mettait des heures la première fois.

Appuyant sa main contre son ventre, il chronométra. Les contractions étaient à peine espacées de deux minutes !

— Savent-ils, en obstétrique, que tu es en plein travail ?

— Non. Je voulais te le dire d'abord.

Il retint le reproche qui se pressait sur ses lèvres.

C'était bien d'elle ! Mais il l'aimait aussi pour ça, pour sa singularité et ses raisonnements si déconcertants.

— N'est-ce pas trop tôt, à trente-six semaines ? demanda-t-elle.

— Non. Tout ira bien. Je vais appeler le service pour leur dire que nous arrivons.

— Dis-leur aussi de préparer la péridurale.

Scarlet refit en sens inverse le chemin vers l'ascenseur dans un fauteuil roulant poussé par Luke, une couverture sur les genoux.

En maternité, Beth la prit aussitôt en charge et l'installa dans une suite d'accouchement.

— Où est ma péridurale ?

— Il est trop tard pour la pratiquer.

— C'est barbare de me laisser souffrir !

— Du calme, ma chérie, fit Luke. Tu verras, tout va bien se passer.

La douleur la rendit agressive.

— Qu'en sais-tu ? Tu as déjà accouché ?

Durant les minutes qui suivirent, elle jura, hurla et broya la main de Luke. Et découvrit qu'elle était très douée pour une chose : pousser.

— J'ai envie de m'accroupir…

— Faites-le, dit Beth en lui massant le dos.

Les yeux dans ceux de Luke, elle poussa de toutes ses forces.

— Ça y est ! annonça-t-il. Je vois la tête qui dépasse. Allez, ma chérie, encore un effort !

Quelques minutes plus tard, elle sentait enfin son bébé glisser entre ses jambes.

Luke recueillit le bébé dans ses mains et le plaça, tout hurlant, sur sa poitrine.

— C'est une petite fille !

Lors des échographies, elle n'avait pas voulu connaître le sexe.

Elle berça son enfant contre elle en l'embrassant.

A présent, elle se découvrait aussi des dispositions pour allaiter ! Tandis que Beth et son assistante délivraient le placenta, elle guida la bouche de sa fille vers son sein afin qu'elle puisse absorber le précieux colostrum qui renforcerait ses défenses immunitaires.

Une fois qu'on l'eut transférée dans une chambre en maternité, elle insista pour garder son bébé auprès d'elle en permanence, alors que la règle était de placer le nouveau-né dans la crèche du service afin de laisser la maman se reposer.

Luke désirait de toute évidence tenir leur fille autant qu'elle.

— Je suis égoïste, je sais, lui dit-elle en souriant. Mais elle est tellement bien au chaud contre ma peau !

— Ne t'inquiète pas, je la prendrai dans mes bras quand tu te seras endormie.

— Tu risques d'attendre longtemps.

Elle n'avait aucune envie de dormir. Son bonheur était complet, et elle voulait en profiter. Elle avait un mari qu'elle adorait et qui l'adorait, une carrière qui s'annonçait prometteuse, et un bébé — le couronnement de tous ses désirs.

— A deux kilos et huit cents grammes, elle est un peu petite, dit Beth. Elle va avoir besoin de gavage…

Un terme technique rébarbatif qui désignait les biberons de complément. Née quelques semaines avant terme, la petite fille devrait également séjourner sur un lit chauffant — une espèce de couveuse sans couvercle — qu'on avait installé dans un coin de la chambre et qui l'aiderait à réguler sa température lorsqu'elle ne serait pas sur son sein.

Après avoir câliné tout son soûl son bébé, elle se résolut à le passer à Luke et le regarda tandis qu'il observait ses yeux bleu foncé et comptait ses petits doigts.

— Elle est si belle ! Elle a tes cheveux noirs, tes yeux...

— Ils changeront peut-être de couleur pour devenir bruns comme les tiens.

— Et ta bouche, poursuivit Luke. Regarde ces jolies lèvres roses.

A Los Angeles, Scarlet avait coutume de se faire faire des injections d'acide hyaluronique pour augmenter le volume de ses lèvres. Luke l'avait convaincue d'arrêter en lui disant que sa bouche était déjà pulpeuse au naturel et qu'elle n'avait pas besoin de ce genre d'artifices. A présent, elle se demandait comment elle avait pu y avoir recours et croire que cela l'embellissait.

C'était comme si elle voyait le monde avec des yeux différents. Elle était devenue une Scarlet plus mûre, plus sage, tout en conservant tout de même son grain de folie.

Beth vint coiffer le nouveau-né d'un bonnet jaune.

— Elle est trop mignonne.

— Elle est parfaite, comme sa mère, renchérit Luke avec orgueil.

Scarlet écrasa une larme de bonheur.

Tous deux feraient en sorte que leur fille ait l'enfance qu'elle-même n'avait pas eue. Une enfance digne de ce nom, avec des copains, des copines, des sorties quotidiennes au parc, des vacances pleines d'insouciance et de jeux, et une scolarité normale, sans gardes du corps pour l'encadrer à l'entrée et à la sortie de l'école. Et, surtout, avec un père et une mère qui l'aimaient.

— Il faut qu'on la place dans le lit chauffant, dit Beth. Ne vous inquiétez pas, Scarlet, on va le rapprocher de votre lit pour que vous l'ayez tout près de vous.

La sage-femme coucha le bébé avant de quitter la chambre pour rédiger la cotation d'Apgar. Et Luke et elle restèrent à contempler leur enfant qui semblait sourire dans son sommeil.

— Quel prénom allons-nous lui donner ? demanda Luke.

— J'aime bien Emily. Qu'en penses-tu ?

— Emily Edwards, cela sonne bien. Notre petite Emily, murmura-t-il en l'observant tendrement.

— Je meurs de faim, dit Scarlet. Pourrais-tu aller me chercher un muffin ou un de ces scones bourratifs que vous, Britanniques, vous aimez tellement ?

— Je te rappelle que tu es devenue britannique par le mariage.

— C'est vrai, j'ai désormais la double nationalité, mais mes habitudes américaines ont la vie dure. Tu crois que tu pourrais me rapporter un hamburger de la cafétéria ?

Il éclata de rire.

— Il est un peu tôt pour que la cantine serve à déjeuner, et je ne crois pas de toute façon que les hamburgers soient au menu. Mais je vais aller voir s'ils servent encore des petits déjeuners.

Dix minutes plus tard, il revint avec un plateau qui la fit saliver. Il y avait des toasts, des œufs brouillés, du bacon, des champignons, et bien entendu le traditionnel thé au lait.

— Pas de jus de pamplemousse ? s'enquit-elle, juste pour faire la difficile.

Ils se taquinaient souvent à ce sujet. Un homme capable de consommer tous les matins une boisson qu'il n'aimait pas en souvenir d'une femme était un fou, lui disait-elle. A quoi Luke répondait invariablement : « Un fou amoureux. »

— Désolé. Mais c'est tout de même appétissant, non ? dit-il en s'installant à côté d'elle sur le lit.

— Bien sûr. C'est parfait !

Le petit déjeuner au lit, avec son mari et leur bébé à ses côtés, c'était une matinée magnifique.

Elles le seraient toutes, désormais.